COLLECTION FOLIO

Pierre Magnan

L'amant du poivre d'âne

Denoël

Auteur de nombreux romans, Pierre Magnan a obtenu en 1978 le prix du Quai des Orfèvres pour *Le sang des Atrides*, en 1983, le prix du Meilleur Roman étranger paru en Suède pour *Le commissaire dans la truffière*, et en 1984 le prix R.T.L.-Grand Public pour *La maison assassinée.*

« Ô morts ! Ressuscitez ! »
CAMOËNS, *Les Lusiades*

A la mémoire de Marie Priape
ma grand-mère

Je suis né avec le crâne en forme de pain de sucre. C'est Mme Gondrand, sage-femme de première classe de la faculté de Montpellier, qui me le refaçonna à la main. A mon père qui surveillait l'opération avec inquiétude, elle disait en patois : « L'as jamaï vis faïre aco parai ? » (Tu ne l'as jamais vu faire cela, n'est-ce pas ?)

Mme Gondrand, elle ne marchait pas, elle ballonnait, elle flottait, ayant abdiqué toute féminité. Sous son chignon en turban de derviche et plus gros que sa tête, elle cinglait dans sa robe noire, qui lui dissimulait jusqu'aux chaussures, en une démarche implacable. Pour presque pas d'argent en cause, elle avait mis au monde la moitié de la ville de Manosque. Elle officiait sans réticule, ni trousse ni serviette. A peine réclamait-elle de l'eau bouillie, encore était-ce pour occuper les mains des anxieux qui s'agitaient comme des hannetons et ne savaient où *pendre la lumière.*

Je sortis de son giron en hurlant. J'étais maigre. J'avais la peau flasque. Ma mère m'avait eu *avec le dégoût,* se nourrissant exclusivement, pendant neuf mois, de saucisson et d'anchois, plus quelques boîtes de crème de marrons Clément Faugier dont elle était friande.

La Marie Priape, ma grand-mère Brunel, que tout le monde appelait la marraine, la Marie Priape me contemplait en hochant la tête, disait : « Aqueou vioura guaïre. » (Celui-là ne vivra pas longtemps.) Elle savait de quoi elle parlait : elle avait eu onze filles et en avait perdu cinq au maillot.

Dès que je compris que les rebords du berceau étaient à portée de mes mains et que celles-ci pouvaient servir à le balancer, je me hissai à la force du poignet jusqu'à enfin basculer dans le vide. Et cela plusieurs fois par semaine. Les hurlements toute la nuit... Les projections hors du berceau... Mon père partait au travail le matin après une nuit blanche. Ma mère disait encore quelque temps avant sa mort : « De belles fois, j'ai dû t'arracher de ses mains parce qu'il voulait te jeter de l'estre ! » (La fenêtre.)

Cependant, je bramais de plus belle. Mes premiers souvenirs s'enlisent dans ce vacarme assourdissant. Je m'entends entrer dans la vie par ces hurlements prodigieux qui avaient tout le caractère d'une protestation solennelle contre cet affleurement non souhaité à la surface du monde.

De ce temps date cette photo d'ange ennuagé de plumes et de falbalas où je suis tout entier : le pied déjà robuste et l'œil bleu étonné prêt à happer toutes les vessies et les tenir pour des lanternes. Mon Dieu que je suis là tout entier ! Définitif comme la flétrissure sur l'épaule d'un forçat.

Le photographe s'appelait Bizot. C'était un bossu qui mesurait un mètre cinquante. Sur ce corps de chrysalide pesait la tête de Mirabeau : énorme, large, encore aggravée par des côtelettes en spatule épaisses de trois doigts.

Il prétendit se faire aimer, m'embrasser. Je me mis à hurler, à grande bouche ouverte et sans dents, à l'assassin sans doute... Il fallut *me le lever de devant*. Il fallut une heure de pantomime de mère et grand-mère pour me refaçonner ce visage d'ange bêtifiant. Et il fallut ensuite tout le génie du Bizot pour m'installer dans cette blondeur et m'inventer cette frimousse de bébé Cadum.

Ce Bizot vécut alerte encore bien des années, de sorte que je peux le décrire, mais bien sûr cette séance chez lui, ce n'est pas ma mémoire qui me l'a transmise. On me l'a racontée. Et quand je dis : « premier souvenir », c'est bien plus tard que je le situe : je suis dans le corridor à tomettes rouges d'une maison à étages. La porte de l'appartement est ouverte. Je marche. Je distingue le poêle à bois dans la cuisine. Je vais chez Mme Henry, la propriétaire, sur le même palier qui me donne pour jouer des bobines vides de *fil au Chinois*. Ni la fenêtre ni la chambre ni mon père ni ma mère n'entrent dans le champ de ma vision, de ma compréhension. Je ne photographie que le palier, la porte, le poêle trèfle et Mme Henry, très vieille, la poitrine concave, le nez en bec de corbin. Voici bien le premier souvenir conscient. J'ai moins de deux ans et demi car au printemps 1925, tout de suite après la naissance de ma sœur, mes parents viendront habiter de l'autre côté de la rue, presque en face, une autre maison qu'ils viennent d'acheter et je ne retournerai jamais plus chez Mme Henry.

Cette maison nouvelle on m'y amène un jour. J'y entre en aveugle. Mais soudain je vois : je suis collé contre le carreau le plus bas de la porte vitrée et je découvre à genoux sur la terrasse, le Paul Rolland, collègue de mon père. Il passe sur le ciment frais un rouleau de fer et je contemple fasciné à mesure qu'il le tire vers lui, le dessin pointillé qui s'inscrit sur le béton.

Durant cet été 1925, je glane le troisième souvenir de ma vie : en juillet, cette année-là, pour la première et la dernière fois depuis ce temps, on donne *Mireille* dans les jardins du Fémina Casino. Je suis assis entre mon père et ma mère (que je ne vois pas). Un rideau rouge s'écarte. Apparaissent cinq arbustes en caisse d'un joli vert et, autour d'eux, des femmes qui chantent. Leur chant bruisse encore à mon oreille lorsque je les évoque. Je distingue un homme frappé d'un coup de lance. Il tombe. Une vieille femme s'agenouille à ses côtés et touche sur le front le caillot qui disparaît. C'est tout. J'ai dû assister, le 1er juin 1925, à deux ans et huit mois, à la représentation des quatre actes de *Mireille*, mais c'est tout ce qui surnage dans ma mémoire.

C'est aussi à l'automne de cette année-là que ma mère décide d'aller me montrer à mon arrière-grand-mère Nalin, née Philomène Bernard et native de Sannes dans le Vaucluse. Le seul membre de ma famille paternelle qui ne soit pas de Manosque.

Le visage de cette aïeule m'est à jamais inconnu, pourtant elle s'est penchée sur moi avec un extrême amour, pourtant j'ai bien retenu dans ma mémoire l'excroissance en forme de poire qui lui tire la joue de côté. Pourtant j'ai bien présente à l'esprit la coiffe tuyautée qui couvrait sa demi-calvitie.

Mais tandis qu'elle parle, qu'elle m'embrasse, ce que je contemple derrière elle, c'est l'horloge. Une horloge plaquée contre la muraille et qui me contemple aussi et qui me dit bonjour par l'éclat de son balancier où je me reflète. Je vois le cadran. Je vois le galbe de cette haute dame de bois, un peu pimbêche, un peu guindée où le mystère universel de la vie est exposé derrière ce hublot où oscille le battement d'un cœur.

Je suis captivé par cette horloge. Elle est la première de ma vie. La première ? Je ne sais pas. Simultanément, une autre revendique sa place dans mon ingrate mémoire, surgit là, à côté d'elle ou en elle, pour la supplanter. — Laquelle des deux avait un bouquet de fleurs des champs peint en médaillon sur le bas de sa caisse ? — La seconde était chez la mère Gondran (aucun rapport avec l'accoucheuse), en face de notre maison. Les Gondran étaient très vieux, très maigres. Je me souviens d'elle sous ses cheveux blancs : sa joliesse délicate éblouissait encore comme si elle ne se résignait pas à quitter pour toujours ce visage auquel peut-être elle n'avait jamais servi de rien. J'ai encore sur moi le regard des yeux couleur de chardon bleu qui me fixaient hardiment pour me contraindre à ne jamais oublier ce qu'elle avait été.

Je traversais la rue, je montais chez eux. L'horloge grommelait dans son coin. Elle sentait l'odeur du calel et celle du poivre d'âne. Elle avait dû subir plus de cent ans de fumée dans quelque ferme des solitudes car les Gondran étaient seulement venus finir leurs jours dans cette rue. En réalité, ils avaient existé ailleurs, sur les plateaux qui dominent Pierrevert. Ils en avaient été expulsés par la vieillesse car nos plateaux sont comme la mer : ils rejettent au rivage les bras qui faiblissent.

Pendant que tant de détails me percutent, entrent en moi comme par effraction, me forcent à n'enregistrer qu'eux au fond du tunnel de ma vie, *l'essentiel,* ce qui m'entoure journellement : mon père, ma mère, mes grands-parents, je ne l'aperçois toujours pas.

J'entends les cris du chevrier (le cabraïre) de l'autre côté du mur mitoyen et les clarines des chèvres. J'entends les pleurs de ma sœur qui vient de naître. Et je sais qu'elle pleure discrètement, que ses cris n'ont rien de comparable avec ceux que, Dieu merci, je ne pousse plus. Mais surtout, surtout, j'entends la ville.

La ville par ces beaux jours bourdonne comme un clocher. Et d'abord, c'est vrai, ce sont les cloches qui dominent. Elles annoncent l'heure d'abord et ensuite la première messe, sans transition.

Alors, *les paysans de la ville* commencent leur ballet.

Manosque qui compte trois mille cinq cents habitants, en a deux mille cinq cents au moins qui vivent de la terre. Ils ont du *bien* par là autour, dans la plaine et par les collines. Peu de bien. Quelques hectares fragmentés en lopins de cinq à six mille mètres chacun, éparpillés vers tous les points cardinaux : un champ de blé, une vigne, une olivette, une amanderaie, deux ou trois vergers ou jardins potagers, ceux-ci au plus près de l'agglomération. Aux vendanges ou aux moissons, toute la Grand-Rue, les commerçants de la ville, ferme ses devantures et s'en va aux champs, assurer la récolte.

Au fond de chaque impasse, une écurie abrite une *saoumo* (bête de somme) qui peut être un cheval ou un âne ou un mulet. Nos galeries, au troisième ou au quatrième étage, sont des basses-cours où éclate à l'aube le chant des coqs, comme dans les réduits à ciel ouvert qui, derrière les portes cochères, dissimulent un fumier gras qui sert à tous les usages et où *estarpent* (grattent) les poules de la famille.

La charrette est à l'abri sous un auvent ou, pour les plus riches, au fond d'une remise ou, pour les plus pauvres, couchée à l'angle de la rue.

C'est autour de ces charrettes, chaque matin, qu'éclate le chœur incantatoire des réveils laborieux. D'abord, sur chaque seuil paraît, remontant sa *taillole* (large ceinture), le paysan qui vient consulter le ciel. Il le juge propice à tous les coups. S'il ne l'est pas, on sera toujours à temps de se *recamper*, c'est-à-dire de revenir à l'écurie.

Alors sur la rue Chacundier, la rue Saunerie, la rue de la Paille, la rue d'Aubette, la rue Danton, la place des Ormeaux, jaillissent autour des charrettes équilibrées sur les chambrières, les imprécations rituelles qui font de ces départs des combats permanents.

— Roso ! Fino ! Alix ! Maria ! De bon diou ! D'ounte

as maï garça la causanna de la saoumo ? (Rose ! Fine ! Alix ! Marie ! Bon Dieu ! Où as-tu encore mis le collier de force de la bête ?)

Car la veille au soir, de tradition, c'est la femme qui a dételé. L'homme est rentré à la maison pour se rafraîchir. Il ne ressortira que pour venir aider son épouse à pousser la charrette dans la remise, quand toutes les pièces du harnais auront été suspendues aux tire-fond qui hérissent les murs, bien en vue, toujours à la même place, ce qui n'empêchera pas l'homme de prendre sa crise rituelle le lendemain, ne découvrant pas quelque courroie essentielle. Entre-temps, l'épouse aura ramené doucement le cheval, l'âne ou le mulet jusqu'à l'étable, avec quelques bonnes paroles, les seules qu'il aura entendues durant cette journée de dur travail.

Quant à la femme, la seule fois de la journée où elle entendra l'homme prononcer son prénom, ce sera sur ce ton courroucé, à l'occasion de ces recherches matinales.

Aussi, parfois soulignée par la lente incantation d'un homme passionné qui promet l'enfer à sa bête rétive, la symphonie campagnarde qui me berce dans mon lit chaque matin, est-elle faite de plus de gémissements que de rires, de plus de mélancolie que d'allégresse.

La rue encore est *caladée.* On a pris la peine autrefois de la garnir par de larges marches basses chaussées comme de clous, avec des galets de Durance disposés de chant. Elle descend ainsi jusque chez l'Henri Gardon l'épicier et là elle conflue avec le boulevard Mirabeau, le boulevard de la Plaine, le boulevard Saint-Lazare qui joignent leurs platanes et leurs tilleuls.

Tous les attelages de ce versant de la ville, depuis la place du Contrôle, la Grand-Rue, Sous-les-Cloches, passent par la rue Chacundier. Elle commande les quartiers Saint-Pierre, Saint-Lazare, Chanteprunier, Pimayon, les Embarrades où sont les meilleures terres.

J'entends ainsi les imprécations, les cris, les appels, les mots patois, les jurons, parfois, rarement, le claquement d'un fouet et, dans cette roide descente, le miaulement de la *mécanique* (le frein), qui exprime par son grincement tout ce que le vieux soulier à clous qui lui tient lieu de sabot, a vécu dans sa chienne de vie.

Soudain, à contre-courant des charrettes, surgit le Burle, l'*escoubier* (l'éboueur) avec son tombereau tintinnabulant et son cheval à clochettes, et juste dans son sillage sonore la Marie Quiqui, la *patiaïre* (la chiffonnière) et son célèbre cri : « Lei patti lei patti ! » (Les pattes ! Les pattes !)

Ce mot signifiait n'importe quoi : depuis le chiffon usagé jusqu'au dernier drap de lit du mort ; de la serpillière effrangée jusqu'aux peaux de lièvre et de lapin dont elle quêtait le don gratuit ou à peu de frais.

Elle pousse un landau décortiqué dont il ne reste plus que le bâti et les roues sans caoutchouc.

Derrière elle clopine le Constant, son fils de douze ans, qui se rapproche à fond de train depuis une poubelle qu'il explorait : « Man ! La pousso ! » (Maman ! le sein !)

Car cet animal tète encore sa mère. Elle lui tend une sorte de pis de chèvre complètement tari qu'il saisit avidement et qu'elle le regarde prendre avec le ravissement d'une mater dolorosa.

Mais soudain tout se tait. Sur le vacarme de la rue, la note stridente d'une trompette vient d'éclater, dévastatrice. Elle prélude très haut et descend vers le grave jusqu'à ce que l'attention de tous soit enfin figée. C'est le Nalin, le publieur, qui prévient de quelque mort. Il domine le bruit environnant par son avertissement solennel. On tire sur les rênes pour immobiliser le grinçant attelage.

On veut savoir qui vient de mourir. La Marie Quiqui remise précipitamment son sein vide, ferme sa bouche carrée et, au nom du mort, se signe avec terreur.

— Les familles Untel font part à leurs amis et connaissances...

Cette formule est immuable. Le Nalin fait payer à la ligne et, dans le souci d'éviter des frais aux familles éplorées, il raye lui-même tout ce qui est superflu. Les mots : *douleur, chagrin, père chéri,* sont bannis à jamais de son vocabulaire spartiate.

Ensuite, sans autre transition qu'un second air de trompette mais guilleret celui-là, il annonce l'arrivage de la marée chez le Roux, le poissonnier : « Merlan, fiellas, rougets, rascasses, grondins, baudroies, vives, etc. »

Mais ce que je retenais, ce qui retentissait longuement dans ma tête, de carrefour en carrefour, c'était ce rappel à l'ordre de la mort dont je n'avais aucune notion. C'était cette sonnerie, laquelle, comme par miracle, ramenait le silence dans la rue soudain vide. Cette sonnerie funèbre, aujourd'hui encore je peux la siffler et la moduler.

Voilà ce que me donne déjà la ville, alors que je n'ai encore vu ni mon père ni ma mère. Que ce n'est pas encore aujourd'hui qu'en dépit de leur présence constante, je vais les voir. Mais j'entends leurs voix. Mon père appelle « Maine ! » depuis le bas de l'escalier qu'il monte avec l'agilité de son âge. Elle, elle ne lui dit jamais son nom. Il s'appelle Antoine. On lui dit « Toine » par toute la ville. Je les entends se parler, je les entends rire. Je ne les vois pas. Mon père m'apporte le café au lit. Tous les jours de ma vie et jusqu'à mes dix-sept ans et même bien plus tard ensuite, mon père fera chaque matin le café pour toute la famille et nous l'apportera au lit, à ma mère, à ma sœur et à moi. Je vois sa main, je sens l'odeur de cuir de sa veste de travail. Je ne le vois pas.

Je suis dans mon lit, béat. C'est un lit de fer, avec des torsades et des arabesques sur ses montants. Tous les huit jours on change la paillasse dans la fenière du grand-père et mon lit respire la moisson.

On me lève. On me fait propre. J'ai contre le savon un mouvement de recul instinctif. S'il touche mes yeux, je me mets à hurler. On me fait descendre dans la cour, devant la porte ouverte sur la rue, on m'assied devant une table basse, garnie d'une boîte de perles bleues à enfiler. On s'est aperçu très tôt qu'il suffisait de me donner des perles à enfiler pour que je me tienne coi. Le monde est étalé devant moi comme un livre d'images vivantes.

— Ho ! Pierrot !

C'est la mère Gondran à sa fenêtre, laquelle comme moi n'a plus qu'à regarder passer le monde. Je contemple intensément et sans rien y comprendre son visage de jeune fille. Je sais pourtant qu'elle est vieille. J'ai son mari comme point de comparaison et lui a l'air vraiment vieux. Elle, il me semble qu'elle a posé un rideau sur ses traits et que, là derrière, elle continue à être fraîche et rose.

J'entends des chaussures traînantes et je vois poindre, un brin de persil aux lèvres, le Badasse, un loqueteux qui sent le lapin rôti. Il porte une eïssade sur l'épaule. Il est tout en accordéon : le visage, la chemise, le gilet, le pantalon. Il vit en troglodyte dans une grotte enfumée. Il possède un *bien* truffé de pierres vers la chapelle de Toutes-Aures. Bientôt le tas qu'il en fait pour rendre sa terre arable sera aussi haut que lui. On dit qu'en réalité c'est sa tombe qu'il creuse. Un mégot innommable pend au coin de sa lèvre vineuse. Il a pourtant l'œil bleu et goguenard. Je n'ai pas peur du Badasse. Passent à sa suite, à quelques minutes d'intervalle, le Miette-Fume et le Cougourdan, eux aussi l'eïssade à l'épaule vont vers un bien chimérique. Eux aussi sont mis comme des épouvantails. Un long monologue de malheur ininterrompu grommelle derrière leur bouche close. J'écoute, captivé, cette histoire qu'ils veulent peut-être raconter et que je ne comprends pas. Les godillots de ces hommes sont dépourvus de lacets. Moi, chaque fois qu'on me lève, on serre sur mes pieds des cordons qui m'agacent. Ma mère les noue en ganses artistiques. Or, ces hommes n'ont pas de lacets. Ils sont libres. Je les envie d'être au large dans leurs chaussures cassées.

— Cache-toi vite ! C'est le Cougourdan ! me crie à voix basse la mère Gondran.

Ce nom était passé de génération en génération sur le faciès de plusieurs traîne-la-faim. Il n'y avait pas de croque-mitaine. Le mot sentait la ville, le Nord, une civilisation différente de la nôtre. Celui qui l'employait éveillait la méfiance. Nous c'était le Cougourdan. Le Cougourdan logeait dans une chambre sans fenêtres, sans meubles et sans feu, et comme c'était un pauvre diable on l'avait transformé en méchant pour les enfants.

Mais je n'avais pas peur du Cougourdan. Dès qu'on avait prononcé son nom devant moi, je l'avais imaginé d'une telle hideur que son aspect réel lorsque je le vis enfin ne me fit aucun effet. Il a pourtant une vraie tête de courge, énorme, mal assise sur un cou fluet, orangée à force d'être cramoisie, avec quelques rares poils sur le sommet du crâne. C'est un homme irréel. En moi flotte la velléité d'imaginer qu'il a pu être comme moi, tel que je suis en 1926, entre trois et quatre ans de mon existence.

Mais c'est un éclair. Je retombe aussitôt dans mon imbécillité d'enfileur de perles. Là-haut, au coin de la maison Bessolo, où finit la rue de la Paille, apparaît une vision somptueuse de puissance et de richesse. C'est le César Rey sur son boghet.

Le César Rey, par ses cuisses et par son ventre, il occupe toute la largeur de la banquette comme sa tête qui dévale de menton en menton occupe sur le ciel un espace privilégié. Je le vois comme un roi. Le boghet est noir avec des filets verts. Le cheval n'est pas de labour. Les harnais brillent et les clous reluisent. C'est l'opulence qui se manifeste devant moi. Le César est propre, ses larges joues sont bien rasées. Il a l'aménité des sans-souci peinte sur ses traits débonnaires. Il dit bonjour à tout le monde. Il tient en main, pour le seul plaisir, un fouet au manche de canne à pêche. Il passe. Il défile plutôt. Le cheval élégant descend les degrés de la calade à pas comptés, sur la pointe des sabots. Il évite agilement le crottin de ceux qui l'ont précédé. C'est un cheval de riche. Depuis son trône, le César l'exhorte à ne point trop en faire : « Daïse ! Vaï daïse ! Qué sian pas à près fa ! » (Doucement ! Va doucement ! que nous ne sommes pas à prix fait [1] !)

Ce César, comme tous les paysans de la ville a attelé ce matin pour aller à son bien. C'est un bastidon à la belle ombre avec une antéfixe sur le sommet de son toit à quatre pentes, une gloriette à fenêtre. S'il est en retard sur les autres, ce n'est pas pour s'être levé de moins bonne heure, c'est que ce matin comme tous les autres matins, depuis qu'il a l'âge d'homme, il a dû aller chez son père prendre les ordres. C'était une coutume qui lorsque je suis né n'était pas tombée entièrement en désuétude. Dans certaines maisons et non des moindres, le plus vieux membre de la famille réglait encore les actes de la vie journalière de ses descendants.

La mère Gondran à sa fenêtre ; le César Rey qui vient

1. Etre à prix fait : avoir convenu d'un forfait pour un travail donné.

de passer ; tout cela mes yeux de trois ans l'ont enregistré à la même époque où j'enfilais des perles. Si j'en suis tellement sûr, c'est que le César vient de dire « *Ho Né !* » à un vieillard qui chemine tout droit, sans un regard pour moi, sans une réponse pour le César. Des « Né » il y en a d'innombrables chez nous. Cela voulait dire « l'aîné » par rapport aux frères et sœurs plus jeunes. Cependant, à l'époque il n'y avait qu'un seul « Né » atteint de cent un ans d'existence et l'on s'était empressé de me le désigner. Or il va mourir dans le courant de l'été d'un chaud et froid contracté pour s'être assis à l'ombre d'un noyer, après avoir fauché l'herbe qui envahissait l'allée de son bastidon. On le découvrira sous ce noyer fatidique, assis sur une grosse pierre, un brin de dactyle serré entre les dents, mains appuyées sur le manche de la faux.

Pour l'instant, il passe et, à sa suite, une sorte d'arc-en-ciel prestigieux se déploie devant moi : c'est M. Constantin, le secrétaire de la mairie, qui gravit la rue.

M. Constantin ! Il habite une traverse en pente qui dévale vers la villa *Robinson*, laquelle abrite des « particulières » dont la ville parle à voix basse.

A trois ans, solidement tenu par la main de ma grand-mère Magnan qui allait étendre du linge *sur les prés* (prés communaux qui faisaient suite à la ruelle), je suis passé devant le jardin de M. Constantin. J'y ai vu des dahlias superbes et des poires couleur d'automne. On m'a dit avec un accent de déférence : « C'est la maison de M. Constantin. » Les trois syllabes de ce nom qui font un bruit de cascade lorsqu'on les prononce, m'ont frappé par leur enchaînement baroque. M. Constantin n'est pas un homme d'ici. Mais si j'ai déjà entendu prononcer son nom, jamais encore je ne l'ai vu. Or, il s'immobilise au milieu de la rue. Il est arrêté par ce très vieux « Né » — qui va mourir cet été — et qui, nonobstant, lui explique à tue-tête quelque chose à propos « d'uno peço de quaranto saous, qué m'en fa tort à la caïsso d'espragno » (une pièce de quarante sous dont on m'a lésé à la Caisse d'épargne). M. Constantin lui répond patiemment. De sorte que moi, j'arrête d'enfiler mes perles pour le contempler, ayant oublié le visage de jeune fille de la très vieille Mme Gondran, ayant oublié l'équipage de l'olympien César Rey. M. Constantin resplendit comme une apparition dans cette rue paysanne où le crottin s'éparpille, où, jusque sur mes pieds, s'épand le déversement du seau d'ordures liquides que la mère Loubet, notre voisine en amont, vient de renverser dans le caniveau.

M. Constantin ! C'était un bel homme, grand, mince. Il pouvait retrousser les lèvres sur un sourire qui montrait des dents d'une incroyable régularité. (La mère Loubet qui n'en avait plus une seule prétendait qu'il portait un dentier.) Mais ce qui retenait d'abord mon attention, c'était la manière dont il était vêtu. Son veston noir descendait à l'arrière sur son pantalon rayé par un prolongement d'étoffe séparé en deux et semblable à la queue d'une pie ; hiver comme été il coiffait un panama immaculé ; ses souliers vernis protégés par des guêtres blanches brillaient autant que le ciel fût clair ou nuageux. Mais ce qui le distinguait irrémédiablement des autres hommes, ce qui en faisait un modèle unique parmi les trois mille habitants de Manosque, c'était que l'une de ses mains gantées de chevreau crème tenait fermement le manche d'une ombrelle ouverte pour ombrager son teint délicat. C'était une ombrelle à tranches vertes et blanches qui irradiait au-dessus de la tête du secrétaire de mairie comme une sorte d'amande mystique qu'il aurait sécrétée.

Cette ombrelle me faisait le même effet que l'horloge chez les Gondran. Elle me remplissait l'âme, elle me criait de me souvenir d'elle, elle n'a jamais cessé de me faire signe joyeusement par toute sa légèreté estivale, par toute la lumière que j'ai captée en elle ce jour-là, devant ma porte, enfilant des perles, en présence du centenaire « Né », qui allait mourir.

Ce M. Constantin fut, jusqu'à dix ans passés, le modèle où je voulus atteindre. Ma mère prétendait que c'était sa femme qui chaque matin, par amour, l'attifait ainsi, le voulant à l'honneur du monde.

Ce luxe de détails que je viens de décrire, sciemment, ces gens que j'ai *vus* : la mère Henry, la mère Gondran, le Cougourdan, le Miette-Fume, le Badasse, le César Rey rayonnant sur son boghet et M. Constantin chatoyant de lumière sous son ombrelle, avec son lorgnon lui pinçant le nez et qui masque son regard ingénu d'homme heureux. Tout cela. Tout cela c'est pour souligner qu'à trois ans environ je n'ai pas encore *vu* mon père ni ma mère ni ma grand-mère Brunel ni mes grands-parents Magnan.

Ma mère, je vais la voir et d'abord je vais l'entendre. Ma mère a vingt-cinq ans quand j'en ai trois. Elle est en relation avec nombre d'amies et de connaissances qui viennent d'être ou sont en gésine. Elle leur rend visite pour les encourager de sa propre expérience. Elle en a notamment une, la Fifi, qui est toujours en train de relever de couches. Il y en a d'autres, mais celle-ci a eu le privilège de frapper mon imagination exclusivement.

Ma mère, toutes les fois qu'elle en a le loisir, prend ma sœur sur son bras, moi par la main, et nous voilà partis pour la tournée des seins. Pourquoi, parmi tant d'autres, le seul visage qui surgit devant ma mémoire est-il celui de la Fifi ? Voilà le mystère. Je n'ai plus rencontré cette femme par la suite que de loin et vieillissante. Et pourtant, elle précède de peu dans ma connaissance du monde l'image de ma mère que je vais susciter.

Je vois la rue — la rue Dénédi — sombre, étroite, tortueuse et mal exposée. A droite une fenêtre embuée, un corridor étroit. Ma mère crie : « Fifi ! »

Et c'est le premier cri que, consciemment, j'entends ma mère exprimer dans mon souvenir.

— Oui ! répond la Fifi. Je suis là ! Entre Germaine !

Ma mère pousse la porte. Alors, comme d'une lessive d'enfer, une buée à travers quoi l'on voit à peine, ballonne devant moi en d'épaisses volutes. Je distingue des portées de fils à étendre le linge qui zèbrent la pièce. Toutes sortes de choses qui pour moi sont innommables sèchent dans cette atmosphère. Sèchent mal, ont du mal à sécher. Je suis à cette hauteur peu commode où les belles visions de la vie sont inaccessibles et les laides au plus près des sens révulsés. Je navigue parmi des accessoires d'enfantement : un berceau, une chaise d'enfant où l'on enfermait le nourrisson pour lui donner la bouillie, une *courarelle.* Il faut expliquer ce que c'était : une sorte de carcan rond à hauteur de la taille où l'on enfermait le marmot sitôt qu'il envoyait les pieds. Le carcan était maintenu à distance convenable du sol par des montants de bois verticaux, eux-mêmes disposés sur des traverses à roulettes. Ainsi soutenu, une couronne d'osier tressé lui protégeant la tête et la sucette de caoutchouc vissée dans la bouche, l'enfant pouvait naviguer dans tout l'appartement et la mère vaquer à ses occupations.

Je suis donc là, moi en 1925. C'est l'hiver puisque le poêle ronfle. Je suis coincé entre la chaise d'enfant, le berceau et la courarelle. Un vase de nuit qui vient de servir et dans quoi ma mère me retient de justesse de mettre les pieds, complète ce tableau, estompé de vapeurs et tout odorant de senteurs chaudes.

Mais alors je lève les yeux et je vois le visage de la Fifi. Il est angélique. Il est penché avec amour et attention sur quelque chose qui s'agite dans son giron avec de faibles cris et soudain elle a le geste que je rencontre sous mon regard pour la première fois de ma vie : elle déverse son sein.

Ce sein, je le vois comme si c'était hier. C'est une irruption considérable de chair molle et tendre qui dévale en avalanche vers la bouche-suçoir du lardon. Je vois l'aréole, le bout gros et même l'orifice par où le lait va couler. Je vois le visage dévot de la Fifi tout entière consacrée à ce geste sacerdoce. C'en était trop... Le pot à moitié plein où j'avais failli marcher, le linge hâtivement lavé qui séchait aux fils, la chaleur de la cuisinière, laquelle amplifiait les odeurs diverses qui m'assaillaient, la vue, navrante pour moi, du sein déversé, tout cela fit que je me mis à pousser les hurlements les plus propres à écourter la visite. Ma sœur, inquiète de mes cris, commença aussi de pleurnicher. Comme d'un film brusquement coupé, la suite de ce jour est un trou noir comme l'étaient encore la plupart de mes journées sur quoi le souvenir n'avait aucune prise. Cependant, j'avais entendu ma mère crier « Fifi » dans le corridor et c'est la première parole que j'enregistre d'elle consciemment, la première dont il me souvienne.

J'ai annoncé que j'allais la voir. Voici : c'est un jour d'été. Je sais que c'est un jour d'été parce qu'elle porte un chapeau léger, vaporeux et, dessous, je vois son visage blond, clair, aux yeux bleus. Elle rit. Elle rit parce que je pleure, elle rit parce que je hurle. J'ai photographié dans ma mémoire ce premier visage de ma mère, mais il est flou. Je ne puis guère rien en dire.

Ma mère, ce jour-là, et je la distingue passant de la lumière à l'ombre, m'a mené chez la cousine Rose. La Rose Rambaud, la cousine germaine de mon père qui tient une boucherie dans la Grand-Rue. J'entends cette cousine (je ne la vois pas) s'exclamer sur ma beauté. En revanche, je *vois* sa fille Yvonne qui doit avoir quinze ans à l'époque. Yvonne et ma mère se mettent à chanter la *Complainte des ballons rouges* :

> Pourquoi pleures-tu p'tite mère chérie,
> Je vois des larmes dans tes yeux...

C'est alors que je m'écroule contre le pied en torsades de la table Henri II. Je m'y agrippe. Je lui distribue des coups de pied au risque de me faire une entorse car la table est laide mais solide. C'est alors que je *vois* ma mère, ma mère blonde aux yeux bleus, floue mais très présente. Ma mère qui rit, ma mère qui me contemple d'un air moqueur. Et elle et ma cousine y vont de plus belle avec leurs ballons rouges...

Mon père, avant de le voir, c'est son contact que je sentirai, c'est l'odeur du travail qu'il porte sur lui. Mon père me tient par la main. Mon père me porte sur ses épaules. Il me prend sous les aisselles pour me hisser sur la charrette du grand-père. Mon père entre dans la cuisine. Dehors il pleut. Je ne sais pas ce que c'est que pleuvoir, mais la veste de mon père dégouline d'eau. Sa *biasse* sent le cuir mouillé.

Le monde pénétra d'abord en moi par cette biasse de mon père. C'était une vaste sacoche de cuir noir, à la fois roide et souple au toucher dont la langue se rabattait par deux courroies sur des ardillons de cuivre. Elle portait, gravées au fer rouge, ces quatre lettres : E.E.L.M. C'était la propriété de la société anonyme qui nous nourrissait contre la sueur de mon père. A l'origine, elle était censée ne contenir que les outils de l'ouvrier électricien mais aussi on y *portait le dîner* et, à la longue, elle était devenue le réceptacle naturel de tout ce qui pouvait se rencontrer par chemins, de dons ou de trouvailles.

La biasse de mon père, c'était ma boîte de Pandore. Dès qu'il arrivait, il la posait derrière la porte et dès que j'eus conscience de cette présence, je me traînai jusqu'à elle pour l'ouvrir. J'y plongeais la tête. Les mystères qu'elle recelait me captivaient.

Les pinces coupantes, les écheveaux de fil de plomb, les tournevis de tailles diverses, les rouleaux de chatterton poisseux, s'y mêlaient. Et sur tout cela régnait l'odeur des villages, des bastides et des collines que mon père avait parcourus ce jour-là. Elle évoquait les chemins torrides et les pluies battantes, le vent âpre ou berceur, les prairies de panicauts et les gués desséchés. C'était, universel et me parlant de tout, le parfum du *pèbre d'aï*.

Le pèbre d'aï, le pèbre d'ase, car on disait indifféremment les deux, le poivre d'âne, la sarriette des Français, c'est le parfum omniprésent qui flotte sur ma mémoire.

J'ai littéralement brouté en mon enfance plus de sarriette que de laitue. Fraîche, elle parsemait les tommes et je dévorais en même temps les feuilles et les fromages. Cette plante est l'emblème que nous portons dans nos cœurs. Elle couvre des milliers d'hectares là où l'aridité du calcaire ne supporte rien d'autre qu'elle. A la fin de l'été, début septembre, alors que tout est brûlé et que nos ruisseaux tirent des langues de mousse verte là où l'eau coulait encore voici un mois, où les chemins ne sont plus que poudre blanche, voici qu'elle refleurit, elle la sarriette, toute pimpante, à vingt centimètres au-dessus du sol.

C'est cette plante, ce parfum, que m'a transmis dès mon plus jeune âge la biasse que mon père traînait par les collines.

Et lui aussi, d'ailleurs, sentait le *pèbre d'ase* comme un perdreau d'automne qui trace par les herbes mouillées. Je collais mon nez contre ses vêtements, je m'enivrais de cette odeur.

Quand vais-je enfin le voir ? Je ne peux dater cet événement. Je crois que ce fut progressif. Toutefois, il me semble bien que c'est dans le miroir exigu où il se rasait, à côté de l'évier, à la cuisine que d'abord j'aperçus son reflet. Son regard exprimait la sévérité de celui qui essaye de ne pas se couper. Il arborait alors une petite moustache noire et je regardais son dos puissant, les gros muscles de ses bras et sur la tête, écartant les cheveux, ces deux excroissances semblables à des moitiés d'œuf que mon grand-père portait aussi et que ma mère appelait des *banes* (cornes). C'étaient des amas de graisse, alors très fréquents parmi nos populations et qui croissaient soit sur la tête, soit autour de la colonne vertébrale. Ces bosses me faisaient chiffrer. Parfois je me tâtais le crâne, savoir si elles ne commençaient pas à pointer. Il n'y avait rien. Je me rassurais.

Ces excroissances d'ailleurs, chez mon père, ne me rebutaient pas. Je les avais eues sous les yeux dès que je les avais ouverts, quand il me promenait sur ses épaules les soirs de la belle saison par les chemins noirs à vers luisants. Nous partions, ma sœur dans le landau, ma mère au bras de mon père et moi sur ses épaules. Ils allaient à pas lents jusqu'au bout de Saint-Lazare par le vieux chemin de Volx. Les talus illuminés de lampyres nous faisaient fête. Nous revenions par la route. Nous entrions dans Manosque jeunes et triomphaux. Comme mon père était à l'honneur du monde, nous récoltions, venus des ombres des tilleuls où les vieillards prenaient le frais, des « Ho ! Toino ! » qui étaient leur bonsoir familier. Mon père répondait à chacun en l'appelant par son nom et sans le voir, simplement pour avoir retenu l'intonation ou savoir qui gîtait à cet endroit précis.

Ce fut sur les épaules de mon père par ce chemin, qu'un soir se posa pour mes yeux le premier mystère du monde. Je me souviens : je vois la nuit noire, je vois, au lent cheminement de ma monture, se découper le faîte des cyprès du Saint-Sépulcre dans une lumière insolite. La lumière s'accentue à travers la dentelle des arbres. Presque soudainement, un dôme de clarté surgit, s'affirme, grossit, apparaît rond, énorme et en même temps, me semble-t-il, d'une incroyable légèreté. Je m'exclame, apeuré, je montre du doigt cette chose inquiétante qui n'en finit pas de monter dans cet espace dont j'ignore que ça s'appelle le ciel.

— N'aie pas peur, dit mon père, c'est la lune.

Et je l'entends encore se mettre à expliquer sur un ton paisible à ma mère ce que c'est que la lune. Mon attention s'endort sur cette certitude que mon père est familier de cette chose que je viens de voir pour la première fois mais que lui connaît si bien.

Et voici le dernier souvenir de ma prime enfance qui pointe hors du néant dans ma conscience semblable à un marais d'où une bulle s'échappe de temps à autre.

C'est l'été. Ma tante Hélène me tient par la main. Cette tante Hélène, elle travaille comme journalière chez M. Devaux l'obtenteur, le premier qui, à Manosque, a su présenter les fruits et les légumes du terroir de manière à allécher les gens d'ailleurs.

Quand le travail ne presse pas, M. Devaux prête ma tante Hélène à d'autres producteurs du quartier. Et c'est ainsi que par les chemins et à la hâte, nous allons cet après-midi d'été jusque chez les Martel, de Saint-Pierre, où l'on a besoin d'elle.

Fermement arrimé, au pas de cheval de cette femme rapide, je vole d'un caillou à l'autre, sans rien voir que l'hallucinante réverbération du soleil d'août sur le chemin. Et soudain le havre. Ma tante ralentit, s'arrête. Un ruisseau d'arrosage court en bordure d'une haie de cyprès clairsemée. Elle se baisse, elle se penche. Elle mouille son mouchoir dans l'eau claire, me le passe sans ménagement sur la figure et sur le cou et tandis qu'elle se baisse de nouveau pour se rafraîchir elle-même, du néant de mon souvenir surgit cette image précise : à l'ombre de la haie des cyprès s'allonge un bassin rectangulaire, abrité par les arbres et les roseaux. Il est à moitié plein. Là-bas, assis sur la margelle, les pieds pendants sur le vide, deux hommes sont côte à côte. L'un, je le connais bien, j'en entends parler souvent. Son nom flotte sur toutes les conversations des paysans de la ville. C'est le Laurent Redortier, l'expéditeur de fruits et légumes. L'autre je ne l'ai jamais vu et, d'ailleurs, je ne le vois pas non plus ce jour-là. Ma mémoire ne me restitue pas son visage. J'ai beau fouiller. Non. Je ne l'ai pas vu ce jour-là. Toutes les images de lui qui me hantent sont postérieures à cette rencontre.

Tout ce que je sais et ça je le sais bien, c'est qu'il tient des feuillets dans sa main et qu'il parle d'une voix monocorde, continue, sans regarder M. Redortier qui balance ses pieds dans le vide contre le mur du bassin.

Mais déjà ma tante se redresse, me ressaisit fermement, m'entraîne d'une secousse vers son proche avenir : le dur travail qui l'attend.

Passant à la hauteur des deux hommes assis à l'ombre, elle leur lance un sonore : « Bonjour mes sieurs ! »

Ma tante Hélène croit du dernier bienséant de ne pas dire *monsieur* ou *messieurs* d'un seul tenant. Elle dit : *mon sieur* en prononçant toutes les lettres du dernier mot. Je ne sais pas si, ce jour-là, ces « sieurs » répondirent à son salut, nous allions si vite... Ce que je sais, c'est qu'il me faudra un quart de siècle pour apprendre qui était le deuxième homme assis à côté du Laurent Redortier, ce jour d'août, probablement en 1926, et ce qu'il était en train de faire.

Un matin d'il y a trente ans, j'étais installé à la terrasse du café-glacier, avec Mme Blanche Julien-Redortier, institutrice en retraite. Elle était fort glorieuse de sa famille. Elle faisait sonner très haut les amitiés que son père, Laurent Redortier, avait su s'attirer par sa compréhension des choses et ses idées larges, et c'est alors qu'elle me dit : « Giono venait souvent chez mon père. Il venait lui lire ses premiers écrits. Il lui a lu tout *Naissance de l'Odyssée* au bord du bassin. »

Au bord du bassin... Je compris que c'était Giono, ce jour d'août 1926, qui lisait *Naissance de l'Odyssée* au père Redortier lequel l'écoutait en balançant les pieds.

Cet homme ne reparaîtra dans ma vie que bien après le terme de ce livre. Bien après que j'aurai cessé d'être l'amant naïf du poivre d'âne.

Ce n'est donc pas de lui qu'il est question ici mais du souvenir car du Laurent Redortier, de Mme Blanche Julien-Redortier, du Jean Giono de trente ans qui lisait *Naissance de l'Odyssée*, de la fière tante Hélène longue et droite qui disait *mes sieurs* au lieu de *messieurs*, de l'enfant de quatre ans qui avait soudain des trous de réalité dans le néant de sa mémoire, de tout cela plus rien ne reste.

En revanche, le bassin, lui, est demeuré ce qu'il était. Je passe souvent à côté, allant à mon oliveraie de Sainte-Roustagne. Je m'arrête au bord du ruisseau qui se déverse toujours de même sur un lit de galets, toujours aussi rapide, toujours aussi bruyant. Sauf qu'un ou deux cyprès sont en train de mourir, la haie n'est pas plus dense, les arbres ne sont pas sensiblement plus hauts, le cannier n'est pas plus épais, la margelle du bassin ne s'est pas effritée. La place est intacte où je situe mes deux fantômes d'hommes, l'un lisant, l'autre écoutant. La hauteur de l'eau elle-même n'a pas varié, probablement maintenue à ce niveau par le hasard d'une fuite qui n'a jamais été colmatée.

Je contemple ces fantômes et ce bassin et ce paysage, semblables à ces jardins de carton-pâte chez les photographes d'autrefois où les silhouettes de trois générations de morts et de vivants hantaient les mêmes boulingrins.

Je me laisse arrêter longuement par ces apparences. Bien que l'air tout autour soit léger et tranquille et le silence familier, je sais qu'ici un mystère est tissé entre moi et le monde réel. Et j'ai le cœur serré, parfois, à l'idée que ce n'est pas encore de mon vivant qu'il sera résolu.

Je n'avais jusque-là qu'une poignée de souvenirs, les quelques fleurs qu'un enfant peut serrer dans sa main. Or, maintenant, autour de mes quatre ans, le monde bruisse d'activité fébrile. Je l'engrange dans ma mémoire à pleines brassées.

La rue est mon grand livre. Je la parcours plusieurs fois le jour pour aller chez mes grands-parents. Ils habitent une maison à cour et à porte cochère sur l'autre branche de l'équerre que forme la rue Chacundier. La maison est vaste, malcommode. Le passage pour la charrette et le mulet la traverse de part en part. A gauche de ce passage, il y a la cuisine de plain-pied au ras de la chaussée. A droite s'élève l'escalier tournant qui conduit aux chambres et s'abaisse celui, creusé dans le safre, qui commande la cave.

Tout le reste des êtres est disposé pour la commodité paysanne. Longeant le passage s'ouvre l'écurie du mulet sous une fenière, la pièce la plus grande de la maison et que commande une échelle. Le vent y souffle à travers la gênoise. Les rêves que je me suis inventés dans cet antre où nul ne venait me rejoindre me poursuivent toujours. La face nord abrite des réduits pour la basse-cour et la conservation des légumes qui nécessitent obscurité et fraîcheur. La terre battue y est parsemée de sacs de jute où l'on étend les pommes de terre. Une plate-forme cimentée et bordée d'une rigole à purin est ménagée à droite pour le fumier du mulet et les déjections des hommes. Les poules s'ébattent dans cette cour, l'écurie et sur le fumier gras. Elles s'aventurent parfois jusqu'à la cuisine d'où on les chasse.

Ma grand-mère est grande, grosse, impérieuse. Son regard est dur et froid, en pointe d'épingle. Elle m'aime. Je la crains.

Mon premier souvenir d'elle, c'est un jour éclatant où elle lavait du linge à grande eau dans le jardin fleuri des Maurent, des bourgeois qui l'employaient quelquefois. Je la vois joyeuse, déployant les draps sur l'eau claire d'un bassin.

Elle chantait pour moi :

Il fait beau, le ciel est rose
L'horizon vermeil.
Quand la lune se repose
Lève-toi soleil !

Ma grand-mère est la providence du quartier. A chaque instant, une voisine surgit par le portillon de la porte cochère.

« Alix ! Vous auriez pas un brin de *jouvert* ? (persil) Alix ! La petite s'est fait mal ! Vous me prêtez un peu votre arnica ? Alix ! J'ai plus de pommes de terre ! Vous m'en *beïleriez* (prêteriez) pas quelques-unes ? Alix ! Mon aïoli vient de tomber et j'ai plus d'œufs ! »

Ma grand-mère *beïle,* distribue, donne, sans un mot, sans un sourire, placidement. Elle n'en pense pas moins, mais elle donne. Je ne l'ai jamais vue rien refuser. Je ne l'ai jamais vue pour ces menus services accepter un sou de qui que ce soit. Je ne l'ai jamais vue non plus aller quémander quoi que ce soit chez quiconque. L'hiver toutes les voisines venaient se chauffer dans cette cuisine, en devisant. On ne pouvait rien imaginer de plus pauvrement meublé que cet antre. Sur le sol en pente légère et garni de carreaux tous plus ou moins brisés se tenait, calée par des taquets, une table en bois blanc recouverte d'une toile cirée à motifs de cerises en corymbes. Elle occupait le mur après la fenêtre qui donnait sur la rue large de cinq mètres. Les chaises qui l'entouraient avaient été paillées autrefois mais quand le paillage avait fini sa vie, on avait cloué à sa place des planches de caisse à morue.

Un grand placard à la porte grinçante moisissait son salpêtre dans le coin le plus sombre. Il contenait tous les trésors alimentaires de la maison sur ses quatre étagères et au fond de son réduit, dans sa bonbonne au col tordu, l'huile des oliviers se moirait lentement l'été ou devenait compacte dès les gelées d'hiver.

A droite de ce placard, l'objet le plus important du mobilier noircissait sous les saisons de fumée depuis peut-être déjà deux siècles. C'était un pétrin en merisier qui venait de *La Dotane*, la ferme natale de ma grand-mère.

Ce grand meuble spacieux ne contenait rien d'autre que les fers à repasser, les couvertures du repassage et les *coudes* pour les nuits d'hiver. C'étaient de gros galets plats de Durance que l'on mettait à chauffer au four de la cuisinière, qu'on enrobait ensuite d'un bas de laine pour le glisser entre les draps glacés.

Ce meuble était en deux parties. Le dessus avait été le pétrin de la famille. Le socle avait servi à ranger verticalement les pains cuits à l'avance pour plusieurs semaines de suite.

C'était là, dans ce réduit à peu près vide, que je me mussais, écoutant avec délices les conversations des soirs d'hiver, dans l'odeur de roussi des couvertures à linge et celle des galets de Durance que je flairais y découvrant aussi des fragrances bizarres, des fumets ténus de pierre à briquet qui parlaient de montagne à mes sens aux aguets.

Dans le fond de moi-même, ai-je jamais aimé autre chose que des fantômes ? Même la cuisinière qui trônait au centre de la pièce en est un. D'ailleurs peut-être en était-elle déjà un à l'époque car je vois encore la rouille s'effritant autour d'elle. Elle était austère, sans aucun ornement habituel aux cuisinières : pas de robinet de cuivre ni de garde-feu étincelant. Non. Noire de pied en cap, d'un noir décourageant qui racontait de longues misères. La bouillotte, crevée, en était depuis longtemps tarie. Parfois j'en soulevais le couvercle par curiosité. J'y découvrais une épaisse couche de calcaire crevassée qui s'y était amoncelée depuis des décennies.

Cette cuisinière, les soirs d'hiver, quand ma grand-mère *espragnait lou lume,* c'est-à-dire allumait le plus tard possible l'électricité, elle permettait d'y voir grâce à toutes les fissures qui balafraient son foyer. Ses flammes fulguraient sur les têtes spectrales des commensales de ma grand-mère, rendues par ce flamboiement à une irréalité terrible que je contemplais fasciné.

Elles sont toutes là, devant moi, les vieilles de notre pays. Aucune n'avait plus de cinquante ans et, par leurs robes noires, leurs chaussures noires, leurs chapeaux noirs, leurs bas de coton noir, elles étaient déjà rejetées aux rivages de la vie. Aucune d'entre elles ne sortait jamais sans les quatre aiguilles de fer nécessaires pour *faire le bas* enfoncées dans le chapeau. C'était le symbole de leur activité sans relâche, ce pourquoi on devait les louer et les admirer. Il y avait des veuves de guerre, des mal mariées, des mères de famille, des pauvres et des aisées. Inconsciemment je les confondais avec l'éternité, je croyais qu'elles avaient toujours été ainsi et que toujours je les verrais ainsi.

Il n'y avait pas de roman dans ces vies. Elles se tissaient étroitement avec le destin de la terre et aucune ne se distinguait des autres. Les visages même étaient neutres, frappés par les stigmates des mêmes affres, ils harmonisaient leur noblesse dans la même douleur. Tout au plus un timide sourire les éclairait-il parfois. La guerre était toute récente. Elle sévissait encore dans le cœur des veuves dont certaines n'avaient même pas de tombe à fleurir.

Elles parlaient de ventres déchirés, de femmes qui s'étaient mystérieusement pendues, lesquelles pourtant « avaient tout pour être heureuses » ; de maisons dévastées par le feu. Elles décrivaient minutieusement des maladies qui suivaient leur cours fatal chez certains de leurs proches. Et puis soudain, sans transition, la cuisine et le tricot reprenaient le dessus. Jamais, elles ne parlaient des hommes.

Elles apportaient, dans les plis de leurs robes, le parfum des *badassières* où elles étaient allées dans la journée faire l'herbe pour les lapins car elles avaient toutes des lapinières en quelque remise obscure.

Il y avait toujours assez de chaises pour toutes car les murs en étaient tapissés. Au besoin, il y en avait encore dehors, sous le passage entre la porte et la cour.

La Viguier arrivait la première. Elle habitait presque en face, une maison cossue qui donnait à la fois sur la rue et sur le boulevard. Elle avait un menton plus en galoche que volontaire et sa parole était toujours péremptoire. Dès assise, activement, elle se mettait à faire le bas. Elle énumérait hautement les raisons qu'elle avait d'être contente de sa journée, d'être contente d'elle et d'avoir bien gagné *lou dret de se paousa un pou* (le droit de se reposer un peu). La mère Martin venait tout de suite dans son sillage. Elle était chargée d'une nombreuse famille, des filles notamment, pour moi elle faisait oiseau ou souris, à peine posée sur le rebord de sa chaise. Comme elle était pauvre, la Viguier ne lui adressait jamais directement la parole. Elle aussi, timidement et presque comme en s'excusant, se mettait à faire le bas. Mais elle ne portait pas de chapeau. Elle tirait de son chignon les quatre aiguilles.

Alors arrivait la Dinowski qui n'était pas d'ici. C'était une femme du Nord chassée par la guerre en 14 avec son mari mineur. Elle postillonnait à un mètre cinquante en parlant, ayant des trous dans sa denture. Pour la même raison, sans doute, aucun *r* n'émaillait son discours, ce qui énervait prodigieusement ma grand-mère qui ne comprenait rien à ce qu'elle disait.

Une autre Viguier, mais anodine celle-ci, se présentait alors, le châle qu'on appelait la *pouncho* (la pointe) sur la tête. Pour entendre, elle ôtait le coton qui obstruait ses conduits auditifs, ce qui ne plaisait non plus pas à ma grand-mère laquelle en faisait aigrement la remarque, mais seulement lorsque tout le monde était parti.

— Qu'ouro aoudisses pas, disait-elle, anes pas charra enco dei vesins ! (Lorsque vous n'entendez pas, vous n'allez pas parler chez les voisins !)

La mère Donnet venait moins régulièrement. C'était une femme placide au sourire perpétuel. Elle arrivait, elle s'asseyait, elle ne prononçait pas une parole. Un tic bizarre retenait mon attention chez elle. Elle ne cessait, d'un pan de sa longue main, de mesurer la distance qui séparait son menton de son front. Je la voyais toujours arriver avec espoir car elle avait une fille, Fernande, laquelle parfois venait la rejoindre. Cette fille était le bouquet de fleurs de mes soirées quand par hasard elle apparaissait. Avait-elle vingt ou vingt-cinq ans ? Je n'étais pas capable d'en juger. Elle était pour moi l'allégorie de la femme comme M. Constantin était celle de l'homme.

Coiffée chez le coiffeur, portant bas de soie et souliers à talons, des robes à fleurs, tenant négligemment dans sa main une paire de gants qu'elle faisait danser, poudrée, vernie, la bouche rouge cerise, un collier et des bracelets tintinnabulant autour de ses attaches, elle sortait d'un monde féerique. Pendant toute sa visite son parfum neutralisait l'odeur du charbon de Gaude qu'on essayait de brûler dans le fourneau. Par l'interstice de la porte ménagée dans la *mastre* où je rêvais à côté des coudes, je la contemplais subjugué. Dirais-je encore qu'elle n'avait pourtant pas de visage ? Oui, sciemment, je ne la vois pas. Les traits d'elle que je lui prête, ils ont dix ans de plus que ceux qu'alors j'interrogeais.

Elle s'efforçait d'utiliser un langage châtié et, récemment sans doute, elle avait appris un mot insolite, captivant qui se déployait en éventail devant mes oreilles charmées. Ce mot c'était *auparavant.* La Fernande le faisait sonner à tout bout de champ. Elle organisait ses phrases de manière à pouvoir le placer. Et mon ravissement à l'entendre était à chaque fois intact. J'ignorais le sens du mot *auparavant,* mais je soupçonnais derrière ces syllabes qui tintaient en s'entrechoquant dans le timbre charnel d'une voix de gorge, toute une chaîne de mystères alléchants.

D'autres femmes venaient qui ne s'asseyaient pas. La Delphine par exemple, grande, noire, encombrante, savait tenir deux heures debout et sans se taire, serrant dans sa main le bouquet de persil prétexte qu'elle était venue quémander, car elle avait toujours besoin d'un alibi. Elle occupait tout le théâtre de la cuisine, allant, venant, mimant. Sa parole était une constante justification de ses actes. Elle arrivait, elle annonçait :

— Je reste que cinq minutes que, Dieu garde, si Antoine savait !

Antoine c'était son mari. Un soir, une scène se déroula sous mes yeux avec des gestes mais sans un mot. La Delphine déclamait, véhémente et gesticulante. Ma grand-mère écrasait la soupe. La mère Donnet se mesurait le visage. La péremptoire Viguier, matée, se taisait mais désapprouvait. La mère Martin se rongeait les ongles.

Soudain, la porte qui pourtant coinçait d'ordinaire s'ouvrit sans bruit pour une fois. Un homme petit, portant casquette et moustache, s'avança en souplesse et sans un bonjour. C'était Antoine, le mari de la Delphine. Il lui envoya sans ménagement un grand coup de pied dans le cul qui la fit tourner sur elle-même, il l'accompagna ainsi tout au long du corridor avec deux ou trois autres, aussi secs, aussi durs et que l'on entendait claquer depuis la cuisine. Peut-être lui fit-il traverser la rue de la même manière.

Ce qui me donna ma première leçon de maintien, ce fut la suite parmi ces femmes. Aucune ne bougea de sa chaise. Ma grand-mère poursuivit son œuvre, n'écrasant pas plus vite les pommes de terre dans la louche à l'aide de la fourchette. Elle dit :

— Aquéou cop... (cette fois...)

— Eh bé vo ! (eh bien oui !) dit la Viguier.

— Eh ! Qué voous ? (Eh ! Que veux-tu ?) dit la Donnet.

Les autres ne pipèrent mot.

J'ai baigné dans cette concision de l'émotion qui ne permet pas au dialogue un mot de plus qu'il n'est nécessaire mais comme des solistes d'orchestre qui n'interviennent que rarement, d'autres femmes me hantent sitôt que je braque ma mémoire vers cette cuisine sombre. Elles ne touchaient pas terre. Elles ne faisaient que passer. Elles fusaient tels des météores : la Rose Rambaud, la Rose Magnan (femme du bouilleur de cru qui n'avait aucun lien de parenté avec nous), la Rose Moisson, la Rose Bistagne, la Rose Dépieds, la Rose Reboulin. Je suis né au milieu de ces Rose et d'innombrables Rosette de mon âge.

Parfois aussi quelque épouse de notable venait sublimer l'odeur du charbon de Gaude par le subtil parfum dont elle usait. C'est la toute gracieuse Mme Maurent qui avait appris à sourire bourgeois, comme disait ma mère. Elle voulait désigner par là un sourire qui hésite entre la condescendance et la familiarité, qui s'empreint malgré soi d'une timide sympathie un peu indulgente, un rien protectrice et somme toute destinée à mettre la distance entre soi et autrui jugé moins important.

Une fois, j'y vis entrer Mme Senez, la seule femme au monde que j'aie jamais vu ma grand-mère embrasser, la seule qu'elle reçût avec des exclamations de joie et un élan d'amour.

Cette Mme Senez était sa sœur de lait. Ma grand-mère en avait la bouche pleine. Elle en parlait souvent. Elle m'avait inculqué un profond respect pour cette femme inconnue, que je vois entrer, que je vois embrasser ma grand-mère, dont je distingue parfaitement le chapeau simple quoique de bon goût mais dont le visage s'est complètement effacé. Ces Senez étaient quelque chose dans le monde. Je ne sais quoi au juste. Ma grand-mère ne le précisa jamais.

Ainsi, cette cuisine est pleine à craquer des fantômes que j'y entasse et si ces derniers n'étaient pas sans consistance, je ne pourrais bientôt plus en ajouter un seul. Pourtant un autre va surgir encore qui va les chasser tous d'un seul coup, qui va leur faire ranger précipitamment l'ouvrage inachevé et piquer les aiguilles à tricoter dans les chapeaux et les chignons. Déjà ma grand-mère a remis la soupe à chauffer. Elle a sorti les assiettes du placard, installé les couverts, tranché le pain. Elle regarde l'heure au réveil de fer qui est sur la tablette de la cheminée derrière le poêle. Huit heures sonnent à Saint-Sauveur. Alors au bout de la rue, du côté de la fontaine d'Aubette, elle entend et elle est seule à l'entendre, un pas lourd qui s'avance.

— Es aqui ! (Il est là !) dit-elle.

Aussitôt, les voisines s'esbignent en coup de vent. Elles disparaissent. Elles ne sont soudain plus là, comme des mouches chassées d'un gâteau. L'une ou l'autre une fois s'est laissée piéger par l'arrivée du grand-père. L'une ou l'autre a essuyé sa terrible ironie :

— Vé ! Leï cardalino dé Madagascar ! (Vé ! les chardonnerets de Madagascar !)

C'est ainsi qu'il nomme les corbeaux et c'est ainsi que par analogie, les voyant agglomérées, en tas et toutes noires, il nomme les commensales de ma grand-mère.

Voici donc la cuisine vide, ma grand-mère debout qui trempe la soupe. Alors la porte s'ouvre. Et tout de suite la pièce est pleine. C'est le grand-père qui s'avance, fort de ses cent trois kilos, pas très grand mais massif, lent, la voix formidable, une voix de cor de chasse à ébranler les échos. Il ôte sa casquette qu'il suspend derrière la porte. Lui aussi il a des banes comme mon père dans ses cheveux hirsutes.

Il s'assied devant la table. Ma grand-mère l'a déjà servi. Il mange sans un mot, et je l'imite. C'est de la soupe aux choux. Mon père, ma mère, ma sœur, ont horreur de ça jusqu'à n'en pas pouvoir supporter l'odeur. Mon grand-père a planté au mois de juin un quart d'hectare de choux cabus. Il les faut manger. La soupe apparaît trois fois par semaine sur la table. On m'invite à chaque fois. Je me régale. Elle est pourtant faite à coups de serpe cette soupe. Ma grand-mère n'est pas fine cuisinière. Le choux a son trognon. Les carottes ont leur bâton. Les poireaux sont coupés en quatre et parfois eux aussi ils ont le bâton. Mon grand-père me regarde soupçonneusement pour contrôler si je ne laisse rien : ni du trognon ni du bâton ni de la filandreuse branche de céleri qu'on ajoute entière.

— Mangeo dé pan ! (Mange du pain !) dit-il.

Il a trois formules pour m'inciter à la parcimonie : « Mangeo dé pan ! Espragno la ventresque ! Espragno lou lume ! » (Mange du pain ! Economise le fricot ! N'allume pas l'électricité mal à propos !)

Le grand-père me jauge à ses mesures. Il ne fait pas grand fond sur moi. Je suis maigre, chétif. L'araire m'échappera des mains. J'aurais pu à la rigueur servir à nettoyer *lou vaïsseou* (le tonneau) à l'aide des *gaveou de tine* (les plants d'asperge sauvage) qui constituent de vraies brosses de chiendent. Mais ma mère s'est formellement opposée à ce que l'on utilise ma petite taille pour m'introduire par la trappe dans le tonneau. Avant d'être capable de quoi que ce soit je vais coûter les yeux de la tête. C'est tout cela que signifie son regard tandis que j'engloutis ma soupe aux choux et que je torche mon assiette à l'aide de gros morceaux de mie indigeste.

Le grand-père est à un mètre de moi. Il me surplombe. Je sens le fumet de terre arable qui l'auréole mêlé à sa transpiration dont j'aime aussi l'odeur. Je vois sa tête sévère, sans un sourire.

Il *rênait*. C'est-à-dire qu'il ne pouvait rien accomplir dans la vie, aucun geste, aucun effort, sans l'accompagner de jurons, d'imprécations, de gémissements, de ricanements. Sa voix formidable s'en prenait vingt fois le jour au Créateur, aux créatures, à la création. Il avait un compte à régler quotidien avec le mal de vivre dont il ignorait le nom mais qu'il subissait dans sa chair, à force de labourer, de bêcher, de biner, de creuser. Jamais il ne s'arrêtait de ressentir le bruit sourd des coups de pioche dont il défonçait la terre à longueur de journée.

Quand on le voit, mon grand-père, tout de suite on

comprend ma grand-mère. Pour l'aimer, pour le supporter, pour le tenir en lisière, il fallait ces lèvres minces et serrées qu'elle a, ces yeux en pointe d'épingle, cette voix métallique, cette parole rare mais assassine à l'occasion.

Elle a fini sa soupe. Elle s'est levée pour faire le *réguineou.* C'était une omelette que l'on parsemait de tranches de cervelas ou de morceaux de petit salé. Elle a retiré le couvercle du fourneau. Elle touille le charbon de Gaude qui brûle avec une flamme de soufre, une odeur de soufre.

Le mélange du parfum du cervelas, des œufs et du charbon de Gaude, me plonge dans une extase profonde. Je regarde la chemise bleue à fleurettes blanches que porte mon grand-père. Une souris gratte dans la souillarde. Le charbon s'éboule dans le foyer du fourneau. Dehors appelle la trompe à deux tons du Manzone, le laitier ambulant. Au fond de la cour, une dernière fois, les poules se disputent le perchoir en piaillant.

Mon grand-père et ma grand-mère ne prononcent pas un mot. Ils mâchent soigneusement chaque bouchée pour faire durer le plaisir. Ils ne se regardent jamais. Ils ne se racontent pas ce qu'ils ont fait dans la journée. Ils ont toujours été ainsi. Mon père, à quinze ans en a eu assez de cette atmosphère étouffante et il est parti faire l'ouvrier agricole plutôt que de supporter ce silence, cette hotte de rancœurs accumulées. Moi, ça ne me gêne pas ce silence. Je l'aime. Je m'y complais. Il me permet d'écouter des choses extraordinaires avec mon ouïe aiguisée. Le salpêtre s'effondre dans le placard ouvert d'où ma grand-mère vient de sortir le gorgonzola. Dans un bocal de légumes secs les *courcoussons* (charençons) creusent leurs galeries en déplaçant les haricots. Dehors grince la poulie du grenier au vent qui s'est levé. Dans les écuries qui nous cernent, les chevaux encensent en arrachant l'herbe aux râteliers. Le mulet vient de trompetter à tue-tête son cri mélange de braiement et de hennissement. Le bonheur.

D'un même mouvement mon grand-père et ma grand-mère viennent de retourner l'assiette bleue au fond illustré d'une gravure à proverbe où ils coupaient leur fromage. Sur cette surface plane, ils versent la confiture du dessert.

— Y a ren aouré ! (Il n'y a rien d'autre !) dit ma grand-mère.

Mais elle a tout de même apporté une coupe pleine de noix qu'elle dépose devant nous. Mon grand-père en choisit sept ou huit. Il se soulève de sa chaise. Sur les planches de caisse à morue qui remplacent la paille, il les dispose côte à côte, puis il se laisse retomber d'un coup. J'entends un broiement d'os. Ce sont les écales écrasées par les cent trois kilos de mon grand-père, mais écrasées avec une précision de marteau-pilon. Lorsqu'il se soulève de nouveau pour les récupérer, les cerneaux sont intacts sous les écales éclatées. Je suis plein d'une admiration terrifique pour ce geste que de ma vie je ne rencontrerai plus chez personne.

— As fa béouré lou muou ? (Tu as fait boire le mulet ?)

— Vo. (Oui.)

Ce sont toutes les paroles qu'ils prononceront de la soirée. Le grand-père se lève, saisit le *péchier* et le *fara* (le pichet et le seau). Il va chercher à la fontaine voisine l'eau nécessaire au café et à la toilette. La grand-mère dans la souillarde sans eau courante, simplement munie d'une pierre d'évier trouée qui communique directement avec le ruisseau de la cour, lequel se déverse dans celui de la rue, la grand-mère expédie sa vaisselle à l'aide de cristaux de soude qui sont les seuls détersifs d'alors.

Ce soir, je couche ici. Mes parents sont allés chez des amis manger quelque lièvre en bonne compagnie. Et dans ces cas-là, je dormais chez mes grands-parents.

Tout est paré. Le mulet a bu. On a fermé le fenestron des poules, éteint l'électricité. A la porte cochère ni au portillon il n'y a de serrure, par conséquent on ne s'enferme pas. Une dernière fois, on est allé arroser le fumier. Par l'escalier tournant chichement éclairé, on monte, les uns derrière les autres, moi en tête, le grand-père en queue qui rêne en escaladant. Au premier étage s'ouvre à droite la porte de la chambre. A gauche se continue l'escalier qui commande la fenière et la chambre de mon père, prise dans le grenier.

La chambre de mes grands-parents était d'autant plus solennelle qu'une seule ampoule aussi faible que celle de l'escalier l'éclairait dans l'alcôve. Elle mesurait plus de cinq mètres de haut, était large et longue de six à sept mètres, plus l'alcôve et deux clafouchons fermés, l'un pour les vêtements, l'autre pour de rudimentaires nécessaires de toilette qu'on n'utilisait jamais. Elle donnait par deux fenêtres sur les cinq mètres de large de la rue. Jamais le soleil n'y pénétrait. C'était fait exprès. Les paysans de la ville n'avaient que faire du soleil chez eux. Ils en prenaient assez toute la journée par les chemins et par les champs. D'ailleurs, on n'ouvrait les volets qu'un quart d'heure le matin pour aérer la literie. Après quoi on rendait l'antre à son obscurité.

Cette chambre était entièrement tapissée de papier peint à guirlandes de roses. Une cheminée de salon à dessus de marbre l'agrémentait que je n'ai jamais vu utiliser. Là se trouvait tout l'ameublement qui prouvait que les Magnan, s'ils étaient pauvres, n'étaient pas misérables. L'armoire était de bois blanc mais regorgeait de linge, la commode à trois tiroirs avait un dessus de marbre où tout un assortiment de petits vases en porcelaine éclairaient la pénombre de bleu et de rose. Les tables de nuit de chaque côté du lit étaient tristes mais en noyer. Les tomettes du plancher étaient bien unies, brillantes ; contrairement au sol de la cuisine, aucune n'était brisée. Enfin, tout autour contre les murs, à chaque place disponible, les chaises des enterrements et des naissances trônaient, neuves depuis peut-être cent ans, aux pailles entrecroisées jaunes et vertes et vernies. Ces chaises ne quittaient jamais les chambres. Elles servaient aux accouchées à recevoir les compliments des relevailles et aux cadavres pour la dernière veillée des amis et des pieuses femmes. C'est dire qu'on ne les utilisait guère que vingt à trente fois par siècle, ce qui expliquait qu'elles fussent toujours neuves.

On m'avait déjà débarrassé de mes vêtements et couché dans le lit de fer plaqué contre le mur à côté de la porte d'entrée, qui avait été celui de mon père et que garnissait un matelas de laine, ce qui me changeait de ma paillasse, changement que je n'appréciais pas outre mesure.

— Piare ! Viro te countro la muraillo ! (Pierre ! Tourne-toi contre le mur !)

J'obéissais à cette injonction de ma grand-mère qui préludait à la cérémonie du déshabillage. Ils y procédaient l'un et l'autre en vitesse, assis sur l'édredon. Mon grand-père rênait une dernière fois un bon coup contre les *courégeons* (lacets de cuir) de ses chaussures qui se défaisaient malaisément. Après quoi l'un et l'autre allaient déposer leurs frusques dans le clafouchon. Ils en revenaient en chemise de nuit épaisse et rêche comme un cilice et qui faisait par toute la chambre un froissement courroucé dès qu'ils se déplaçaient.

Alors ma grand-mère s'approchait de la commode. Là-dessus, à côté des statuettes de Saxe, trônait un bocal ventru plein d'un liquide ambré où baignaient en suspension de gros grains de raisin. Dès qu'elle soulevait le couvercle l'odeur du marc se répandait par toute la chambre. Elle plongeait une cuiller dans ce bocal. Elle en retirait trois grains, toujours le même nombre, qu'elle faisait soigneusement égoutter contre la paroi de verre.

Elle me les apportait.

— Durbe la bouco ! (Ouvre la bouche !)

Une à une elle me tendait ces trois friandises que je croquais avec délices, gardant le dernier en bouche le plus longtemps possible avant de le faire éclater contre ma langue. C'était là, ce don de la vigne et du soleil, son bonsoir et son baiser. Après quoi elle me tournait le dos sans un mot de plus.

Ils grimpaient simultanément dans le lit qui accusait le coup car si le grand-père faisait cent trois kilos, la grand-mère, de son côté, dépassait les quatre-vingts. Assis au bas des oreillers énormes avec devant eux l'énorme édredon, ils assujettissaient ensemble le bonnet de nuit sur leurs têtes, qu'ils enfonçaient jusqu'aux oreilles et aussitôt pour moi leurs visages devenaient étrangers. Ils n'avaient plus de cheveux, plus de front, plus d'oreilles. D'un même mouvement toujours, ils se glissaient sous les draps, la tête vers le plafond où se déployait une rosace de plâtre, roides comme des gisants de cathédrale, sans un mouvement de plus à droite ou à gauche, sans un regard l'un pour l'autre, sans un soupir.

Je les contemple une dernière fois. Leurs visages distants l'un de l'autre de plus d'un demi-mètre, horizontaux, comme au garde-à-vous devant la nuit, devant le sommeil, devant le non-être, ils apprennent chaque soir dans la vie à se coucher tels qu'ils le seront, un jour, pour l'éternité.

— Amousso ! (Eteins !) dit la grand-mère.

Il ne s'écoule pas dix secondes dans le noir après cette injonction que déjà la véhémence furieuse de leurs ronflements accordés m'atteint au plexus solaire, fait vibrer les vitres. Je respire à ce rythme infernal. Mais soudain, comme si tous les deux ensemble ils avaient atteint le large du mystère, ils se taisent comme s'ils s'éloignaient de moi, peu à peu. De moins en moins audibles leurs ronflements s'achèvent en vagissements d'enfants au berceau. Le silence s'établit d'un seul coup. Ces deux êtres antagonistes qui de la journée ne s'adressent pas la parole bénéficient d'un accord magique dans leur approche du néant. Ensemble, ils se sont mis à ronfler, ensemble ils font silence.

Alors la fontaine à cent mètres d'ici prend le relais, raconte précipitamment son histoire. Par-dessus les toits de la rue, les platanes du boulevard Mirabeau se déploient sous la houle du vent. Leurs feuillages dérangés bruissent les uns contre les autres.

Je suis là, aux aguets. Autour de mes quatre ans, tout est encore mystère, énigme, insolite. Les grands-parents horizontaux, les guirlandes de roses tressées sur le papier peint, l'odeur froide de cette chambre où la paille des chaises se met parfois à crisser et l'armoire de bois blanc à craquer d'un bruit incongru, soudain, brutal.

Je veille. J'enfonce mes doigts dans mes paumes serrées pour résister à l'anéantissement. Depuis que j'ai pris conscience de son existence, je ne suis pas encore habitué au sommeil. De tous les secrets que je découvre autour de moi, il me paraît le plus menaçant. Je ne m'y livre pas sans panique et je retarde le plus que je peux le moment d'y sombrer. Se dessaisir de la perception du monde m'apparaît inquiétant, anormal.

C'est ça le mystère du sommeil, incompréhensible en son entrée comme à sa sortie. Soudain, sans transition, je suis inondé de vie et de lumière. Ces roses tressées sur le papier sont éblouissantes sous le jour venu de la rue que le soleil balaie en diagonale. Le lit qui paraissait inquiétant chargé de ses deux passagers pour l'inconnu, est d'un blanc aveuglant sous la courtepointe de coton brodé. Il n'y a plus personne dedans. En bas, ma grand-mère ramage :

Il fait beau le ciel est rose,
l'horizon vermeil...

Elle ramage toute la journée, sauf quand le grand-père ou les voisines sont là. Alors sa bouche mince comme un fil se resserre davantage encore.

Elle m'appelle pour le petit déjeuner. Elle m'installe devant un bol de café dans lequel elle a mis du beurre à fondre ce dont j'ai horreur mais que j'avale stoïquement, les yeux fermés, sachant qu'il n'est pas question de discuter.

C'est dimanche. Le grand-père est déjà parti au Cercle après avoir gouverné le mulet. Il a mis son costume gris fer, une chemise à rayures blanches ton sur ton ornée d'un mince ruban noir sur le bouton de col, qui lui tient lieu de cravate. Tout est sur mesure : la chemise, le costume et les chaussures, une paire tous les cinq ans qu'il s'est fait faire chez le cordonnier piémontais. Et comme il souffre d'un *agassin* (un cor), il a pratiqué dans le cuir, à l'aide de son tranchet, une fenêtre carrée destinée à dégager l'indésirable et à lui donner à respirer. Devant cette aberration ma grand-mère ne cille même pas. Il y a longtemps, sans doute, qu'ils ont eu, l'un avec l'autre, la dernière explication. Il n'y a rien à y ajouter.

Ce jour de dimanche, je retournerai manger chez moi et reviendrai à fond de train ici car, ou bien mon grand-père va me prendre avec lui pour m'amener au cinéma, ou bien ma grand-mère va m'envoyer chez Richaud le pâtissier, acheter deux millefeuilles et deux choux à la crème que nous nous partagerons en cachette.

— Farmo ben la paourto qué venguessé degun ! (Ferme bien la porte que personne ne puisse venir nous déranger !)

Et je poussais à fond le guichet de la cuisine et nous tirions les contrevents afin de ne pas être vus de l'extérieur par la fenêtre. Et nous nous empiffrions, en silence, tous les deux, à la chiche clarté de la lampe de quarante bougies.

Mais le matin déjà les ruses de Sioux avaient commencé afin de déjouer la vigilance des voisines pour une affaire dominicale de première importance. Tous les dimanches, ma grand-mère m'envoyait chez l'Héloïse Chaix, la buraliste marchande de journaux, chercher cinq sous de tabac à priser. Nul ne savait où ni quand cette *pute de passion*, comme disait ma mère, l'avait saisie. Toujours est-il qu'elle était partagée par toutes ses voisines. Et comme elles étaient toutes chiches ou pauvres, elles *chinaient* à qui mieux mieux une prise chez ma grand-mère.

Donc il n'était pas question de se rendre droit chez l'Héloïse par la rue Chacundier, le boulevard de la Plaine, la porte Saunerie d'où la buraliste était à deux pas. Non, je prenais par la bande, j'escaladais en courant la rue d'Aubette, m'engouffrais sous le passage du Contrôle, traversais comme une flèche la Grand-Rue, louvoyais dans la rue de l'Equerre, débouchais au grand jour sur la place du Terreau et par le boulevard des Lices arrivais enfin chez l'Héloïse, le souffle égal.

Je happais le cornet de papier gris où le tabac était enfermé, je l'enfonçais sous ma chemise et revenais par le même chemin. Je crois bien que depuis longtemps les voisines avaient éventé la ruse car il ne se passait pas un quart d'heure après mon retour sans que l'une ou l'autre ne vienne paraître sous quelque prétexte derrière la porte.

Ma grand-mère avait à leur usage une vieille tabatière où elle pilait les fonds de poche du grand-père et c'était plaisir de lui en voir faire largesse.

Tels étaient mes grands-parents Magnan lorsque j'avais quatre ans. Je les éclairerai sur toutes leurs faces, à mesure que je grandirai.

Il existait de très vieilles femmes chez nous, transcendées, ayant soixante-quinze ans, puis quatre-vingts, puis quatre-vingt-cinq, s'épurant au cours de ces années définitives, rabotées, allégées de toute graisse, puis de toute chair, ne pesant plus que quarante kilos puis trente-cinq.

Telle était ma marraine, la Marie Priape, mère de ma mère. Un beau jour, le vent l'emporta, sans maladie, sans souffrance. Je la vois mourir devant son âtre où on l'avait installée sur une simple chaise. Le hoquet la prenait de temps à autre, c'était tout. J'étais assis sur le potager bas. J'essayais de capter l'attention de son regard clair. Mais elle n'avait plus d'attention pour personne, même pas pour moi : la prunelle de ses yeux.

La première image que j'ai d'elle, c'est une femme déjà âgée, l'épaule courbée sous un matelas qui doit peser la moitié du poids qu'elle pèse. Elle revient du *Bazar universel,* de chez M. Carretier, pour qui elle fait les matelas. C'est dans la rue Guilhempierre. Par la rue Desfarge et la place du Terreau, elle vient de parcourir deux cents mètres ainsi chargée. Et elle est habituée à souffrir depuis si longtemps que lorsqu'elle dépose son fardeau sur les tréteaux qui supportent le métier, elle ne s'arrête même pas pour souffler. Tout de suite elle déplie le matelas et commence à le découdre. Je revois les tréteaux, la cardeuse, ma marraine installée sous les platanes et répartissant la laine sur la toile.

Elle avait eu la vie la plus dure du monde. Sa mère était morte quand elle avait onze ans. Son père était une sorte de chemineau qui se louait de ferme en ferme et la traînait à sa suite, elle et sa demi-sœur. Elle connut dans sa vie plus de granges à foin où coucher que de bons lits à draps blancs. Je l'imagine par les chemins des Basses-Alpes, la faucille passée à la ceinture, blonde, infatigable, liant les andains que son père fauchait. Elle eut onze filles d'un homme qui ne l'épousa que sur le tard et dut déjà en légitimer quelques-unes avant de convoler. Mais quand je suis né, de cette grande houle de vie qui l'avait ballottée et où, peut-être, l'amour avait eu sa part (car qui connaît l'histoire d'amour de ses grands-parents ?) il ne restait qu'un galet parfaitement poli : cette grand-mère de soixante-dix ans, pesant quarante kilos et qui, une alêne à faire les bourrelets fichée entre les dents, cousait des matelas sur la place du Terreau.

Elle habitait une maison biscornue prise dans les remparts. Du côté du boulevard des Lices, elle avait cinq étages et deux seulement côté place du Terreau qui était le tertre du contrefort remblayé. Le rez-de-chaussée et les deux premiers plans du dessus étaient enfoncés dans le safre. Certains réduits, certaines caves, se heurtaient tout de suite à ce mur couleur d'or.

L'appartement de ma grand-mère était au troisième, côté boulevard des Lices et donc au rez-de-chaussée côté place. Chaque pièce était à un niveau différent de l'autre. Une très haute marche commandait depuis le corridor obscur l'entrée de la cuisine. Dans cette cuisine qui avait *l'eau à la pile,* c'est-à-dire un robinet dans un évier de carreaux rouges où l'eau coulait à volonté, le personnage principal était un âtre à potager bas où ma marraine officiait seule, dont elle connaissait seule, mais en spécialiste, le maniement délicat. Elle l'allumait dès le matin, hiver comme été, à l'aide de quelques régalades tirées d'un clafouchon obscur plein de bois, de branchettes et de brindilles toujours parfaitement secs.

Dans ce clafouchon, au fond duquel miroitait le safre couleur d'or, l'odeur du pin dont ma grand-mère entassait des fagots qu'elle allait couper elle-même, se mêlait au parfum du poivre d'âne que je respirais les yeux fermés et la tête pleine alors, de champs arides, d'horizons austères, de chemins passant à l'infini de l'ombre au soleil et de la verdure au désert.

Je vois ma marraine penchée sur son âtre. Il n'y avait aucun soufflet, aucun chenet. Tout le matériel consistait en une paire de pincettes, une pelle à cendres et un *diable* pour attiser la charbonnille. Cet âtre était flanqué de deux pots à braise où se faisait la meilleure cuisine du monde : un bœuf en daube, qui mijotait dans son poêlon de terre couvert d'une assiette où s'évaporait le vinaigre ; deux côtelettes d'agneau sur le gril ; un *tian* (gratin) d'épinards dont elle réussissait à faire dorer la panure comme s'il sortait d'un four ; et même des *pommes d'amour* farcies aux herbes. Le mot *tomate* n'entra dans notre vocabulaire que très tard. Jusqu'à mes douze ans, cette solanée au parfum insolite ne fut pour moi qu'une *pomme d'amour.*

Parfois, une fois par an, un plat somptueux qui nous était exclusivement réservé à ma marraine et à moi, se réduisait lentement sur l'un de ces pots à braise et je le regardais sublimer son arôme par toute la pièce et je l'écoutais mijoter au fond du poêlon en terre vernissée.

C'était en juin, quand le printemps avait été pluvieux. Nous partions, ma marraine et moi. Nous allions explorer les chemins et les talus des ruisseaux. Là, les années fastes, de grasses carlines rébarbatives se tapissaient au ras du sol, fermement crochées à la terre, non seulement par toutes leurs racines, mais aussi par toute la menaçante couronne de leurs feuilles à piquants.

On connaît la carline de la superstition clouée aux portes des bergeries pour éloigner les prédateurs, les corbeaux, les maléfices et le diable en personne. On la connaît aussi inoffensive, flottant déracinée, privée de ses défenses, légère parure blonde, soyeuse, au mois d'octobre ou de novembre, errant sous le vent de Lure au flanc des pierriers qui sont les dômes de nos montagnes. Mais qui connaît la carline verte striée de noir, grosse comme un oursin, lovée au cœur de sa couronne de feuilles menaçantes et elle-même armée de dards crochus, de dents d'épines, de poils recourbés durs comme des hameçons et acérés comme eux ?

Je me penchais fasciné sur cette étrange plante qui distillait sa verdure sombre sous l'ombre des noisetiers, et qui était intouchable, et dont on ne savait par quel bout la prendre, qu'on ne pouvait qu'écraser sous de grosses chaussures et de gros poids comme le faisait mon grand-père furieux contre cette plante incomestible et qui diffusait la superstition.

Ma marraine plus subtile et qui savait caresser la nature dans le sens du poil, utilisait d'autres méthodes. Elle avait emporté une sorte de trébuchet, semblable à une tenaille et muni de deux lames en dents de scie. Elle glissait ces lames sous les feuilles de la plante et les ramenait l'une vers l'autre par une pression sur les branches de la pince. J'entendais craquer la racine pivotante et, quand ma marraine soulevait la plante, je me penchais avidement sur ce puissant tronçon de racine d'où saignait une bave blanche bouillonnante comme sortant d'une bête blessée à mort. Insensible à la douleur des plantes, ma marraine laissait tomber la carline pantelante au fond d'un sac de jute qu'elle avait déroulé. Déjà elle se courbait plus loin sur d'autres plantes plus faramineuses encore et qui toutes poussaient en mourant ce gémissement atroce, furibond. Elle en assassinait ainsi peut-être soixante, soixante-dix. Le sac s'emplissait.

Lorsqu'elle jugeait la récolte suffisante, elle hissait le sac sur son dos et nous nous en revenions par les boulevards vers la place du Terreau. J'avais un peu honte de ce pauvre équipage : ma minuscule marraine chargée de ce fardeau léger mais volumineux où crissaient les carlines rébarbatives qui devaient lui lacérer l'échine de leurs feuilles maléfiques.

— Vaqui maï la Maria, se disaient les voisines sur notre passage, qu'es ana mangea subre eï ribo ! (Voici encore la Marie qui est allée se nourrir aux talus.)

Mangea eï ribo, c'était le dernier degré du mépris et de la pauvreté.

Ma marraine était passée maître dans cet art de se *nourrir aux ribes.* Elle ne partait jamais sans un tablier noir sur sa robe noire dont on ramenait les coins afin d'en faire un sac ventral et elle ne le rapportait jamais vide ce tablier. En plus des champignons et des asperges sauvages dont la cueillette était commune à tous, elle connaissait plus de cinquante espèces de baies ou de fruits que tout le monde croyait vénéneux ou incomestibles. Elle en faisait des compotes, des sirops, des confitures, des onguents. Je ne l'ai jamais vue que travaillant de ses mains sur des produits de la terre dont elle flairait tous les secrets. Sa spécialité c'était la salade sauvage, dite *champanelle.* Elle parcourait les éteules, les *restoubles,* pour y remplir son tablier noir qu'on appelait un *faoudaou.* Je la vois devant moi, penchée vers le chaume d'automne qui pourrissait et faire sauter avec la pointe de son couteau une minuscule fleur verte faite de quelques jeunes feuilles que protégeaient les souches raides des épis fauchés au pied. Elle en connaissait, de ces salades, d'innombrables espèces que les ignorants croyaient être de l'herbe. Et ainsi, elle se penchait et se relevait, des heures durant, pour remplir le tablier de ces petites plantes aussi légères que la fleur de tilleul.

Elle rapportait cette salade, la triait, la lavait, la livrait ensuite chez l'épicier Girard, dans la Grand-Rue, qui la lui prenait. Elle moussait, cette salade, prometteuse, à l'éventaire de l'épicerie. On la vendait cher, un franc l'hecto. Elle ne durait pas une heure. Les *damotes* en étaient friandes et se la disputaient.

Ma marraine n'acceptait pas d'argent de l'épicier Girard. Il existait entre eux un accord fondé sur la valeur respective des choses : tant d'hectos de salade, tant de *pièces de savon.* Car c'était là l'orgueil de ma marraine : posséder la plus grosse quantité de pièces de savon de tout le voisinage. Elle en avait sur deux plans au-dessus de l'évier ; deux pyramides de toutes marques : la Pomme, l'Abat-jour, la Tour, l'Abeille. C'étaient des cubes d'un kilo qu'on entassait sur une étagère entre le mur et l'âtre afin de les faire sécher car, une fois secs, ils s'usaient deux fois moins vite en lavant.

Ces pyramides de pièces de savon étaient le viatique des ménagères pauvres. Elles les collectionnaient, les manipulaient, ramenant vers le haut, afin de les utiliser en priorité, celles qui avaient pris la belle couleur ambrée et translucide du savon enfin devenu mûr.

Quand ma marraine, juchée sur un escabeau, en avait, grâce à sa champanelle, ajouté deux pièces à sa collection, elle ne pouvait s'empêcher, en dépit de son humilité naturelle, de jeter sur sa pyramide un regard d'orgueil satisfait.

Mais la voici marchant devant moi chargée de son énorme sac de jute qui ballotte sur son dos et à travers lequel, à chaque pas, les carlines prisonnières lui lacèrent l'échine comme des pointes de cilice. Nous franchissons le seuil de sa maison, nous nous enfonçons dans le corridor noir, courbe. Elle ouvre la porte, elle déverse sur la table ronde le contenu du sac de jute qui rutile vertement de tous ses oursins menaçants. On dirait devant moi le chatoiement d'une pêche miraculeuse.

Ma marraine s'assoit devant ce tas, armée du seul même couteau un peu terreux qu'elle utilise en toutes circonstances. Elle dispose devant elle la planche à hacher, concave à force d'avoir servi. Les feuilles qui étaient étalées sur le sol lorsque la plante était encore vivante, se sont maintenant, comme pour la protéger, repliées sur l'oursin qui portait l'espoir des carlines futures. On se trouve en présence d'une sorte de porc-épic qui darde ses piquants dans tous les sens. Je suis là, accroché à la table, regardant de tous mes yeux, mais me gardant bien de toucher à ce buisson ardent.

Ah ! je vois encore le geste de ma marraine avançant les mains vers ce tas de piquants, saisissant une des plantes avec la science gagnée en soixante-dix années d'existence, la tenant prisonnière sur la planche à hacher sous ses doigts écartés et sans appuyer et sans que la plante bronche, lui sectionnant chaque feuille au ras de l'oursin, à la seule aide de son couteau mal aiguisé.

Comme la pyramide de pièces de savon sur les étagères, s'élevait sur la toile cirée la pyramide des oursins de carlines que j'imaginais parcourue de grouillements comme un vrai tas de crustacés vivants. Ma marraine les avait privés de leurs premières défenses mais ils n'étaient pas pour autant devenus inoffensifs. Elle les contemplait toutefois avec satisfaction, tandis qu'elle enfouissait les détritus dans le sac. Elle se levait. Elle allait chercher le *tian* (cuvette de terre). Elle le remplissait au tiers d'eau qu'elle additionnait d'une rasade de vinaigre et la deuxième partie de l'opération commençait.

Je revois la vieille main de ma marraine soupesant l'oursin rébarbatif d'une carline. Je vois les phalanges serrant le couteau. Je vois tomber les écailles du bulbe décortiqué. C'était un travail d'orfèvre. D'une carline grosse comme un œuf de poule, on obtenait, à force d'épluchage, un cœur blanc d'artichaut gros comme un œuf de pigeon.

Ma tante Hélène arrivait, la mine serrée, la moue rébarbative comme si elle avait mangé du verjus. C'était une migraineuse chronique qui traversait Manosque la main contre le front et ne voyant personne. Elle arrivait. Elle ne disait pas bonjour. Elle poussait un gros soupir et jetait son chapeau derrière la machine à coudre. Elle se laissait choir sur une chaise en gémissant : « Siou rendudo ! » (Je suis très fatiguée !)

Mais si elle apercevait (une fois par an et encore fallait-il que la saison eût été propice) le tas de carlines rutilantes sur la toile cirée, elle se relevait, entrait en transes : « Sias maï ana cuilli d'aqueleï salouparié ! » (Vous êtes encore allés cueillir de ces saloperies !)

Sa voix claironnante éclatait dans la pièce, nous faisait peur à ma marraine et à moi. Ma marraine courbait le dos sous l'orage, se faisait encore plus humble qu'elle ne l'était réellement.

— Es par lei faïre tasta ou Pierrot qué leis amo forço... (C'est pour les faire goûter au Pierrot qui les aime tant...)

Ma tante Hélène se mettait à hennir un long rire sarcastique et elle disait :

— Aco es ben d'un infant de démounto crestian d'ama d'oubragi ainsin ! (C'est bien là le fait d'un enfant de libre penseur d'aimer de telles choses !)

Elle hochait la tête, me regardait avec doute. Je me faisais mince sous cette inquisition. Ma marraine essayait d'arrondir les angles :

— Manges ren ? (Tu n'as pas faim ?)

— Nanni ! M'en voou coucha ! Siou rendudo ! (Non ! Je m'en vais coucher ! Je suis très lasse !)

Elle montait les quatre marches qui conduisaient à sa chambre. Elle claquait la porte. On avait la paix. On se remettait au travail. Quand tout était épluché, flottant entre deux eaux à la surface du tian, il restait peut-être quatre ou cinq douzaines d'œufs de chair blanche qui commençaient à noircir. On les égouttait, on les réservait dans une écumoire. Mais auparavant dans *l'ouro,* la marmite des ragoûts, on avait préparé un fond avec des oignons, de l'ail et toutes sortes de choses que j'ai oubliées, sauf le petit salé coupé en dés minuscules sur la planche à hacher et sauf l'huile d'olive, à cause de son parfum qui n'était pas le même chez mes parents ni chez mes grands-parents. Et sauf, aussi, le demi-verre à liqueur d'eau de coing dont elle arrosait la sauce.

On mettait cuire sur le pot à braises attisé au préalable avec le diable. Sous le couvercle le bruit de ce fricot en train de mijoter me faisait saliver. Mais il n'était pas temps encore. Il fallait couvrir d'eau chaude, cuire pendant quatre heures et recommencer le lendemain. A midi, nous étions seuls, ma marraine et moi. On installait le plat au centre de la table. On soulevait le couvercle. La suspension de la lampe électrique était aussitôt nimbée d'un ectoplasme de vapeur qui retombait en un arôme suave autour de moi. Ma marraine me servait abondamment, se servait et restait debout. Même devant moi qui avais quatre ou cinq ans ma marraine restait debout parce que j'étais un mâle. Le rouge de la honte et de la compassion extrême me monte au front chaque fois que j'évoque cette circonstance navrante.

Je mangeais. Elle me regardait manger avec inquiétude et elle n'avait pas tort car ce plat d'artichauts sauvages était d'une étrange amertume. Elle avait essayé d'en faire goûter à toute la famille, ma mère, mes tantes, mes cousines. Tout le monde s'était toujours récrié avant d'aller incontinent jeter l'assiettée à la poubelle. Mes tantes l'accusaient d'être la cause de leurs longues rides précoces, tant elles avaient dû, dans leur jeunesse, froncer le front, les joues et le menton quand elles étaient forcées, par la pauvreté, de se nourrir de tels plats.

Moi seul je ne frémissais pas, torchais l'assiette à grands renforts de lichette car cette étrange amertume, comme celle du poivre d'âne, distillait en sa saveur particulière toute la liqueur de ma terre. L'amertume, pour moi, était le fond du pays et nous devions l'aimer aussi puisque nous aimions le reste. Bien sûr je ne formulais pas les choses ainsi. Il était simplement tout naturel pour moi d'aimer les nourritures amères.

Avec patience cependant, ma marraine s'efforçait aussi de me souligner inlassablement les humbles découvertes que permet la pauvreté parce qu'elle seule ne détourne pas l'attention de l'essentiel.

Elle partait laver en plein hiver une corbeille de linge au ruisseau de Saint-Alban, sous la Dotane, berceau de ma grand-mère paternelle. Elle s'installait à genoux dans sa caisse à savon qu'elle laissait dans les roseaux d'une semaine à l'autre et qui servait à qui voulait bien. Quand elle avait fini de battre les serviettes et les draps, elle se redressait, elle me faisait signe de la suivre. Sous un talus à l'ombre d'un peuplier, elle me désignait quelque chose dans l'herbe. C'étaient quatre violettes qui avaient trouvé le moyen de fleurir là, avant le 10 février. Ma marraine était radieuse. Elle me faisait m'agenouiller pour respirer le parfum de ces quatre fleurs exposées au froid. Je respirais tant que je pouvais. Je croyais ne rien sentir. Et puis soudain toute une kyrielle d'odeurs diverses se ruaient dans mes narines. Je riais à mon tour de ce simple bonheur. Le monde était clair, lavé de neuf, resplendissant comme une couleuvre vannée qui vient de muer dans l'herbe.

Il y avait d'autres grandes affaires entre ma marraine et moi qui nous propulsaient à la découverte, la main dans la main, elle tenant la mienne bien serrée. Elle avait une fille, la Louise, établie épicière à Sainte-Tulle, à cinq kilomètres de Manosque. Nous nous mettions en marche sur cette ligne droite interminable, un pas devant l'autre, doucement, car mes jambes de quatre ans devaient tricoter ferme à côté d'elle pour soutenir son rythme. Elle marchait depuis si longtemps ! Depuis si longtemps plaines et collines la regardaient passer, inlassable et patiente, allant laver les nourrissons et les morts, toujours se proposant pour aider aux moissons, aux cérémonies du meurtre du cochon, aux préparatifs de mariage, au pansement des ulcères et des cancers.

Dès Pimoutier, la fontaine au bord de la route, nous faisions halte pour manger un morceau. C'était une brioche de chez Manfrédi qu'elle partageait en deux. Je la mangeais trop vite. Ça m'*engavaïssait,* c'est-à-dire que ça m'étouffait. Le hoquet me prenait et la colère. Alors, elle emplissait son tablier noir de cette eau à peu près potable et je buvais avidement.

Nous repartions cahin-caha l'un contre l'autre jetés et cette fois d'une seule traite, nous *faisions tirer* jusqu'à Sainte-Tulle.

La première personne qui m'aperçoit et de très loin, c'est ma cousine Raymonde. Elle a sept ans de plus que moi étant née en 1915. Son père, prisonnier dès le début de la guerre, ne l'a connue qu'à son retour, en 1918.

Sa passion à Raymonde, c'est de m'arranger les oreilles dans le béret. J'ai vécu dès quatre ans sous le joug de ce béret qu'on disait basque, ce qui était faux. Quatre-vingt-dix pour cent d'entre nous y étaient voués et même quelques filles n'y échappaient pas. C'était une hideuse tomme noire ou bleu marine, agrémentée d'un ridicule petit phallus d'étoffe bien au sommet du crâne. Les plus industrieuses de nos mères poussaient l'esprit d'économie jusqu'à marquer notre nom sur la coiffe de cuir. Du plus loin qu'elle m'aperçoit et à quoi qu'elle soit occupée : sauter à la corde, bousculer un garçon agressif ou chiper à quelque Tullésain retour du jardin une tomate crue dont elle est friande, ma cousine Raymonde fond sur moi avec une décision d'oiseau de proie.

Car j'ai la disgrâce, ce dont je n'ai pas conscience, mais dont toute la famille parle, d'avoir les oreilles en paravent. Chaque matin, de deux doigts experts ma mère me les engage sous le béret, après m'avoir fait souffrir le martyre à m'écouvillonner l'intérieur du conduit auditif avec le bout d'une serviette tordue en mèche. Ce béret m'agace, me démange, me tient chaud. Je n'ai pas le droit d'y toucher mais à force de froncer le front pendant un bon quart d'heure, ce qui m'agite les pavillons, je parviens à faire sortir ceux-ci de la prison du béret et à les abandonner en toute quiétude face au vent.

Ma cousine Raymonde ne l'entend pas ainsi. Elle est persuadée qu'à force de les tenir prisonnières sous la coiffure, mes oreilles redeviendront parallèles. Aussi dès que j'arrive à Sainte-Tulle, elle bondit sur moi et, sans ménagement, elle m'enfonce elle aussi ce béret que je hais, jusqu'à me supprimer le front. Elle engage le lobe de mes oreilles sous la coiffe de manière que me rider le front ne me sert plus de rien. Et elle reste là, attentive, me promettant mille supplices si je désobéis. Quand je passe devant un miroir par hasard, je suis atterré par mon air de crétin. Je me préfère cent fois avec mes oreilles face au large, mais on me dit, on me répète que si je les garde ainsi je ne trouverai personne pour me marier.

En ce qui concerne ces fameuses oreilles, à Manosque et à Sainte-Tulle entre mes cousines et mes tantes se tenaient de véritables conseils de famille. Chacune opinait sur les inconvénients de la chose et les remèdes à y apporter. En dépit de ses onze ans à peine, ma cousine Raymonde était la plus acharnée et la plus inventive. Elle avait eu l'idée lumineuse de me faire porter des pendentifs. C'était alors la mode dans certaines familles huppées ou s'efforçant de l'être ou simplement jobardes d'affubler de pendentifs les chérubins mâles aussi bien que femelles.

— Seulement, disait-elle à ma mère, il faudra lui faire trouer les oreilles !

Cette horrible perspective me glaçait l'âme. J'admettais fort bien qu'on fît le coup à ma sœur, et mes cousines les avaient d'ailleurs depuis longtemps perforées aussi, mais moi ! On parlait d'aiguilles chauffées à blanc qu'on passait plusieurs fois. On supputait les accidents possibles, rares mais tragiques.

Je compris que le seul moyen d'échapper à cette menace, c'était, à ma manière, de protester contre elle à chaque occasion... Aussi chaque fois qu'on prononçait devant moi les mots *pendants* et *trouer les oreilles*, je me mettais à hurler et à trépigner comme je savais si bien le faire. La perspective de traîner chez le docteur le plus proche cet énergumène écumant fit reculer les plus braves. On me laissa définitivement en paix avec les pendants.

Mais quand j'allais à Sainte-Tulle, ma cousine Raymonde ne manquait jamais de souligner qu'un jour il faudrait faire quelque chose pour mes oreilles. Cette obstination qui m'indisposait m'empêchait de voir que cette cousine était très jolie et très belle. Elle avait les plus beaux yeux bleus du monde et sentait bon lorsqu'elle m'embrassait. Elle était propre, soignée, potelée, l'orgueil de ma tante Louise dont elle n'était pourtant pas la fille.

Cette tante Louise ressemblait à ma mère sauf qu'elle était brune aux yeux noirs et que ma mère était blonde aux yeux bleus. Elle avait été cuisinière en maison bourgeoise et tenait de ma marraine les talents culinaires. Manger chez la tante Louise était toujours une fête d'autant que le Fouque, son mari, était un fin chasseur et que perdreaux et lapins de champ ne lui coûtaient pas à tuer.

Ce Fouque, en premières noces, avait épousé une sœur aînée de ma mère et de la tante Louise. Cela se passait avant la guerre de 1914. Il en avait eu trois enfants : la Nine, le Loulou et la Raymonde. Elle était morte, cette sœur, alors que sa dernière fille avait à peine quelques mois et que le Fouque était prisonnier en Allemagne. Ma mère avait treize ans et la tante Hélène n'entendait rien aux enfants et ne voulait rien y entendre. C'est donc la Louise et ma marraine qui se chargèrent de les élever. Quand le Fouque revint, en 1918, la tante Louise s'était attachée aux enfants et il parut tout naturel à tout le monde qu'elle épousât leur père.

Je la revois cette tante Louise derrière son comptoir de l'épicerie qui ne désemplissait pas. Je sens l'odeur des harengs, des fromages et des épices. Parfois des romanichels qui campaient au bord du ruisseau venaient se faire servir. Vite, moi qui *badait* (bayait aux corneilles), ma cousine Raymonde me faisait passer dans la cuisine attenante.

— Vite vite ! Que si jamais ils te voient, ils viendront te prendre et on te reverra plus !

L'abominable peur de ce rapt m'empêchait de hurler selon mon habitude et me faisait tenir coi.

Dans la cuisine de la tante Louise, l'hiver, tandis qu'elle servait les clients, il y avait la Nine l'aînée, qui brodait interminablement quelque monogramme pour son trousseau ou quelque napperon. Elle aussi ressemblait à ma mère. Elle était blonde aux yeux bleus. Mais, ces yeux, on les distinguait à peine. Elle était atteinte d'un tic qui la faisait sans cesse cligner des paupières. Elle était calme, tranquille, pas très jolie. Elle ne savait pas qu'elle ne vivrait pas longtemps. A côté d'elle, son frère, le Loulou, debout devant un pupitre chargé d'une partition, apprenait à jouer de la clarinette. Ce Loulou ressemblait à son père. Il en avait la nonchalante démarche, la longue tête et même la voix. Il avait douze ou treize ans quand j'en avais quatre ou cinq. Lui non plus il ne savait pas qu'il ne vivrait pas longtemps.

Sous la cuisinière bleue dans un grand panier logeait la Mirka, un griffon pacifique, terrible lapinière, l'orgueil de mon chasseur d'oncle.

A cinq heures et demie passait à bicyclette le Médéric devant la fenêtre. C'était le collègue de travail de mon oncle. Il ne descendait pas de machine, ne demandait rien à personne. Il fermait les volets de la cuisine qu'il n'y avait plus qu'à accrocher. C'était son travail, son amusement : tous les soirs d'hiver le Médéric passait devant la fenêtre de ma tante Louise pour rabattre les contrevents. Ma tante riait. Je crois qu'il était amoureux d'elle.

Tout était prêt pour l'arrivée du Fouque. Et il apparaissait en effet : grand, mince, long de visage, les paupières tombantes, le cheveu noir raide, la moustache limitée en un court balai qui soulignait son nez impérieux. Première des choses, il donnait à la Mirka. C'était lui qui lui composait sa pâtée minutieusement, qui lui regardait les dents, qui lui grattait la tête quelques minutes. C'était la prunelle de ses yeux. Ils partaient ensemble les matins de dimanche à travers vignes et taillis. On les connaissait partout.

J'aimais d'amour cette cuisine, cette épicerie et ces êtres. Je serais resté là longtemps, toujours. Le bonheur y respirait, tranquille. Je ne savais pas qu'il allait mourir bientôt.

Les jours d'été, je m'échappais à travers Sainte-Tulle, en quête de nourriture pour ma contemplation. En face de l'épicerie, de l'autre côté de la rue dans une de ces maisons bourgeoises qui me paraissaient des palais, logeaient les Maillard. Une grande femme brune et réservée, toute élégance nette et toute modestie. Je me souviens de la seule chaîne d'or qu'elle portait sur sa robe noire. Elle avait un fils qui lui ressemblait. Il avait son bureau au rez-de-chaussée et par la fenêtre où j'atteignais à peine, je le regardais travailler devant une table recouverte d'un tapis vert où reposaient un encrier, des porte-plume et quelque chose que je ne connaissais pas. C'était, en fer brillant, un objet insolite, debout sur ses quatre pieds et s'élevant en s'amincissant vers le sommet surmonté d'un drapeau. Un jour j'osai pointer mon doigt vers cet objet et demander au fils Maillard dont j'ai toujours ignoré le prénom :

— Qu'est-ce que c'est ça ?

— La tour Eiffel, répondit-il.

Parfois de la maison tranquille aux volets clos sous la torpeur de l'été, une musique discrète s'efforçait de ne pas atteindre la rue. Je m'asseyais en plein soleil sur la marche palière, devant la porte aux cuivres astiqués. C'était Mme Maillard qui touchait son piano.

Un piano résonnant inconnu dans une maison à

salon et à plantes vertes, quelqu'un devant, que je pouvais imaginer tout mon saoul, c'était pour moi le comble du mystère. C'étaient, insondables, les profondeurs d'une vie que rien ne m'appellerait à connaître. J'écoutais, ébloui, chaque note tombant dans le silence profond de la maison. Je ne les liais pas entre elles. C'étaient leurs sons séparés qui me ravissaient. Qui me ravissaient ? En vérité non. Toujours quelque chose de solennellement funèbre se mussait dans toutes les sensations nouvelles qui m'assaillaient, me violaient, me fracturaient. Rien n'était un amusement superficiel. Toutes les nouveautés pesaient leur poids, me prévenaient qu'avec elles il n'y aurait jamais de quoi rire. J'enregistrais sans comprendre cet avertissement.

Ma cousine Raymonde arrivait, inquiète de m'avoir cherché partout sans résultat.

— Qu'est-ce que tu fais ?

— J'écoute...

Elle tendait l'oreille. Mais Mme Maillard s'était arrêtée de jouer là-haut à l'étage, en entendant la voix éclatante de ma cousine. Ce devait être une femme qui n'aimait pas faire confidence de sa vie.

Ma cousine posait un doigt sur ses lèvres, m'entraînait par la main vers d'autres découvertes.

— Tais-toi ! chuchotait-elle. Elle est veuve de guerre. C'est pour ça qu'elle joue du piano.

Alors le soir venait. Alors, ma marraine et moi, nous nous acheminions vers la station du P.L.M. par le chemin en pente. La gare familière s'annonçait de loin par son odeur de pétrole. C'était le temps où le P.L.M. n'avait encore aucune confiance dans l'électricité. Tout le système des signaux était à pétrole. Il y avait de grosses lampes à pétrole au-dessus du guichet des billets et des lampes Carcel sur les bureaux des employés. Tout baignait dans cette ineffable odeur de pétrole et de mèche consumée que je n'oublierai de ma vie. Cette odeur est incrustée dans mon enfance avec celle du poivre d'âne qui était incrustée dans le tablier noir de ma marraine.

Nous allions sur le quai. Nous entendions le bruit de fil de fer qui précédait le tintement grêle de l'annonce du train. Là-bas, à Corbières, à trois kilomètres d'ici, le chef de gare venait de renverser l'aiguille à contrepoids qui actionnait le signal sonore. Il y en avait encore pour dix bonnes minutes. Enfin dans le tournant de la voie, ce gros œil glauque de cyclope atteint de cataracte trouait la brume qui sourdait de la Durance proche. Le train râlait et ahanait, il chuintait sa mauvaise humeur par toutes ses plaques mal jointes. La machine passait devant nous comme une bouilloire ambulante, nous baignait dans une odeur d'huile chaude. En un éclair on apercevait le mécanicien et le chauffeur dans l'habitacle. Ils étaient noirs avec des yeux rouges d'oiseaux nocturnes. Ainsi aperçus en un éclair entre deux trous obscurs zébrés d'acier, il m'apparaissait toujours que leurs gestes et leurs visages exprimaient la tragédie. Et c'était cette aura de tragédie sans doute qui me faisait souhaiter d'être un jour à leur place devant le foyer à la gueule féroce.

Les freins se bloquaient en un broiement d'abord infernal, annonçant la catastrophe, puis déchirant, annonçant la mort. Enfin le convoi s'immobilisait et ce n'était qu'alors qu'il apparaissait banal. Ma marraine et son inséparable *toilette* (panier d'osier tressé à couvercle) se ruait, moi à sa suite, sur un compartiment de troisième classe qu'elle avait aperçu vide. Elle s'escrimait de toute la force de ses quarante kilos sur la fermeture d'une porte qui s'ouvrait brusquement après avoir tant résisté en nous rejetant en arrière, elle, moi et la toilette. Elle grimpait la première la hauteur des trois marches, elle me hissait ensuite. Les banquettes de bois nous recevaient épuisés. La lampe grillagée couleur bleu de méthylène nous faisait sous sa pénombre des têtes de spectres. Oui ce sont bien des spectres, la mère Brunel, moi à quatre ans et la toilette qui viennent de s'engouffrer dans ce compartiment de troisième aux flancs galbés comme ceux d'une diligence XIXe siècle et de la même couleur verte. Et ce train lui-même est un spectre. Il circulait un soir de septembre ou d'octobre 1925 ou 26 sur la voie unique Marseille-Briançon. Il y est peut-être encore. C'était un omnibus.

La marraine sortait de la toilette des choses qui se déployaient et se révélaient être des robes, des combinaisons, des chaussettes qui sentaient la lessive fraîche. Elle n'allait jamais chez ses filles que pour leur rendre service. Elle rapportait dans sa toilette du linge à repasser, des chaussettes à *pédasser* (ravauder). Elle s'y mettait tout de suite. Je la vois. Je la vois chaque fois que dans ma vie, rarement, il m'arrive de devoir passer un fil à coudre à travers le chas d'une aiguille, pour remplacer quelque bouton de culotte, jurant, sacrant, trépignant et n'y parvenant enfin qu'au bout de douze ou quinze échecs. Alors, chaque fois, je revois ma marraine et sa tête spectrale, sous la nuit bleue de cette lampe de chemin de fer. Elle élève devant elle, de la main gauche, l'aiguille légèrement de travers. Elle se passe le fil entre les lèvres, elle le présente devant le chas, et là, d'un seul coup, sans jamais s'y reprendre, elle l'enfile d'un mouvement sec. Elle mourra à quatre-vingt-trois ans. Elle n'aura jamais porté de lunettes.

Le train s'ébranle. Je regarde la nuit par la portière. Je vois mon reflet avec le béret basque enfoncé jusqu'aux yeux. Il n'y a pas de quoi brûler un cierge. Ma personne aperçue en reflet dans une vitre ou quelque miroir ne m'a jamais, à aucune période de ma vie, particulièrement enivré. A quatre ans, ne pouvant faire la part des choses, c'était un horrible sentiment de malaise qui m'étreignait. Je ne pouvais me détacher de ma vue. Je me fascinais. Mais ce n'était pas pour m'enorgueillir ni pour me conforter.

Parfois la lumière chiche d'une ferme proche brouillait mon image pour un instant. Mais c'était fugitif. Nous allions lentement. Ma marraine ravaudait en silence. Heureusement il y avait l'odeur du wagon, l'odeur du train, les coups de sifflet à chaque passage à niveau. Il en existait six sur cinq kilomètres entre Sainte-Tulle et Manosque.

— Manosque Gréoux-les-Bains ! Manosque Gréoux-les-Bains !

Un employé criait ces mots en balançant sa lanterne sourde le long du train. Nous étions arrivés. Il ne nous restait plus, pour quinze sous, enfant gratuit jusqu'à six ans, qu'à grimper dans la guimbarde du Grognard. C'était une voiture à chevaux qui avait réellement fait le trajet de Manosque à Gréoux-les-Bains autrefois, comme c'était indiqué en lettres d'or sur ses flancs couleur de crème renversée.

Il y avait deux bancs parallèles, pas d'éclairage. On escaladait dans le noir le marchepied grinçant. Le Grognard fermait la portière, qu'on ne pouvait ouvrir de l'intérieur, et vogue la galère. Il fallait un quart d'heure pour arriver à la place de la Saunerie. Le Grognard ouvrait la portière, encaissait les quinze sous, recevait le bonsoir de tous. L'odeur de vigne de Manosque vous sautait au visage.

Cette voiture servait à tout. Les noces la louaient pour transporter les novis et les familles. On la voyait bourrée de chapeaux volumineux et de falbalas sur de grasses épaules, aller ainsi du domicile à l'église, du domicile à la mairie. C'était à son marchepied que se faisaient les adieux des mères en larmes aux filles partant vierges pour le voyage de noces, sous le regard vigilant des voisines aux grappes d'enfants suspendus aux bras.

Parfois mais rarement on utilisait cet omnibus pour quelques obsèques. C'était l'un de ces enterrements orgueilleux où les faire-part portaient cette inscription : « La famille ne reçoit pas. » Alors, comme pour les mariages, on apercevait à travers les vitres tout un épanouissement de chapeaux et de falbalas mais tout était noir, sauf l'éclat blanc d'un mouchoir parfois qui fulgurait dans ce bouillonnement de tulle funèbre. Et le contraste était saisissant entre ce bouquet vaporeux de voiles opulents et l'allègre couleur de crème à dessert filetée d'or dont était peint l'omnibus du Grognard. Nous étions toujours vingt ou trente enfants à *bader* autour de ces carrossées de deuil, bien plus captivés par le spectacle de la douleur que par celui de la joie.

Mais parfois ma marraine en avait assez de gagner Sainte-Tulle par la route. Nous empruntions les chemins de traverse. Je découvrais des merveilles : une allée d'érables aux feuilles rousses qui tapissaient les ornières, le village de Pierrevert, au loin, flottant, énigmatique, sur sa proue de rocher.

J'ai perdu sur ces parcours de rêve une fontaine qui me tenait à cœur. Oh ! elle n'était pas rafraîchissante ! Depuis longtemps tarie, son canon n'offrait plus à ma soif perpétuelle qu'un cal de salpêtre au bout d'un tuyau de cuivre. Le sarcophage où elle avait coulé était fendu au milieu et les feuilles du mûrier qui l'abritait l'avaient rempli en d'innombrables automnes. Sur le vaste fronton bien appareillé qui la dominait, un gros papillon était gravé dans la pierre, encore historié de quelque reste de couleur.

Vingt ans au-delà de ma première enfance, chaque fois que j'en avais l'occasion, j'ai cherché cette fontaine partout, entre Manosque et Sainte-Tulle. Tous les sentiers m'ont vu quêter. Des paysans parfois cessaient de labourer, suspicieux, se demandant ce que je pouvais bien marauder ainsi, mains aux poches et nez au vent. Leur méfiance s'accroissait de me trouver démuni de tout récipient susceptible d'enfouir quelque chose.

Comment auraient-ils pu comprendre que c'était un rêve que je cherchais à leur ravir ?

Nous arrivions à Sainte-Tulle par les jardins à bastidons de planches où rêvaient en paix, parmi d'énormes pommes d'amour et des poiriers surchargés que soutenaient des perches tordues, des Tullésains à la retraite un brin de menthe entre les dents.

Ma marraine ne manquait jamais au devoir d'aller me montrer à l'oncle Théophile, le frère de ma grand-mère Magnan, lequel louchetait à l'ombre d'une tonnelle.

C'était un homme grand, à la face terrible barrée d'une moustache gigantesque qui dépassait ses joues de deux bons centimètres de chaque côté, noire, droite, horizontale, sans le secours d'aucun cosmétique. Son regard aussi était terrible, dardé par deux yeux noirs extrêmement attentifs abrités par des arcades sourcilières qui leur faisaient un large auvent protecteur. Il était coiffé contre le soleil d'un chapeau d'épouvantail effrangé, fait de bosses et de creux. Là-dessous il arborait deux vastes oreilles en paravent qui révélaient à n'en pas douter le côté de la famille d'où je tenais les miennes.

Sitôt qu'il m'apercevait, il s'écriait :

— Aqui lou pitcho Toino ! (Voici le petit Toine !)

Car jusqu'à ma vingtième année peut-être et au-delà, jusqu'à ce que meurent tous les contemporains qui ont connu mon père jeune, on ne m'appellera jamais par mon prénom. Je serai « lou pitcho Toino » ou « l'infant dou Toino ».

L'oncle Théophile me soulevait de terre comme une plume jusqu'à sa moustache épouvantable. Je voyais arriver à toute vitesse ce visage rouge et noir, ce regard terrible sous le front protubérant, cette crinière noire, ces oreilles perpendiculaires. Je ne pouvais me garer. Il me plaquait sur les joues deux baisers qui fleuraient bon la chique de tabac dont il ne se séparait jamais.

Mais déjà, il me reposait. Précipitamment, abandonnant son louchet, il cherchait autour de lui quelle offrande me faire.

Il trouvait, très vite. Sur le pourtour même du bastidon de planches poussaient de grasses mères de chiendent qui retombaient sur elles-mêmes en forme de jet d'eau tant elles étaient hautes et robustes. C'était une couronne verte aux racines si inextricables que lorsqu'on les arrachait, on soulevait avec elles des mottes de terre de dix kilos. Là, dans l'humidité propice de ces plantes, collés entre elles et les planches du bastidon, prospéraient de plantureux escargots gris qui espéraient la pluie, en jeûnant sous leurs opercules.

L'oncle Théophile en extirpait rapidement une demi-douzaine, fonçait dans le bastidon obscur, en rapportait un mortier de marbre, un pilon, un verre à pastilles opalisé par le calcaire. Il jetait les escargots au mortier. De sa biasse suspendue au cerisier, il tirait quatre morceaux de sucre un peu noircis par de mystérieuses promiscuités au fond du carnier de cuir. Il les jetait au mortier avec les escargots et il se mettait à piler sauvagement le tout, jusqu'à ce que le calcaire des coquilles soit réduit en farine. Après quoi, il transvasait la bouillie dans le verre à pastilles et il me le tendait avec un sourire plein de jeunesse de ses superbes dents qu'il avait toutes conservées. Il me le tendait en s'accroupissant devant moi comme une offrande à un dieu, comme une libation propitiatoire.

Tout son terrible visage de brave homme me criait de très près pour que je ne l'oublie pas : « Souviens-toi de l'oncle Théophile qui te faisait boire de si bon sirop de limace ! »

— Beve aco pitcho Toino ! Qu'aco te fara de ben ! (Bois ça petit Toine ! Que ça te fera du bien !)

Je buvais. Ça avait le goût de l'herbe, de la terre, d'un mélange de fleurs. Ce n'était pas rébarbatif, mais doux, mais résigné dans l'ordre de la nature à devenir ma nourriture. Ma marraine me regardait boire, solidement implanté sur le sol que l'oncle venait de retourner. J'avais des jambes robustes, des pieds agiles faits pour courir, pour me sauver, pour survivre. Elle et l'oncle Théophile échangeaient un clin d'œil complice devant mon appétit. Je levai le verre très haut, la tête renversée en arrière afin de n'en pas perdre une goutte.

— Acabarié lou troun de pas diou emmé soun trin ! (Il avalerait le tonnerre de Dieu et sa suite !) disait ma marraine.

— Be vaï ! Faou l'abitua ! Lou boun diou fague, s'es par viouré, qu'aguesse jamaï ren de maï marri à beouré qué dé jus dé limaço ! (Sûr ! Il faut l'habituer ! Le bon Dieu fasse, s'il est pour vivre, qu'il n'ait jamais rien de plus mauvais à boire que du jus d'escargot !)

Ils en avaient pour plusieurs minutes à se lancer des « adiou sias » à n'en plus finir. Moi je me léchais les babines, me jurant de passer souvent voir l'oncle Théophile. Ma marraine me reprenait la main.

— Faoudra pas lou diré à la Louiso ni à ta maïré qué lou Théophile ta fa beouré dé jus dé limaço ! (Il ne faudra pas le dire à la Louise ni à ta mère que le Théophile t'a fait boire du jus d'escargot !)

Je répondais « nanni ! » avec conviction.

Ainsi abreuvé de ce nectar champêtre et autorisé de mensonge par ma marraine, je rentrais dans Sainte-Tulle l'esprit en paix.

— Vous êtes rentrés dans Sainte-Tulle par l'esplanade, dit ma mère.

Je dresse l'oreille. Tout à l'heure, en patois, ma marraine vient de dire « venen d'apeïramoun ».

L'autre jour la Fernande Donnet a dit à ma grand-mère : « Auparavant, Alix... »

J'ignore ce que c'est qu'une *esplanade* mais j'entrevois quelque chose d'immense donnant sur l'infini. Ma mère me détrompe, ce n'est qu'une simple place. Je tape du pied, je demande ce que c'est *apeïramoun* que je ne saurai jamais orthographier. On me donne des explications approximatives : ça veut dire par là-haut dessus, par là-haut dedans. Je trépigne incrédule, comment une si belle musique peut-elle recouvrir une si banale image ? Quant à *auparavant,* je l'enferme secrètement en moi. Le mot est incrusté dans la personne de la Fernande Donnet qui marche sur des œufs en regardant le sol, qui a un port de fée ou de magicienne. Je me garde bien de demander quelque explication concernant *auparavant.* On m'a déjà esquinté mon rêve avec *esplanade* et *apeïramoun. Auparavant,* je le découvrirai par moi-même.

Seulement voilà : pour garder au secret les images qui me bouleversent, il faut savoir lire et je ne sais pas lire. On me dit : « Tu es trop petit. Tu liras quand tu iras à l'école. » L'école ? Je vais déjà à *l'asile*. On appelait ainsi la maternelle. Il y a trois classes, je vais chez Mme Pelin, la dernière. On n'apprend pas à lire chez Mme Pelin. L'idéal de Mme Pelin c'était d'avoir la paix.

« Si vous dormez, disait-elle, en vous réveillant vous trouverez un bonbon devant vous. Mais attention, ne trichez pas ! Il faut que vous dormiez vraiment ! »

Docilement, nous nous mettions les bras sur le bureau et la tête sur les bras, dans la position du dormeur assis. Dormir ? J'étais déjà atteint d'insomnie la nuit alors, me faire dormir le jour ! Je méprisais les bonbons, leur préférant le fromage ou la charcuterie. L'œil à demi fermé, je glissais un regard de biais vers l'affiche énigmatique que la maîtresse avait à gauche de sa chaise. Ça représentait un passage à niveau ouvert, une locomotive fumante arrivant au loin ; le garde-barrière les bras au ciel et au milieu des rails un attelage : un charreton, un âne bien arqué sur ses pattes, les oreilles pointées en avant et un homme écumant, le chapeau en bataille et le fouet haut levé. Hélas la légende qui soulignait cette image je ne pouvais savoir ce qu'elle racontait et je n'osais pas questionner Mme Pelin puisque personne ne le faisait.

Ma mère me répétait : « Il ne faut pas péter plus haut que son derrière » — « Il faut toujours regarder plutôt au-dessous de soi qu'au-dessus » — « Tu n'es pas sorti de la cuisse de Jupiter » — « Ton père n'est qu'un ouvrier. Nous ne sommes que des ouvriers. » Il n'était donc pas question de me singulariser en demandant à la maîtresse de me lire la légende de cette affiche que nul sauf moi ne paraissait avoir remarquée. En revanche, il était absolument urgent de savoir lire pour aller la déchiffrer moi-même. Savoir lire, apprendre à lire, l'asile ne me paraissait pas pour cela l'endroit rêvé.

A l'asile nous étions en deuil de je ne sais quoi. La

blouse noire tant pour filles que pour garçons était la règle, sauf que pour les filles, elle était lisérée de rouge. Nous portions au lieu de chaussures des godillots qu'on appelait pudiquement brodequins sur les catalogues de *La Samaritaine* que recevait ma mère et les plus infortunés d'entre nous, fils d'agriculteurs pour la plupart, arboraient de vrais bas de femme en laine noire, retenus au caleçon ou à la culotte par des jarretelles roses car il n'y avait pas dans les merceries d'autre teinte que ce rose couleur de saumon pas frais. Encore heureux quand, au milieu, ces jarretelles n'étaient pas ornées d'une cocarde, rose aussi comme le reste de l'appareil.

Il était déjà affligeant de coiffer ce béret dont j'ai déjà parlé et qui nous privait de front, enfoncé qu'il était submergeant les oreilles, mais quand on voyait certains d'entre nous arborer par la décision maternelle le chapeau Jean-Bart, en paille, rond, muni d'un coquet ruban noir dont les deux brins flottaient à l'arrière et qui portait en lettres d'or ce vocable *le Jean-Bart*, on s'estimait heureux de n'en être encore qu'au béret.

Nos corps étaient à l'unisson : les oreilles décollées, les furoncles poisseux à l'état endémique, les verrues sous le cou ou sur les mains, les jambes arquées, les poitrines concaves, les taches de rousseur, les tignasses hérissées d'épis, les yeux *pétingous* c'est-à-dire aux cils à moitié collés par une humeur suspecte et des conduits auditifs obturés par d'horribles écouvillons de coton hydrophile pas très propre, tout cela était notre charge, notre lot. Les maîtresses vigilantes avaient beau faire la chasse aux morves désolantes qui descendaient de nos narines vers nos lèvres, elles arrivaient rarement à temps pour nous empêcher de les gober d'un coup de langue gourmand.

Les filles n'échappaient pas à cette laideur collective : ou bien elles étaient maigres comme des clous ou bien elles étaient longues comme des jours sans pain. Parfois, au milieu d'un trimestre, lorsqu'il avait peu de travail, le Bizot, le photographe, arrivait, la bosse chargée de cette boîte à voile de veuve où, pour dix sous par élève, il tenait à nous enfermer tels quels pour l'éternité. On nous groupait sous le préau devant nos valeureuses institutrices : Mme Pelin, Mme Bernard, Mme Noble. C'était le seul moment de sa vie de photographe d'art où le génie du Bizot s'escrimait en vain.

J'ai devant moi l'une de ces navrantes photographies de groupe où l'on sent bien hélas que nous sommes tous pareils. Tous ? Non. A quelques rares exceptions près.

Au premier rang, bien au milieu, seule tache claire dans notre guirlande de deuil, il y a, dents éclatantes, tout sourire, la Rosette. La Rosette, c'était l'étoile parmi les cloportes. Elle arrivait chaque matin frisée au fer, toute vaporeuse dans des robes claires toujours nouvelles ou des manteaux à col de lapin qu'il n'était pas difficile de nous faire prendre pour du vair. Ses jambes étaient roses comme son prénom, ses chaussures vernies, soulignées par des socquettes blanches, astiquées à mort, reflétaient le soleil et la lune, nos visages élargis lorsque nous nous penchions pour les admirer. Avec un art consommé, sa mère lui nouait dans les cheveux chaque matin un nœud rose repassé de frais qui tenait toute la journée tant il était artistement arrangé... C'était un ruban à coques opulentes qui débordait sur toute la tête, soulignait la couleur des yeux bleus, peut-être aussi celle des joues dont je ne suis pas certain qu'on ne les avivait pas, avant le départ pour l'école, d'une légère touche de fard. Cette fillette sage qui montrait complaisamment ses dents éblouissantes à chaque sourire, nous permettait de l'admirer de près, nous parlait à tous, alors que les autres filles passaient au large.

Je regarde cette photo de groupe. En plus de la Rosette, j'y vois, tranchant sur notre morne troupeau, quelques individus à la mine plus éveillée et déjà un peu glorieux. Même s'ils portaient aussi des blouses noires, c'était avec désinvolture. Ils les faisaient bouffer au-dessus de ceinturons de cuir qui sentaient déjà le collégien.

C'étaient de fringants Marseillais qui s'étaient fourvoyés parmi nous afin que nous leur servions de repoussoir. En vérité c'étaient de pauvres petits que les vicissitudes de la vie avaient rejetés sur leurs grands-parents ou leurs oncles, lesquels les élevaient tant bien que mal. C'étaient eux qui avaient inventé cette compétition : parvenir à uriner dans le canal qui alimentait les pissotières. Cette rainure dans le mur, pleine d'eau courante, suintait contre la paroi lisse. Elle était à plus d'un mètre du sol. Certains y buvaient goulûment les jours d'été, nonobstant ce que je vais raconter : il s'agissait, le vit dressé autant que possible vers ce ruisseau et le ventre bombé, d'arriver avec notre jet à le souiller de notre urine. Certains en tiraient gloire et sortant de là plastronnaient comme de vrais hommes. Une sorte de dépendance craintive s'établissait entre ceux qui n'atteignaient pas cette fatale hauteur et ceux qui s'en enorgueillissaient. On peut bien imaginer que je me classais parmi les premiers.

Dès cette sortie du berceau, où tout se réglait déjà à coups de poing et de pied, toute supériorité était prétexte à oppression. Quelques-uns d'entre nous, pour un kilo ou deux de plus ou trois ou quatre centimètres de taille supplémentaire, s'arrogeaient déjà des attitudes d'adjudant de carrière. J'avais peur d'eux et c'est pourquoi je suivais servilement leurs injonctions, j'épousais leurs désirs, leurs entraînements, leurs foucades.

J'avais en outre une abominable contrainte qui devait tenir aux quantités considérables de nourriture que j'ingurgitais sans aucune discipline tout le long du jour. J'étais brenneux. Trois ou quatre fois par an je faisais dans ma culotte, empuantissant toute la classe, tout le préau, toute la maternelle. J'ai gardé cette infirmité jusqu'à huit ans passés où, enfin, on me fit porter une ceinture à la place des bretelles. Car c'était là mon drame.

Ma grand-mère Magnan avait décidé que je devais porter des bretelles. Ma mère aurait préféré une ceinture, mais ma grand-mère avait été intraitable : son père, son mari et son fils (tant qu'il avait été sous sa coupe) avaient porté des bretelles, je porterais des bretelles.

Ma grand-mère Magnan avait décrété de même que toute la famille s'était toujours fait faire les pantalons chez le Redortier et qu'il n'y avait pas de raison de déroger pour moi.

Ce Redortier et son fils étaient les tailleurs des pauvres. Ils confectionnaient dans leur atelier de la place Saint-Sauveur des vêtements mal coupés mais inusables, pourvus de doubles fonds aux pantalons, de cols retournables aux vestons et d'immenses ourlets aux manches et aux jambes des vêtements. A nous, les enfants, ils nous taillaient des culottes où loger deux fois nos fesses et longues jusqu'aux dessous des genoux. Ils disaient à nos mères :

— C'est un peu ample... Mais il grandira, il grossira le petit !

Ils nous rendaient hideux, nous qui, déjà, n'étions pas si beaux.

Me voici donc moi, avec ces culottes du Redortier, lesquelles privées de soutien ne demandaient qu'à s'amelonner sur les chevilles et je me voyais dans cet état devant la Rosette. Plutôt mourir ou s'embrenner.

La plupart du temps tout allait bien. Je faisais ça à la maison où ma mère, docile, me reboutonnait les bretelles et tout était dit. A l'asile c'était une autre affaire. Des poussées intempestives me prenaient parfois. Or si j'étais apte à défaire mes bretelles, j'étais à jamais inapte à les réajuster. Aller en chercher les brins derrière mon dos, les refaire passer par-dessus mes épaules était un exercice où j'étais ignorant et, d'autre part, il ne m'était jamais venu à l'idée que les bretelles étant extensibles, on pouvait les faire glisser des épaules sans les détacher et les remonter de même, ce que faisaient tous mes camarades plus intelligents que moi.

Ainsi, à la perspective de retraverser, tenant à pleines mains les culottes de Redortier père et fils, toute la cour de récréation depuis les cabinets jusqu'à la classe où Mme Pelin m'eût réajusté, je préférais résister espérant le miracle, lequel souvent se réalisait. J'étais sauvé par la cloche de quatre heures. Mais parfois la nature était la plus forte et le désastre se consommait, désastre qui des jours durant me rendait plus humble encore que d'ordinaire.

C'était ce mélange sans doute : fils d'ouvrier, brenneux et en même temps fier et distant, souffrant seul, ne se plaignant à personne : ni père, ni mère, ni marraine, ni, il va sans dire, aux grands-parents Magnan ou aux institutrices, gardant tout pour soi, ne faisant aucune confidence, fermé, secret, hurlant, coléreux mais taciturne ; ce fut cette intuition du malheur d'exister qui me rendit plus attentif que quiconque aux manifestations de la vie autour de moi, à ses méandres, ses surprises, ses abominables tours, en même temps qu'aux consolations mystérieuses dont j'avais l'intuition qu'elle les prodiguait.

Pour échapper à ce monde qui m'épouvantait, je n'avais pas d'armes. Je savais néanmoins que la clé du mystère était dans la légende de cette affiche tragique qui ornait la classe chez Mme Pelin. Elle n'était pas le seul obstacle. Partout fleurissaient autour de moi les manifestations du même secret : les placards sur les murs de la ville représentant un enfant à pèlerine inscrivant le nom du chocolat qu'il est en train de croquer ; une dame à chignon devant sa machine à coudre ; un vieillard à barbe blanche élevant au ciel un verre de liqueur et la guirlande énigmatique qui court au-dessous de lui est longue, longue... D'autant plus exaspérante que le geste du vieillard n'exprime aucune action. L'âne arrêté sur les rails, l'enfant à la pèlerine, la dame à la machine à coudre, c'est facile, ça parle seul. Mais le vieillard ? Qu'est-ce qu'il est en train de penser ?

Il y a partout de ces embûches, de ces pièges, de ces rébus : à la maison au-dessus du feston au point de croix brodé par ma mère, une série de pots en faïence portent un symbole dans un cartouche, un symbole plus ou moins long, plus ou moins serré. Il y a un cartouche aussi, repoussé dans la fonte noire du poêle. Je le touche comme un aveugle, je tâte chaque protubérance, j'en suis le contour avec les doigts.

— Man ! Qu'est-ce qu'il y a là ?

Ma mère répond :

— C'est l'endroit où le poêle a été fabriqué.

— Oui mais qu'est-ce qu'il y a de marqué ?

— « Fabriqué à Dôle Jura », répond ma mère docilement.

« Fabriqué à Dôle Jura. » C'est déjà ça. Là il n'y a plus d'énigme. Chaque fois que je passe devant le poêle je me répète à haute voix : « Fabriqué à Dôle Jura. » Mais les pots sur la cheminée je mélange.

D'autant plus que ma mère a la manie de les intervertir, de ne pas les mettre par rang de taille. Je monte sur une chaise, je les replace dans l'ordre. Je pointe le doigt sur les hiéroglyphes.

— Ça c'est farine.

— Non c'est poivre.

— Ça c'est riz.

— Non c'est sel.

Je trépigne. Je brame. Ne pas comprendre me met dans des états fous.

— Qu'est-ce que tu veux ! Tu sais pas lire ! Tu es crispant à la fin !

— Je veux savoir !

— Plus tard !

— Non tout de suite !

Ça recommence le matin quand je déjeune. Sur la table il y a une boîte de fer ronde avec le chocolat solubilisé dedans et sur la boîte encore des signes et pour couronner le tout un clown qui jongle avec des choses bizarres dont chacune a une forme et une couleur différente des autres.

— Qu'est-ce qu'il y a là ?

— L S K C S K I, récite ma mère.

— Où c'est ça ?

— Là tu vois ?

— C'est ça L ?

Je pointe mon doigt dessus.

— Oui c'est L.

— Et ça c'est S ?

— Oui.

— Mais qu'est-ce que ça veut dire ?

— C'est un rébus.

— Qu'est-ce que c'est un rébus ?

— Tu comprendras quand tu sauras lire.

— Non je comprendrai pas quand je saurai lire ! Je veux comprendre tout de suite !

— Il est à *bastir !* dit ma mère les yeux au ciel. Lève-toi de là où je te *bastis !*

Un soir, il y eut de ma part une scène abominable qui contraignit mon père et ma mère à choisir entre m'apprendre à lire ou aller me jeter au canal.

Je me souviens. Ce doit être un soir de pluie. J'ai encore, soixante ans plus tard, sur mes mains que je fleure en fermant les yeux, l'odeur de cuir mouillé, laquelle émane de la biasse que mon père, d'un mouvement qui se reproduit chaque soir, vient de mettre à bas de son épaule, derrière la porte.

« Mouillé » ne dit pas tout. L'odeur que je flaire s'est accumulée sur la biasse depuis le matin. Elle répond des murs à salpêtre où on l'a accrochée, des sentiers entre les haies où les prunelliers l'ont fustigée, du pied du pylône où on l'a abandonnée pendant le travail et où elle s'est gorgée du parfum du poivre d'âne. Elle porte aussi sur elle ce fumet, mélange de relent de cigarette et d'alcool, du café où l'équipe s'est arrêtée au retour, afin de se ressuyer de tant d'eau prise sur les épaules, par un petit verre d'*aïgarden.* Mon père, un jour, a réparé les fusibles qui venaient de sauter. La patronne s'en souvient et aujourd'hui elle a de quoi remercier l'électricien pour sa complaisance.

— Té, Toine ! J'ai reçu ce jeu de cartes en réclame. Ça amusera tes petits !

— Regarde dans la biasse, dit mon père, il y a quelque chose pour toi.

Ma sœur elle aussi accourt. Nous plongeons nos mains au fond de la sacoche. On retire un paquet entouré de papier gris. On le défait, on le déchire pour aller plus vite. On le répand sur la table où ma mère va mettre le couvert. Ça rutile de couleurs, ça chatoie sous la lampe. Ce sont des cartons où chaque image est différente. Ça a l'air d'être des cartes à jouer comme j'en ai déjà vu au Cercle où mon grand-père parfois m'emmène et où sur un tapis vert, elles mêlent leurs couleurs derrière mon verre à pastilles plein de limonade.

Mais ce soir ce ne sont pas des cartes à jouer qui sont répandues sur la table, ce sont des images champêtres ou nocturnes qui représentent soit un personnage belliqueux, l'épée brandie devant lui et tout empanaché de faisaneries ; soit une fillette aux joues roses au milieu de quelques moutons frisés ; soit, sous un croissant de lune, une sorte d'épouvantail poitrinaire vêtu de blanc et portant un bougeoir devant lui. Malheureusement au-dessus de ces images, il y a toujours ces dessins minuscules qui ne livrent pas leur sens à mon regard passionné. Et, comme si ça ne suffisait pas, soulignant ces images, il y a des sortes de représentations de fils électriques parallèles et sur ces fils, comme les hirondelles en octobre s'apprêtant au départ, des points noirs prolongés de queues tantôt en bas tantôt en haut, quelquefois munies de gracieuses arabesques.

— Qu'est-ce que c'est ça ?

— De la musique tu vois.

Mon père et ma mère se mettent à chanter ensemble :

Malbrough s'en va-t-en guerre
Mironton mironton mirontaine

— Mais où c'est ça Malbrough ? Mais qu'est-ce que c'est Mirontaine ? Mais où c'est « ma chandelle est morte » ?

Jamais encore la chose écrite n'a exercé un tel empire sur moi. Il faut que je la possède, que je l'enlace. Il y a de l'érotisme dans mon impatience brutale.

— C'est écrit là, dessous, sous les notes, dit mon père.

Il pose son gros doigt de travailleur aux ongles noirs sur l'endroit qu'il me désigne.

— Qu'est-ce que c'est des notes ? Et là-dessous c'est quoi ?

— Des lettres.

— Des lettres ? Comme LSKCSKI ?

— Oui.

— Apprends-moi, je veux les lire.

— Tu apprendras à l'école.

— Non ! Tout de suite !

Malgré la peur salutaire que me fera mon père plus tard, je fais mon numéro. Je passe sous la table en hurlant. Comme le jour des *ballons rouges*, je distribue des coups de pied dans le vide, car je ne suis pas assez inconscient pour atteindre quelqu'un, sachant qu'alors on me tirerait de là-dessous pour m'administrer la plus belle tannée de ma vie.

Mon père, pour résister à la tentation de me battre, se lève et s'en va *pisser sous la plaine,* c'est-à-dire à l'urinoir qui se trouvait sous le boulevard de la Plaine. Ensuite de là, c'est son trajet, il remonte vers le portail de la Grand-Rue, va acheter ses journaux chez l'Héloïse Chaix, fait avec celle-ci un tour d'horizon de la situation manosquine et revient par la rue Saunerie et la rue de la Paille.

Ce soir-là, au retour, il jette devant moi qui renifle mes derniers sanglots quelque chose qui ressemble aux livres qu'il achète parfois. Timidement je me saisis de cet objet.

— Qu'est-ce que c'est ?

— Un abécédaire, dit mon père.

— Qu'est-ce que c'est un abécédaire ?

— Un livre pour apprendre à lire, dit-il en soupirant.

Et dès lors, tous les soirs, sous ma poussée inlassable, qu'ils aient besoin de se reposer, de travailler à quoi que ce soit ou tout simplement de se parler, mes pauvres parents s'installent à côté de moi pendant un temps qui me paraîtra à moi toujours trop court. Je vois leurs doigts (ceux de mon père aux ongles noirs sauf si c'est dimanche ; ceux de ma mère rongés par le *lessif* et les cristaux de soude) m'indiquant les lignes que je répète inlassablement tout le jour.

Le dimanche, mon grand-père Magnan, à deux heures après midi, me prend par la main et nous nous acheminons tous les deux vers le théâtre des Variétés où l'on fait cinéma. C'est là que je lirai pour la première fois. Une grande affiche est placardée à droite de l'écran sur une muraille : *L'Ange des ténèbres*. C'est tout ce dont je me souviens. Ni le nom des acteurs ni celui du metteur en scène. Le titre simplement : *L'Ange des ténèbres*. En face une femme légère aux robes courtes, en chapeau cloche. Je lirai, la semaine d'après, peut-être plus tard, son nom : Bébé Daniels. Un autre, en même temps : Pola Négri.

Le cinéma est muet, seul trouble le silence le bruit dans la cabine de l'appareil qui déroule la pellicule. Et aussi au moment pathétique les trilles endiablés ou les marches funèbres que tire du piano la Lulu Gondrand. Les touches sont si branlantes qu'on entend leur tapage autant que la musique.

La Lulu Gondrand est une joyeuse bossue sans laquelle aucune fête ne se fait. Elle est de toutes : bals anniversaires, revues locales. Elle apprend la musique à des générations de mandolinistes et de violoneux qui ne lui en sauront aucun gré. Au cinéma, elle improvise sur les images.

Le grand-père ne rit ni ne pleure jamais. Il encaisse *La Châtelaine du Liban* ou *Rivales* avec le même calme que les Harold Lloyd et les Beaucitron. Moi une seule chose me plaît dont je regarde les images sans rien y comprendre : c'est Doublepatte et Patachon sans doute à cause des deux vocables accolés qui font risible à bon marché.

Nous sommes quinze, vingt dans la salle, rarement plus sauf pour Noël et le jour de l'An, mais le grand-père est un fervent du cinéma. Il ne manque jamais de m'y emmener. Il est là, massif, un bloc de silence. Je lui jette des regards biais parfois dans l'obscurité pour le voir broncher, ciller, marquer quelque émotion. Rien. Du marbre.

A l'entracte, il m'achète une pochette-surprise à la mère Nivière, une ouvreuse canonique aux longs pieds plats.

— Lou diras pas à ta grand-maïre qué t'aï acheta de sucréou ! (Tu ne diras pas à ta grand-mère que je t'ai acheté des bonbons !)

Le matin même ladite grand-mère m'a remis un franc avec la même recommandation :

— Lou diras pas à toun grand-païre qué t'aï douna vingt saou ! (Tu ne diras pas à ton grand-père que je t'ai donné vingt sous !)

Tous les dimanches elle me verse un franc qui deviendra deux puis trois puis jusqu'à cinq francs à mesure que je grandirai. Au début elle me forçait à remettre illico cette pièce dans une *cachemaille* de faïence en forme de pomme aux joues roses. Le mot de tirelire ne se prononçait jamais chez nous. Ce récipient pour sadique où l'on pouvait enfermer de l'argent mais non le retirer, ma grand-mère me promettait que lorsqu'il serait plein on le briserait pour m'acheter un *camin dé ferré*, un chemin de fer. Cela n'arriva jamais. Elle finit très vite par me donner vingt sous de la main à la main et à fonds perdu.

J'apprends donc à lire par les affiches de cinéma : *Le Tombeau hindou, La Dame de Monsoreau, Le Sixième Commandement.* J'ânonne les mots mais je ne sais pas ce qu'ils recouvrent.

D'affiches de cinéma en boîtes à chocolat, de dessus de cheminée en publicités dans les vitrines, j'ânonne n'importe quoi à haute et intelligible voix, cassant les oreilles de mes proches. Ma mère dit :

— Habitue-toi à lire de tête !

— Qu'est-ce que c'est de tête ?

— Sans paroles ! dit-elle.

Cela me plonge dans des abîmes de réflexion : comment peut-on lire sans parler ?

Je ne sais pas comment ça m'est venu tandis que je continue à l'asile mes années stériles. Ce que je sais, la seule date qui m'accroche par le souvenir que j'en ai, c'est celle du 8 mai 1927. Ce jour-là, je suis chez ma grand-mère Magnan, venant sans doute d'y coucher. La fenêtre est ouverte. Ma grand-mère est à l'étage en train de faire les lits. Une voisine passe, balance quelque chose par la fenêtre.

— Alix ! Vaqui toun journaou ! (Alix ! Voici ton journal !)

Ce journal, c'est *Le Petit Provençal* que mes grands-parents achètent chaque jour. Je le ramasse. Je le déploie. Sur toute la largeur de la page en caractères énormes, un titre s'étale : *Lindbergh traverse l'Atlantique.* 8 mai 1927. Je me mets avidement à lire l'article, de tête, pour moi tout seul, car devant mes grands-parents Magnan, causer du scandale en élevant la voix m'aurait paru sacrilège. C'est la première fois que *lire* me sert à quelque chose. Apprendre ce qui, ce jour-là, est la plus grande nouvelle du monde. 8 mai 1927. J'ai quatre ans et huit mois. Il est à croire toutefois que j'ai lu bien avant cette date, puisque c'est presque machinalement que ce matin-là je m'empare du journal pour en prendre connaissance.

Est-ce l'hiver suivant ou l'hiver précédent ? Je ne sais pas. Je sais que je respire à pleins poumons l'odeur du charbon de Gaude chargé d'oxyde de carbone que brûle la cuisinière rompue chez mon grand-père. Ce charbon de Gaude provient de la mine qui s'ouvre là-bas au fond d'un vallon, après Sainte-Roustagne. C'est une sorte de lignite imbibée de naphte, mêlée d'autant de pierres que de charbon et qui donne du pain à une centaine de mineurs et de trieuses. Afin d'arranger à l'amiable les nombreux dégâts causés par les galeries dans les nappes phréatiques ou les siphons des sources, la société qui exploite la mine permet à tous les Manosquins propriétaires de terres d'aller puiser dans le charbon non trié quatre ou cinq tombereaux par an. Mon grand-père n'y manque pas. Ils ne sont déjà plus, à l'époque, que quelques dizaines à être capables d'entretenir un feu avec ce charbon. Il y faut une patience d'ange et une foi inébranlable. Mon grand-père, chaque matin, réussit cet exploit de faire bouillir sur le charbon de Gaude l'eau de son café.

C'est un jour comme celui-ci, 1926 ou 27, dans ce parfum de charbon de Gaude que la première véritable angoisse de ma vie va m'étreindre. Je suis à côté de la mastre où, peut-être, je m'apprête à aller me lover comme d'ordinaire. A la surface du meuble quelqu'un (Est-ce la Fernande Donnet ? Est-ce la Simone Martin ?), quelqu'un a laissé traîner un fascicule orné d'une image tragique : une fille en robe plissée et chapeau cloche, bâillonnée et ficelée au fond d'une cave dont un soupirail torve éclaire seul la scène rouge sombre. Dans un médaillon, sur le côté, il y a le portrait d'un homme de profil auquel, à l'aide d'une pipe, on s'est efforcé de donner l'air perspicace. Je m'empare de cette chose écrite, j'en lis le titre : *Nat Pinkerton. Une tentative d'extorsion.* J'ouvre la brochure.

A ce moment, devant l'aréopage des dames noires, ma grand-mère Magnan qui me regarde faire, se tourne vers elles et leur dit à voix basse, mais je l'entends fort bien :

— Légissé soulet... (Il lit seul.)

Elle prononce ces mots avec une légitime fierté. Mais aussitôt la Viguier, celle qui a le menton en galoche, lui explique, péremptoire :

— Sé légissé soulet saoura jamaï escriouré ! (S'il lit seul, il ne saura jamais écrire !)

Déjà toutes les autres renchérissent. Elles se volent la parole. Toutes en ont une à raconter sur les pauvres petits de leur connaissance, lesquels, ayant cru malin de *péter plus haut que leur derrière* en apprenant à lire seuls, n'ont par la suite jamais été fichus de tracer une seule lettre. Elles citent des noms, avancent des dates. L'un n'a su signer que d'une croix toute sa vie, l'autre de désespoir s'est pendu. Le vacarme est indescriptible. Le jugement sans appel. Ces harpies viennent de déchiqueter mon avenir à belles dents. Puis tout se calme. Elles se remettent à faire le bas, avec des soupirs, comptant les mailles à lèvres serrées.

Ma grand-mère est atterrée. Elle croit fermement aux paroles de la Viguier, cet oracle. Moi, je n'ai plus aucun goût à lire. Je me glisse entre la cheminée et le fourneau. Je franchis la porte la queue basse.

La rue est pleine de promesses. Le Burle en son écurie gouverne son cheval. Au coin de la cour des Belmont, la vieille fontaine du Chacundier roucoule en hoquetant son interminable histoire. Au seuil de sa remise, l'Henri Gardon, l'épicier, pèse et découpe la morue pour demain vendredi. A l'aide d'une paire de ciseaux, il pratique des entailles dans la chair afin de se souvenir du poids de chaque morceau. Les très vieux Drac devant leur maison tressent parmi l'or jaune du sorgho les balais qu'ils fabriquent.

Moi si attentif d'ordinaire à cette vie captivante, je ne vois rien. *Sé légissé soulet saoura jamaï escriouré !* Je suis écrasé sous cette sentence. J'arrive à la maison avec mauvaise mine et coi comme un poisson.

— Voï ! Qu'est-ce qu'il a ? dit ma mère. Il est bien tranquille ? Qu'est-ce que tu as ? Tu es malade ?

Non. Je n'ai rien. Je serre les lèvres. Mais un hoquet que je ne parviens pas à maîtriser me noue l'estomac.

— Tu manges pas ? dit ma mère.

— Non. J'ai pas faim.

Ça c'est nouveau et extraordinaire. Mon père s'arrête d'engloutir sa soupe. Ma sœur descend de sa chaise. On s'inquiète. On me couche. On me borde. On me touche le front. Non. Je n'ai pas de fièvre. *Sé légissé soulet saoura jamaï escriouré !* Je suis simplement sous le coup d'un verdict de mort.

Des semaines durant mon esprit restera fixé sur cette menace qui pèse sur lui : être à jamais incapable d'apprendre à écrire puisque j'ai appris à lire seul au lieu d'attendre qu'on m'apprenne les deux à la fois.

Mais enfin je lis. Ouf ! C'est le soulagement pour tous. A partir de cet instant je ficherai la paix à tout le monde ; je n'ouvrirai pour ainsi dire plus la bouche que pour grommeler des paroles inintelligibles. Jusque-là je hurlais, à partir d'ici je ne fais plus que grogner. A toutes les questions qu'on me pose, je réponds oui ou non au hasard. Je suis absent au monde pour cause de lecture.

C'est à partir de ce moment, à peu près, que les rêves commencent à laisser des traces dans ma mémoire. Je rêve. Est-ce le cinéma ? Mes rêves sont bistres, virant au rouge. Des nuages échevelés sont des chevelures à la traîne de visages de femmes à profil d'étrave. Ces visages ont des bouches largement ouvertes qui glapissent des mots hermétiques. Je m'éveille, angoissé, les mains cramponnées aux barreaux blancs de mon lit de fer.

Quand j'ai la fièvre, ce sont des cubes en avalanche, des roches énormes qui m'ensevelissent. Je sais que ni les uns ni les autres n'ont de poids, qu'ils sont creux et en carton et par conséquent ne peuvent m'écraser. Mais l'étrangeté de leur déferlement silencieux depuis un fond de ciel noir suffit à entretenir mon cauchemar.

Un seul rêve pourtant restera gravé dans ma mémoire dans tous ses détails, son odeur de poussière, ses couleurs grises.

C'est un homme. Il me tourne le dos. Il est debout devant une vaste cheminée à potager. Sur ce potager, il y a des choses que je ne sais pas identifier : des sortes de bocaux (comme celui des raisins à l'eau-de-vie chez ma grand-mère), une espèce de poêle à trépied, trapu, brillant comme de la faïence. Sous la hotte, une toile d'araignée est tissée dans un angle. L'homme attise le feu dans le poêle à l'aide d'un instrument que je connais bien : c'est un soufflet mais plus long que ceux que je vois d'ordinaire.

Cet homme se dissimule sous une robe grise qui lui descend jusqu'aux chevilles. Il porte des chaussures relevées du bout. Son crâne est prolongé d'un chapeau pointu de fée ou de magicien. (Je suis bien obligé, le décrivant aujourd'hui, de donner un nom à cette coiffure. Mais à quatre ans que j'avais alors, je ne savais ce que c'était qu'une fée ou un magicien.) Cet homme indifférent à ma présence ou qui n'en a pas conscience ou ne sait pas qu'elle existe, cet homme est intensément actif, intensément agile.

De quatre à huit ans environ, je ferai ce rêve, toujours cadré de la même manière, toujours sans couleur, gris, en une atmosphère de poussière. Tantôt je serai plus près de cette robe grise jusqu'à entendre le froissement du tissu qui accompagne les déplacements de la silhouette inconnue, tantôt j'en serai très éloigné, embrassant l'ensemble de l'image fixée devant moi, mais le visage de cet homme affairé je ne le verrai jamais.

Vers huit ans, le rêve disparaîtra pour toujours. Ce

n'était pas un cauchemar et pourtant il pèsera sur ma vie d'enfant comme un avertissement solennel et terrible. Aujourd'hui encore, sans pouvoir davantage l'expliquer, je n'ai pas besoin de chercher pour le ressusciter. L'odeur même de cette poussière palpite encore sous mes narines et je ressens la solitude où nous étions enfermés, cet homme dépourvu de chair et moi qui le contemplais s'agiter.

J'ignore quand j'ai commencé à écrire. Autant le moment où j'ai su lire est précis dans ma mémoire, autant je ne me vois pas traçant les premières lettres, mais je crois que c'est chez Mme Noble.

Mme Noble avait toutes les qualités de son nom, douceur, fermeté, sens des proportions, équité et mansuétude.

C'était une grande femme sèche à la voix grave dont je suis incapable de dire l'âge qu'elle portait.

C'était la classe la plus haute de l'école maternelle, cette Mme Noble. Par un louable souci de me distinguer, on m'avait fait sauter la classe intermédiaire de Mme Bernard.

Je restai trois ans à la maternelle. Un chez Mme Pelin et deux chez Mme Noble. Chaque année, dix jours avant Noël, Mme Noble prenait les « commandes » pour le père Noël. J'avais grande envie d'un train à ressort peint en rouge que j'aurais pu obtenir facilement. Chaque année je me jurais d'en faire la demande. Mais au dernier moment la panique me submergeait, la peur de *péter plus haut que mon derrière* comme disait ma mère. Quand mon tour arrivait, je réclamais bravement un cor de chasse qui me paraissait le moins cher de tous les jouets. Trois ans de suite ainsi, je me trouvai muni d'un cor de chasse dont je n'avais que faire.

Je me souviens que cet échec répété me fit souffrir, sans doute pour l'énigme qu'il représentait en ce qui concernait mon caractère. Je me souviens de cet arbre de Noël, cette fête pour chacun. Sous les bougies, la Rosette, plus créature de rêve que jamais, resplendissait de tous ses roses. On m'appelait pour me remettre mon cor de chasse et je revenais piteux à ma place tandis que les autres ouvraient les boîtes contenant leurs poupées ou leurs chemins de fer.

Jusqu'à cinq ans, six ans peut-être, mon père, quoique en rechignant, voulut bien sacrifier au mythe du père Noël, mais ma mère prit soin de nous mettre en garde, ma sœur et moi, contre notre tendance à croire que le père Noël participait de l'intervention du Saint-Esprit.

Il n'y eut jamais rien d'autre dans mes chaussures que des papillotes au matin du 25 décembre. Les jouets c'étaient nos grand-mères qui les offraient. Nous savions toutefois que cette offrande venait du travail de mon père. Tant qu'il fut raisonnable de rejeter cette explication désespérante, je me cramponnai au père Noël. Ma sœur, pourtant plus petite, cessa tout de suite d'y croire mais moi ce n'était pas tant ce bonhomme barbu qui me captivait, c'étaient ces cheminées par où il était censé passer ; c'était l'odeur de suie, récoltée au passage sur son manteau d'hermine, c'était la paix des maisons sous la neige, des gens blottis dans la sécurité des campagnes, les nuits profondes où ce personnage rouge se détachait, les ailes claquant au vent sur la désolation de la terre. C'étaient de ces images, pourtant conventionnelles, dont je ne me laissai ni facilement ni rapidement dessaisir.

Tous les jouets que mes deux grand-mères déposaient sur mon lit ne m'intéressaient pas tant pour l'amusement qu'ils pouvaient procurer que par leur matière et leur odeur.

Je plongeais avec délices mon nez entre les quilles d'un jeu qui n'avait pas encore été défait. Il respirait un parfum de bois d'érable qui me captivait. Je promenais sous mes narines la boîte de peinture que ma marraine venait d'ouvrir sur le lit.

Ces fêtes de Noël, pour une très courte période, se déroulèrent en famille chez mes grands-parents Magnan. Ma grand-mère descendait de l'armoire de la chambre le service qu'on n'utilisait qu'à cette occasion. Elle ajoutait une rallonge à la table qu'elle recouvrait d'une nappe blanche laquelle éclairait la pièce d'une lumière de luxe.

Le grand-père pour autant ne rentrait pas du Cercle plus tôt. Il revenait avec mon père d'un loto familial d'où, parfois, l'un ou l'autre, ils rapportaient une oie qu'ils avaient gagnée et qu'on entendait crier depuis la place du Contrôle. Nous arrivions un peu avant, ma mère, ma sœur et moi. Ma mère paralysée par la crainte de sa belle-mère ne disait mot, n'osait aider, ce que ma grand-mère, d'ailleurs, ne lui demandait pas.

Le profond malentendu qui régnait entre elles tenait à leurs différences de nature autant qu'à l'abominable caractère de ma grand-mère Magnan. Elle ne pardonna jamais à ma mère d'avoir été bonne au bar Pernod quand mon père l'avait remarquée et de lui avoir enlevé son fils unique, mais cela sans en convenir explicitement, de sorte qu'entre elles, lorsqu'elles se rencontraient, un silence chargé de réprobation s'établissait aussitôt.

Ma mère lui avait résisté en deux occasions : la première pour mon nom de baptême. Ma grand-mère voulait m'appeler Marius, prénom de mon grand-père que pourtant elle n'avait pas l'air de porter dans son cœur, mais c'était la tradition. La seconde, c'était le jour où ma grand-mère prétendit me faire enfiler des bas pour aller à la maternelle. Elle avait eu deux enfants. Le frère de mon père était mort en bas âge. On me donna son prénom en troisième ligne : Emile.

Pourtant ma grand-mère ne parlait jamais de cet enfant mort. L'avait-elle aimé plus que mon père ? Je ne le sus jamais.

Ces jours de fête ne la faisaient pas plus sourire que les jours ordinaires. Elle y conservait son visage fermé aux lèvres minces. Le grand-père n'avait pas plus droit que d'habitude aux bons traitements ou aux paroles moins rares. Toute leur tendresse tenait dans ce dialogue laconique que j'entendais répéter tous les jours et, pas plus la veille de Noël que n'importe quel autre, ils n'y dérogeaient : « As fa beoure lou muou ? » (Tu as fait boire le mulet ?) et ma grand-mère répondait : « Vo » (oui) sans jamais rien ajouter.

Mais toute cette incompréhension, tous ces malentendus, toute cette inimitié concentrée dans le silence, ne m'empêchaient pas moi de goûter au bonheur de ces réunions d'hiver. C'était le soir de décembre. Manosque mal éclairé offrait le mystère de ses rues noires où j'avais délicieusement peur. Les animaux dans les étables mangeaient le foin des râteliers ; des chèvres béguetaient, des chevaux se frottaient le dos contre les piliers des écuries. L'odeur de l'herbe pour les lapins suintait par toutes les portes mal jointes des corridors. Parfois, sur le sillage d'une femme, un parfum me tournait la tête tout de suite chassé par la captivante odeur de charcuterie qui s'échappait en vapeur et fumée par tous les orifices de la boucherie Chabal.

La porte s'ouvrait sur la cuisine de la grand-mère Magnan qui odorait le charbon de Gaude deux fois plus que de coutume pour toute la cuisine qu'elle y avait mitonnée. Elle avait remplacé l'ampoule électrique ordinaire de quarante watts par une ampoule toute neuve de cent bougies qu'on s'empresserait de ranger dès le lendemain jusqu'à la Noël suivante.

Ma grand-mère apparaissait sous cette nouvelle lumière encore plus impérieuse que d'ordinaire avec son haut chignon bien refait et son tablier noir des dimanches et des enterrements. (On ne prononça jamais chez elle le mot robe ; elle disait *lou fouadaou* pour toute sorte d'attifiau féminin.)

Cette lumière indiscrète soulignait toutes les pauvretés de cet intérieur de paysanne de la ville. Mais la mastre énigmatique témoin de l'histoire de la famille depuis deux siècles, luisait plus neuve sous la clarté. Elle était surchargée d'assiettes et de couverts sortis pour la seule fois de l'année du tréfonds de l'armoire.

Mon père et mon grand-père arrivaient enfin. C'était toujours pour moi un événement que de les voir soudain tous les deux emplir le quart de l'espace.

— Piaré ! Vaï quéré dé vin à la crotte ! (Pierre ! Va chercher du vin à la cave !)

Cet ordre de ma grand-mère ni Noël ni Pâques ne m'en dispensaient. D'un geste autoritaire qui ne souffrait pas d'atermoiement, elle me tendait la bouteille dont elle avait remplacé le bouchon par *l'emboutaïré* (l'entonnoir). J'y allais. J'y allais la mort dans l'âme. *Lou lumé,* la lumière, l'ampoule de vingt-cinq bougies qui éclairait le réduit, mon père l'avait installée dix ans auparavant, quand il n'était encore qu'apprenti électricien. L'interrupteur était placé au début de l'escalier à même le mur suintant de salpêtre dont il était presque recouvert. Mon père et mon grand-père avec leurs quatre-vingt-dix et cent trois kilos le manœuvraient sans dommage, mais moi avec mes quatre ans et demi qui atteignaient à peine le bouton en me haussant sur la pointe des pieds, je recevais à chaque fois des *patelles* (secousses électriques) qui me tordaient le bras jusqu'au coude. Je m'étais juré de ne plus jamais y toucher.

Alors je descendais dans l'obscurité du tombeau les dix-huit marches creusées dans le safre, halluciné par tous les monstres impalpables, silencieux et sans limites que mon imagination me proposait, sachant que l'espace, sous le plafond bas, était tendu de toiles d'araignée, au centre desquelles veillaient d'immenses faucheux qui allaient se prendre dans mes cheveux. Mais cela n'était rien auprès de la crainte que ma grand-mère ne s'aperçoive que *j'escampais* (laissais déborder) le vin. Car bien sûr ayant ouvert le robinet de la barrique qu'il fallait d'abord, à tâtons, découvrir, je ne distinguais même pas la bouteille et ne savais qu'elle était pleine que lorsque j'entendais le surplus du liquide s'écouler sur le sol.

Et pourtant, chose étrange, enseveli dans cette préfiguration du tombeau, un grand souffle de vie me soulevait et me rassurait qui sourdait de la terre elle-même par la souplesse savonneuse du safre qui glissait sous mes doigts tâtonnants, à mesure que, pour ne pas tomber, je me retenais au mur ; par le parfum du bois du tonneau et des barriques ; par l'odeur du vin répandu comme un sacrilège et auquel cependant je n'eus jamais l'idée de goûter.

Mon père finit par remplacer l'interrupteur et par isoler les fils, mais je ne cessai pas pour autant de m'enfoncer dans la cave sans allumer l'électricité, toujours avec la même angoisse, mais toujours aussi dans l'espérance des images étoilées que la peur, le silence et les odeurs étranges allaient me suggérer.

Ces agapes de Noël dans le mutisme et la contrainte ne durèrent pas. Ma mère par sa soumission contrite énervait ma grand-mère prodigieusement. Elle se contenait avec peine de la rabrouer et le poids de sa désapprobation pesait sur nous tous, nous forçant à nous taire.

Ma sœur était *chichiou*, c'est-à-dire qu'elle n'aimait pas tous les aliments. Les soupes devaient être passées, le fromage sur les pâtes ne pas filer et le lait devait être écrémé.

Ma grand-mère ne tenait pas compte de ses délicatesses. Noël ou pas, le pot-au-feu était servi avec les carottes coupées en deux, les poireaux *idem*, les pommes de terre non écrasées, le céleri en branche flottant sur le bouillon bien gras de tous ses yeux. Or ce soir-là, ma sœur encore trop bébé pour craindre ses grands-parents comme je les craignais, ma sœur regarda son assiette et se mit à pleurnicher en élargissant la bouche. Ma grand-mère ne fit ni une ni deux et lui allongea une gifle. Il devait y avoir longtemps qu'elle avait envie de le faire avec ma mère. C'était en somme une gifle donnée par personne interposée.

Je n'ai jamais vu mon père perdre son sang-froid qu'en deux ou trois occasions. Celle-ci en fut une. Il se dressa, renversa sa chaise derrière lui et se mit à crier de sa voix formidable :

— Avès pas lou dret de pica la pichote ! (Vous n'avez pas le droit de frapper la petite !)

— Aï tout lei drets ! (J'ai tous les droits !) répondit ma grand-mère en servant la soupe à la ronde.

— Vou mé pendre ! (Je vais me pendre !) cria mon père.

— Bé vaï li ! (Eh bien, vas-y !) répondit ma grand-mère sans élever le ton.

Mon père sortit en claquant la porte. Le grand-père n'avait pas bougé. Le nez dans son assiette, il engloutissait son pot-au-feu en silence et moi je pressentais que s'il avait ouvert la bouche avec sa voix encore plus formidable que celle de son fils, j'aurais appris sur la famille, les couples et l'amour beaucoup plus de choses qu'en toute mon existence. Et c'est probablement pour cela d'ailleurs qu'il ne le faisait pas. Pour ne pas déclencher avec sa femme l'explication définitive qu'ils réussirent tous deux, grâce à leur mutisme, à éviter jusqu'à leur mort.

Ma mère nous rassembla tant bien que mal, ma sœur

toujours pleurnichant et moi qui regrettais cette daube si odorante qui mijotait sur la cuisinière. Nous fonçâmes dans la nuit étoilée, derrière mon père qui marchait à grands pas, ne parvenant pas à écluser sa colère. Ce fut notre dernier Noël en famille. Je devais avoir cinq ans.

Tandis que j'écris l'histoire de ma vie d'enfant, j'entends autour de moi bruire Manosque comme le clapotement de la mer. Ce bruit est grave, sans passion et sans exubérance. C'est un battement continu fait d'une confluence de sons qui montent de tous les ateliers de la ville en une rumeur qui s'efforce de rendre immatérielles les sources vulgaires dont elle est cependant issue.

Cela tenait à nos platanes et au vent. Il y avait eu des tilleuls, il y avait eu des ormeaux, mais depuis longtemps lorsque je suis né, les platanes presque partout avaient remplacé les autres essences. Ils orchestraient par-dessus les toits cette rumeur qui était le sceau de notre ville où le vent, qu'il vînt de quelque point que ce fût de la Rose, ne laissait que rarement place au silence total.

J'ai exploré ce monde sous le leitmotiv du vent depuis le ventre de ma mère, depuis le ventre de ma ville, depuis le ventre de ma race, laquelle m'avait convenablement armé au cours des générations pour résister à cet austère pays et m'accoutumer à son étrangeté. Quand ma mémoire se retrouve de plain-pied au milieu du Manosque que j'ai quitté et qui m'a quitté, ce n'est jamais sous la stridence des cris de martinets assiégeant les génoises au gros de l'été, ce n'est jamais au noir de l'hiver, quand pour aller à fond de train de chez moi à chez mes grands-parents, les voisines m'épiaient à l'abri de leurs vitres embuées qu'elles essuyaient furtivement, ce n'est jamais non plus par les printemps sonores comme des cloches où soudain, le matin de Pâques, les filles fleurissaient sous de nouveaux chapeaux roses, sortis des mains de fée de Mme Battala la modiste.

Non, c'est toujours à l'automne où tous les sucs de la vie se condensent que je me vois sur mes courtes jambes, aux aguets de l'extraordinaire, essayant d'apprivoiser le monde. Cet automne arrivait sur le vent de la mer que nous avions oublié durant tout l'été. Il nous apportait l'odeur du crassier de la mine qui s'interposait entre le Sud et nous, car il soufflait d'abord sur lui avant de nous atteindre. Nous n'étions pas d'odorat délicat, et les effluves du crassier étaient facilement absorbés par la nappe des fumées de cheminées où l'on brûlait le charbon de Gaude, lequel dès les premiers jours d'octobre commençait à sévir. Mais avant de souffler sur ce crassier, le vent marin balayait toute l'étendue de la plaine où les *bastidans* profitant de l'humide brûlaient les *ribes* (talus), les fanes de haricots et de pommes de terre, les feuilles mortes des marronniers et des platanes.

Toutes ces odeurs piégées par la masse stagnante des fumées lourdes qui tournoient autour des clochers, m'atteignent au fond de ma chambre, au creux de ma paillasse, me chuchotent de venir tout de suite dans la rue et par les chemins, afin qu'elles ne circulent pas en vain, afin que l'automne ne commence pas sans moi.

L'Henri Gardon, l'épicier, venait de recevoir le premier boudin et la première florentine de Mane. Ces deux délectables charcuteries annonçaient l'automne mieux que la rentrée des classes ou que le vent marin.

Si j'avais dix sous, je les dépensais tout de suite dans l'achat d'un de ces morceaux de boudin. Parfois, il était encore chaud et je l'ingurgitais tout cru. C'était plus qu'une nourriture, c'était une libation. Ce Mane que je ne connaissais que par ce boudin et cette florentine, ce Mane où ma marraine était née dans une ferme qui s'appelait Pitaugier, où elle avait deux filles enterrées, ce Mane m'apparaissait comme une terre promise, un pays où tout était bon, un pays où tout devait être à la portée de la main, tant ce boudin était équilibré et distribuait en proportion égale aux antennes de mes sens largement déployées des arômes de landes à poivre d'âne, de jardins de curé à rangées d'oignons et d'aulx, dominés, sur un mur ruiné, par la rutilante pyramide d'un laurier-sauce.

Il ne manquait même pas à mon évocation passionnée le tintement de ce clocher dont ma marraine parlait tout le temps et que je goûtais avec tout le reste en aspirant sous sa peau incomestible la chair onctueuse de ce boudin capable de créer en moi, sans même que je ferme les yeux, tout un village et tout un autre ciel.

Mon père arrivait au soir, environné d'odeurs de campagne gagnées à travers collines et plateaux par soleil radieux ou pluie battante. Il extrayait de sa biasse les offrandes du jour. Parfois c'était une bécasse tombée au pied d'un pylône, électrocutée, parfois c'était la merveille couleur vert-de-gris d'un fromage plié dans des feuilles de châtaignier. C'était parfois aussi le velours éclatant de quatre ou cinq oronges dénichées au pied d'un arbre. Sur le chapeau de l'une d'elles, une feuille de chêne était restée collée. Echappée des alvéoles une poussière jaune s'alentissait sur la toile cirée et y demeurait bien longtemps après que ma mère eut retiré les oronges. Cette poussière grenue, faite de minuscules boules hérissées de pointes, je savais bien que d'un coup de torchon tout à l'heure ma mère allait l'effacer et que celle que d'autres oronges y perdraient en un autre automne ne serait pas la même, pas plus que ne serait la même la perception de l'enfant que je serais alors, encore alourdi d'un an.

Mais mon plus beau bouquet d'automne c'était à Manosque même que je le rassemblais. Je dévalais la rue Chacundier où m'appelait le boudin de Mane chez l'Henri Gardon. J'en demandais pour dix sous, mais l'Henri ou sa femme, la Marie-Rose, ne m'en donnaient que pour huit, soucieux de mon estomac et de la bourse de mes parents. Je tournais le coin du boulevard de la Plaine pour aller le savourer sous l'ombre des platanes aux feuillages à peine révélés par quelque rare lampadaire à abat-jour vert. Car c'était par un soir d'octobre que le premier boudin de Mane et la florentine étaient acheminés par le courrier de Forcalquier jusque chez l'Henri Gardon dépositaire exclusif.

Une surprise m'attendait là car sous la pluie et dans le silence, dix mille moutons s'étaient cependant assemblés. Ils comblaient l'espace entre l'escalier de la Plaine et le boulevard Mirabeau, débordant en partie sur la route, devant la gendarmerie. Sous les platanes qui les encensaient de feuilles mortes, ces dix mille moutons chatoyaient dans la houle des échines ponctuées par les marques rouges, vertes et bleues des différents propriétaires. Il m'arrivait d'imaginer que je pourrais marcher sur ce tapis mouvant. De loin en loin, embossé au milieu d'eux, encore bâté de son cacolet, un âne tête basse se mettait à braire sa désolation vers le ciel noir et le vacarme des feuillages morts que le vent arrachait avec violence couvrait le bruit de ses protestations.

Là-haut, tout à fait au coin de l'escalier de la Plaine, sur le perron de Mme Dépieds, cinq ou six hommes tout noirs et tout silence se pressaient, parfois sous la pluie battante qui dégoulinait au rebord de leur chapeau. Je m'approchais d'eux souvent, en silence moi aussi pour les dévisager sans parler. Sous le capuchon de ma pèlerine, coincé entre une douzaine de brebis qui m'oignaient de leur suint et à peine plus haut qu'elles, personne ne me repérait. Je pouvais observer tout mon saoul ces inconnus en retrait sous leurs chapeaux suintés comme la laine de leurs moutons et dont les reflets des réverbères accusaient les arêtes vives du visage pour les souligner de noir. Ils mastiquaient des nourritures qu'ils découpaient au tranchet dans les trognons de pain ou de charcuterie, tenus solidement en main. Leurs chiens alignés sur les marches ne quémandaient même pas, tant ils étaient fourbus. Parfois l'un de ces bergers était en train de nourrir au biberon un agneau nouveau-né qui avait eu la malchance de perdre sa mère, morte en route pour quelque raison.

Je n'ai jamais entendu la voix de l'un de ces hommes. Sans doute parlaient-ils entre eux parfois ou avec d'autres êtres, mais devant moi par ces soirées, jamais ils ne desserrèrent les dents, comme s'ils faisaient partie d'un tableau. Une odeur de buffleterie et de suint formait autour d'eux une atmosphère particulière sous le vent. Parfois, l'un d'eux enfin prenait conscience de l'acuité de mon attention et il me chassait du regard, sans un mot, sans un geste.

Tout le monde avait fermé ses portes, tiré ses contrevents sur les lumières devant cette inondation de moutons car lorsqu'ils trouvaient le moindre interstice dans nos forteresses claquemurées, ces animaux patients et obstinés poussaient machinalement du museau et comblaient tous les creux qu'ils rencontraient. Si la clenche des étables et la cadole des vantaux tenaient mal, on retrouvait leur marée laineuse jusqu'au fond des caves, ayant parfois soulevé des barriques hors de leurs tins. Ils submergeaient les escaliers, étouffaient dans les poulaillers les poules endormies sur leurs œufs. On les entendait souffler contre les portes palières qu'on n'osait plus ouvrir, de crainte de les voir déborder jusqu'aux cuisines, jusqu'aux buffets des salles à manger.

Entre les riverains et ce cataclysme naturel, il n'y avait pas d'amour perdu. Dans la nuit, humble et sans bruit, sans même l'accompagnement des clarines dont on immobilisait le battant pour la traversée des villes, le *scabot* reprenait sa route vers la Crau. Le malheur et le mystère, voici tout l'enchantement que tiraient mes cinq ans de ces dix mille bêtes résignées, ne tenant debout que parce qu'elles étaient coincées les unes contre les autres et de ces hommes — *leï pastré,* disait-on sans aucune sympathie —, de ces hommes tout noirs qui ne vivaient pas comme nous et venaient d'ailleurs.

Au matin, mettant le nez à la porte, Mme Dépieds, Mme Arniaud, Mlle Davignon, Mme Henry, Mme Brun la boulangère et même Mme Gondrand l'accoucheuse, poussaient les hauts cris devant le tapis de crottes qui déferlait jusqu'à leurs corridors. Avec des commentaires de porte à porte où le *scabéou* était voué à tous les diables, chacune s'emparait d'un balai et poussait vers le caniveau ce surplus de fumier dont n'avaient que faire des gens qui en possédaient déjà de pleines cours, de pleines écuries.

Ces scabots qui, tous les deux jours et parfois jusqu'au 15 novembre, se mettaient à gronder depuis le bout de l'avenue Saint-Lazare pour venir se briser contre l'escalier à double volée qui coupait en deux le boulevard de la Plaine, constituaient pour moi un des orients de l'automne. Je les attendais avec espoir. J'ignorais le mot *troupeau* qui ne fut jamais prononcé devant moi durant ma tendre enfance et d'ailleurs ce mot n'avait pas d'équivalent en patois. Les quelques centaines de moutons que certains paysans des collines menaient paître sous les glandées, c'était l'*avé*. Quant aux chèvres, on ne prenait même pas la peine de leur donner une dénomination commune. On disait *leï cabro* tout simplement quand on en croisait une communauté.

Dans plus de deux cents maisons, voisinant avec l'âne, il y en avait une solitaire de ces chèvres dont on agaçait les dents avec des rameaux d'olivier et des brassées d'ypréau champêtre dont elles étaient friandes. Au matin, l'œil encore à demi fermé, on allait soulever la clenche à l'écurie. La chèvre de la maison se mettait à l'*espère*, passant à peine la tête hors du mur, la barbiche tournée vers l'appel du *cabriaïré*. C'était un Piémontais aux yeux chassieux, sans âge qui les menait paître par chemins pour une *traite* par semaine. Il en possédait lui-même une douzaine. Le soir, il faisait le tour des rues, et chaque chèvre se détachait au passage devant son écurie large ouverte où il ne restait plus qu'à la traire et à fermer la clenche du vantail.

Ceci était un autre signe de l'automne : c'était le moment où venant de chez ma marraine ou de chez mes grands-parents, je devais passer de nuit devant ces remises béantes d'où soufflaient toutes les menaces de l'obscurité et qui respiraient parfois l'odeur du calel que j'ai toujours été le seul à ne pas trouver abominable. C'était une odeur qui a disparu de la terre comme celle du charbon de Gaude ; une odeur transmise comme un témoin à travers des millénaires de civilisations superposées et qui avait réussi à survivre jusqu'au quart du XXe siècle où elle agonisait lentement ; une odeur que je ne peux plus faire partager à personne parce que maintenant elle est morte, parce que je suis le seul réceptacle encore capable de la humer à pleins souvenirs et qu'une odeur ça ne peut ni se décrire ni se conserver ni se transmettre. Quand j'aurai dit qu'elle était nourrie à l'huile *des enfers* (l'huile rance qui stagnait au fond des cuves dans les moulins où l'on écrasait les olives) et qu'elle s'exhalait à partir d'un lumignon constitué, la plupart du temps, par un simple morceau d'amadou, cela ne parlera qu'à l'imagination de quelque rare vieillard du coin, lequel va bientôt mourir comme moi. Devant cette odeur tout le monde fuyait : parents, grands-parents, marraine, tantes et cousins. Moi, au contraire, je hantais de préférence de ma présence immobile et souvent indécelable tant je me tenais coi, les rares maisons où le calel servait encore ne fût-ce que pour éclairer l'étable ou la cave.

Et c'est à cause de ces caves que l'odeur du calel reste liée pour moi à l'avènement de l'automne. Je n'ai jamais su pourquoi le travail sur lequel elle régnait ne pouvait s'accomplir que de nuit. Peut-être était-ce l'effet de quelque arrêté municipal tombé en désuétude et qu'on respectait encore, alors qu'il n'avait plus de sens.

C'était le seul jour de l'année où le paysan de la ville attelait à la tombée de la nuit. On calait la charrette au milieu de la rue. L'ombre du cheval ou du mulet se profilait entre les façades blafardes, se découpait parfois, lorsque la rue était très en pente, sur le ciel à clair de lune ou noir de pluie. C'était la fin octobre, début novembre. Les caves béaient, habitées par la rumeur des gens qui s'y activaient, dégageant par les rues et les places des odeurs de tombes fraîches. Mais c'était une première impression.

Une autre, bientôt vous faisait chavirer : c'était celle de la *raque*, le marc de raisin qu'on avait entreposé dans l'attente des bouilleurs de cru et qui sévissait en remontant au grand jour. Cette odeur Manosque en était imprégné jusque dans les études de notaires, jusque sous la nef des églises, jusqu'à la gare où elle combattait celle des fanaux et des lampes à pétrole. Il n'était pas une chambre de jolie femme ni une chambre de mourant qui échappât à cette odeur souveraine, marque au fer rouge d'une ville paysanne en plein travail d'automne.

Dans les cornues couleur de meuble ciré, le marc fumant était hissé hors des caves sur les épaules des costauds. Ils escaladaient ces escaliers usés, creusés à même le safre et qui s'y effritaient au long des siècles. Chaque pas, ainsi chargé, était une prouesse. Enfin en un renversement de tout le torse, genoux ployés, on alignait la cornue à côté des autres sur la charrette prête au départ.

Le nez à la hauteur de l'essieu, je suivais celle du grand-père au pas tranquille du mulet. Le trajet était court. Il n'allait pas plus loin que le boulevard Mirabeau. Une rumeur de vent nous y attendait à chaque fois. C'étaient les platanes qui s'ébrouaient. Et sous l'averse de leurs feuilles mortes, les ateliers publics espéraient le chaland.

C'étaient quatre alambics, tapis à ras de terre, entre la remise du Michel le voiturier et la forge du Roche le maréchal-ferrant. Ils cernaient le lavoir des bohémiens. Ils allaient jusqu'au coin de la rue Chacundier et du boulevard de la Plaine délimité par l'épicerie de l'Henri Gardon qui donnait à la fois sur la rue et sur le boulevard.

C'étaient quatre gueules rouges béantes où l'on enfournait des troncs de pins entiers et qui brasillaient sous les toiles de tentes mal arrimées. Dans la nuit, les reflets de ces feux d'enfer rougeoyaient sur la laine des brebis. Car le *scabot* était là aussi, contigu, à peine séparé des alambics par l'étrave de pierre de la maison Gardon. Dans l'obscurité, les odeurs de ce conglomérat de moutons et celle des marcs essorés qu'on entassait au sortir des étuves, se mélangeaient, prenaient possession des ruelles et des places, au gré des caprices du vent. Sur tout cela grinçaient les poulies des fenières et coulait au fond de son fossé profond le *riou deï rato* (le ruisseau des souris) en crue par les dernières pluies et qui roulait, au pied des anciennes douves, ses eaux nauséabondes, chargées des miasmes de la tannerie.

Qui n'a pas savouré Manosque sous ces deux espèces : les scabots et les alambics, étroitement unis sous le solennel vent d'octobre, ne peut pas parler de ma ville.

Mon grand-père bouillait son cru chez l'Henri Magnan, un homonyme qui n'avait aucune parenté avec lui. Il y avait toujours sur le banc unique un ou deux commensaux, l'un attendant sa *bouillie,* l'autre venant prendre rendez-vous. Mon grand-père s'installait largement, jambes écartées. Je prenais la place qui restait. Le feu vous rôtissait la figure, le vent derrière les fragiles toiles de tente vous glaçait l'échine.

— Roso ! Qu'as maï garça dou régistré ? glapissait l'Henri.

Et soudain il se souvenait que sa femme n'était pas d'ici et qu'elle ne comprenait pas notre langue.

— Rose, reprenait-il, tu n'as pas vu le registre ?

Ce registre, arme des Indirectes abhorrées, c'était une affaire d'Etat. Il fallait le signer à l'arrivée, le contresigner au départ. L'Henri Magnan avait dans son gousset un oignon d'héritage toujours parfaitement réglé sur l'heure officielle. C'était une montre en or usée et patinée à force d'avoir servi et qu'il sortait à tout bout de champ pour inscrire sur le registre de mystérieux repères.

Je ne comprenais pas le rapport entre ce cahier de moleskine et le mystère qui se tramait dans le ventre de cuivre de ce bizarre appareil semblable à un instrument de musique biscornu.

Cependant les flammes claquaient sous la coloquinte de l'étuve et la diligente Rose chargeait le foyer avec décision et compétence. Nous étions quatre sur le banc et, à part moi, chacun des hommes présents tenait en main par l'anse un quart cabossé rapporté par l'*infan* (le descendant, le fils) de la guerre de 14. Etait-ce le Bec ? Etait-ce le Titin Laugier aux yeux bleus qui avait de si belles filles ? Etait-ce l'autre Laugier, dit le Clu ? Etait-ce l'un des trois frères Laujac ? Etait-ce l'Arniaud, dit le Riche, ou l'intarissable Farnaud, dit le Raïoulet, à cause de son débit saccadé, mais sans merci ? Ce pouvait être aussi le Dépieds à l'énorme bouffarde, l'adjoint au maire, vermeil et péremptoire, qui tenait à lui seul sur le banc la place de trois hommes, tant par le volume que par l'importance de sa fonction.

Sous son odeur particulière de transpiration et de diverses sortes de vêtements où le velours dominait, chaque homme de ce pays traînait d'abord après soi le parfum des mottes de terre de son propre *bien*. Ces effluves étaient différents selon l'orientation des parcelles, qu'elles soient à l'ubac ou à l'adret, selon la nature du sol, la richesse des fumures, le soin des façons, le caractère même des familles qui s'étaient transmis les propriétés. J'étais capable, par atavisme, de les différencier les uns des autres aussi bien que mon grand-père, comme chacun d'entre ces hommes était capable de nous reconnaître aussi, mon grand-père et moi, à notre seule odeur.

Ainsi ils étaient là trois quatre propriétaires attendant leur tour. J'avais le ventre chaud, les pieds glacés. Il arrivait, par les soirs où la bise soufflait fort, où la pluie rageuse nous annonçait l'hiver, il arrivait que les bergers du scabot eux mêmes n'y puissent pas tenir.

Je les ai vus debout, alignés à côté du banc, emplissant l'espace de leur odeur qui n'était pas la nôtre, qui traînait dans ses multiples fragrances tout ce que je ne connaissais pas : la montagne, les framboisiers, les éboulements, la Crau, les grandes routes. Ils étaient là tout différents de ce qu'ils étaient tout à l'heure, sur l'escalier de la mère Dépieds, dans la misère de la nuit sans abri. Bien plus étranges dans la lumière qu'ils ne l'étaient dans l'obscurité.

Il arrivait aussi, mais plus rarement que, depuis le lavoir des bohémiens où elles coulaient la *bugade* (la lessive), les ménagères pauvres fussent attirées par le mystère rouge qui se déroulait sous cette toile de tente. Elles se hasardaient sur les pas de la Rose, sous prétexte de venir tendre vers le feu d'enfer leurs mains gercées. Toutes bouffantes de jupes de travail recoupées dans des sacs de jute qui effaçaient leurs formes si elles en avaient, elles étaient gênées par la présence des hommes. Elles ne laissaient pas cependant de porter sur elles, dans la grande poche du *faoudaou* ou *faoudiou* (le tablier), l'un de ces quarts de la guerre de Quatorze, pas moins bosselé ni culotté que ceux des propriétaires alentour.

Aucun d'entre nous, berger ni vigneron ni l'enfant que j'étais, n'y prêtait attention. Notre attention, comme la leur, elle était tout entière confisquée par la bassine rouge en terre vernissée posée devant nous, à même le sol, même pas isolée de la terre battue par une simple planche comme certainement elle l'était en quelque alambic plus huppé. C'était ici un simple tian à faire la vaisselle. Le regard de tous allait de ce récipient au serpentin de cuivre où se sublimait lentement le miracle qu'on espérait et qui allait surgir au bout du mince tuyau. D'abord, il ne sortait rien, sauf un filet de vapeur semblable à la fumée bleue d'une cigarette, qui se mettait à choisir sa route dans l'air perturbé, à tâtons, en aveugle, dardant à droite puis à gauche, palpant autour de soi la forme du monde inconnu où il venait de naître puis mourant d'un seul coup en l'évaporation d'un parfum ineffable qui résumait en un éclair le terroir dont il était issu.

Mais soudain, sans transition, cette vapeur se résolvait en un liquide d'abord aussi ténu qu'un fil de la vierge, qui n'avait pas de corps, d'une fragilité à retenir son souffle, et nous le retenions. Parfois ce fil cassait, se morcelait goutte à goutte, mais il reprenait. Il jonglait avec les bulles microscopiques qui venaient à sa rencontre depuis le fond du tian. On ne s'apercevait pas tout de suite que tandis qu'on s'intéressait à la danse des bulles, il s'était tressé au sortir du tuyau une ficelle transparente et cylindrique qui s'écoulait dans la bassine, pourtant placée à cinquante centimètres plus bas que le robinet, dans le plus parfait silence.

Je regardais de tous mes yeux cette transparence particulière. J'aiguisais mon ouïe tant que je pouvais pour me repaître de ce silence surnaturel. Car les fontaines faisaient du bruit, comme les robinets de l'eau à la pile, comme ces boîtes de petits pois superposées que nous trouions à l'aide de clous pour imiter les grandes eaux et qui cascadaient les unes dans les autres. Or là, au sortir de l'alambic du père Magnan, rien, le silence. Dehors le vent qui tord les arbres. Dessous, le feu de pin qui craque et vomit des flammes bleues qui explosent, chargées de gaz, en gerbes d'étincelles. Mais ce silence... Mais l'onctuosité de cette masse à travers laquelle on continue à voir rouge le feu d'enfer... Cette matière montait dans la bassine brune sans que rien la différenciât de l'air ambiant, sans qu'aucune limite ne s'établît entre ces deux fluides. La seule chose qui identifiât la nature du filet liquide qui s'écoulait du serpentin, c'était un thermomètre, lequel d'abord était couché au fond du tian, comme à marée basse, sur sa crinoline de liège. Ce pimpant thermomètre à l'âme d'argent commençait peu à peu à tanguer sur cet océan, immobile d'abord, puis mettant à la voile avec une arrogance de frégate.

Les placides propriétaires, les bergers debout et au garde-à-vous, les furtives lavandières, tout ce monde un peu haletant et qui se taisait, suivait sur la bassine le hochement gracieux de l'instrument. D'abord, celui-ci frôlait le fond de la bassine comme trop lourd pour le liquide. Chacun le contemplait naviguer, telle une épave, entre deux eaux. Alors dans le souffle du vent qui couchait les flammes, par la portière de la tente soulevée sans ménagement sur notre intimité de gourmands aux aguets, un colosse apparaissait : le Zéphir. Ce Zéphir, c'était un mètre nonante-huit de chair et de muscles : du ventre, de l'estomac, du torse, des biceps dont il ménageait la place dans les manches de la chemise en les tailladant à coups de rasoir. Au bout des bras s'agitaient des mains dont il fallait se garer : grandes comme des pelles à four et qui claquaient avec un bruit de battoir sur les épaules où elles prétendaient s'abattre amicalement. Il chaussait du quarante-six et oscillait toujours un peu sur cette pointure pourtant formidable.

Hiver comme été, il se contentait pour tout vêtement d'une chemise à fleurettes déboutonnée jusqu'au sternum. Elle bouffait hors d'un pantalon soutenu par une ficelle et dont les jambes n'atteignaient jamais les chevilles. Son pas claquait par les nuits de Manosque, pieds nus dans les sabots, toujours gouaillant, toujours démesuré dans ses gestes, toujours prêt à rendre service dans sa fraternelle jovialité. Toujours seul. Il portait par-dessus ce corps d'épopée une tête d'aigle, coupante, avec un nez important comme un bec et des sourcils déployés en ailes, blancs au-dessus des yeux noirs qui dardaient vers vous depuis le fond d'un tunnel, tant ils étaient à l'abri, loin sous les arcades sourcilières. Ce Zéphir était doué d'un appétit en rapport avec sa taille et sa force. Il avait dû payer six kilos de pain au père Brun, un jour qu'il était venu prendre un rendez-vous de chasse au poste avec ce boulanger.

— M'arresté jus cin minuto qué siou pressa ! (Je m'arrête juste cinq minutes parce que je suis pressé !) avait-il dit en arrivant.

Il avait tenu parole : en cinq minutes, il avait dévoré machinalement une corbeille de bannettes dont il était friand.

Ce Zéphir mourut à l'âge de sa taille au-dessus du mètre : à quatre-vingt-dix-huit ans. Toujours dévorant, toujours fumant, toujours chiquant, toujours buvant. Il mourut bêtement chez lui, cueilli tout net par la solive du plafond bas, en se précipitant sans réfléchir pour soulever, sur la cuisinière, la casserole du lait qui débordait. D'ordinaire, connaissant les êtres, il se courbait. Ce jour-là, il l'omit.

Je l'ai encore devant les yeux ce cher fantôme de Zéphir, ce soir d'automne 1927, soulevant la portière de toile de l'alambic chez l'Henri Magnan.

— Oouh Magnan ! criait-il (ou Dépieds, ou Laujac, ou Rougier, suivant qui était là). Alors, ounte n'en sian d'en aquello eïgarden ? (Où en sommes-nous de cette eau-de-vie ?)

Modestement, ce n'était pas un quart qu'il trimbalait dans sa musette, c'était un verre à pastilles du Cercle des travailleurs, ordinairement utilisé pour servir de la limonade. Il l'exhibait avec un geste de prestidigitateur. Il clignait de l'œil. Il s'enquérait, gourmand :

— A qu'unto dégrès n'en sian ? (A quel degré est-elle ?)

L'Henri chaussait ses lunettes, s'emparait du thermomètre.

— Octanto cin ! (quatre-vingt-cinq !) annonçait-il.

— Bé alors vaï ! disait le Zéphyr verre tendu, serié bessaï lou boun moumen par la tasta ! (Ce serait peut-être bien le moment de la goûter !)

L'Henri se tournait vers le propriétaire du contenu de la bassine, lequel acquiesçait du chef sans mot dire car c'était toujours un spectacle de cirque que de voir l'immense Zéphir se jeter dans le coco en un seul aller et retour de sa pomme d'Adam, cinq à six centilitres d'alcool à quatre-vingt-cinq degrés. Il s'y prenait à deux fois à vrai dire, mais on sentait bien que c'était seulement pour donner quelque vraisemblance à sa dégustation.

Après cet exploit, il clappait de la langue un bon moment. Il l'agitait dans sa bouche pour l'aérer sans doute, la rafraîchir.

— Caréou coullégo ! Vene de tasta aquello dou Tranchetoun qué m'a forço agrada, maï aquello... (Mâtin collègue ! Je viens de goûter celle du Trancheton qui m'a déjà beaucoup plu, mais celle-ci...)

Il levait le pouce et abaissait le bras plusieurs fois de haut en bas pour marquer son admiration. Mais déjà il remisait son verre à pastilles, il proposait à la ronde une main qu'on se gardait de saisir de crainte d'avoir les phalanges broyées. Il claquait quelques fesses de lavandières sous les robes en toile à sac pourtant peu suggestives et sans attendre la gifle qui le ratait à tous les coups à cause de sa taille, il était déjà dehors riant et sifflant.

— Cinquanto cin ! annonçait l'Henri.

A cinquante-cinq degrés, on pouvait se risquer quand on n'était pas des surhommes, mais seulement d'honnêtes buveurs. Dans une seringue de métal argenté, l'Henri aspirait une colonne du liquide énigmatique sans couleur et à peine parfumé. Les quarts se tendaient l'un après l'autre en commençant par le propriétaire qui en avait *tant sué* pour en arriver à cette sublimation de son travail de laboureur. Les femmes étaient servies les dernières, quelques gouttes, *pour de dire* qu'on ne les oubliait pas et rendre hommage à leurs mains gercées.

Seuls, les propriétaires avaient le droit de juger. Ça prenait du temps. Ils hochaient la tête, regoûtaient, faisaient clapper leur langue. On risquait des comparaisons avec l'année d'avant, l'autre année. On s'extasiait sur les années d'avant-guerre si attendrissantes maintenant qu'elles étaient lointaines et n'avaient plus de venin.

Ce travail d'Arcadie où se cristallisait le bonheur et la philosophie d'un peuple, ce travail d'Arcadie, quelle que fût l'infimité de son objet, se magnifiait en cette libation religieuse qui faisait tomber les méfiances réciproques. Nous communiions ou plutôt ils communiaient. Car, bien entendu, je n'avais pas droit à cette dégustation, fût-ce sur un morceau de sucre. Pourtant, la contemplation de cette limpidité aussi transparente que l'air avait le don de me communiquer une soif ardente qu'il me fallait étancher sur-le-champ.

Je sortais de la tente. L'odeur du marc et du suint de mouton brassée par le vent dans les platanes me guidait parmi les tourbillons de feuilles mortes où je m'enlisais jusqu'aux genoux.

La nuit ni la tempête n'arrêtait le travail des artisans. L'enclume sonnait chez le Roche, le maréchal-ferrant, où un paysan attendait son cheval dont on était en train de raviver la corne à coups de rabot. Je passais en courant. Chez le Plisson, le serrurier, c'était toujours le mystère. Les portes étaient fermées hiver comme été et seules y témoignaient du travail sans relâche de hautes hélices de moulin à vent debout contre le mur et dont les pales de tôle frémissaient sous la bourrasque du désir de tourner.

A fond de train toujours je débouchais dans la rue

Dauphine. En face, de l'autre côté du boulevard Mirabeau, dans le portail d'Aubette où ils occupaient des salles de gardes datant du XIIIe siècle, les David s'appelaient à tue-tête d'une lucarne à l'autre car la mère était sourde.

Ma fontaine ! Elle était là-bas, de l'autre côté. J'étais si impatient de l'atteindre que je me prenais les pieds dans une bicyclette rouillée renversée par le vent sur le trottoir devant le Philémon, le *patiaïre* (le chiffonnier). Je l'entendais maugréer devant ma maladresse depuis le degré de son escalier où il paraissait toujours assis, nuit comme jour et méditant, son menton en galoche posé sur son poing fait, le chapeau cabossé exprès à coups de colère et chiquant en philosophe avec un air lointain de chèvre qui rumine.

Je traversais devant le portail du *Pavillon*, la propriété des Dol où mes grands-parents avaient été laitiers. La seule porte de Manosque qui demeurât toujours ouverte aux malheureux, tant ceux qui y ont toujours vécu pratiquaient la charité chrétienne.

Là, tout contre, m'attendait la fontaine d'Aubette, encore moussue, encore toute verte de capillaires, encore déversée en cataracte par trois tuiles emboîtées qui tenaient lieu de canons.

J'ai des cartes postales de cette fontaine depuis 1870. Ma trisaïeule, ma bisaïeule, mon aïeule, ont posé devant à la hâte, voulant profiter du photographe qui passait. Toutes trois s'essuient les mains au tablier, *pêchier* posé dégoulinant sur la margelle et toutes trois regardent fièrement l'appareil du haut de leurs vingt ans triomphaux.

Je buvais à cette fontaine, m'étant juché sur le côté, les yeux fermés, la tête renversée sous le jet, et l'eau se frayait passage jusqu'au ventre par le col ouvert de la chemise. Je descendais de là ivre d'eau et de vent, gonflé d'un enthousiasme incommunicable et sans objet qui me portait aux gestes démesurés. Il n'était pas temps encore, à mon avis, de rentrer à la maison pour souper. La faim me tenaillait déjà, mais j'étais plus encore attiré par le mystère de Manosque. Ce mystère, multiple, inconsistant, qui se présentait à moi en un miroitement infini, je le pressentais plus qu'il n'existait. Il végétait dans mon inconscient plus encore que par les rues noires, les caves menaçantes, le jeu dans l'ombre de personnages qu'on ne rencontrait jamais plus et qu'on perdait sitôt aperçus.

Le boulevard des Tilleuls où il existait encore quatre ou cinq de ces arbres, m'attirait par sa pénombre car il était très mal éclairé. Bien qu'on l'eût recouvert de bitume, on y lisait sur le sol les bosses de la calade qui l'empierrait encore récemment. Là s'ouvrait l'antre des frères Vinatier.

Il s'annonçait par une barricade de charrettes éclopées qui lui faisaient un rempart. Il y en avait de bleues, presque neuves. Certaines accusaient le siècle d'existence, démolies, mortaises éclatées, ridelles pendantes, vieux brodequins en guise de frein et roues exténuées qui se décentraient par rapport à leur axe tant elles avaient souffert sous des charges excessives par d'innommables chemins. Il y avait de pimpants boghets et des jardinières sveltes où je campais des familles entières partant pour le bal, telles des ombres dont le vent me froissait aux oreilles le froufrou des robes et l'égrènement des rires.

Je tombais en arrêt devant une calèche soutenue par trois roues et un escabeau qui remplaçait la quatrième. Elle n'avait plus que par places des filets d'or terni sur le noir écaillé de ses panneaux aux arabesques effacées. Les brancards levés au ciel étaient rompus en biseau comme les lances d'un tournoi. Je reniflais tant que je pouvais l'odeur des êtres qui un jour avaient occupé ces banquettes au crin crevé, mais il n'y avait plus d'odeur, mais il n'y avait plus de fantômes. La pluie et le soleil les avaient effacés.

En ce temps-là, une intense curiosité me tenait lieu d'amour pour les êtres rencontrés. C'était elle qui me permettait d'entrer chez ces frères Vinatier comme dans un moulin. Le parfum des planches et le secret des panoplies aux outils m'y invitaient. Il y avait aussi, suspendues aux solives, de chiches ampoules électriques qui ménageaient juste assez de pénombre pour que le flou du rêve pût s'y installer et s'y complaire. En général, le premier atelier était vide ou tout entier comblé par une charrette presque terminée, dressée sur des tréteaux et encore veuve de ses roues.

Je demeurais longtemps en arrêt, debout au milieu des copeaux, respirant les odeurs où dominait celle des planches de frêne. Ou bien, les yeux levés, je contemplais, découragé, les râteliers d'outils que je ne saurais jamais désigner.

Quand j'en avais assez de me fatiguer les méninges à me demander en vain à quels travaux correspondaient ces batteries de manches patinés et de lames luisantes, je passais dans l'autre atelier, celui du fond, celui où se fomentait le mystère du métier de charron.

Abrité sous un toit en pente, immense et ténébreux, il se prolongeait à ciel ouvert sur une cour à hautes murailles qu'un platane ombrageait. L'occupant le plus inquiétant de ce lieu, c'était un soufflet de forge gros comme un corps de taureau et dont la partie supérieure se perdait dans l'ombre des solives. Des toiles d'araignée attirées par la chaleur de la forge le ligotaient étroitement comme si elles s'arrogeaient le pouvoir d'immobiliser cette source du vent. Un ringard permettait de le mettre en branle. Ce soufflet luisait dans la pénombre, moiré de reflets vivants sur sa peau épaisse. Je lui passais à côté peureusement. Là-bas, au fond de la cour, dans le clair-obscur d'un foyer à ras de terre, je voyais les silhouettes bondissantes des deux frères dansant un étrange ballet. Ils cerclaient une roue. Elle était en étoile, toute neuve, soutenue à plat par des tréteaux bas. A proximité, le cercle de fonte d'acier forgé par les artisans eux-mêmes était à demi enfoncé dans un brasier circulaire qui le dilatait peu à peu. L'effet du courant d'air animait le métal de frissons rouges, noirs, bleus qui ressemblaient aux ondulations d'un serpent. Les frères entretenaient le brasier à l'aide de petites planchettes provenant des tombées de l'atelier et qu'ils disposaient verticalement contre la couronne. Ce travail était long. J'avais les pieds glacés, mais pour rien au monde je n'aurais abandonné le terrain avant la fin de l'opération.

Lorsqu'ils jugeaient le moment propice, les frères s'emparaient de grandes pinces qu'ils brandissaient comme des armes. Ils s'encourageaient, se morigénaient, se lançaient à tue-tête des conseils, lesquels prodigués sur ce ton prenaient des allures d'empoignade. Et soudain je les voyais s'arc-bouter de chaque côté du cercle de feu. Ils saisissaient entre leurs pinces la couronne incandescente, laquelle surgissait hors du brasier dans toute sa splendeur, fulgurante d'ondes torrides que le courant d'air déplaçait le long du ruban aveuglant dont la matière n'était plus réelle. Le transport durait deux secondes peut-être, dans le glapissement de voix des deux hommes qui n'en finissaient pas de s'encourager à grands cris.

Alors un grésillement horrible s'échappait de la roue que les Vinatier venaient de cercler en trois mouvements précis de leurs gestes accordés. Ils jetaient les pinces au loin et commençait alors pour eux une autre sorte de sarabande. A l'aide de deux brocs, ils entamaient un jeu de noria rapide entre un baquet plein d'eau et la roue qui s'enflammait. En un ballet circulaire qui les faisait se croiser deux fois à chaque tour et s'éviter agilement, ils noyaient la couronne au fur et à mesure qu'ils avançaient. Derrière eux pourtant la flamme jaillissait de nouveau de la jante en bois. Ils se signalaient l'un à l'autre à grands cris les points où le feu menaçait.

Je regardais subjugué la danse de ces deux gros hommes autour de cette roue, irréels, fantomatiques, car tout cela ne se faisait pas sans fumée ni sans vapeur. Ils s'arrêtaient tout d'un coup. Ils se séparaient dans le dernier grésillement de la roue enfin domptée. L'un allait s'adosser contre le platane, l'autre se retenait d'une main au pilier de l'auvent. J'entendais leurs halètements, leurs borborygmes, leurs jurons étouffés. Je m'en allais, en silence, dans la sciure.

Le boulevard, le vent, me reprenaient, me cueillaient, m'emportaient à leur suite vers tous les points de la ville où il était important que j'aille voir ce qui se passait.

Des coups de mailloche alarmés m'alertaient en cadence depuis le Soubeyran. C'était chez le Garnier, le tonnelier où tout était encore en plein labeur à sept heures du soir. Un grand tonneau en partance occupait l'atelier sombre, lequel, comme chez les Vinatier, était à peine éclairé par deux ampoules évanescentes où les filaments rougeoyants paraissaient toujours sur le point de s'éteindre comme de simples bougies.

J'ai dit en *partance* car rien ne ressemble autant à une nef en construction qu'un de ces tonneaux destinés aux propriétaires de la plaine qui faisaient de la vigne en grand. D'ailleurs, dans notre dialecte, un tonneau c'était un *veisseou* (un vaisseau ou un versoir selon les endroits). Quand il y en avait un chez les Garnier, j'allais rêver devant ses odeurs de bois qui n'étaient pas d'ici, devant les tabliers de cuir de ceux qui l'ajustaient, qui travaillaient les merrains, à cheval sur un tourniquet bancal. Leurs outils à eux aussi servaient depuis des générations. On les faisait durer jusqu'à ce qu'ils tombent en poussière. Les astuces palliaient leurs nombreuses imperfections, leur vétusté. Chez le tonnelier, c'était cette musique qui dominait : les mailloches en sourdine, le sifflement en cadence des étranges rabots cintrés, le frisson tintinnabulant des cercles de barrique suspendus au plafond en batteries invisibles et l'heure, parfois, qui tintait en réplique au clocher du Soubeyran, à vingt mètres de là.

Et, bien sûr, cette musique ne devait pas se produire avec cet ensemble à tout bout de champ, mais c'est dans sa continuité, dans sa puissance de leitmotiv que ma mémoire l'a saisie et qu'elle m'aide à retrouver intact ce souvenir du labeur chez le Garnier le tonnelier.

Je n'y restais pas longtemps d'ailleurs, beaucoup moins que chez les Vinatier. D'abord parce que j'étais en pleine vue, sans pouvoir me dissimuler car l'atelier tout entier débordait jusqu'à descendre du trottoir, jusqu'à se déverser sur la chaussée jonchée de copeaux que le vent emportait, et aussi parce que je n'étais pas seul. Car dans ces rues de Manosque, à quelque heure que ce soit du jour ou de la nuit, on rencontrait toujours quelqu'un en train de travailler de ses mains. Soit dans les fournils, bien sûr, soit dans les ateliers à tout vent, soit sur le pas des portes, soit dans les écuries à côté des fumiers, le mouvement des hommes ne s'arrêtait jamais. Et pour *tenir compagnie* à ces laborieux, personnifiant l'encouragement de tout un peuple, quelque oisif, toujours, mains aux poches ou croisées derrière le dos suivant la saison, résistait au froid aux pieds, relevant le col de la veste, mais ne s'en allant pas, mais demeurant là, admirant l'agilité du travailleur, son savoir-faire. Cet oisif d'ailleurs n'était jamais muet. Tout en admirant, il conseillait, il critiquait, il guidait. Pour rien au monde toutefois il n'eût sorti les mains des poches pour proposer de l'aide.

Je faisais partie de cette troupe de spectateurs qui s'enracinaient comme des ormes aux portes des artisans, faisaient de l'ombre aux cordonniers en s'interposant entre l'établi et la suspension de la lampe abaissée. Moi, cependant, ce n'était pas pour passer le temps, c'était pour découvrir le monde. Ma taille atteignait à peine la ceinture des oisifs ou des artisans. Au bout d'un moment, on me faisait courir car cette attention passionnée que je vouais à tous les spectacles, l'interrogation obstinée de mon regard effrontément dardé vers le visage des êtres comme pour ne jamais les oublier quelle que fût leur humilité, finissaient par fatiguer ceux qui en étaient l'objet.

Je filais. Par le portail où sonnait l'heure, je m'engouffrais dans la rue Soubeyran. J'allais me planter face à la devanture de la minuscule veuve David qui trottinait dans l'étendue dérisoire de son magasin pour poupée. C'était une papeterie qui fleurait bon le fusain et le crayon d'ardoise. J'y allais souvent en acheter tant j'en perdais en route. La veuve David avait une voix de rainette, musicale et perlée. Elle était poudrée, fardée et ses cheveux étaient toujours soigneusement frisés au fer. Sa délicate petite personne, ses chevilles plus minces que les miennes d'alors, cette impression qu'elle donnait d'avoir été récemment transformée en femme de souris qu'elle était d'abord, tout cela me la rendait captivante. Je m'attendais à chaque instant que la souris reprenne sa forme pour se mettre à trotter, toute grignotante parmi les suaves nourritures des carnets de moleskine et des gommes arabiques.

A cet instant, la veuve David levait les yeux et me découvrait. Je fuyais. Je me mettais à courir à fond de train pour passer le plus vite possible devant la gueule noire de la rue Bon-Repos et de celle des Observantins. Ni ces noms ni ces rues ne me disaient rien qui vaille. C'était un quartier sorti du Moyen Age intact et sans transition, un lacis inextricable de voûtes et d'andrones communicantes sur des impasses énigmatiques.

Je n'explorais que l'été ces impasses en baïonnette de plus en plus étroites à mesure qu'on s'enfonçait en elles, de plus en plus verdâtres, de plus en plus sinistres. Elles s'achevaient sur des éboulis de murailles semés d'orties, par des blocs de calcaire, quelquefois par un puits moussu à margelle de marbre ou à berceau rouillé. Il me semblait toujours que quelque moine mal défini et cachant sous sa robe on ne sait quelle réalité, allait soulever son *aumusse* devant moi pour révéler son insoutenable aspect.

Hélas pour mon insatiable et curieuse terreur, j'étais seul. La ville toute de pénombre était à moi. La demie de sept heures sonnait au Soubeyran. J'atteignais la place hospitalière des Marchands où, rassurante, se dressait la maison de Me Borel, notaire : la plus solide famille du pays, la mieux enracinée, la plus notable.

Il y avait ainsi des maisons où je savais ne jamais pouvoir pénétrer. Des maisons qui représentaient les siècles passés et les siècles à venir. Elles étaient les bastions qui flanquaient Manosque. Elles étaient les citadelles imprenables. Les familles qui les hantaient, qui s'y perpétuaient de père en fils, ne pouvaient exister ailleurs qu'ici.

De l'autre côté de la place devant sa menuiserie où une vigne sur la tonnelle est échevelée par le vent, tout guilleret, sifflotant et la moustache conquérante, le Charles Reymond peaufinait un cercueil allongé sur des tréteaux. C'était une caisse de luxe pour trépassé qui devait compter ici-bas. Ça embaumait. Ça n'évoquait pas du tout le contenu innommable qui y serait enfermé d'ici peu, mais les belles forêts, mais les promenades que je ne ferais jamais sous des arbres hauts de trente mètres. Je humais ce cercueil de riche.

Pendant que le Charles trottait vers l'atelier pour en rapporter la colle qui chauffait sur le feu, je passais la main sur le bois lisse. Je le flairais, les yeux fermés. Le Charles qui revenait me chassait, maugréant et bafouillant, mais sans aucune conviction, quelque menace imprécise à travers sa moustache blanche. C'était un homme au rire éternel. Il fréquentait les morts en sifflotant, les habillait, les emboîtait en souriant avec malice. Les familles à le voir retrouvaient l'espérance.

Une rumeur furieuse de platanes manquant d'espace me parvenait alors. Ils étaient huit à l'étroit devant la mairie, devant l'église Notre-Dame, à se débattre contre le vent qui soulevait en torche leurs feuillages. Parfois, je me trouvais nez à nez avec le curé Brun revenant de la prière. Il ressemblait à ma marraine, vénérable, très âgé, petit, les pieds dans des charentaises noires qui dépassaient à peine de la soutane. Il regagnait son presbytère avec le vague sourire du devoir bien accompli. Si je l'apercevais à temps, je me jetais dans la rue Quintrand afin de n'avoir pas à le saluer. Mais parfois il était là devant moi et je n'osais passer mon chemin sans un mot. Alors je lui disais, tête basse, un « bonjour monsieur le curé » qui me faisait monter au front le rouge de la honte, car saluant ainsi le clergé en la personne de ce prêtre qui respirait la pauvreté décente par tous les plis de sa soutane verdâtre, il me semblait trahir à la fois mon père et mon grand-père libres penseurs, et l'idée que, au contraire, toutes mes tantes et ma marraine m'auraient loué pour ce geste, ne me rendait pas à ma sérénité.

C'était là, entre la placette des Marchands et la mairie qu'un appel vers le large tentait de me séduire. Au fronton d'un magasin aussi mal éclairé que les autres, sans devanture, jonché à l'intérieur de caisses éventrées et de couffins énigmatiques, un océan bleu était peint. Vers son rivage de sable inclinaient quatre ou cinq palmiers verts. A droite de cette promesse de paradis, de belles lettres calligraphiées annonçaient :

Au planteur de Caïffa

Ces mots n'avaient aucun sens pour moi et c'est sans doute à cause de ce mystère que pour la seule fois de ma vie parvint à s'infiltrer en ma conscience épaisse une tentation exotique. La seule fois où mon incuriosité totale pour le reste du monde qui ne fût pas semblable aux Basses-Alpes, parut vaciller. Je ne crois pas toutefois que cela dura au-delà de mes dix ans.

Sur la place où tonitruait le vent tordant les platanes, j'avais le choix entre plusieurs vagabondages. La rue Lemoyne m'attirait fort à cause d'un secret dont on parlait à mots couverts devant moi.

Oh ! ce n'était pas un de ces scandales d'alcôve dont se nourrissaient avec une horreur délectable les commensales de ma grand-mère Magnan ! Non. Pour d'aussi pauvres choses, on ne prenait pas tant de précautions. On me les jetait tout à trac à la figure sous prétexte que j'étais trop petit pour comprendre. Mais alors, le mystère de la rue Lemoyne, pourquoi ne s'en entretenait-on qu'à voix basse devant moi ? Pourquoi, les soirs d'hiver, déroulant sa *pointe* (châle) d'autour de sa tête, l'une des Viguier soufflait-elle à ma grand-mère, après un coup d'œil soupçonneux vers la mastre où je m'étais mussé :

— A questo nieu an maï piqua ! (La nuit passée ils ont encore frappé.)

Etait-ce donc, ce mystère, plus aisément que celui de l'amour, quelque chose que je risquais de comprendre ? Quelque chose de plus scandaleux toutefois qu'un adultère, qu'un enlèvement de fille ou qu'un inceste ? Quelque chose en tout cas de beaucoup plus sombre, de beaucoup plus effrayant et qu'il était nécessaire de m'épargner ?

Souvent, ces soirs d'automne où je faisais l'inventaire de Manosque, en dépit des mises en garde de ma grand-mère, je bifurquais vers cette rue Lemoyne où planait si grand secret.

Cette rue Lemoyne ne comportait aucune autre maison qu'une sorte de haut pigeonnier couvert de lierre, pourvu d'une grande croisée au rez-de-chaussée et seulement de lucarnes dans les étages, avec toutefois, au milieu du corps de logis, une fenêtre à balcon de fer forgé. Ce pigeonnier surplombait les jardins et se prolongeait de chaque côté par une haute muraille hérissée de tessons de bouteilles. Dans cette muraille se logeait une porte cochère que je n'ai jamais vue s'ouvrir.

Je m'approchais de cette maison où une famille était tranquillement en train de manger la soupe sous la suspension. Je voyais la mère, le père, le sombre fils au front déjà ridé et qui n'avait pourtant que mon âge, la fille plus âgée, dotée d'immenses yeux évangéliques, à l'iris démesuré. Tout le visage d'ailleurs de cette fille était large, énigmatique. Il en émanait une étrange sérénité de surface qui me donnait la chair de poule. C'était une famille de braves gens laborieux, pas différents d'aucun d'entre nous, ne voyant pas plus loin que le bout de leur nez comme nous tous, ayant pourtant cette supériorité sur la moyenne de nous tous d'être de fervents catholiques. Quelle malédiction les avait précisément choisis plutôt que n'importe qui d'autre pour les charger de cette angoisse peu commune, pour les confronter avec ce cataclysme capable à lui tout seul de vous mener aux portes de la folie ?

Car dans cette maison, on s'était accoutumé tandis qu'on mangeait la soupe, à voir celle-ci, de temps à autre, *s'escamper* sans crier gare, verser, s'échapper de l'assiette, selon une majestueuse translation de la table soudain prise du besoin de s'ébrouer un peu.

Soudain aussi, parfois, comme si l'on s'était trouvé nez à nez avec lui au détour d'un chemin, sans que rien l'ait laissé prévoir, le trot pressé d'un escadron en ordre de bataille ébranlait le plancher, à tel point réel que des fragments de céruse se détachaient des solives et venaient en s'alentissant saler la soupe.

Passant quelque soir devant cette croisée aux volets ouverts, la mère Viguier avait surpris cette famille, les yeux au plafond, la cuiller suspendue entre bouche et assiette, guettant précisément cette charge de cavalerie. Mais la plus fréquente manifestation de ce phénomène captivant, c'était, vers trois heures du matin, soudain une rumeur de voisinage, alors que la maison était isolée, des cris, des appels, des coups de pied et de poing battant la porte d'entrée jusqu'à ébranler la serrure dans sa gâche, comme si la maison était menacée et que l'on criât « au feu ! » là-dehors pour inciter les habitants à s'enfuir au plus vite.

On paraissait au fenestron, malgré qu'on en ait, croyant à la fin du monde. Personne. Et tandis que le tintamarre s'amplifiait, pris dans l'épaisseur des murailles, au contraire dehors régnait le silence d'une nuit étoilée et là-bas, en face, une glycine au fond d'une tonnelle s'ébrouait doucement. La paix de Manosque n'était aucunement émue par les bouleversements de catastrophe qui agitaient cette maison. Le spectre — ou quoi d'autre ? — qui se livrait à ces facéties, traversait, immatériel, la rue de son pas menu. Mais j'étais seul à pouvoir l'imaginer.

A l'asile, habilement questionné par l'élégante Rosette que la chose esbaudissait fort, ce pauvre petit au front déjà ridé racontait les affres de sa famille avec une parfaite neutralité, une sainte résignation, un haussement d'épaules fataliste devant notre imbécile incrédulité.

Moi je n'étais pas incrédule, moi je ne demandais pas mieux que de me laisser enchanter par ces récits effrayants. J'étais suspendu aux lèvres du récitant qui me paraissait sortir d'ailleurs, être d'une essence supérieure à la nôtre puisqu'il lui arrivait de telles choses.

De nombreuses fois — mais hélas à des heures où la nuit est encore trop jeune —, de nombreuses fois je me suis mis à l'affût sous le cœur centenaire de la glycine vautrée sur ses cinquante mètres de tonnelle et je n'ai entendu que le vent. Et je n'ai vu passer en guise de spectre que des papiers de boucherie portant l'enseigne des Chabal (viandes de 1er choix) ; papiers en cerf-volant chaussés de bottes de sept lieues qui leur permettaient de ricocher sur le sol battu de la rue, une fois tous les vingt ou trente mètres seulement et auquel je m'efforçais d'insuffler du prodige.

Souvent, certain que les choses s'accomplissaient à mon nez et à ma barbe, je m'enhardissais jusqu'à traverser la rue pour aller ausculter cette muraille, à l'intérieur de laquelle battait peut-être le cœur d'un autre monde. Mais j'avais beau coller mon oreille contre le crépi grenu qui me l'écorchait, jamais je ne perçus rien d'autre que le flux de mon sang.

Une fois, quelqu'un que le vent sans doute m'avait empêché d'entendre venir et que je n'ai jamais identifié, me cueillit d'un maître coup de pied au cul qui me fit détaler à fond de train et n'y plus revenir. Je dus me contenter des dires de la Viguier que je mettais fortement en doute, depuis qu'elle avait décrété que, ayant appris à lire tout seul, je ne saurais jamais écrire.

J'abandonnais à regret ces mystères alléchants qui n'étaient pas encore de mon âge. Alors, sortant de la rue des Marchands au lieu de bifurquer à gauche en direction de cette rue Lemoyne qui m'attirait tant, je longeais le trottoir de la *Buvette marseillaise* (un antre profond où je n'ai jamais vu âme qui vive) et je m'engouffrais dans le passage des Greniers sous la mairie.

C'était un sombre tunnel qu'inaugurait une pissotière dès l'abord. Ce tunnel en croissant de lune ne desservait que deux portes, l'une conduisait aux combles de la mairie et l'autre, juste en face, aux catacombes des frères Robert.

Ces frères Robert vendaient du fer, blanc, battu, en vrac, en lingots, en tréfilerie, en plaques, en socs de charrue, en objets fabriqués. Leur nom seul, sans aucune mention, était écrit en lettres de fer au-dessus de leur devanture verte. Leur antre, sous le passage, exhalait toujours une puissante odeur de minerai, de soufre, de rouille. C'était le ventre d'un ancien chai de couvent. Comme partout y régnait cette lumière expirante qu'utilisaient avec parcimonie des gens qui considéraient l'électricité comme un luxe dont il fallait user sobrement afin de ne pas provoquer l'envie chez le commun des mortels. Trois ou quatre ampoules mal réparties y révélaient les rails des Decauville, les poutrelles, les plaques laminées, les grappes de socs de charrue ou de fers à cheval enfilés sur des colliers de câbles. Dans ces perspectives où la rareté de la lumière supprimait les supports, tout ce qui était réel c'étaient les voûtes qui se perdaient dans le noir. On savait qu'elles existaient parce que d'étranges lustres obscurs se balançaient dans le vide en cliquetant au bout des chaînes qui les soutenaient. C'étaient — suspendus depuis combien de temps ? — des campaniles de fer prêts à être montés un jour sur quelque clocher où le vent et la rouille auraient eu raison de celui qui s'y maintenait depuis plus de cent ans.

Sous ces voûtes à l'acoustique remarquable, une

sorte de messe basse sévissait toujours que suffisait à nourrir la voix bougonne d'un des frères Robert donnant de rares directives à quelque vieil ouvrier.

Je ne m'aventurais pas au-delà du seuil. Je ne descendais pas les quatre marches imposantes comme celles de nos églises. Rien ne m'impressionnait autant que ces nefs dont je ne distinguais pas le berceau, que ce chuchotis indistinct au fond de la pénombre où peut-être s'échangeait quelque secret. De l'autre côté du passage, sous les combles de la mairie, tous cuivres déployés, la musique municipale répétait l'ouverture de *Si j'étais roi* qui était le cheval de bataille de mon père, lequel la sifflotait toute la journée.

C'était le moment où je commençais à me dire que huit heures devaient balancer au clocher et qu'il me restait pourtant encore à accomplir deux ou trois stations. Alors je fonçais. Je traversais la cour des Carmes et la rue Guilhempierre. Par la rue Desfarges je débouchais sur la place du Terreau. Ici, c'était mon domaine de jour. Je ne m'y attardais pas. Par la pénombre, ou par la nuit, ce que j'espérais des repaires du songe, ce n'étaient pas les froissements du vent, là-bas, vers les amandiers torsadés de la *badassière* de Toutes-Aures, c'était ce qui se passait dans les ruelles où les êtres pensifs derrière leurs comptoirs attendaient l'heure de fermer boutique.

Il y avait une Mme Grognard dans cette rue du Quatorze-Juillet qui tenait un magasin sans vitrine, étroit, dont la porte était sommée d'une accolade énigmatique et derrière laquelle elle officiait invisible tant ce réduit était encombré d'étagères qui occupaient le moindre espace.

Cette Mme Grognard, je l'ai toujours connue avec la tête désolée d'une veuve de guerre. Elle ne vendait pourtant que des choses charmantes que nous appelions des *taraillettes*. C'étaient, en modèle réduit, des reproductions de tous les récipients vernissés utilisés dans la cuisine provençale. Il y avait des tians minuscules (bassines à vaisselle ou plats à gratin, le même mot servant alors pour le contenant et le contenu) ; des *ouros* (marmites vernissées) ; des *toupins* (pots à lait ou à sauce) ; des gargoulettes. Ces gargoulettes remplies d'une certaine quantité d'eau imitaient, si l'on soufflait par le bec, le chant du rossignol ou du chardonneret.

Mais ce qui me ravissait surtout dans ces ustensiles, c'étaient d'abord leurs couleurs. Obtenues avec des jus d'herbes et cuites au hasard du four à bois, aucune n'était absolument identique à sa voisine.

J'écrasais mon nez contre les carreaux de la porte de ce magasin qui allait être le premier à mourir avant tant d'autres. Lorsque j'eus dix ans, déjà il n'existait plus. Tout m'y faisait envie. Je rêvais devant des piles d'écuelles, de moules à fromages pour dînette de poupées, tout une gamme de gargoulettes à couleur de grenouille et d'alcarazas cramoisis. Je n'ai jamais eu assez d'argent pour entrer dans cette boutique destinée aux enfants riches. Jamais je ne soufflai dans l'une de ces gargoulettes pour en tirer le chant du rossignol. Je ne pénétrai jamais dans ce magasin de Mme Grognard. Tout ce qu'il contenait ne me fut jamais visible que de l'extérieur, en écrasant mon nez contre la vitre. Mais le rêve me suffisait.

Je reprenais ma route à fond de train toujours, descendais, sans rien voir, la Grand-Rue sinueuse, jetais en passant un coup d'œil à l'horloge du clocher qui marquait huit heures moins dix au-dessus de Saint-Sauveur, l'église. Je passais devant *Au tonneau* où la Lance en faction, munie de son panier, espérait un client tardif pour son jeu du *saquet*.

C'était une longue et blafarde personne aux grands pieds et sans âge qui nous fournissait d'ananas en boîtes. Son panier plat contenait des saucissons, des pâtés de grives, des fromages, des réveille-matin, quelquefois un perdreau à l'automne, le tout sommé d'une poupée en crinoline destinée à trôner sur la courtepointe de quelque lit bourgeois. Chacun de ces lots était muni d'un numéro. La Lance avait aussi un sac de boules de loto qu'elle agitait au long des rues, en imitant le bruit d'une crécelle de lépreux.

Elle vous tendait ce sac d'un air engageant. Pour vingt sous on avait droit à une boule, pour trente sous à deux. Neuf fois sur dix on poursuivait sa route bredouille et elle, la Lance, s'éloignait sur ses traînantes savates, sinistrement accompagnée par sa crécelle du Moyen Age.

Mon père, avec elle, était doué d'une telle chance qu'elle lui tendait son panier tout de suite avec ces paroles :

— Té, Toino ! As qué dé chousi cé qué voous ! (Tiens, Toine ! Choisis ce que tu veux !)

La plupart du temps il déclinait l'offre. Parfois pourtant et plutôt pour ne pas la vexer (elle l'avait connu tout petit), il lui donnait ses vingt sous et choisissait ce qu'il jugeait le moins cher. C'était toujours une boîte d'ananas. Une fois par mois en moyenne, il nous rapportait ce trophée. On l'ouvrait alléchés et bien que connaissant la suite. Ma mère servait de cobaye et goûtait la première. Rien qu'à voir sa grimace on comprenait qu'il n'y aurait pas de miracle.

— Ça a le goût de la boîte ! disait-elle.

Ma sœur goûtait. Je goûtais. Nous confrontions nos trois grimaces. Mon père n'essayait même pas. Le contenu de la boîte allait à la poubelle. Nous n'étions pas faits pour les fruits exotiques.

J'aimais pourtant ces odeurs d'ailleurs que je humais à pleines narines, ces soirs d'automne, en descendant la Grand-Rue.

Il existait un antre presque sous le portail Saunerie, une voûte profonde de plus de quinze mètres de long qui s'enfonçait à droite sous tout un pâté de maisons. Elle était toujours béante et noire. La règle générale de l'éclairage chiche y régnait comme ailleurs. Le cagibi lui-même où se faisaient les comptes n'était éclairé que par une lampe à pétrole.

Au-dessus de cette voûte, à demi effacée tant on n'avait pas besoin d'elle pour attirer le chaland, une enseigne peinte autrefois annonçait : *G. Arnaud, gros, demi-gros.* C'était tout. Les odeurs inquiétantes que cette grotte me jetait à la figure suffisaient à me la faire aimer.

Sur un fond de marée momifiée par le sel et qui provenait des barils en châtaignier où les harengs dormaient en caque, les effluves de tous les arômes du monde vous agressaient. Le vent soufflant avait loisir, par la large porte cochère qu'on ne fermait jamais, d'aller les débusquer en tourbillon dans les sacs de jute, les couffins, les cageots, les caisses à claire-voie où ils étaient tapis.

Bien sûr, c'était l'odeur du savon de Marseille qui les portait sur son omniprésence, mais elle n'empêchait pas d'affleurer celle de la cannelle, du benjoin, de la bergamote, des clous de girofle, du café du Brésil, des fagotins de vanille, des régimes de bananes un peu mûres. Au fond de tout cela ondulait une pointe de noix muscade furieusement contestée par les fragrances des *gendarmes* dorés que les forts en gueule faisaient griller le matin sur les braises en guise de petit déjeuner.

Je devais passer vite devant cette alléchante tentation car il me restait encore une chose importante à faire avant l'heure fatidique. Je franchissais le portail, j'obliquais vers la droite. Pour deux sous de bronze usé à l'effigie encore de Napoléon III, qui me restaient de mes agapes de boudin tiède, je mettais le cap sur le bureau de tabac de Mlle Héloïse.

Mlle Héloïse : on ne pouvait rêver moins de chair sur moins d'os. Mais grande, la tête aiguisée comme une lame, elle était pour moi l'image crainte de la justice. Elle avait les yeux vairons (l'un bleu, l'autre noir). Chacune de ses prunelles faisait exactement le pendant de chaque côté du fléau de la balance pour le tabac à priser qui trônait devant elle sur le comptoir. Son visage s'était arrangé pour que toute la sévérité du monde s'inscrivît sur ses traits de brave femme, afin de décourager ceux qui auraient compté sur sa bonté. Je la vois : en buste. Je n'ai jamais aperçu ses pieds dont elle proclamait qu'elle y avait toujours froid. Elle portait un caraco noir à plis couchés et toujours strictement repassé et tiré afin que nul ne pût imaginer que sur cette poitrine, des seins eussent pu autrefois fleurir. Ses lèvres étaient pincées, sa parole sèche et brève. Depuis quarante ans, tout Manosque l'acceptait telle qu'elle était avec bonhomie. Lorsqu'un proche étranger (de Sainte-Tulle ou de Volx) se plaignait de son abord, on lui répondait : « Qué vouos ? Es l'Eloïse ! » (Que veux-tu ? C'est l'Héloïse !) C'est-à-dire : « C'est une figure, c'est un emblème, c'est une partie de notre terroir. Sans elle, la sauce qui nous fait ce que nous sommes ne serait pas tout à fait réussie ni tout à fait explicable. »

La porte elle-même de son antre rouge et bleu participait de cette rugosité d'accueil. En haut de ses trois marches, elle coinçait à peine entrebâillée. J'en ai vu plusieurs, timides, faibles ou feignants, renoncer à l'ouvrir, tant durant cette opération elle se plaignait, cette porte, elle criait à l'assassin. Car, en haut du battant, elle était munie d'une sorte de carillon qui ne cessait de sonner le tocsin durant tout le temps où l'on s'escrimait. Il fallait vraiment avoir envie de fumer ou de lire pour s'empoigner avec elle, aussi avait-on tendance à la laisser ouverte afin de ressortir plus rapidement. On franchissait lestement les six mètres qui vous séparaient du comptoir en criant sa commande. Mais l'Héloïse ne l'entendait pas ainsi. Elle se prenait déjà la tête à deux mains en signe de catastrophe. Elle glapissait :

— Aquello pouorto ! Qué mé la laïssoun toujous duberto qué mé faran creba ! Té, moussu, vous qué sias lou plu bravé, farmo mé leou la pouorto ! Miès qu'aco ! (Cette porte ! Qu'ils me la laissent toujours ouverte, qu'ils me feront mourir ! Tenez, monsieur, vous qui êtes le plus gentil, fermez-moi vite cette porte ! Mieux que ça !)

Car si l'on s'était résigné à rebrousser chemin pour lui obéir, en revanche, on essayait de s'arranger pour n'avoir pas à la débloquer au retour.

Moi, cette porte, je la traitais à grands coups de mes solides brodequins. Je la refermais de même. J'étais le plus beau.

— Va qui lou pitcho Toino ! s'adoucissait l'Héloïse.

Je fonçais vers l'étagère où quatorze ou quinze journaux d'enfants s'étalaient multicolores. Il n'y en avait qu'un qui valût encore seulement dix centimes : *Les Belles Images*. C'était une chiche publication de quatre pages : deux en couleurs, au recto et au verso pour allécher, les deux à l'intérieur lugubrement en noir et blanc.

Je me haussais sur la pointe des pieds, car le comptoir lui aussi était haut comme la tribune d'une cour d'assises, pour tendre mes deux sous à l'Héloïse. A ses côtés, le souvenir me restitue sa sœur (dont j'ai oublié le prénom), beaucoup plus jeune que l'Héloïse. Cette sœur était flasque, molle, blanchâtre et informe comme une motte de beurre. Toujours armée d'un demi-sourire qui lui tenait lieu de lamentation, elle ouvrait rarement la bouche. Toutefois, elle avait autant de poitrine que sa sœur en était privée. Parfois, elle était absente cette sœur. Par sollicitude, on demandait de ses nouvelles à l'Héloïse qui levait les bras au ciel.

— Mé parlès pas de ren ! Es maï din soun lié ! A la testo qué raïo coumo un panié ! (Ne me parlez pas de rien ! Elle est encore dans son lit ! Elle a la tête qui coule comme un panier !)

J'entendais cette confidence faite à une quelconque pratique. Je me représentais avec effroi cette tête où j'avais vu une motte de beurre, coulant, fondant, disparaissant enfin et, à imaginer les différents avatars qui devaient précéder cette fin, j'étais figé d'horreur. Mais la plupart du temps elle était là, les mains blanches posées sur le tablier ou alors elle tricotait. L'Héloïse devait lui avoir bien recommandé, surtout, de ne servir à rien.

Un beau jour débarqua dans cet antre un Noir flexible et dégingandé comme un musicien de jazz, la crème des hommes. Il épousa la sœur blafarde et depuis, jamais plus elle n'eut la tête coulante comme un panier au-dessus de la motte de beurre de son visage bonasse.

L'Héloïse happait mes deux sous et me crochait la main.

— Diras ou Toino qué lou lumé dé la crotto marcho maï pas ! Qué tou bèou jou mé garcé din lou traou ! Qu'aco séra dé sa faouto ! (Tu diras au Toine que la lumière de la cave ne fonctionne encore pas ! Que quelque jour je disparais dans le trou ! Que ce sera de sa faute !)

Elle l'avait vu le matin même, *lou Toino*, mon père, elle le verrait encore demain. Mais elle le savait de mémoire volage.

Je refermais la porte à grand fracas. Le vent essayait

de m'arracher des mains *Les Belles Images*. Depuis le portail Saunerie m'arrivaient les effluves des marrons que l'Inesta remuait sur son brasero. C'était un Espagnol maigre auquel le sourire avait été à jamais ravi par la petite vérole qui avait transformé son visage en passoire.

Cette odeur m'affamait. Il devenait urgent d'aller me mettre à table. Mais ma mission n'était pas terminée. Il me restait à aller me planter une bonne minute devant l'échoppe du Richebois le bourrelier. Pour y parvenir, une épreuve m'attendait qui me remplissait de panique : il me fallait affronter le déversement de lumière du *Grand Café-Glacier*.

La terrasse de ce café, hiver comme été, orage, vent ou pluie, était toujours occupée par un certain nombre d'oisifs qui trônaient là à chaque table comme le tribunal des Enfers.

Ce glacier me faisait grand peur. J'y passais au large, sur l'exemple de ma mère, laquelle ayant été boniche en face, au bar Pernod, le refuge des prolétaires, n'affrontait jamais ce carrefour, préférant allonger sa route par de harassantes ruelles en pente, pour éviter le jugement des grands.

Moi, je m'y risquais cependant les épaules courbes. J'avais juste le temps dans ma course d'apercevoir sous le grand lustre, devant les percolateurs rutilants, le maître des lieux, le personnage de Manosque qui, à cinq ans, me paraissait le plus écrasant. Ce patron de bistrot avec ses lunettes d'écaille, ses bajoues persillées de rouge, son teint couleur motte de terre, son absence chronique de sourire, évoquait la tournure d'un batracien méprisant. Emprisonné dans la minuscule logette de sa caisse, sur une chaise haute d'enfant, le ventre prêt à se répandre sur le comptoir, il dominait tout son personnel, toute sa pratique, tout Manosque. Je craignais toujours qu'il ne coassât.

En dépit des huit heures fatidiques qui menaçaient à chaque instant de sonner, il me fallait absolument jeter un coup d'œil, à travers la vitrine, sur le ballet muet qui évoluait dans le magasin du Richebois.

Cet homme fabriquait et réparait des harnais, des selles, des sièges capitonnés pour calèches de luxe, une spécialité qui déjà, en 1927, nourrissait mal son homme.

Je le vois toujours, ce Richebois, tel un lutin bondissant d'un bord à l'autre de son *métier*, fonçant vers son établi, l'alêne haute et menaçante qu'il maniait comme une épée. Et alors, si ailleurs, chez les Curnier, chez le Roche, chez les Vinatier, chez le Payan ou le Pourcin, les imprimeurs, il y avait toujours un oisif pour conseiller ou critiquer, ici, chez le Richebois, c'était chaque soir cinq ou six personnages en quête de loisirs qui s'assemblaient pour se chauffer les fesses autour du poêle à charbon de Gaude. La chronique de Manosque était passée au crible d'une critique perspicace et sans passion. Je voyais s'ouvrir les bouches, s'agiter les mains et les bras. Je n'entendais rien. Et pourtant ces lieux doivent résonner encore des palabres infinies qui pour néant s'y sont tenues entre les murailles, dans l'ombre de ce métier disparu avec ses outils, ses odeurs, ses arabesques de cuir et de cuivre sur les harnais ouvragés par les mains de fée de ce Richebois.

Il avait toujours la bouche pleine de semences ou de clous de tapissier ou les lèvres barrées d'un ligneul fermement serré entre les dents, mais il avait appris à répondre ainsi handicapé à ses oisifs commensaux et, par ses vives reparties, à leur tenir tête.

Sa pantomime réjouissante, je l'aurais contemplée des heures durant, mais soudain, au-dessus du vent, le premier coup de huit heures m'était assené par le clocher de Saint-Sauveur, lequel était toujours assez proche de nous pour nous faire sursauter au bruit de son bourdon.

Cette fois, résolument, je m'arrachais à mes bizarres délices. *Les Belles Images* bien serré dans ma main, tête basse sous mon capuchon bleu marine, de toute la vitesse de mes courtes jambes, je détalais.

Je glissais sur les fesses le long de la rampe d'un des escaliers de la Plaine. D'un seul bond, je sautais les six dernières marches, reçu par la masse laineuse du scabot où je m'enlisais pour aller plus vite, au lieu de le contourner.

Ma boucle était bouclée : le scabot, les alambics, le vent dans les grands platanes du boulevard Mirabeau, c'était mon port retrouvé. Bourlinguant à travers Manosque comme sur un océan, habité par ces rumeurs que je brassais dans ma tête, c'était le monde que je venais d'explorer.

Il y avait, pour souper, de la levée d'agneau en matelote et de ces pommes de terre sautées à la poêle que ma mère ratait toujours un peu, les laissant *attraper* au fond, ce qui me plaisait par-dessus tout.

Je pouvais manger tranquille. Je savais que rien autour de moi n'avait bougé, que Manosque continuait à moudre son temps pour les siècles des siècles, uniquement soucieux d'entretenir en moi ce goût de la contemplation qui ne souffre pas le moindre changement dans l'objet qu'il adore.

J'avais beau, par prudence, n'en pas faire semblant, j'étais heureux.

proche de notre tour nous était survenu au jour de son ordination.

Je glissais sur les trottoirs le long de la carcasse d'un des escaliers de la clinique. D'un seul bond, je sautais les six dernières marches, puis par la masse [illegible] du sentier où je m'enfilais pour aller plus vite au lieu de le contourner.

Ma boucle était bouclée : je [illegible] les [illegible], je [illegible] dans les grandes marches du boulevard Mirabeau, c'était mon port, ce noir. Bondissant à travers Montessuc comme sur un écran, habité par des [illegible] que je brassais dans ma tête, c'était le monde que je voulais explorer.

Je pouvais manger tranquille. Je savais qu'il n'était autour de moi personne [illegible] que Mémé continuait à moudre son café pour les secrets des succès, enveloppant souriante et [illegible] en moi ce que je [illegible] de la contemplation qui ne souffre pas le moindre changement dans l'objet qu'il adore.

Trois sœurs de ma mère : Hélène, Pauline, Marie-Louise plus la Rose Bistagne, femme de mon grand-oncle Désiré, je les appelais mes tantes.

Je suis le seul enfant mâle de la famille, mes tantes, mortes et vivantes, n'ont eu que des filles. Il y a bien le pauvre Loulou, fils du Fouque, mais d'abord il vit à Sainte-Tulle et ensuite très vite il va tomber malade. On dit qu'il a pris en jouant un coup de pied dans les reins, on dit qu'il a chuté du haut d'un parapet sur un tas de pierres pointues, on dit qu'il est tombé d'un camion auquel il s'était accroché. Je ne saurai jamais la vérité. Je crois qu'il devait être atteint du mal de Pott, puisqu'on l'envoya à Porquerolles durant plusieurs saisons et que c'était là alors, comme à Berck, que l'on prétendait soigner cette maladie.

Je le vois ce Loulou avec mes yeux de quatre ans, en habit de premier communiant, portant ce brassard blanc qui me faisait tant envie, la raie parfaite sur le côté des cheveux cosmétiqués, à l'honneur du monde, comme le voulait sa mère adoptive, ma tante et la sienne. Je le vois sur la place du Terreau, allumant derrière les arbres pour fêter cet événement religieux d'énormes serpenteaux dont l'explosion prématurée lui noircissait la figure. Il avait des mains de fée, une vive intelligence. Il apprenait le solfège, jouait de la clarinette, additionnait mentalement les prix de l'épicerie de Sainte-Tulle plus vite que ne le faisait sa mère avec un crayon. Le pauvre Loulou... Qui se souvient du pauvre Loulou, mort à vingt ans voici plus de cinquante ans ?

Il était déjà grandet, volontaire, on ne pouvait déjà plus l'incliner ni le chérir à sa guise. Tandis que moi...

Ma tante Hélène m'a happé dès que j'ai su marcher afin, autant que possible, de m'arracher à cet horrible nid de libres penseurs que représentaient pour elle mes grands-parents et mon père.

— Il faut toujours qu'elle trouve quelqu'un pour lui mettre la patte dessus ! disait ma mère.

La tante Hélène était son aînée de dix ans. L'amour qu'elles se portaient n'a jamais éclaté à mes yeux.

Ma tante Hélène, c'était une demoiselle montée à graine qui dirigeait toute la famille, pensant qu'elle avait beaucoup plus de bon sens à elle toute seule que tous les autres réunis.

Elle était grande, maigre, osseuse, une bouche et des yeux qui savaient sourire mais ne le faisaient jamais en présence de ses proches, lesquels n'ont connu d'elle qu'un visage fermé. Devant moi seul, qu'elle aimait, elle ne se contraignait pas.

Souvent, elle passait devant la maison et m'appelait. J'accourais. Ma mère ni mon père ne faisaient jamais d'objection. Elle me menait chez M. Devaux où elle travaillait comme journalière.

Nous partions le plus souvent par le chemin du Saint-Sépulcre où les cyprès faisaient un beau bruit sous tous les vents.

Ce chemin du Saint-Sépulcre qu'on appelait aussi la vieille route de Volx, était bordé d'enclos mystérieux protégés par des haies profondes des regards du passant. On entendait là-derrière des bruits de bêche et de sarclette, de sécateur. On y respirait suivant les saisons l'odeur des feux de feuilles mortes, le fumet des légumes pour la soupe qu'on venait d'entasser dans la brouette ou le panier, avant de les rapporter à la maison. Parfois, le parfum du basilic sourdait entre les rames des tomates et les feuilles des aubergines.

Ces labyrinthes mystérieux, c'étaient les jardins secrets des Manosquins heureux. C'étaient des *biens* en terrasses qui dépassaient rarement deux mille mètres carrés. Ils dévalaient en bandes étroites depuis le canal d'arrosage jusqu'à ce vieux chemin de Volx, où nous trottions ma tante et moi comme si nous avions le feu au derrière.

C'étaient des jardins de père en fils transmis où, quand on nettoyait la haie de troènes, il n'était pas rare d'y dénicher l'eïssade que l'arrière-grand-père y avait *abscondue* voici cent ans et dont il ne restait plus que le fer rouillé et un morceau de manche pourri.

C'étaient les jardins des Richebois, des Drac, des Heyriey, des Bontoux, des Gaubert, des Viguier, des Donadieu, des Loubet, des Genty, sans oublier certains Pic et certains Bec, dont nous avions ici quantité.

Tous ces gens avaient fait des *folies* de leurs cabanes à outils et des jardins de Versailles avec leur potager.

Ils ne les montraient pas. Ils ne se les montraient même pas les uns aux autres. Le dimanche, la famille elle-même, enfants compris, n'avait droit qu'à la tonnelle et à la terrasse. Ils avaient, pour garder leurs secrets, des précautions d'alchimistes. Tout ce qu'ils consentaient à laisser deviner, c'était parfois, les soirs d'été, en se *récampant* (rentrant chez eux) le produit de leur travail et de leur génie. Le dessus du panier qu'ils dissimulaient à moitié par un veston savamment disposé était toujours une œuvre d'artiste. C'était un melon dont le parfum les faisait suivre à la trace. C'étaient trois tomates dont on distinguait bien, en dépit du veston, qu'à elles seules elles suffisaient à combler le panier. C'était un seul poireau monumental qui éclaboussait par le jet d'eau immobile de sa queue verte tous les voisins médusés.

Ils parcouraient à la brune, ces jardiniers du désir, le sentier du canal qui les ramenait chez eux. Ils portaient leurs paniers à bout de bras, comme un pêcheur traîne sa ligne de fond. Depuis les terrasses ensevelies sous les glycines et les bignonias où les familles *prenaient le serein,* il y avait toujours quelqu'un pour les héler en un doucereux béguètement de chèvre :

— Oouh Bè ! Oouh Quicambois ! Oouh Dra ! Oouh Heyriey ! Oouh Pascaloun ! Siès pressa ? (Tu es pressé ?)

Pressé on ne l'était pas tellement et l'humble voix qui huchait depuis l'ombre chatouillait l'amour-propre. On s'approchait nonchalant, le panier pas plus ostensible que de raison. On le déposait sur la table de jardin en se massant le bras, tant il avait été lourd, ce panier, durant le parcours.

On était tranquille, certain que durant la conversation votre interlocuteur ne vous regarderait pas une fois en face. Il n'aurait d'yeux que pour votre panier, anxieux de mesurer si vraiment vos produits étaient plus beaux que les siens.

Ma tante Hélène n'essayait jamais de surprendre le secret de ces jardins forteresses par-dessus les haies de troènes, ce que sa haute taille lui aurait permis. Elle passait à côté de ces artistes horticoles et de leurs paniers provocants avec des regards lointains et, lorsqu'ils la saluaient, des « bonjour mon sieur ! » glaciaux qui respiraient la condescendance polie. C'est que elle, elle ne travaillait pas chez un amateur mais chez un professionnel. Le *bien* de M. Devaux, en espaliers et en terrasses, faisait près de deux hectares d'un bout à l'autre.

M. Devaux coiffait un panama, chaussait des chaussures blanches, portait des chemises également blanches, des pantalons kaki au pli impeccable. Sans avoir la prestance de M. Constantin, vous pouviez être fier que votre tante travaillât pour lui. D'autant que ces Devaux habitaient, avenue de la gare, une maison à porte de fer forgé et qu'ils avaient un piano. « Les filles Devaux jouent du piano ! » disait orgueilleusement ma tante.

Je le vois ce M. Devaux : barré d'une moustache blanche, son visage était tout rouge au-dessus de ses vêtements clairs. C'était un commissaire de police à la retraite qui devait avoir rêvé toute sa vie des jardins de Sémiramis. Chez lui les poires et les raisins étaient ensachés. A chaque arbre on suspendait un gobe-mouches plein de liqueur d'arsenic. Les fraisiers étaient lités de paille par les soins diligents de ma tante. On faisait des fraises sous châssis, des asperges sous châssis, des melons sous cloche. En vain aurait-on cherché un brin d'herbe entre les plantes utiles. Elles étaient sarclées au jour le jour. Lorsqu'il pleuvait ni ma tante ni son patron ne désarmaient. Surtout à cause des escargots, leurs bêtes noires ! ils partaient sous des parapluies mais ils partaient. Ils guettaient, des heures s'il le fallait, depuis l'entrée du bastidon, quelque rare éclaircie. Sitôt qu'elle se produisait, ils bondissaient à l'attaque, se jetaient voracement sur la terre, binant, sarclant, enfouissant le fumier, taillant, effeuillant, ébroutant et nouant (le spectacle qui m'ébahissait le plus) les tiges des oignons par paquets de cinq pour les empêcher de monter à graine.

Il avait un frère ce M. Devaux, l'Albert, qui ne disait jamais ni plus haut ni plus bas que lui et qui d'ailleurs parlait rarement. C'était un homme capable de loucheter pendant six heures sans lever la tête. Il ne fumait ni ne buvait et ne mangeait pas non plus. A peine se permettait-il, à de longs intervalles, de grignoter quelque quignon frotté d'ail, en cachette et comme en s'excusant.

Dès les trois heures, on amenait sur les tables à tréteaux devant le bastidon les asperges, les fraises, les poires, les tomates, suivant la saison, ou les raisins de table et l'on expédiait. Ma tante couchait les produits sur un lit de frisons, l'Albert fermait les cagettes, M. Devaux rédigeait les étiquettes et les papiers pour les messageries. A cinq heures, l'Albert partait pour la gare, par les traverses, avec sa curieuse carriole montée sur quatre roues hautes. Il y avait là-dessus sept ou huit colis pour Lyon ou pour Paris où ils seraient le lendemain. C'était de la marchandise de luxe pour clients de luxe. Des gens sans doute que M. Devaux avait connus lorsqu'il était en activité.

Du moins était-ce ainsi que mes cinq ans comprenaient les choses. Je ne m'attachais pas fort à l'essentiel. C'était le détail qui me captivait : les asperges inquiétantes par leur monstruosité ; les poires dont on tournait les joues roses vers le sommet et qu'on couchait tels des bébés joufflus enrubannés de frisons ; les grappes de raisin translucides sous la cellophane.

Et quand, l'été, l'Albert était parti pour la gare, c'était alors la grande cérémonie de l'arrosage qui commençait.

L'arrosage, à Manosque, était toujours une affaire d'Etat, car il n'y avait pas d'eau pour tout le monde simultanément ; par conséquent on établissait un roulement. Ce roulement était fixé l'hiver, après de longues palabres entre les intéressés. Quand tout le monde était d'accord, le comptable, Paul Martin dit Trancheton, calligraphiait le nom de chaque propriétaire dans un registre, avec, en regard, les jours et les heures auxquels on aurait droit à l'eau et chacun, muni d'un agenda, venait prendre connaissance de son allocation. Cet agenda établissait le droit. Malheur à celui qui le perdait !

Mon grand-père trimbalait cet agenda dans le gousset de son gilet tout l'été, car l'arrosage était toujours pour lui une occasion de fureur.

Quand on allait arroser les Embarrades, le *bien* le plus étendu qu'il possédait, on me réquisitionnait, à quelque heure que ce fût, car le calendrier du Martin ne tenait compte que de l'ordre alphabétique. On donnait l'eau à trois heures du matin à celui qui logeait à trois kilomètres de son bien et on la donnait à midi à tel autre qui n'avait qu'à sortir de sa ferme pour tirer la vanne.

Juillet, août, c'étaient les vacances. Nous partions l'eïssade à l'épaule. Nous croisions des voisins, balançant eux aussi des fanaux. Nous parcourions à pied les deux kilomètres car le mulet dormait. On ne pouvait pas réveiller le mulet. Il se serait couché dans la première rigole venue et aucun coup de fouet n'aurait pu le convaincre de participer à cette nouveauté du diable : le travail de nuit.

Nous marchions en silence, le fanal balancé à bout de bras ou porté au manche de l'outil comme une besace. Par le chemin de Champ-de-Pruniers, nous gagnions les Embarrades. Les eaux lâchées couraient dans les rigoles. Le grand-père n'avait pas besoin de me dire ce que j'avais à faire. N'en menant pas large, tout seul, le fanal à la main, je gagnais le bas du *bien* où chuchotaient, sous un vent qui ne soufflait que là, les canniers d'une roselière. J'étais souvent exposé au fouettement agacé de ces roseaux qui existaient là bien avant qu'on exploite ce lopin de terre. Je me sentais intrus dans cette nuit piquetée de fanaux. Elle m'apparaissait comme une propriété que nous aurions violée, comme une maison dont nous aurions indûment franchi le seuil. Que venaient faire les hommes parmi ces ombres qui ne leur appartenaient pas ? Il m'arrivait de scruter le ciel que je ne savais pas lire et d'essayer d'y situer les planètes que mon père m'y désignait parfois. Mais j'avais bien trop peur pour me passionner à ce jeu. Je percevais, matérielle, la nuit compacte derrière mon dos, tapie au-delà du fanal et qui utilisait la rumeur des roseaux pour masquer son approche et m'ensevelir sous le poids de la terre, sous le poids de la peur.

Et soudain, comme une compagne rassurante, l'eau arrivait, pimpante, cristalline avec parfois, au contraire, des reptations sournoises de serpents parmi les plants de pommes de terre ou de haricots. Elle arrivait vite. Je sautais en arrière pour éviter d'avoir les pieds mouillés. En criant, au cas où ça ne suffirait pas, j'élevais bien haut la lanterne au-dessus de ma tête. J'entendais le grand-père, à cent vingt mètres de là, au début des sillons, couper l'eau à grands coups de bêchard. Le courant poursuivait encore sa route jusqu'à la roselière qu'il entretenait dans son opulence. Je changeais de place. Je m'éloignais des raies qui avaient déjà bu. Parfois, le grand-père me criait :

— Piéré ! Siès toujou qui ? (Pierre ! Tu es toujours là ?)

Je soulevais le fanal deux fois en signe d'acquiescement. Les annales étaient pleines d'enfants qui s'allongeaient dans les sillons, s'y endormaient même. Certains étaient morts, racontait-on, à côté de leur fanal éteint, la bouche pleine d'eau et de limon pour n'être pas restés debout à surveiller les rigoles.

Mais, parfois, l'eau n'arrivait pas. J'avais beau guetter, attendre, la loupiote n'éclairait que la terre desséchée, balafrée de crevasses, mourant de soif. Je fouillais la nuit vers le fanal du grand-père. Il n'était plus là. Je voyais son lumignon se balancer plus haut, le long du sentier qui suivant le distributeur remontait vers le puisard et les bifurcations du canal. Je fonçais à sa suite, la lanterne à bout de bras, car il n'était pas question de demeurer seul au fond du gouffre de la nuit avec, pour tout viatique, cette roselière menaçante que, seule sans doute, la présence du grand-père tenait en respect. Le grand-père fonçait lourdement le long du sentier avec des : « Couquin de boun diou de brigand dé boun diou ! » qui grondaient sans répit comme l'effeuillement d'un rosaire, soulignés par les protestations des grenouilles privées d'humidité au bord du ruisseau soudain tari.

Je savais ce qui se passait. Quelque voisin venait de nous couper l'eau. Ça arrivait. Des gens que le réveille-matin avait été impuissant à secouer et qui, ayant perdu leur tour de rôle, comptaient sur le miracle pour réussir quand même à abreuver leur champ mort de soif. Mais avec mon grand-père, il n'y avait pas de miracle possible.

Je le voyais, les mains crispées sur son eïssade, égrenant ses « brigand dé boun diou ! » à se faire foudroyer sur place. J'avais, malgré mon agilité, toutes les peines du monde à suivre sa masse lancée dans la nuit à la poursuite du délinquant. Je me faisais un sang de peste à imaginer le carnage, le coupable décapité à coups d'eïssade ou bien le grand-père ayant eu le dessous et barrant de ses cent trois kilos toutes les rigoles à la fois, tous les voisins privés d'eau accourant pour l'achever.

Nous atteignions enfin la bifur où une martellière de vingt kilos barrait notre ruisseau. En revanche, l'eau s'engouffrait joyeusement dans le bief du Fournel, dit Escampo-ribo, un coutumier du fait, un qui ne pouvait jamais se lever la nuit. Mais il n'était pas là, ce Fournel, pour signer son forfait. Tout était serein et tranquille.

— Pitcho ! Faï lume ! (Petit ! Approche la lumière !) ordonnait le grand-père.

Je haussais le fanal. Il sortait l'agenda et sa montre pour les consulter car, comme tous les hommes justes, il n'en croyait jamais ses yeux, n'était jamais sûr d'avoir raison, avait sans cesse besoin de le vérifier. Mais, une fois certain, il se redressait formidable. Il arrachait la martellière, la soulevait et, la brandissant au-dessus de lui d'un seul élan, il l'abattait comme un couperet dans la rigole du Fournel laquelle tarissait instantanément.

Cependant, nul ne se serait avisé de couper l'eau au respecté M. Devaux. Et d'ailleurs, sa martellière à lui était entée directement sur le canal lui-même.

Je revois ces grandes séances vespérales d'irrigation dans le roucoulis des rainettes et des crapauds. M. Devaux avait conçu sur ses terrasses à primeurs des merveilles d'hydraulique. Les rigoles qui, chez les paysans ordinaires, se creusaient à même la terre, chez lui, l'eau y ruisselait sur des conduits en poterie. Au bout de chaque terrasse, des puisards minuscules étaient ménagés, munis de trappes, de robinets, de grilles et d'écluses, le tout destiné à maîtriser la pente et à régulariser le débit. Dès qu'on soulevait la martellière, le courant prenait possession progressivement de toutes ces installations ingénieuses. Au bout de quelques minutes, sur toutes les terrasses de ce jardin, de grandes conversations d'eaux courantes s'établissaient d'un puisard à l'autre, avec des chuintements de gargoulettes, comme chez Mme Grognard. Le cérémonial de l'arrosage pouvait commencer, les menthes dans les caniveaux pouvaient frétiller de toute leur verdure qui m'émerveillait et les pommes d'amour, sous le friselis des gouttelettes pulvérisées, retrouver leur parfum dont le jour torride les avait privées.

Mais, avant de se livrer à son sacerdoce, ma tante

Hélène me cueillait sur la murette où je regardais de tous mes yeux. Elle me tirait par la main vers le bastidon où elle allait me faire cuire deux œufs sur le plat à l'aide d'un réchaud à alcool muni d'une pompe, lequel, lui aussi, avait une odeur particulière aujourd'hui disparue.

Je vois le plat émaillé où est peint un bouquet de myosotis au fond et où les œufs vont blanchir et devenir opaques peu à peu, sur la verdure de l'huile d'olive, car ma tante n'omettait jamais de les casser sur l'huile froide et de régler à très petit feu le débit du réchaud. Je vois le réchaud et sa flamme bleue et la murette à tonnelle de vigne où l'on va m'installer, mais surtout, surtout, je revois le bastidon.

En écrivant cette ligne je viens d'en ouvrir la porte. Il n'y a pas que les morts qui ressuscitent dans une mémoire vigilante. Les choses aussi y ont leur part. L'odeur encore, de semences en attente, de bulbes de fleurs prêts à être empotés, me saute aux narines, avec celle de la mort-aux-rats, de la bouillie bordelaise et du mastic dont on faisait fréquent usage pour remplacer les vitres des châssis. Les murs étaient tapissés de calendriers des postes à guirlandes de roses et paysages verts aussi avenants que le nôtre et devant lesquels j'étais capable de rester planté des heures durant.

Pourtant ce qui m'attirait surtout en ces lieux, c'était la table ronde dont on avait abaissé l'un des abattants, afin de l'appuyer contre le mur.

Sur cette table, il y avait : trois ou quatre gobe-mouches en instance de service et à demi pleins de leur méphitique liqueur verte ; une bouteille de limonade *Veuve Bagnoly,* pleine aussi aux trois quarts de la même liqueur ; trois topettes de sel coupées dans les segments d'un gros roseau et fermées d'un bouchon ; quatre ou cinq tendeurs à fil de fer pour dresser les espaliers ; une demi-douzaine de sécateurs ; un paquet à peine entamé d'enveloppes de cellophane, destinées à emprisonner les fruits les plus précieux ; un encrier d'encre de Chine avec son porte-plume ; un tire-bouchon ; un agenda dix fois plus gros que celui du grand-père et couleur de deuil ; trois petites boîtes de mastic *L'Homme Lefort* pour enter les scions ; quelques pochettes d'allumettes soufrées... Tout cela, pour protéger le noyer de la table, était déversé sur des feuilles ouvertes du *Petit journal illustré.* Et, en vedette, couvrant le seul espace libre où M. Devaux, le soir, vidait ses poches, la première page de cet hebdomadaire offrait à mon regard une scène de terreur richement coloriée.

J'allais en lire la légende, mais déjà la main de la tante Hélène se refermait sur la mienne avec son habituelle force de piège à souris. A peine avais-je eu le temps de distinguer encore, jetés sur le dépotoir de la table, comme la chevelure blonde de quelque Ophélie décapitée, trois ou quatre flots de raphia couvrant cette pagaille.

Déjà, j'étais dehors. On m'installait sur la murette avec le plat de mes œufs dont l'huile grésillait encore et dont je me délectais à l'idée d'en crever bientôt le jaune. Sur eux, la tante Hélène répandait une pincée de sel où il s'éparpillait en pustules. Elle me coupait deux lichettes de pain qu'elle disposait à même la mousse rase sur la dalle en calcaire de la terrasse. Elle versait, tiré de la cruche, un verre d'eau aromatisée au « coco de Calabre » et vite vite, elle retournait à sa binette et à ses chères rigoles.

Sur mon banc, face à la plaine offerte à mon regard, avec son crassier et ses fermes semées au hasard, face au plateau de Valensole, je me croyais assis au centre d'une éternité bienveillante qui dispensait son miel à jet continu. J'étais bovinement heureux de la marche du monde, tout y allait selon mon souhait. La danse guerrière de ma tante et de M. Devaux que j'apercevais parfois entre les espaliers, colmatant à coups vengeurs de leur outil les trous de taupes où l'eau s'engloutissait, contribuait aussi par ses mouvements imprévus, parfois soulignés d'imprécations, à mon contentement béat.

Cependant le jour baissait. Je vérifiais d'un œil navré que le plat aux myosotis était absolument propre grâce à l'acharnement avec lequel je l'avais torché. Je serrais la pêche énorme que M. Devaux m'avait tout à l'heure tendue et que la tante Hélène avait réservée pour mon dessert. C'était l'heure d'aller rêver.

La pêche était en peluche au creux de ma main et sur mes doigts serrés. Là-bas, à quelques mètres du bastidon, soufflait un bosquet de tilleuls en quinconce, sous lequel M. Devaux avait scellé un banc vert de jardin. Il était en mystère sous l'ébauche d'un labyrinthe de buis taillés et la nef formée par les tilleuls qui s'assombrissait à plus de dix mètres au-dessus de lui, y cachait le ciel. La rigole principale que commandait la martellière courait là, au pied de ce banc, sous le frémissement de menthes plantureuses. Je m'asseyais sur ce banc. J'étais seul. Je pressais contre ma peau celle de la pêche qui avait une étrange rugosité quoique délicieuse et qui répandait l'odeur suave de ma cousine Yvonne lorsqu'elle m'embrassait. Je retardais tant que je pouvais le moment où il faudrait saccager cette merveille ronde dont le suc coulerait désagréablement aux commissures de mes lèvres. Mais je la désirais, mais je savais qu'elle répandrait sous mes mains tout un ensemble de parfums dont elle me demanderait de me souvenir, de ne jamais les oublier. La tentation était plus forte que le rêve. J'engloutissais enfin ce fruit laidement, mc débarbouillant dans ses entrailles, m'en mettant partout. Le jus m'emplissait la bouche, refluait dans mes narines, ruisselait sur mon menton.

Le noyau, encore hérissé de quelques lambeaux de chair blanche, je le jetais honteusement au ruisseau.

Alors, comme un commentaire mélancolique de ce crime courant, soudain et tous ensemble les rossignols qui truffaient les ramures des tilleuls commençaient à pleurer et à méditer. Je les écoutais se répondre. J'écoutais leurs trilles hésitants qui s'aiguisaient aux échos de lointains voisins. Je suivais leurs progrès, leurs essais, la soudaine perfection d'une ligne mélodique qui se perdait sans laisser de traces car elle ne se répétait jamais et que je ne pourrai jamais imiter en sifflant. Ils insistaient. Ils demandaient une réponse qui n'arrivait pas. Le chant de chacun et parfois de plusieurs n'était qu'une interrogation sereine mais sans joie. C'était tout au moins ainsi que le cœur serré je le percevais.

Tout d'un coup la cymbale sourde d'un crapaud tapi parmi les menthes retentissait à mes pieds. Il me paraissait qu'il priait les rossignols de mettre une sourdine, de ne point tant en faire, de ne pas exiger du ciel plus qu'il n'en peut permettre et qu'ils veuillent bien considérer leur condition à eux, les crapauds, visqueux, mal aimés, notoirement laids et contraints de seulement chuchoter pour éviter que les hommes ne les écrabouillent. Alors, les rainettes elles-mêmes se mettaient de la partie. Elles, elles n'avaient garde de se plaindre. Leur sort était léger. Leur chant allègre en témoignait.

— Pierrot ! Viens ici !

C'était la voix haut perchée de ma tante qui me rappelait sur la terre. Elle et M. Devaux avaient biné et arrosé jusqu'à la limite de la visibilité. Maintenant on bouchait les trous de taupe à l'aveuglette. On se demandait pardon en se tapant sur les mains à coups de binette. Et surtout, surtout, on risquait, par inadvertance, de fouler aux pieds quelque plant précieux.

Allons, il était l'heure de se retirer sous les lampes à suspension et de laisser la nuit aux rossignols. Le *bien* était abandonné, la porte du bastidon fermée à double tour sur les chevelures d'Ophélie fuyant sous un vent étrange.

Il y avait une barrière en bas du *bien*. On en tirait la clenche. On assurait une chaîne autour des montants qu'on cadenassait. On se parlait une dernière fois du travail de demain. M. Devaux s'éloignait vers la route de Volx. Il allait dîner chez son ami Laurent Redortier, et ces hommes importants allaient débattre des affaires du monde. Ma tante Hélène qui le savait en était glorieusement chargée et me faisait part de cette grande nouvelle.

Nous remontions dans l'obscurité le dos d'âne qui nous cachait Manosque. Nous rencontrions des ombres. Ma tante Hélène ne manquait pas de dire : « Bonsoir mon sieur. » Les ombres répondaient, grognaient ou passaient en silence leur chemin. Nous atteignions le sommet de la côte. Dans les rames des cyprès parlait le vent qui n'existait pas sur terre. Là-bas, sur le mamelon de Saint-Sépulcre, parmi les branches d'un amandier, une chouette ululait doucement. Comme un animal averti par l'instinct, ma tante d'une brusque secousse nous immobilisait tous les deux. Elle me posait sur la bouche sa grande main parfumée d'herbes diverses. Elle me soufflait un « Chut ! » à peine audible. Elle ajoutait : « Reste là ! »

J'étais seul. Dans le clair-obscur qui séparait la terre du ciel, je voyais la silhouette noire de ma tante Hélène s'éloigner rapidement, sans bruit, souple et féline malgré sa taille. J'étais immobile. Les puisards se vidangeaient tout au long du canal. Les lampyres éclaboussaient le talus de leurs lueurs de feu de Bengale. Les rainettes devisaient lentement. La chouette s'était tue. Je commençais à ressentir cruellement ma solitude. Et soudain quelque chose se détachait de l'ombre en la froissant. Et tout de suite l'odeur d'herbe écrasée que je connaissais bien envahissait le chemin. Ma tante était là, silencieuse. A voix basse elle me disait :

— Tiens ! Tiens-la bien !

Je tendais les mains. La boule tiède de la chouette que ma tante venait de capturer pour moi, battait entre mes doigts de tout son cœur en panique.

— Tiens-la bien ! répétait ma tante.

J'écartais ma chemise. Contre ma peau je logeais l'oiseau plus mort que vif. Son cœur cognait contre le mien. Le battement affolé de ce cœur que je ne pourrais pas aujourd'hui supporter plus d'une seconde sans ouvrir les mains, alors ne me parlait pas, ne rencontrait pas ma compassion probablement inexistante. J'éprouvais du plaisir à sentir cette pauvre petite chose avoir peur de moi, moi qui avais si peur de tout. J'arrivais en triomphe à la maison.

— Man ! J'ai une chouette !

On s'exclamait. On venait à ma rencontre. J'exigeais qu'on la mît en cage pour pouvoir l'observer le lendemain.

— Mais on n'a pas de cage ! disait ma mère.

— Ça fait rien ! disait mon père. On va l'installer dans le panier à salade.

Il me la retirait délicatement. Il allait sur la terrasse où était suspendu l'ustensile. Il s'en emparait, nous tournait le dos, s'approchait de la balustrade et là il ouvrait les mains. La chouette en silence s'envolait vers son cher amandier.

— Voilà ! disait-il en revenant. Elle est dans le panier à salade.

— Tu l'as bien fermé au moins ?

— Oui oui ! J'ai mis une brique par-dessus !

Je me couchais satisfait. Au matin on m'annonçait

navré que la chouette avait poussé la brique et s'était enfuie.

Une fois, étant sorti sans bruit derrière lui, je surpris mon père rendant sa liberté à l'oiseau. Avais-je grandi ? Je ne sais pas. Je ne retrouve pas l'époque exacte. Ce que je sais, c'est que j'assistai sans mot dire à l'envol de la chouette. Ainsi toutes les leçons que me donna mon père le furent de la même manière, sans une parole prononcée de part et d'autre, simplement par l'exemple.

Si mon père est en paradis — et pourquoi n'y serait-il pas ? — ce doit être parmi les ululements très doux de ce vol de chouettes qu'au rythme de quatre ou cinq par an, mon agile tante Hélène me capturait par les nuits d'été, dans les amandiers du Saint-Sépulcre.

Ma tante Pauline était d'une autre trempe. Aussi maigre que sa sœur, aussi sèche, le regard perçant d'un épervier, elle traînait toujours après soi quelque chèvre par les chemins. Elle avait le tempérament bohème, supportait mal d'être enfermée, ne s'accommodait pas de la compagnie d'autrui. Mais elle était en revanche prodigieusement intéressée par le comportement humain, rentrait chez elle avec de pleines brassées d'observations sagaces sur le prochain, d'imitations glanées en route et qu'elle nous servait, impayable, douée qu'elle était du génie du mime.

Elle avait un mari de vingt ans son aîné, le Gignoux dont je n'ai jamais su le prénom, et une fille, Hélène. Ils vivaient dans une de ces fameuses maisons qui avaient ma prédilection parce qu'elles sentaient le calel. J'y étais toujours fourré.

C'était à cent mètres à peine de chez ma marraine. Je faisais la navette entre la place du Terreau et cette rue

Jean-Burle où m'attiraient tant la tante Pauline, la blonde Hélène, le débonnaire Gignoux et même le gros âne à l'écurie qui se mettait à braire dès qu'il me sentait, avec des accents de camaraderie qui me rendaient tout joyeux. Cette maison était sombre, donnant sur le mur d'en face d'une rue large de cinq mètres à peine. Entre l'entrée et la cuisine au premier étage, les marches étaient si arrondies et si usées qu'elles faisaient toboggan. On ne les escaladait qu'en s'agrippant à la corde à puits qui courait le long du mur. Pour atteindre la chambre de ma cousine (la pièce la plus claire de la maison), l'escalier était plus raide encore quoique en meilleur état.

Cette maison était la dernière étape de mes pérégrinations avant le souper. Depuis le bas des marches, en empoignant la main courante, je criais :

— Tante Pauline !

Malgré la frousse intense qui l'habitait, malgré les tragédies qu'elle se jouait, dont elle se délectait et qui l'horrifiaient qu'elles soient réelles ou parues dans le journal, la tante Pauline vivait toutes portes béantes, gardée par l'âne qui poussait un braiement différent soit qu'il fût alarmé, soit qu'il fût joyeux, et grâce à la chèvre qui béguetait sitôt que quelque fantôme lui apparaissait et c'était souvent. Cette tante Pauline, elle avait fini par rendre ses animaux familiers aussi circonspects qu'elle-même. Je les ai toujours connus sur le qui-vive et soupçonneux.

— Oï ! C'est toi Pierrot ? me criait-elle. Monte !

Je montais. La dernière marche était très haute. On avait économisé la corde de la main courante de sorte qu'elle vous abandonnait brusquement, au milieu du vide noir. Je ramais, je tâtonnais pour atteindre le bouton de la porte. Enfin, je réussissais péniblement à la pousser car elle accrochait et couinait à fendre l'âme. Alors je me trouvais dans une obscurité aussi peu engageante que celle de l'escalier, sauf qu'elle était biffée par les lueurs de flammes provenant d'un poêle tout cassé et identique au nôtre.

Là, à peine visible, entre ce poêle et la fenêtre, juchée sur un tabouret, les pieds joints sur le dernier barreau, les coudes posés sur les genoux, l'étrange tante Pauline se rongeait les ongles à perdre haleine. Le Gignoux était au Cercle. Ma cousine Hélène faisait ses devoirs chez une amie. La Pauline les attendait, inactive mais songeant fort. Elle me riait, m'invitait à m'asseoir, me posait des questions, commentait mes réponses, les soulignait à coups de « pute de mort ! » qui était son leitmotiv dans la vie.

Mais soudain elle n'y tenait plus.

— Allume la lampe ! me commandait-elle.

C'était l'instant préféré de ma visite. Car dans la maison on n'avait pas encore installé l'électricité et si le calel était réservé à l'écurie et à la cave, la cuisine et les chambres s'éclairaient à la lampe à pétrole. Celle de la cuisine était munie d'un réservoir de verre bleu et ventru. Elle trônait sur le bahut, richesse de la pièce et qui luisait faiblement sous les flammes qui fulguraient par les fissures du poêle. J'allais saisir cette lampe délicatement, surveillant son manchon branlant que la Pauline me criait d'épargner.

— Fais-y bien *entention* qu'on n'en trouve plus !

J'entendais le froissement du journal qu'elle était allée quérir dans la resserre à bois où elle l'avait enfermé afin de n'en pas avoir de cauchemars et n'être pas tentée de le relire à tout bout de champ. Moi, pendant ce temps, j'avais réussi à frotter l'allumette contre la mèche de la lampe.

La Pauline avait regagné son trépied mais elle l'avait rapproché de la table. Son corps maigre et félin se dressait entre moi et la lampe dont elle s'emparait. Elle l'équilibrait dans le cercle de la suspension qu'elle abaissait. Alors, elle déployait le journal.

C'était que quelque crime extraordinaire s'était perpétré quelque part dans le monde car la tante Pauline lisait le journal de bout en bout, allait traquer l'hommerie partout où elle sévissait : jusqu'en Bretagne, jusqu'en Sicile, jusqu'en Chine. Pour si lointaines que fussent les victimes, aucune n'échappait à sa compassion.

Le vent venant de la place du Terreau traversait la rue Jean-Burle à pleines brassées. Les poulies des fenières grinçaient à fendre l'âme. L'âne poussait à brûle-pourpoint, alors qu'on l'avait oublié, son braiement de panique. La Pauline, suivant les lignes avec le doigt, me faisait part du dernier crime du jour.

Elle me soulignait en les scandant les détails de l'horreur : « les victimes surprises en plein sommeil » ; « la lame avait traversé le corps du vieillard, le clouant au sommier » ; « les coups portés avec une sauvagerie inouïe » ; « le pauvre orphelin baignant dans une mare de sang ».

— Ecoute bien ça Pierrot ! « L'assassin n'en était pas à son coup d'essai ! » Crapule va ! Si ça devrait vivre ça ! Si on devrait pas les tuer à la naissance ! Qu'on me le donne ! Je lui déchire la figure à coups de griffes !

Tous les accents de la tragédie éclataient dans sa parole. Elle imitait les larmes, les cris de terreur, les coups de fusil, le déchirement des ventres perdant leurs tripes, écharnés par « la lame homicide », le glouglou de l'arsenic dans les verres, pour les crimes feutrés, au récit desquels elle baissait le ton.

Et alors, quand par hasard le crime frappait autour de nous, dans ces campagnes et ces villages des Basses-Alpes qu'elle décrivait avec précision sans les avoir jamais vus, elle se surpassait. Elle contrefaisait le vent, l'orage, le tintement lugubre des chaînes de puits sous la bourrasque, le glissement des espadrilles d'assassins dans les vestibules glacés. L'estomac spasmé par la peur, je voyais ces fermes isolées, ces hangars noirs, ces granges bourrées de foin où un chemineau patibulaire mettait le feu. J'entendais, par la voix de la Pauline, les hurlements d'agonie de ces femmes surprises à la brune entre le puits et l'étable ou à l'étendoir, tandis qu'elles rentraient avant l'orage les langes du nouveau-né. J'entendais et c'était plus subtil, le tintement de l'arsenic tombant dans l'*ouro* (la marmite) suspendue à la crémaillère et le glissement de ce lâche meurtrier se défilant par la resserre à outils.

— Bandit va ! Crapule ! s'indignait la tante Pauline.

Elle se tirait de ces lectures, tremblante, claquant des dents, les larmes qui ruisselaient sur ses joues à pommettes saillantes et poussant des « Peuchère ! » à n'en plus finir.

Mais parfois, le journal équanime lui apportait l'écho du châtiment. C'était sur une page entière le récit du dernier matin d'un condamné. Et quand il y en avait deux, la fête était encore plus complète.

— Ecoute ça Pierrot : « Les frères Ughetto ont payé leur dette à la société ! »

Alors, avec des exclamations de dérision et des ricanements ironiques, la tante Pauline décrivait le récit du journaliste, la terreur du condamné, son ultime révolte devant la Veuve. Elle jubilait à l'idée que justice allait se faire. Et moi, sous les pulsions tremblantes de la lampe à pétrole, je la voyais se transformer peu à peu en Veuve de bois aux montants rouges et ma terreur n'était pas moindre que pour la femme agressée à l'étendage, un soir de tempête.

C'était la justice poursuivant le crime que ma tante Pauline, le journal crispé entre ses mains, les genoux ramenés sous elle sur le barreau de son escabeau. Et quand enfin elle pouvait imiter le rapide glissement de la lame dans les rainures bien huilées et le grand « ploc » qui s'ensuivait, elle ne manquait jamais de s'exclamer le doigt levé :

— Caïn ! Souviens-toi d'Abel !

Elle cambrait les reins, elle bombait le torse. Je la voyais telle une statue élevée sur une place publique à la gloire de la vengeance. C'était une femme remarquable qui n'avait pas un atome de graisse sur ses membres, sa poitrine ou son bassin. Quand elle se dressait entre moi et la lumière pour hausser un peu la mèche de la suspension, je la voyais lisse et glissante comme une anguille et j'avais envie, sans savoir pourquoi, de porter la main sur elle.

Nous nous taisions tous les deux sous la lueur bistre de la lampe à pétrole dont la flamme ondulait. Nos regards se rivaient l'un à l'autre chargés d'une terreur pas encore apaisée qui nous tenait lieu de communion.

Le Gignoux arrivait sur ces entrefaites, porté par la bourrasque qui traversait souvent la rue Jean-Burle. L'âne, par un braiement de triomphe, l'avait déjà annoncé dès sa sortie du Cercle, là-bas, à deux cents mètres d'ici.

Il montait l'escalier, il poussait la porte et, avec lui, elle ne *craïnait* (grinçait) pas. C'était un homme grand, toujours portant chapeau noir et cordonnet noir au col de la chemise. Je l'ai toujours vu l'air déjà vieux mais robuste comme un tronc d'arbre. Il était piéton auxiliaire à la Poste et à ce titre, parmi les campagnes hautes, il parcourait des dizaines de kilomètres chaque jour. Elle, elle faisait quelques ménages par-ci par-là, chez des amis ou des voisins. Ils avaient une maison, une chèvre pour le lait et un jardin à l'Ubac pour les provisions d'hiver. Ils ne manquaient de rien et n'en voulaient pas plus.

Il arrivait, le Gignoux, chez lui, venant du Cercle, un peu voûté, l'œil bien à l'abri sous un buisson de sourcils blancs. Son intrusion tirait péniblement la Pauline des rêves tragiques où elle barbotait comme en eau tiède.

— Vé ! Lou Tanfarian ! disait-elle.

Je demandais :

— Qu'est-ce que c'est le Tanfarian ?

— Désiré Tanfarian ! précisait-elle en riant aux éclats.

Et comme je ne comprenais toujours pas, elle me débitait la sentence tout entière sans cesser de rire :

— Désiré Bienvenu, tan farian sensso tu ! (Désiré Bienvenu, nous ferions aussi bien sans toi !)

C'était, en Haute-Provence, le souhait par lequel on accueillait le nouveau-né qui arrivait en surnombre.

— Qu'as fa par soupa ? (Qu'as-tu fait pour dîner ?) demandait le Gignoux.

— Par soupa ? Y a dé pan mé des truffo bouïodo ! (Il y a du pain et des pommes de terre bouillies !)

Elle riait de nouveau. Le Gignoux prenait la chose en philosophe. Il allait tirer le pain rassis du bas du pétrin. Il en coupait de fines tranches. Il prenait un pot d'anchois dans la soupente, la topette d'huile d'olive, le toupin d'olives et quelques gousses d'ail. Il disposait les tranches dans le four de la cuisinière avec un grand nombre de graines de potiron qu'ils allaient croquer tout à l'heure en guise d'amuse-gueule, en attendant de pouvoir étendre les anchois arrosés d'huile sur les tranches dorées. Je salivais. Un appétit féroce s'aiguisait lentement dans mon imagination en délire. On ne mangeait jamais, chez nous, des nourritures aussi curieuses. Mais de ces tranches ni même de ces graines, on ne m'offrait jamais. Il devait certainement y avoir des consignes sévères à mon égard :

« Surtout ne lui donne rien à manger ! Il mange déjà assez comme ça ! »

Pourtant, j'étais parfois invité chez eux. C'était quelques jours après que le Gignoux se fut récampé du Cercle, ayant gagné un faisan au loto ou à la quadrette. Dans la chambre glaciale du couple, ce faisan tournoyait sur une patte, attaché au plafond.

— Vendras acaba lou faisan emmé na outré ! (Tu viendras manger le faisan avec nous !) disait le Gignoux.

J'arrivais. Toutes les odeurs : celle du calel, celle de la lampe à pétrole, celle de la chèvre, avaient été reléguées au profit d'une autre somptueuse qui vous saisissait dès le seuil. C'était celle du faisan qui achevait de cuire dans le four tout cassé du poêle.

On m'installait devant une assiette pleine de cette chair dont la peau se détachait et qui ruisselait son jus sur un lit de lentilles récoltées à l'Ubac. Je n'ai même pas besoin de renifler pour que ce fumet qui évoque les fastes des châteaux passe sous mes narines en écrivant ces mots. La Pauline n'était peut-être pas une grande cuisinière mais elle savait faire cuire le faisan.

Lorsque ma mère, les jeudis de printemps, ne me retenait pas, le Gignoux et l'Hélène me réquisitionnaient pour l'Ubac.

Partir pour l'Ubac, leur *bien* de famille, n'était pas petite affaire. Il fallait d'abord persuader l'âne, lequel ayant fainéanté tout l'hiver n'avait pas envie de reprendre si tôt le collier. On appelait la Pauline à la rescousse. Le Gignoux tirait sur le licol, la Pauline poussait l'âne aux fesses. On réussissait enfin à le placer parallèlement aux ridelles du charreton, mais là ce n'était pas fini. Il se mettait à danser de l'arrière-train une danse orientale qui empêchait de le harnacher. Le Gignoux avait une sainte patience, ni il ne morigénait la bête ni il ne la frappait. Il la persuadait en lui parlant à l'oreille. Je n'ai jamais su ce qu'il lui disait mais le fait est qu'au bout de quelques minutes, on pouvait commencer à atteler. Ça non plus ça n'était pas petite affaire. Il manquait toujours quelque ardillon aux boucles des harnais. Quelques courroies trop vieilles avaient perdu un morceau dans l'écurie au courant de l'hiver. Le Gignoux opérait avec des bouts de cuir et de ficelles plein les mains. Il opérait au tranchet et rafistolait par d'ingénieuses épissures les harnais défaillants.

On m'installait au beau mitan du charreton parmi quantité d'instruments aratoires aux manches vétustes. D'une brusque secousse, l'âne partait seul. La panique s'emparait de moi mais déjà le Gignoux, en deux enjambées de ses longues quilles, avait rattrapé l'attelage et modérait l'allure. L'Hélène arrivait de l'autre côté. L'âne traversait la place du Terreau en trois ou quatre étapes brusquement exigées par son tempérament. Il ne pouvait pas braire en marchant. Il fallait qu'il s'arrêtât pour lever la tête au ciel. Il ne s'en privait pas. Triomphal baryton, il faisait savoir à tous que nous partions pour l'Ubac.

L'Ubac, c'était, entre la colline de Toutes-Aures et les quartiers hauts des Chauvinets et de Saint-Alban, un versant nord mal exposé. On y accédait par un chemin d'argile qui glissait d'année en année vers le ruisseau de Drouille et qu'on rechargeait sans relâche, à chaque printemps. Dans les creux de ces roubines mouvantes, des mares minuscules formées par l'eau de pluie stagnaient de place en place. Les têtards y pullulaient. Le Gignoux s'arrêtait toujours au bord de ces flaques pour en puiser quelques-uns qu'il conservait dans une boîte de petits pois pleine d'eau, car il pêchait à ses heures et les voulait pour appât.

Le *bien* était au bout de cette fondrière qui tenait de la tranchée parfois entre les haies. On ne le voyait pas depuis le chemin. On y accédait par un escalier creusé dans l'argile et pour que l'âne et le charreton puissent le contourner il leur fallait faire un détour.

Sur cet étrange terrain long et maigre comme son propriétaire, tout était en pente. Quand ma marraine arrivait en haut de l'escalier d'argile, on ne la voyait pourtant pas encore et on ne commençait à l'apercevoir qu'après qu'elle eut gravi la moitié du bien.

Les cerisiers étaient debout ainsi que les amandiers mais ils paraissaient inclinés. Le vent dominant avait rebroussé à contresens de la pente les arbres, les légumes et même le bastidon de planches. La façade en était devenue concave comme la porte qu'on ne pouvait plus ouvrir depuis longtemps qu'à coups de pioche. Ce bastidon était précédé d'une tonnelle qui, autrefois, avait dû être l'aboutissement d'un rêve. Il n'en restait plus, suspendues çà et là, que les calebasses d'une vieille coloquinte parmi les arceaux en pente comme le reste.

Pour la fertilité c'était argile et cailloux. Si la terre était sèche on ne pouvait y enfoncer le bêchard, si elle était mouillée, on ne pouvait l'en sortir. Aussi le Gignoux avait-il à peu près renoncé à faire sur ce terrain de malheur les plantations qui font les soupes solides. Il se contentait d'y semer de l'ail, des lentilles, trois ou quatre raies de pommes de terre et d'oignons et quelques-unes de ces racines pivotantes qu'on appelle des panais, qu'on mange pour la Noël, mais qu'en réalité on laisse monter à graine parce que personne n'en a voulu. Les panais venaient tout seuls, sans engrais, sans eau, tuaient eux-mêmes la mauvaise herbe autour d'eux comme pour montrer narquoisement au Gignoux que s'il voulait bien se contenter d'eux, il avait ici de quoi se nourrir.

Cependant, le Gignoux, fatigué par son métier de piéton, venait ici surtout pour échapper aux récriminations de la Pauline et y goûter un repos bien gagné. Il possédait une chaise dépaillée qui subissait au même endroit les hivers et les étés. Il l'avait d'abord quillée sous la tonnelle, devant le bastidon espérant y tenir, mais la chaise épousait naturellement la pente du terrain et l'oncle piquait du nez sitôt qu'il s'endormait. En désespoir de cause, il lui avait scié les pieds de derrière ; de sorte que lorsqu'il s'affalait sur elle, lui seul était enfin de niveau.

Je le revois le cher oncle Gignoux, dans ce vent dominant et tiède qui rebrousse autour de lui les grands chiendents tranquilles. Il vient d'allumer une pipe divine. Ses longues jambes sont étendues devant lui. Il trône sur cette chaise bricolée par ses soins, parmi les outils éparpillés comme des trophées de guerre que l'Hélène et moi nous avons déposés à ses pieds.

Il avait un regard de poète sous des sourcils énormes et trompeurs qui annonçaient un courroux permanent alors qu'il était tout douceur et bénignité, que sa voix s'entendait à peine, que je ne l'ai jamais vu ni en colère ni fâché.

Parfois, ma marraine arrivait. Le Gignoux était son gendre. Elle tournait autour de son trône bancal où, satisfait de son sort et ne demandant rien à personne, il contemplait le monde, l'œil mi-clos. Ça lui faisait mal à ma diligente marraine cette jachère, ces grands chiendents mortifiants qui la narguaient. Elle morigénait doucement le Gignoux, lui désignant les lentilles qui allaient étouffer sous l'herbe, les quatre raies de pommes de terre que, peut-être, il conviendrait de biner.

— Tout aro ! (Tout à l'heure) disait le Gignoux béat.

— S'avias uno eïssado... (Si vous aviez une sarclette...), insistait ma marraine en avançant la main vers les outils.

— Tout aro ! répétait le Gignoux.

Il rassemblait les instruments aratoires et les serrait contre lui afin que nul n'y touchât.

Mais ma marraine était fine et obstinée. Bientôt, au bon soleil de l'après-midi, le Gignoux s'endormait la pipe au bec. Les outils échappaient à ses bras impuissants. Ma marraine s'emparait d'une eïssade et s'en allait vers les lentilles, leur permettre de vivre.

Alors me disait « Viens ! » ma cousine Hélène. Elle m'entraînait par la main à travers champs et collines. Les croupes de l'Ubac qui dévalaient en peloux étrangement harmonieux depuis la chapelle de Saint-Pancrace s'étendaient devant nous, cachaient l'innocence de notre couple ou, au contraire, la rehaussait contre le ciel.

Quand l'humeur jardinière du Gignoux le tirait vers l'Ubac, c'était toujours vers le 20 mars. C'est qu'alors une odeur d'herbe neuve s'était levée sur le vent et que Manosque scintillait de toutes ses tuiles. C'était aussi que ma cousine Hélène avait longuement persuadé son père qu'il était grand temps pour elle d'aller cueillir les fleurs du printemps : « Avant, disait-elle, que quelqu'un me les cueille sous le nez ! »

Et c'est pourquoi, dès que le Gignoux dormait, elle m'entraînait avec elle vers ses découvertes. Elles étaient toujours très secrètes. Les violettes dormaient sous les prunelliers dénudés mais constellés de fruits bleus. Il fallait pour les cueillir fouiller le monceau de feuilles de chênes qui s'étaient amoncelées sur elles lors du dernier coup de vent. L'Hélène allait ramper sous ces prunelliers. Elle déployait des trésors de patience, coupait une à une chaque tige de violette. A la fin, elle les serrait dans un brin de dactyle et me les apportait en triomphe. Alors je la voyais. A quatre pattes devant moi, son visage était enfin à ma portée. Je la voyais pour la première fois de l'année à chaque fois différente et renouvelée. Car ni le clair-obscur de la maison ni les grandes ombres portées de la lampe à pétrole ne me permettaient autrement de distinguer ses traits.

— Sens ! Respire ! me disait-elle.

Je m'extasiais. Mais surtout, pendant cette offrande, je scrutais son visage : ses yeux verts, ses cheveux blonds, la longueur flexible de son cou. Ça s'arrêtait là. Son corps ne m'intéressait pas. Les corps mettront longtemps à m'impressionner. Le ciselé des visages au contraire me paraîtra très tôt le plus grand mystère du monde.

Elle s'extrayait hors des prunelliers en se déchirant les doigts. Je contemplais sans tendresse ces buissons rébarbatifs munis de dards redoutables qui se permettaient de griffer ma cousine. Le sang perlait à sa phalange. Une perle qui grossissait, qui ne supportait plus son poids, qui se détachait lourdement. L'Hélène me tendait son doigt.

— Tiens ! Suce ! me disait-elle.

Je m'enfonçais ce doigt dans la bouche. J'y allais bon cœur bon argent. L'Hélène criait, riait, se débattait :

— Tu vas me boire tout mon sang !

Elle m'arrachait son doigt et pour ce faire, de la main gauche me saisissait le menton.

— Sauvage ! Tu suces trop fort !

Disant ces mots, son regard vert s'arrêtait sur le mien chargé de regret impuissant et d'élan inutile. Elle se redressait en soupirant, me reprenait la main. Nous poursuivions à travers champs notre montée vers Toutes-Aures. Soudain, au sommet d'un mamelon, comme s'il n'y avait eu qu'à étendre la main pour le saisir, Pierrevert apparaissait. Un vallon nous séparait de ce village de trois cents habitants, le plus proche de Manosque, et pourtant je le respirais comme un four de boulanger. Il y avait les deux Valgas entre lui et nous, avec leurs pins parasols chargés de murmures qu'on entendait depuis l'Ubac les jours de grand vent, et pourtant je le survolais, je m'immisçais dans ses murs inconnus, je me lavais la tête sous ses fontaines. Aux seuls mots de *rempart* et de *clocher*, mon imagination galopait, emportée sur un arroi de bataille et de poussière d'incendie.

Nous cherchions. Nous errions. L'Hélène allait vers un but précis. Nous traversions les haies qui séparaient les *biens*. Et soudain : « Regarde ! » me disait-elle. Elle s'écartait. Dans les vallonnements verdoyants d'un champ de blé, j'apercevais alors, neuves et frissonnantes, tout un peuple de tulipes qui émaillaient les blés en herbe. J'avais déjà vu des tulipes dodues, en batterie, à côté des jacinthes, dans les jardins bourgeois du quartier des Ferrages, mais elles avaient ce port stupide de fleurs repues et domestiques.

Celles que l'Hélène était capable de dénicher étaient maigres, livrées au hasard du vent, faibles de tiges. La minuscule coque de leurs pétales, joints au sommet, c'était à peine, dans le printemps aigre encore, si elles osaient les ouvrir. Mais elles étaient innombrables de par les blés : rouges, jaunes, roses, striées de blanc, striées de rouge, parfois rouges avec des pois blancs, ou jaunes avec des pois rouges comme on n'en voit jamais, comme jamais plus je n'en ai vu. Sitôt qu'elles étaient cueillies, hélas, on sentait bien qu'elles étaient fragiles. Leurs têtes dolentes s'inclinaient sur les tiges qui devenaient molles entre nos doigts.

— Mon Dieu ! criait Hélène, elles vont mourir !

Nous foncions vers l'Ubac par les argiles mouvantes qui jutaient sous nos pieds avec des plaintes d'animal écrasé. Nous arrivions hors d'haleine au bastidon de planches. Le Gignoux avec de grands gestes nobles fauchait le dactyle autour des lentilles que ma marraine sarclait à genoux sur la terre.

Il y avait derrière la baraque un baquet plein d'eau rouillée qui s'emplissait tant bien que mal aux rares pluies. L'Hélène y disposait ses fleurs avec ses longues mains. Et dès lors elle n'avait de cesse d'aller persuader son père qu'il se faisait tard et qu'il fallait partir. D'ailleurs, les ombres s'allongeaient.

Le Gignoux tirait aussitôt sa montre et convenait qu'en effet il était temps de se recamper. On sonnait le rassemblement des outils. La retraite prenait des allures de déroute. Ma marraine qui rentrait de son côté, hochait la tête. Il y avait encore pour au moins une heure de jour, le temps d'achever de désherber ces fichues lentilles. Mais le Gignoux était lancé. L'Hélène avait hâte de mettre ses bouquets dans les vases avec de l'eau fraîche. L'âne lui-même, tout frétillant, dévalait à fond de train le chemin à fondrières.

On m'avait installé au beau milieu du charreton. A cause des loups. Tout le monde faisait semblant de croire que j'y croyais encore. Il y avait sous le Castelas, qu'on appelait aussi le manoir de la Turpin, un passage du chemin sous les charmilles basses qui se rejoignaient et s'entrelaçaient et où la nuit commençait une heure plus tôt que sur le reste de l'Ubac. Le Gignoux mettait l'âne au trot et s'équipait d'un solide gourdin. L'Hélène qui suivait tirait un bêchard du charreton. Il y avait là des loups. On en avait encore vu un la veille. On ne savait pas même s'il n'avait pas mangé la jambe d'un enfant, lequel pour l'heure était à l'hôpital. On me persuadait qu'il valait mieux me couvrir d'un sac à pommes de terre afin d'éloigner le fauve. Et si je demandais pourquoi plutôt moi que par exemple l'oncle Gignoux, on me répondait avec logique que les loups préféraient la chair fraîche. Je sortais de ce tunnel couvert de l'argile rouge de l'Ubac car les sacs de jute en contenaient toujours en suspension.

Je l'avais échappé belle. L'Hélène avais mis en fuite

une grosse louve angora à coups de bêchard. Le Gignoux riait sous cape. Nous éclations de rire tous les trois. Nous traversions en diagonale la place du Terreau, l'âne caracolant. L'Hélène toute rose sous ses cheveux blonds faisait se souvenir tout le monde, par elle et par ses fleurs, que le printemps était arrivé.

Ma tante Rose, en réalité, c'était ma grand-tante. Elle avait épousé le frère de mon grand-père, Désiré Magnan. Celui-ci avait quitté la maison à treize ans pour apprendre en trimardant le métier de boulanger. À cette époque la frontière était fluctuante entre les trimardeurs et les compagnons du Devoir.

Un jour, vers dix-sept ans, il revint à Vinon, bourg voisin de Manosque. Sa mère apprit qu'il était là. Elle ne l'avait plus vu depuis quatre ans, lui fit dire que, quand même, il pourrait bien venir la saluer. Il lui fit répondre qu'il y avait une bonne patache entre Manosque et Vinon et que si elle se décidait à la prendre, il la verrait volontiers.

C'est mon père qui racontait ce trait de caractère, de temps à autre, pour situer l'oncle Désiré. Mais il n'en tirait aucune conclusion.

Cet oncle s'engagea à dix-huit ans dans l'armée pour cinq ans, s'engueula avec un adjudant, en vint aux mains, déserta, rempila dans la Légion étrangère. Il alla barouder au Dahomey puis deux fois au Tonkin, sans aucune atteinte de maladie tropicale, sans aucune ride sur l'âme ni sur le visage.

Il se réengagea ainsi à plusieurs reprises, toujours dans la Légion, toujours volontaire pour les endroits où ça chauffait, nonobstant toujours soldat de deuxième classe, toujours sobre comme un chameau, toujours lisse comme une amande, le verbe rare, la démarche assurée, le vrai soldat de l'Empire. Mais, par exemple, sans aucun souvenir. C'est en vain qu'on l'interrogeait sur ce temps d'épopée. Il s'en tenait à un certain nombre de généralités qu'on aurait aussi bien pu glaner dans *L'Illustration*.

Au bout d'un temps qu'il jugea convenable, il tira de sa glorieuse carrière une pension qui le ramena à Manosque. A peine avait-il plus de quarante ans, mais les campagnes malsaines où il avait trempé et où pas mal de ses compagnons de misère avaient laissé leur peau, ces campagnes comptaient double ou triple quelquefois. Mon grand-père soigneusement lui avait conservé son héritage : la moitié des terres qu'il cultivait pour lui et la maison natale dans la rue Danton.

La première fois que je vis cet oncle Désiré, il était sous la tonnelle de son bastidon, jouxtant celui de mon grand-père (puisque c'était un bien de famille coupé en deux) au quartier Saint-Pierre. Il trônait, flanqué de deux béquilles, dans un grand fauteuil, un pied posé à terre, l'autre sur un tabouret, essayant de se faire rôtir une jambe par le soleil.

Sur cette jambe, il avait raccourci son pantalon au ras de la cuisse d'un coup de ciseaux sans soin et l'on voyait bien, entre le tibia et le mollet, une vilaine plaie violette cernée d'une auréole rose qui suppurait et s'étendait au centre d'une enflure considérable qui gagnait jusqu'à la cheville.

On venait de l'avertir que si on ne lui coupait pas la jambe, il allait mourir de la gangrène. Il avait repoussé cette solution avec indignation et n'avait fait que secouer l'oreille aux engueulades de mon grand-père, aux prières de ma grand-mère et aux supplications de la tante Rose à genoux. Il avait décrété qu'il allait se soigner lui-même en exposant simplement sa jambe au soleil, qu'il avait vu faire ça en Afrique à un sergent de la coloniale et que ça marcherait très bien.

L'été sévissait, torride. Tous les jours devant le bastidon bien exposé, de huit heures du matin à six heures du soir, il faisait cuire sa plaie au cagnard. Je le revois, imperturbable, sous un képi blanc de la Légion qu'il avait rapporté, un vaste mouchoir à carreaux passé sous le couvre-chef pour se protéger la nuque ; glabre, sous une grande moustache conquérante qui lui barrait le visage. Dès que je pouvais m'esquiver du jardin de mon grand-père, je traversais la haute haie plantée par l'oncle pour bien marquer la séparation d'avec son frère et qu'il avait agrémentée d'une barrière verte. L'air autour de lui empestait l'*aïgarden* (eau-de-vie). Il en conservait un flacon à ses pieds et de temps à autre, à intervalles réguliers, il en arrosait sa plaie d'une large rasade. Je contemplais cet alcool qui se sublimait en vapeur dans l'air surchauffé. L'oncle ne cillait pas, ne transpirait pas. On aurait dit qu'il avait conclu un pacte avec le soleil ou plutôt qu'il lui avait ordonné de le guérir.

A côté de lui, en faction, courageusement tête nue sous les rayons ardents, la tante Rose le veillait, attentive au moindre signe, ne le quittant vers midi que pour aller chercher le repas de l'oncle, rue Danton, à un kilomètre de là et en revenir vite vite. Car l'oncle mangeait et de bon appétit, lentement, donnant au moins vingt-cinq coups de dents (qu'il avait parfaites) sur chaque bouchée de nourriture, avant de savourer la suivante, ce qui donnait à ses repas des allures de sacrifice divin, tant ils duraient jusque vers les deux heures.

Il guérit. Le Dr Parini écarta les bras en signe d'ignorance.

— Ma fei ! Tan aourié pouscu creba ! A gari ! Qué voulès li faïre ? Qué voulès qué vous digué ? (Ma foi ! Il aurait aussi bien pu mourir ! Il a guéri ! Que voulez-vous que j'y fasse ? Que voulez-vous que je vous dise ?)

Après pareille victoire, l'oncle était fondé à se trouver conforté dans ses certitudes, ne croire qu'en lui-même et ne jamais se fier à personne. Il parlait peu, n'en pensait pas moins. Il fréquentait le Cercle en solitaire, aimant la compagnie à condition qu'elle ne le gênât point, qu'elle ne le prît pas à témoin, et surtout ne le forçât pas à opter pour quelque cause que ce fût.

Mon grand-père et lui vivaient en bonne intelligence, s'aidaient même, l'un l'autre, à faire le vin, car l'oncle aussi avait conservé sa vigne. Un trait de caractère les différenciait cependant, qui se vérifiait précisément à l'occasion de ce vin qu'ils faisaient. Mon grand-père le buvait raisonnablement mais sans se contraindre. Il en offrait. Mon père allait s'approvisionner chez lui. Quand il n'y en avait plus, à partir d'avril ou de mai, on mettait des feuilles de noyer à macérer dans la carafe qu'on remplissait chaque jour avec de l'eau d'Aubette. On renouvelait les feuilles tous les trois ou quatre jours et l'on faisait tirer de là jusqu'en novembre où l'on rebuvait du vin de la récolte. Jamais on n'en achetait une seule bouteille.

L'oncle, au contraire, buvait un seul verre de vin par jour. Un *mesuron*, c'est-à-dire à peu près un quart de litre. Il lui en restait, à ce régime, à la fin de la saison. Alors, il en faisait du vinaigre. Il conservait dans des bonbonnes les plus belles mères à vinaigre de tout Manosque, larges, grasses, aussi lourdes que des foies de bœuf. Et s'il n'offrait jamais un verre de vin, en revanche il était prodigue de son vinaigre. Il en fournissait tout le quartier.

Quand ils se rencontraient, au Cercle, avec mon grand-père, ils se parlaient et voici ce qu'ils se disaient :

— Alours ? (Alors ?)

— Alours ? As fa teï truffo ? (Alors ? Tu as fait tes pommes de terre ?)

— Vo. N'aï fa quinge rego ! Et tu ? (Oui. J'en ai fait quinze raies. Et toi ?)

— Ah... Iou nanni. Aï repiqua leï poumo d'amour. (Ah... Moi pas encore. J'ai repiqué les tomates.)

— Ouh ! Mouyennant qué jaloun ! (Oh ! Pourvu qu'elles ne gèlent pas !)

— Voï bessaï ! Tenen lou quinge d'abriou ! (Oh ! Peut-être ! Nous sommes le 15 avril !)

— Ah... S'es puis vis ! (Ah... Ça c'est déjà vu !)

— Te recampès ? (Tu rentres à la maison ?)

— Vo. Vou veïre d'escracha uno assietto de soupo ! (Oui. Je vais voir d'avaler une assiette de soupe.)

— Iou pereou. Adiou sias !

— Adiou sias !

Ces deux dernières répliques, il me semble, n'exigent pas de traduction. L'oncle partait de son côté, le grand-père de l'autre. La fraternelle indifférence, quoique sans animosité, régnait entre eux.

Un jour, cet oncle Désiré, en plus de ses cantines et de ses malles, venant de l'armée ou de je ne sais où, son carnet de pension en poche, fort de la certitude de la maison et de quelques terres, il ramena aussi une femme avec lui.

J'essaie de les imaginer tous les deux, descendant du train en gare de Manosque Gréoux-les-Bains, lui probablement encore sanglé dans son uniforme de soldat de deuxième classe de la Légion étrangère car il dut ne l'abandonner à regret qu'à l'extrême limite de la légalité ; elle blonde, car elle l'était, toute rutilante de moire noire, à la marseillaise, et cliquetante de faux bijoux.

A cause des malles, le grand-père sans doute vint les quérir avec le mulet et la charrette. Les présentations faites par l'oncle durent être succinctes :

— Vaqui : Aco es lou Miu ! E aco es la Roso ! (Voici : ça c'est le Marius et ça c'est la Rose !)

Heureux encore s'ils s'en sont tant dit.

La Rose... Rose Bistagne, comme disait ma mère, feignant de croire que l'oncle ne l'avait pas épousée. C'était une femme ronde relativement grande et qui déployait en tout temps une intense activité. Je ne l'ai jamais vue autrement que fendant l'air des rues à grandes enjambées dans ses amples jupes. Ma mère disait qu'elle faisait beaucoup de *varaï* (embarras). Cette activité d'ailleurs prenait toujours des allures de panique, de sauve-qui-peut. Il semblait toujours, à la voir se déplacer, qu'elle courait aider à quelque accouchement imminent.

Elle avait dû être belle femme et même jolie femme. Et, du moins les premières années de ma vie où je la découvris, il devait lui en rester quelque chose. Mais elle prit tout de suite grand soin d'ensacher sa taille dans des robes gris cendre de futaine ou de pilou et d'engainer, comme celui d'une statue antique, le bas de son corps dans des jupes informes qu'elle se taillait elle-même en un rien de temps.

Elle ne transgressait cette humilité vestimentaire qu'à l'occasion des enterrements ou des sorties de deuil. Alors, le corps tout rétréci sous de la moire noire, elle se coiffait d'un chapeau et ornait son cou, qui était la plus belle partie de sa personne, d'une chaîne d'or portant une croix. On ne la reconnaissait plus.

Mais c'était bien de la peine perdue toute cette respectabilité, ce maintien modeste. Sur elle, le silence de sa belle-sœur, ma grand-mère Magnan, était plus que prudent, il était impénétrable. Il avait valeur de jugement dernier. Jamais son nom ni son prénom ne passèrent le seuil de ses lèvres serrées. Quand cette Rose venait, elle aussi, pour quelque brin de persil ou quelque œuf frais, c'étaient des « vous » à n'en plus finir et ma grand-mère avec elle employait ostensiblement le français. Or, jamais elle n'utilisait cette langue, jugeant que ceux qui ne connaissaient pas le provençal, n'avaient qu'à passer leur chemin. Devant elle, l'impérieuse tante Rose devenait frileuse. Sa voix même, naturellement perçante, baissait d'une octave.

Apparemment la tante n'aimait que les mâles, car rarement elle invitait ma sœur. Moi, pendant des années tous les dimanches, j'allais manger chez l'oncle Désiré. La porte de la maison, comme presque toutes celles que je connaissais ne s'ouvrait qu'en rechignant. J'appelais :

— Tante Rose !

Elle me criait de monter. Vingt-deux marches : seize, au bout d'un couloir étroit, raides et droites, les six dernières tournant pour atteindre le palier. Une porte à gauche, la chambre de l'oncle, une porte à droite, celle de la cuisine et du chambron alcôve où la tante dormait.

J'entrais. Une odeur de bonne cuisine m'accueillait dès le seuil, opulente, respirant le dimanche matin. Comme dans toutes les maisons de mon enfance, le fourneau était le meuble principal de la pièce. On l'alimentait aux boulets de La Mure, au lieu de l'abominable charbon de Gaude. La tante devait l'avoir exigé. Il n'était pas cassé non plus comme chez ma grand-mère. La bouillotte fonctionnait bien. Il y avait *l'eau à la pile,* alors que chez mes parents — il fallait la remonter de la cour et chez mes grands-parents aller la puiser à la fontaine.

La table de bois blanc était contre le mur éclairée par l'étroite fenêtre donnant sur la rue et, au-delà du mur d'en face, sur le jardin du couvent. C'était un jardin de plus d'un hectare, bourré de lilas, de poiriers et d'abricotiers. Devant cette fenêtre trônait une machine à coudre que la tante devait avoir conservée de ses naufrages précédents et qui, sans doute, tant elle en parlait souvent et la vénérait, devait lui avoir sauvé la mise de belles fois.

La tante était là, affairée selon son habitude. Elle se penchait vers moi pour m'embrasser. C'était la seule personne de la famille qui m'embrassât régulièrement. Ma grand-mère le faisait une fois l'an quand j'allais lui souhaiter la bonne année au premier janvier, moment où le grand-père s'arrangeait pour ne pas être là, afin de ne pas s'attendrir. Ma marraine, par timidité, n'osait pas m'embrasser trop souvent. Quant à mes tantes et à mes cousines, nos relations quasi journalières nous dispensaient de cette cérémonie.

Chez nous, bien sûr, la chose était plus courante. Ma mère nous embrassait et nous dorlotait à chacun de nos chagrins. Mon père, lorsqu'il partait pour huit jours sur les chantiers, ne nous embrassait pas au départ mais au retour. La tante, en revanche, m'embrassait chaque fois qu'elle me recevait. C'était sans doute une coutume venue d'ailleurs.

Enfin j'étais là ! L'attente de mon oncle commençait dans l'affairement des derniers préparatifs du repas. Le couvert était dressé, le pain coupé, le vin tiré. Le rôti de veau pétillait dans le four, les petits pois mijotaient dans la cocotte en fonte.

J'avais soif. J'avançais la main sans songer à mal vers l'un quelconque des trois verres préparés. La tante ne faisait qu'un bond depuis la *pile* où elle lavait la salade.

— Ne bois pas dans ce verre que c'est le verre de l'oncle !

Sa main aux doigts écartés s'interposait vivement entre le récipient et mon intention sacrilège. Ses yeux s'exorbitaient d'une peur sacrée. De même si je menaçais d'occuper l'unique fauteuil paillé lequel tournait le dos à la fenêtre :

— T'assois pas là ! Que c'est la place de l'oncle !

La serviette relevait du même rituel. Il n'y en avait qu'une pourvue d'un rond réglementaire et portant le nom *Désiré Magnan* gravé au fer rouge sur le bois des îles.

L'horloge pour la seconde fois sonnait midi. Au douzième coup l'oncle poussait la porte rétive et gravissait l'escalier. Il avait chronométré cette ponctualité une fois pour toutes depuis des années. Il quittait le Cercle au premier coup de midi, il arrivait devant chez lui au douzième coup de la réplique. Cette régularité de planète sur son orbite, il ne laissait pas, d'ailleurs, d'en être fier.

L'oncle était là, me disait bonjour à moi et me faisait une honnêteté sur le temps ou sur les occupations de mon père. Il avait la voix sourde, basse, un peu voilée et toujours grondeuse, une voix qui ne se déclenchait, semblait-il, qu'à grand effort et comme si elle devait puiser très loin en l'être son énergie.

Il ne disait rien à sa femme, suspendait sa casquette à la patère derrière la porte et s'attablait. La tante m'avait bien chapitré dès le départ :

— Surtout que Dieu garde ! Ne t'assois pas avant l'oncle qu'il t'inviterait plus !

Apparemment, elle pratiquait avec lui des relations d'esclave à dieu qui lui laissaient sur le visage, en présence de l'oncle, un masque de vénération et de terreur. Elle guettait ses désirs, ses impatiences, le moindre haussement de ses sourcils rectilignes. Le climat qui régnait entre l'oncle et la tante était si particulier qu'il ne pouvait échapper même à un enfant. Le chambron obscur, toujours dissimulé par un rideau tiré, où la tante dormait au fond d'une alcôve, jouxtait la cuisine à quatre mètres du fourneau. Son lit, je ne l'ai jamais vu qu'exemplairement recouvert d'une courtepointe de coton au point de croix où trônait une poupée gagnée sur quelque foire. Et le chambron lui-même, nu comme la cellule d'une nonne, était orné seulement d'un grand crucifix au chevet et d'une table de nuit à bougeoir car, là aussi, on s'éclairait encore à la lampe à pétrole et au calel.

L'oncle, lui, avait sa chambre. Pour y accéder, il fallait traverser le palier et son escalier qui montait au grenier. Il fallait pousser une porte qui coinçait comme celle de l'entrée. On débouchait alors dans une pièce spacieuse éclairée d'une fenêtre si haut placée qu'on ne voyait que le ciel au-delà. Dans cette pièce il n'y avait rien. C'était l'époque où l'oncle venait de s'aviser que sommier et matelas étaient bien superflus et il les avait vendus au Bébé Fabre l'antiquaire. Avec l'argent retiré, il avait fait venir le Charles Reymond le menuisier et celui-ci lui avait placé trois planches non rabotées sur les portants du lit. L'oncle depuis, dormait là-dessus du sommeil du juste. Il y dormit bon pied bon œil jusqu'à quatre-vingts et quelques années où, enfin, il se tira une balle dans la tête.

En dehors du lit, dans la chambre nue, un coffre contenait les vêtements de l'oncle, et au mur était accroché l'agrandissement d'un portrait de l'oncle en légionnaire avec sa dangereuse moustache conquérante.

A une heure, le café bu, l'oncle me tenait encore conversation quelques minutes durant et puis il se dressait et s'en allait travailler au jardin s'il faisait beau, passer son temps au Cercle s'il pleuvait.

La tante alors rajeunissait de dix ans et reprenait son rôle interrompu. Elle avait voyagé, en une autre existence, connu les jardins d'Espagne, la tour penchée de Pise. Elle parlait du Stromboli avec le geste de la main comme pour s'approcher d'un poêle brûlant.

— A deux kilomètres du cratère tu peux toujours pas poser la main sur la terre tellement que c'est chaud !

Elle criait après sa patrie perdue : Marseille, L'Estaque, le palais Longchamp, la promenade de la Corniche, la Major, la porte d'Aix, Endoume.

Ces mots éclataient en feu d'artifice autour de ma tête, me donnaient envie de ce morceau de roi : Marseille. Mais elle avait des connaissances plus prestigieuses. J'appris chez elle qu'il avait existé un homme nommé Michel-Ange et qu'il avait décoré une chapelle chez le pape, quelque part, là-bas, en Italie. Elle parlait de ce Michel-Ange comme si c'eût été son cousin germain. Il y avait aussi un marquis d'Estrées qui avait vécu au XVIIIe siècle et avec lequel elle paraissait être du dernier bien. Par lui et les tribulations de son corps décapité, elle flétrissait la Révolution française qui était sa bête noire.

Elle me décrivait dans sa cuisine, avec tous les gestes appropriés, les aventures du cercueil de ce marquis que les sans-culottes ne parvenaient pas à enterrer, parce que chaque fois qu'ils tentaient de le faire, il resurgissait du sol comme un diable de sa boîte pour leur faire la nique.

Elle imitait à la perfection, ses gros yeux bleus s'exorbitant d'horreur, le bruit de cette bière remontant de sa fosse en déversant autour d'elle en cataracte les cailloux qui retombaient de son couvercle. Et les sans-culottes épuisés, au bord de la folie, finissaient par vouloir jeter à la voirie le contenu de cette boîte infernale.

— Et les os dedans faisaient flique-flaque ! s'écriait la tante Rose au comble de l'effroi.

Mais alors la caisse devenait glissante comme du savon mouillé. Elle échappait à ses tortionnaires. Ces événements se déroulaient à la chartreuse de La Verne, quelque part dans les Maures, où il y avait une cheminée à brûler deux chênes entiers.

— Et alors, disait la tante, le cercueil s'est mis debout, avec ses os dedans qui faisaient flique-flaque !

Et il est allé tout droit et tout seul se jeter au feu ! Parce que, ce marquis d'Estrées ça suffisait pas qu'on l'ait décapité, tellement qu'il avait de péchés. Il a fallu en plus qu'il aille se jeter dans le feu pour se purifier ! Et là, il n'en est plus rien resté : ni caisse ni os ni flique-flaque ! Tout est parti en fumée et même les sans-culottes aussi ! Après, on a dit que ces sans-culottes, ils étaient recensés nulle part. Qu'ils avaient ni femme ni enfants ni vieux parents. Bref ! Qu'on savait pas si c'étaient des hommes ou des suppôts de Satan !

Ce *suppôt de Satan* m'éblouissait, que j'entendais pour la première fois. J'écoutais les mots retentissants et le bruit de la pluie dans la rue Danton. Le monde qui contenait de tels prodiges commençait à me passionner.

Mais si la tante Rose est restée dans mon cœur si vivante, c'est qu'elle m'a fait survoler, sans me le révéler, le plus grand mystère de Manosque, celui de la filature qu'on appelait aussi le couvent.

Ce couvent, nous en avions le jardin sous les yeux dans la rue Danton, au-dessus d'un mur hérissé de tessons de verre. Ce mur était même creusé d'une porte, juste en face de la maison de l'oncle, une porte que plus personne jamais n'avait ouverte depuis combien d'années, depuis combien de siècles ?

Ce couvent était riche de telles portes, de telles grilles. Il occupait tout un pâté de maisons, plus de deux hectares, au cœur de la ville, de la rue d'Aubette à la rue Danton, de la rue Saunerie à la rue Chacundier. A une certaine époque, on en avait détaché quelques dépendances pour en faire des maisons paysannes, mais l'essentiel, au moment où j'avais cinq ans, était resté entre les mains d'un seul : le Bébé Fabre.

Je n'ai jamais su le prénom de cet homme. Il faisait partie de cet aréopage qui jouait au tribunal des mœurs limpides à la terrasse du café-glacier. Tous les jours, de son pas tranquille, le lorgnon bien posé sur le nez et regardant avancer son ventre, il sortait de son magasin d'antiquités, remontait un petit morceau de la rue d'Aubette et, par la rue Saunerie, gagnait cette terrasse où il demeurait en faction jusqu'au soir. L'été il portait alpaga et panama. L'hiver, il se couvrait d'une courte pèlerine sans manches qui lui atteignait à peine le nombril et qui était le restant de l'ancien carrick d'un cocher tué dans une affaire de diligence cinquante ans auparavant. C'est du moins ce qu'il prétendait. En outre, seul de son espèce, il enfilait des mitaines pour affronter le mistral. Le magasin dont il sortait, après avoir été chapelle de couvent et théâtre populaire, il en avait fait le plus beau capharnaüm qui se puisse rêver. C'était une voûte blanchie à la chaux haute de plus de huit mètres, éclairée d'une grande baie à plusieurs vitrages juxtaposés à la diable et qui tenaient entre eux comme ils pouvaient, par des clous, des vis et des tenons vermoulus. La porte qui s'ouvrait dans cette verrière coinçait plus que celle de l'oncle, plus que celle de l'Héloïse Chaix. Il fallait plusieurs coups de pied pour l'ouvrir et personne ne s'en privait.

Au-dessus de cette verrière, à même la muraille, en noir sur fond marron, un seul mot : *Occasions*, annonçait la couleur. On entrait. On se trouvait en présence de pyramides de meubles qui semblaient entassés pour un autodafé jusqu'à quelquefois cinq mètres de haut et que ceux qui les apportaient avaient empilés là, sous la houlette du propriétaire des lieux qui n'en touchait jamais un seul de ses mains. Les vendeurs les entreposaient, les acheteurs les dégageaient comme ils pouvaient et remettaient en place ceux dont ils ne voulaient pas.

Le lit où ma mère accoucha, la commode toute noire lisérée d'or, à prétention de style chinois, l'armoire de bois blanc de sa chambre, le service de vases en porcelaine de Saxe que sa marraine lui offrit sous condition qu'on me baptisât, le poêle fabriqué à Dôle, mon lit à barreaux blancs et celui de ma sœur à barreaux verts, tout venait de chez le Bébé Fabre. De même, chez mes grands-parents, sauf la mastre de la famille, tout le mobilier de la cuisine et de la chambre, y compris le compotier de faux fruits, avait été acheté dans ce magasin d'*occasions*. Il en était de même chez l'oncle Désiré et nombre de nos voisins. C'était une noria d'héritiers avides qui apportaient ici par pleins charretons, afin d'en tirer quelques dizaines de francs, ces meubles, encore tout chauds des habitudes de leurs anciens propriétaires récemment enterrés.

Ainsi, les Manosquins morts saisissaient de leurs dépouilles les Manosquins vivants par l'intermédiaire du Bébé Fabre.

Un œil-de-bœuf sans vitre éclairait de sa lumière en biseau le butin entassé là par la mort. A chaque fois qu'on défonçait littéralement la porte d'entrée afin de l'ouvrir on délogeait les pigeons effarouchés qui nichaient entre les gypseries de cette ouverture.

Sur le sol de terre battue subsistaient çà et là des vestiges de carrelage ou bien dans les creux que les pas avaient fini par imprimer dans la poussière, se dévoilait le coin d'une dalle de tombeau où reposaient les os de quelque principal jésuite.

Sur ce dallage chaotique, le Bébé Fabre avait fait disposer des chaufferettes partout. Il se promenait parmi les courants d'air qui sifflaient entre les tas de meubles avec, sous sa douillette, une bouillotte dans le dos et une sur l'estomac reliées par deux harnais de havresac qui le faisaient ressembler à quelque bête de somme. Lorsqu'il fallait, devant quelque armoire à glace, discuter le bout de gras avec une pratique, il lui suffisait, harnaché de ses deux bouillottes, de se jucher sur une quelconque chaufferette, pour dominer son adversaire, grâce à cette supériorité de l'homme aux pieds chauds sur l'homme aux pieds froids.

La tante Rose était chargée, en tant que femme de ménage, de garnir ces chaufferettes. Le Bébé avait un pacte avec le Carretier, le boulanger voisin, et la tante allait au four chercher la charbonnille. Elle faisait plusieurs voyages, me plantait au milieu du capharnaüm tout seul à huit heures du matin. Tout seul! Planté là, avec ces tas de meubles provenant de trépassés plus ou moins récents, ce froid, ce bout de tombe qui affleurait là-bas d'un sol bouleversé et dont quelqu'un, de l'intérieur, allait peut-être à l'instant soulever le couvercle pour me montrer qui sait quoi d'inimaginable?

L'indicible et délicieuse peur me poussait en avant plutôt qu'elle ne me retenait. Je me mettais en marche dans cette forêt de dépouilles d'où dépassaient des étagères farcies de clous, des roulettes de lits de fer, des chaises percées et des chaises dépaillées, des cafetières, parfois suspendues par l'anse aux pieds renversés de quelque fauteuil. Mais surtout parlaient à mon imagination des *chivaou frus* de danseurs provençaux, des berceaux et de fascinantes horloges murales qu'on n'avait pas osé ranger autrement que debout et qui m'observaient du haut de leur heaume de bois, comme de menaçants gens d'armes.

Parfois, la tante Rose prolixe prolongeait plus que de raison la conversation avec le Carretier dans la tiédeur du fournil, tous deux ayant la langue bien pendue. Alors je me laissais tenter par l'étroite poterne qui au bout de trois marches creusées dans le mur conduisait à une sorte de sacristie minuscule, où le Bébé, sur un réchaud à alcool, réchauffait ses bouillottes. Par un autre passage encore plus étroit, ce réduit communiquait avec le reste du couvent.

Ce capharnaüm en effet n'était que la partie visible

d'un entassement de salles, d'escaliers à vis, de corridors, de caves, de souterrains et de carrefours où le plafond se perdait dans la pénombre des ogives. Ici quarante pères et autant de petits frères avaient autrefois tenu à l'aise sans jamais se frôler, pliés vivants dans l'enveloppe de ces murailles, grelottants et farouches, courant après Dieu dans une déambulation obsédée de prières.

Dès que j'avais franchi le seuil de ce passage sans porte où ma main s'appuyant au mur, je la retirais mouillée, tant l'humidité suintait sur les parois, je plongeais dans l'inconnu menaçant d'un labyrinthe de voûtes sonores où mes brodequins éveillaient les échos.

Je savais que le couloir de droite, d'ailleurs recouvert d'une carpette de cirque rouge et or usée jusqu'à la corde, conduisait à l'appartement du Bébé et par conséquent je ne m'y risquais pas. En revanche, celui de gauche s'ouvrait sur le silence et le vide. Ce n'était pas l'obscurité et pourtant il n'y avait pas de fenêtre. C'était une suite de salles pénombreuses ou d'autres tas de meubles s'empoussiéraient aussi mais, semblait-il, depuis plus longtemps. Il n'empêchait qu'à leur emplacement même, et comme s'ils n'existaient pas, la furieuse déambulation des moines se poursuivait à travers le temps. La morne théorie de ces absents, elle glissait autour de mon corps de six ans (plusieurs années de suite j'ai hanté ces lieux en anonyme). Elle me surplombait d'aumusses vides dont je sentais le froissement et l'odeur de futaine. Soudain, la source de lumière que j'avais tant cherchée m'apparaissait dans le profilé d'un corridor qu'en moi-même je nommais souterrain et que barrait, dans une brume lointaine, une grille Révolution française, à barreaux plats et lourdes ferrures. C'était par là que venaient le jour et le vent. Tous deux se mesuraient en d'étranges combats à cliquetis d'armes blanches. J'étais figé, espérant l'apparition d'une armée.

— Pierrot ! Où il est encore passé ce petit ! Qu'il me fait cracher des lames de rasoir en travers !

C'était, roulant en avalanche par les corridors sonores, la voix puissante de la tante Rose capable à elle seule d'éparpiller tous les fantômes qui se disposaient à m'attaquer. Je fonçais par les poternes étroites. Je surgissais devant elle de derrière un buffet Henri II qui devait peser une tonne.

— Tu me fais cracher des lames de rasoir en travers ! répétait-elle.

Elle était bleue comme un ostensoir, cernée par les fumerolles qui s'exhalaient du seau à charbonnille. Je la regardais en souriant. Je l'aimais.

Mais parfois, c'était par la grande porte du couvent que nous entrions. Elle s'ouvrait au sommet d'une pente dans la rue d'Aubette, caladée de pavés égaux, alors que tout le reste des pavages, dans toutes nos rues, était planté à la diable et fait de galets de Durance, sans soin et sans plan. La voûte qui la précédait supportait trois étages de greniers et de combles sonores dont on avait, dès longtemps, arraché les fenêtres et qui pour cette raison battaient la chamade sous le vent.

Là-bas dans une sombre cour, versante aussi du côté de la rue, un platane au tronc énorme jouait au saule pleureur, toutes ses branches inclinées vers la terre. Nous chassait-il ? Nous invitait-il ? Je ne l'ai jamais connu immobile. Son avertissement était si solennel que la tante Rose me prenait par la main pour franchir ces branches mugissantes. Alors m'apparaissait à droite ce que j'avais vu à gauche depuis l'intérieur où je me promenais, cette grille à fers plats et rivets déglingués commandant un tunnel par une énorme serrure dont j'étais certain que la clé était depuis longtemps perdue.

Au sommet de cette cour qui versait de tous côtés, se cramponnaient quatre larges marches, en pente elles aussi vers la rue d'Aubette et que verdissait une mousse rase. La porte à deux battants qu'elle commandait, était sommée d'une imposte vitrée protégée par des fuseaux de fer forgé figurant des quartiers d'orange. Elle était rougeâtre, mal peinte, d'une vilaine peinture qui s'écaillait facilement. On la sentait plus neuve que les murailles.

La tante Rose savait que cette porte en remplaçait une autre, de chêne, très ancienne, venue d'ailleurs, qui avait été vendue *aux Amériques* et qui représentait sur ses panneaux sculptés l'arbre de Jessé auquel s'entrelaçaient les guirlandes squelettiques du Jugement dernier. Afin de rendre à cette entrée défigurée quelque solennité, on l'avait fait garder aux coins des marches par deux cariatides géantes portant des flambeaux. Ces statues entravées dans des robes de fer-blanc faisaient quatre ou cinq fois ma hauteur. D'en bas, je les contemplais avec crainte. Elles penchaient, elles aussi d'ailleurs, sur leurs socles lestés de ciment, vers la pente de la rue d'Aubette.

Ces grandes femmes de métal avaient la tête tournée vers le bas comme si elles contemplaient la terre depuis le haut du ciel. Personne, gravissant ces marches, n'échappait à leurs regards croisés. Elles m'impressionnaient par leur visage fermé, à peine éclairé d'un sourire qui ne promettait guère et je les toisais avec inquiétude, armées de leur immense flambeau. Leur chair même était suspecte car on avait dissimulé le fer-blanc sous une couche de peinture rose qui n'évoquait ni le marbre ni le plâtre ni la peau surtout. Bref, ces créatures énigmatiques me paraissaient plus hostiles que bénéfiques.

La tante n'avait cure de mes sentiments. Toujours de son allure rapide, elle m'entraînait sur les marches, les gravissait en toute hâte. Sans même souffler, elle soulevait la cadole de la porte, se retournait et donnait avec son gros derrière trois ou quatre coups de boutoir dans le vantail qui succombait à la fin et nous livrait passage.

Elle s'avançait, elle me retenait pour que je ne la devance pas. Avec les mêmes coups de derrière, elle repoussait l'huis. Elle criait :

— Madame Peltier ! Paraissez un peu !

Je regardais de tous mes yeux. Je me trouvais dans un vestibule vertigineux, tout entier occupé par un escalier à rampe de fer, lequel penchait lui aussi sur la pente invisible de la colline, comme la rue d'Aubette, comme la cour du couvent, comme les cariatides qui défendaient les marches.

Cet escalier et ce vestibule étaient damés de grands carreaux noirs et blancs et la tante qui les lavait à grands coups de serpillière parfois trois fois par semaine, me retenait fermement pour m'inciter à respecter l'escalier propre. C'était le silence. Nul ne répondait. Je n'entendais que le bruit ordinaire de panique que faisait toujours la tante en respirant. Et soudain, sans que rien l'eût laissé prévoir, là-haut, au premier tournant de l'escalier, bien emmitouflée d'une pointe serrée sur les cheveux et autour des joues, une tête se penchait sur la rampe. Mme Peltier apparaissait enfin, debout au milieu d'une marche, tout entière visible.

Elle était *raplote* (trapue), petite, de ses traits retirés autant que possible sous la pointe, on n'apercevait qu'un nez sans grâce et qu'une paire de lunettes à verres épais. Elle chaussait des charentaises et — suffisant à meubler le mystère que je cherchais avidement — un énorme trousseau de clés enfilées sur un cercle de fer tintinnabulait à sa ceinture. C'était une femme ordinaire mais la majesté de l'escalier était telle qu'elle m'apparaissait chargée de tous les secrets du monde. D'ailleurs, elle jouissait à mes yeux d'une aura de légende dont aucune Manosquine n'aurait pu se targuer. En Afrique, autrefois, son mari avait été dévoré vivant par un lion. Je la regardais bouche bée, cette femme qui dans sa vie avait pu toucher un homme qu'un lion avait dévoré.

— C'est vous Rose ? disait-elle.

Sa voix et son accent ne différaient pas des nôtres.

— C'est moi, madame Peltier ! Tout à l'heure, dans le fournil du Carretier, le cul d'une chaufferette m'est resté dans la main !

— Eh bien, disait Mme Peltier, en voilà une affaire ! Portez-la chez l'estamaïre ! (le rétameur).

— Je voulais avant vous demander la permission !

— Mais allez, faites, ma bonne Rose ! Vous pensez ! On ne peut pas jeter une chaufferette. Au prix où elles sont !

Elle tournait le dos. D'une marche à l'autre, elle disparaissait peu à peu et seul le bruit alarmant de son trousseau de clés nous restait d'elle, alors que, là-haut, elle parcourait quelque corridor inconnu.

Ma tante extasiée la contemplait s'effacer en la louant encore bien après qu'elle eut disparu, de sa sagesse domestique. Sa large main sur mon plexus solaire m'interdisait d'aller plus avant. Je regardais cette main à regret.

Est-ce que je m'attendais que nous, infimes, on nous invitât à monter ? Est-ce que j'ai été déçu de rester au bas de cet escalier ? De ne l'avoir jamais gravi ?

Mais — et c'est là sans doute que veillait ce qu'on appelle le destin — si mon désir s'était assouvi, si j'avais découvert le prolongement de cette histoire que me promettait la première volée de l'escalier, si j'avais atteint le sommet des marches à la suite de Mme Peltier, aurais-je découvert autre chose que Mme Peltier elle-même, tout ordinaire dans son ordinaire maison ? Aurais-je contemplé autre chose que la réalité quelle qu'elle soit ? Aurais-je pu, les connaissant, meubler de tant de prodiges ces immensités qui ne demandaient qu'à être inventées ?

La moitié des visions qui ont nourri mes rêves ont surgi de ce magasin, de cette cour, des salles vides de ce couvent et bien plus encore de tout ce qui de lui m'est resté inconnu et qui est demeuré dans l'espace d'air qu'il a occupé pour toujours, plus tard bien plus tard, quand il a été entièrement rasé. Et c'est pourquoi m'est si chère la mémoire de cette Rose Bistagne qui faisait tant de *varaï* de son vivant et qui déroulait un tapis de fleurs sous les pas de l'oncle Désiré, déifié par elle.

J'ai rencontré la mort pour la première fois alors que j'avais trois ans et huit mois. Je ne me plains pas. Pour beaucoup d'entre nous elle a surgi bien avant cet âge. Je me souviens. Certain soir, ouvrant la biasse boîte de Pandore, j'en tirai une casquette à zigzag de foudre qui ne m'était pas familière. On me l'arracha presque des mains avec épouvante, comme si je pouvais être contaminé par ce qu'elle signifiait.

C'était un soir lugubre d'orage. Mon père, une minute auparavant, avait jeté bas sa biasse derrière la porte comme à l'ordinaire. Il s'était assis lourdement, les mains inactives entre les jambes, la tête basse. Il avait dit à ma mère qui allait servir la soupe :

— L'Aubert ès moour ! (L'Aubert est mort !)

Ma mère avait crié, s'était immobilisée entre le poêle et la table.

— C'est pas possible !

Mon père avait incliné la tête par deux fois sans bouger. Le mot, je l'entends pour la première fois. Je demande :

— Qu'est-ce que c'est mort ?

Mon père me regarde. Réfléchit-il ? Je ne sais pas. Peut-être ne connaît-il pas non plus lui-même la signification réelle du mot. Il répond :

— Ça veut dire qu'on le verra plus.

— Plus ?

— Plus jamais ! dit ma mère qui a un sanglot dans la gorge.

Elle se met à pleurer, oublie la louche dans l'assiette, cache son visage sur son bras replié.

— Retiens-toi ! dit mon père.

Cet Aubert était un membre de l'équipe. Parti ce matin avec tous les autres, dans l'insouciance de chaque jour, dans la bonne humeur, avec des projets pour le lendemain et pour l'avenir. Mort à vingt-six ans, cet après-midi même, en pleine radieuse campagne de printemps, fort comme un Turc, le corps absolument sain, la vie arrêtée par le courant électrique. Et cette casquette que j'avais triturée, c'était la sienne qu'on avait fourrée n'importe où, dans l'affolement, pendant qu'on tentait n'importe quoi pour le ranimer. Mon père n'en parla que brièvement et j'étais trop petit pour entendre bien, comprendre bien. Ce que je sais c'est que deux nuits durant on m'envoya coucher chez ma grand-mère. Mon père et ma mère allèrent porter leur athéisme navré autour du corps du pauvre Aubert au visage noir, caché sous un linge blanc.

On parla à voix couverte trois jours durant, et mon père, pendant une semaine, ne raconta plus d'histoires, n'arriva plus dans l'escalier en courant, chantant ou sifflant, selon son habitude. Il mangea sans parler, nous imposant silence du même coup, sans même avoir à nous le demander.

L'Aubert était mort. L'équipe était amputée. Il n'y avait pas de mot pour exprimer cela. Simplement, l'équipe sentait ce vide le long de son flanc comme un membre arraché.

Pourtant, mon père avait l'habitude. Il était toujours en train d'aller habiller un mort quelque part. Les yeux pleins de larmes, après le trépas du cher disparu, on retrouvait toujours assez de présence d'esprit pour venir chercher mon père.

— Vaï quéré lou Toino ! (Va chercher le Toine !) était le leitmotiv des familles éplorées.

Lorsqu'on entendait crier dans la rue, à n'importe quelle heure de la soirée ou de la nuit, un timide « Toino ! » on savait ce que ça voulait dire. Lorsque c'était pour un travail à l'équipe (les pannes étaient fréquentes), c'était la voix énergique et joyeuse du Gaston Vachier (dit Babate) qui retentissait.

— Allez, Toine ! Au charbon !

Nous préférions cette tonitruante invite à la voix angoissée, souvent à peine audible, de celui ou de celle qui venait chercher mon père pour habiller sa femme ou sa mère, ou quelque enfant parfois. C'était d'ailleurs cette dernière corvée que mon père n'aimait pas faire. Pour le reste, il y mettait une philosophie guillerette, nous contait au retour les péripéties de l'affaire. Ma mère s'insurgeait.

— Enfin c'est toujours toi ! Ils peuvent pas trouver quelqu'un d'autre ?

Mon père haussait les épaules.

— Qué vouas ! N'y a pas forço qu'amoun faïre aco ! (Que veux-tu ! Il n'y en a guère qui aiment faire ça !)

Elle mettait ses mains sur la tête.

— Parle plus de la mort que tu me suffoques !

Il riait. Il lui répondait en français.

— Qu'est-ce que tu veux ! Il faut bien qu'on meure sur la terre ! Sinon quelle place il resterait pour ceux qui naissent ? C'est normal la mort !

Il avait commencé à nous parler d'elle alors que ma sœur était encore au berceau. C'était à l'occasion de la Philomène Bernard, mon arrière-grand-mère, celle qui possédait une si belle horloge. Un beau matin subitement, à quatre-vingt-quatre ou quatre-vingt-cinq ans, elle meurt en se levant. Elle n'a pas le temps de poser le pied par terre. Elle reste là, en camisole, assise au bord de son lit, les mains bien appuyées de chaque côté du matelas, prête à faire l'effort de se mettre debout. Sa fille, la Claire, sœur de ma grand-mère, qui habite non loin et vient la voir tous les matins, arrive, la découvre. On accourt : sa petite-fille, la Rose, son autre fille, ma grand-mère Alix, son petit-fils, le César Pourpre. On se lamente, on s'écrie, on bourdonne tout là autour. Nul ne s'avise qu'un mort ça roidit vite. Quand mon père prévenu arrive en rentrant du travail, sa grand-mère vénérée est toujours assise au bord du lit. Il demande à rester seul avec elle. On le lui accorde bien volontiers. Tout le monde va continuer à pleurer à la cuisine. Alors, mon père prend la morte à bras-le-corps et, consciencieusement, il se met à lui casser les articulations sur sa cuisse : les genoux, les coudes, les pieds et même les vertèbres cervicales car il fallait lui redresser la tête. Enfin quand le Charles Reymond arrive pour *prendre les mesures* l'aïeule est allongée décemment sur son lit, morte de bonne compagnie, habillée, coiffée de dentelle, la mentonnière soigneusement nouée, le chapelet dans les mains jointes que mon père n'avait pas oublié, la sachant fort dévote.

— Aquéou dé chantié ! (Celui-là de travail !) disait mon père mi-figue mi-raisin à la fin de son récit.

J'éclatais de rire à cette évocation.

— Tu dois pas rire ! disait ma mère sévèrement. La mort c'est terrible ! C'était ton arrière-grand-mère. Tu verras quand tu y seras ! ajoutait-elle pour donner plus de poids à ses paroles.

J'essuyais mes larmes de rire. Mais je voyais la chambre. Je voyais la morte. Je voyais mon père avec son tic qui était, lorsqu'il était très absorbé par un labeur quelconque, de tirer un petit bout de langue dehors et de le laisser là durant tout l'effort, serré entre les dents.

— Aquéou dé chantié !

J'entendais craquer les os de la Philomène Bernard comme de vieux ceps de vigne. Le moyen de retenir son rire ?

Mais la mort ne frappe pas que les vieillards. Une ronde funèbre de jeunes existences tôt emportées tourne autour de mon enfance. En juillet 1927, l'équipe, laquelle ne compte que huit membres, en perd un à nouveau en la personne du Marius Vial, le plus cher ami de mon père, un ami de toujours et de son âge qui disparaît, frappé d'une pneumonie, mal qu'on ne guérissait pas alors. Le 30 septembre 1927, c'est chez nos voisins d'en face, les Bessolo, que la mort frappe : Lucienne, sept ans, meurt de la typhoïde. Et c'est le tour du pauvre Loulou, mon cousin, qui n'a pas vingt ans et qui meurt aussi misérablement à l'hôpital de Manosque.

Nous habitons à quatre-vingts mètres du clocher de Saint-Sauveur. Le glas y sonne presque tous les jours, assourdissant, sans aucune modestie, nous enfonçant bien ça dans le crâne. Je n'en mène pas large. D'autant qu'il y a deux sortes de morts : ceux qui s'en vont sans aucun viatique, comme le Marius Vial, je crois, et le Raoul Aubert, avec la terre pour toute croix et ceux, comme le pauvre Loulou, comme la Lucienne Bessolo pour lesquels le Nalin le publieur lit à haute voix cette formule propitiatoire : *Muni des sacrements de l'Eglise.*

— Qu'est-ce que ça veut dire, Pa, muni des sacrements de l'Eglise ?

— Ça veut dire que le curé les a bénis, répond mon père sobrement.

— Et alors ? Pourquoi il a pas béni l'Aubert et le Marius Vial ?

— C'étaient pas leurs idées, dit mon père.

Je ne sais pas ce que c'est qu'une *idée* mais je n'insiste pas. L'angoisse m'étreint. L'injustice de cette privation me paraît monstrueuse. Je ne sais plus où *pendre la lumière*. Le glas sonne. Le Nalin le publieur trompette comme un jugement dernier. Je me recroqueville dans mon lit, je me cramponne aux barreaux : « Un jour tu mourras. » Je n'entends même plus le vent berceur.

Mais voici que quelque part dans le monde, à quelque cinq mille kilomètres d'ici, deux morts qui vont se produire vont faire plus de bruit dans le cœur de mon père que tous ses amis et ses proches qui disparaissent autour de lui.

— Pa, qu'est-ce que c'est une chaise électrique ?

Mon père m'explique, sans faire grâce d'aucun détail, comme s'il s'était une fois assis dessus.

Il y a des mois, peut-être des années, enfin dès que j'ai su lire, que leur nom s'est imprimé dans ma mémoire : Sacco et Vanzetti. Le grenier est plein de tracts, d'affichettes, de proclamations en faveur de ces deux accusés, auxquels je ne me défends pas, sur leur portrait, de trouver une mine patibulaire. Sacco et Vanzetti sont devenus des drapeaux pour mon père qui les brandit à bout de bras, qui parle d'eux tout le temps. S'il pouvait, il volerait jusqu'en Amérique pour les délivrer.

Ma mère n'arrête pas de l'engueuler.

— Tu te ferais tuer pour le Parti ! Tu penses pas à tes enfants ! Comme s'il te nourrissait le Parti !

Mon père ne se met pas en colère. Il lui explique doucement. Dans le fond, par amour, elle pense comme lui. Car mon père est communiste. Il l'est devenu l'un des premiers, dès la séparation des deux Internationales, alors que son père à lui est resté seulement socialiste, ce dont ensemble ils ne se sont jamais expliqués. Mon père n'avait peur de rien : ni d'un cheval emballé ni d'un ivrogne surexcité ni de la maladie ni de la foudre (laquelle pourtant, dans son métier, l'épargna souvent de justesse) ni du vide ni d'aucun homme sur terre. A la guerre, où il partit à dix-huit ans, il avait eu peur. Et il n'avait jamais pardonné à la guerre de lui avoir fait peur. Il n'en parlait jamais, la gardait bien serrée en lui, le seul moyen de ne jamais la laisser s'évaporer : ne pas la divulguer, ne pas la laisser vieillir, en lui donnant l'occasion de se montrer ce qu'elle n'était pas : une aventure glorieuse, une leçon de courage. A son sortir, il fit le tour de l'horizon comme un naufragé cherche un espar. Il trouva le communisme et s'y cramponna.

Dans mes premiers souvenirs d'enfance, j'ai oublié le Parti communiste ouvrier et paysan. (Avec moi, la chose avait atteint son but : je croyais que tous les paysans étaient communistes.) Il y avait chaque année, au mois de juin, au *Bar de la Durance*, une grande fête du Parti, avec agapes fraternelles, danses et chants. En juin 1926, j'ai trois ans et huit mois, ma mère me conduit à cette fête de famille. Je m'y empiffre de crème renversée et de crème anglaise. Quand j'ai terminé, ma mère et Mme Jean, une responsable du Parti, me prennent par la main toutes les deux, en grand mystère, posant un doigt sur leurs lèvres. Nous traversons la fête, nous traversons le bal. Nous entrons dans le corridor du bar. On passe une porte verte. Nous nous trouvons dans une salle encombrée d'une vaste table et de chaises alignées. Au fond, entre deux fenêtres, placardée au mur, il y a une grande étoffe d'un rouge éclatant comme je n'en ai jamais vu et Mme Jean me dit :

— Tu vois, Pierrot ? C'est le drapeau du Parti ! Regarde comme c'est beau ! Regarde-le bien !

Je regarde. Je regarde de tous mes yeux cet emblème éclatant où tant d'or rutile sur tant de rouge.

— Et ça qu'est-ce que c'est ?

Je désigne dans le coin à droite en haut une broderie d'or.

— Ça, dit Mme Jean, c'est la faucille et le marteau.

Ma mère et elle m'entraînent, un doigt sur les lèvres. En dehors des délibérations, nul n'a le droit d'entrer dans cette salle. Ces deux femmes se sentent un peu en faute. Mais quoi, il fallait bien que ce souvenir, du temps où je ne voyais pas encore ma mère, soit imprégné dans ma mémoire avec son importance capitale.

Mais voici que Sacco et Vanzetti sont exécutés. Le Parti se couvre la tête de cendres. Pour moi, dans ces deux morts nouveaux, je ne vois qu'une continuation de la théorie funèbre. Peut me chaut la raison pour laquelle ils le sont. Le glas qui sonne à Saint-Sauveur n'a pas une moindre valeur d'annonce que la chaise électrique, là-bas, à New York.

En 1926, être communiste, c'est surtout se rassurer contre ceux qui vous nient. La chose est si insolite que les partisans sont comme des naufragés dans l'océan, ils se cherchent, ils s'agglomèrent, ils se soudent. Comme toutes les religions, celle-ci a besoin de fanatisme. En 1926, on numérote les rues à Manosque avec des chiffres blancs sur fond bleu comme ailleurs. Afin d'affirmer ses convictions, un collègue de mon père peint le sien en rouge et écope d'une amende. Tel autre baptise son fils en grande pompe, en distribuant une rose rouge à toute l'assistance. Certains vont aux enterrements le garrot serré dans une cravate écarlate. Ils mourront d'ailleurs, quelquefois, en bons chrétiens car nul n'est à l'abri de plier le genou devant un cancer ou la mort d'un enfant.

Ma mère ne manquait pas de souligner triomphalement ces défections.

— Tu vois un tel ? Tu le croyais communiste ? Il s'est fait enterrer à l'église !

Mon père baisse le nez. Il ne peut pas répondre du courage d'autrui. Pour lui, il a dû boire la coupe jusqu'à la lie. Elevé — sans que son père libre penseur lui-même y fasse la moindre objection — par une grand-mère foncièrement chrétienne (celle-là même qu'il dut casser sur son genou) et qui l'obligeait chaque soir à dire sa prière, il fut baptisé. Mais il ne fit pas sa première communion, de sorte que s'il voulut ma mère, il lui fallut la faire la veille de son mariage.

Il nous raconta à bien des reprises cette terrible humiliation : ses réponses au prêtre, brèves et dilatoires, son refus, sa révolte au moment qu'il fallut s'agenouiller. Narquois, l'abbé Sicard (*aquesto enfan dé puto !* disait mon père) le poussait dans ses retranchements, le perçait de flèches, le faisait *rebouillir* sur le gril, sachant qu'ayant ma mère dans sa main, il tenait le bon bout. Cet abbé Sicard sortait de la guerre comme mon père, il le connaissait comme sa poche, ils se tutoyaient la plupart du temps et il jouissait sadiquement de tenir ainsi cet athée à genoux pour lui tendre enfin cette hostie consacrée, laquelle, en bonne justice, aurait dû planer en lévitation au-dessus de la bouche de mon père comme le livre de saint Dominique avait plané au-dessus des flammes.

Ma mère n'arrêtait pas de rire quand au moins une fois par an, il nous contait cette histoire à table, mais ce devait être pour cacher son émotion.

Car connaissant la force de caractère et la profondeur des convictions de celui-ci, elle devait se dire que pour que mon père se soit parjuré au point de pénétrer dans une église, aux seules fins de l'épouser, il fallait que soit rudement fort l'amour qu'il lui portait.

— Et alors ? disait ma mère. Et tout ça alors, qui est-ce qui l'a fait ?

Elle désignait, lors de nos sorties nocturnes, le ciel, les étoiles, les montagnes.

— Rien ! disait mon père. Ça s'est fait de rien ! Ça s'est fait par des courants électriques qui ont traversé ce rien. Les vrais croyants ce sont les Arabes. Eux, ils adorent le soleil. Ça au moins ça se voit !

— Mais viens pas dire ! C'est toi qui me l'as dit ! Y a pas que le soleil, y a les étoiles aussi. Et alors et les étoiles ?

— Un jour on saura, disait mon père.

— Oui ! Quand on sera morts !

— Et qu'est-ce que tu veux ! Les animaux meurent, nous on meurt, c'est ça qui fait la terre. C'est tout ce qui est mort qui fait qu'on peut y vivre.

— C'est pas rigolo ! disait ma mère.

— Ce qui est pas rigolo, ce sont ceux qui nous ont fait croire qu'il y a autre chose pour mieux nous *ensuquer* (assommer).

Ils discutaient âprement tous les deux devant nous, sur la mort, sur la vie, sur la terre, sur les étoiles.

— Et comment tu expliques ça ? Et s'il n'y a pas Dieu alors, qu'est-ce qu'il y a ?

Mon père démystifiait tout. En tant qu'explication de l'univers, l'électricité lui paraissait nécessaire et suffisante. Quant à la mort, elle mettait un terme à la perception de tout. Et non contente de ça, elle était aussi indispensable à la bonne ordonnance des choses. Si encore, en même temps, mon père n'eût pas expliqué à ma mère la brièveté de l'existence, s'il ne lui eût pas parlé des années-lumière qui nous séparent des étoiles et dit qu'il faudrait pour les atteindre des milliards de vies humaines mises bout à bout. Mais non ! Après le passage de la pensée de mon père, la vie était devenue une allumette soufrée qu'on jette sitôt allumée. Après le passage de la pensée de mon père, l'univers vous écrasait de tout son poids, vous ne pouviez plus respirer pour autre chose.

Alors quand il avait bien tout dévasté et que ma mère atterrée ne trouvait plus rien à lui objecter, en guise de consolation, il lui disait :

— Un jour, grâce aux progrès de la science, l'homme vivra mille ans. Peut-être plus !

— Qu'est-ce que ça peut bien nous foutre, disait ma mère, puisqu'on sera plus là !

Mais tous les raisonnements du monde ne peuvent ébranler la conviction intime. La conviction intime, quoique désarmée de tout argument et de tout pouvoir de convaincre autrui est cependant l'écueil sur lequel se fracassent toutes les idées, toutes les philosophies. Elle est vissée au milieu du corps de l'homme comme la boussole au point d'équilibre du navire. Elle est la seule étoile immobile de son ciel intérieur. Il n'y a aucun remède contre la conviction intime. Or moi, aussi loin qu'il m'en souvienne, mon intime conviction a toujours été que ça se déroulait peut-être comme mon père le croyait, mais que ce n'était pas absolument certain.

Ma mère, équanime, mettait dans le même sac les bigotes qui gravitaient autour de la tante Hélène et les collègues de mon père qui étaient trop ostensiblement communistes pour ne l'être pas en peau de lapin (car elle prenait le communisme au pied de la lettre : partageons tout entre tous).

Pour l'instant, ni celui qui peignait son numéro en rouge (et qui perdra une fille de quatorze ans) ; ni celui qui baptisait son fils avec une rose rouge (et qui le perdra dans trois ou quatre ans) ; ni celle qui m'a montré le drapeau, ni ceux qui mettent une cravate écarlate pour les enterrements religieux, ne lui disent rien qui vaille. Ce qu'elle voit de plus clair, c'est que certaines des femmes de ces apôtres viennent envahir son lavoir avec leur linge sale, sous prétexte d'une solidarité de classe à sens unique.

— Et elles nettoient jamais le bassin ! Et elles se servent de mon savon et m'en apportent jamais une pièce ! Et si je leur demande de me garder Alice dix minutes, elles ont jamais le temps !

Quant aux bigotes collègues de ma tante Hélène, j'en pouvais moi-même bien que dire. La tante Hélène ne se laissait jamais influencer par quiconque sauf par ces patelines personnes dont le faciès débonnaire lorsqu'elles me rencontraient, exprimait cette unanime opinion : « Comme c'est dommage ! » C'est-à-dire : « Comment est-ce possible qu'un pareil chérubin soit né chez des libres penseurs ! » C'était un sacrilège si fort à leurs yeux que, si elles l'avaient osé, elles seraient passées au large de cette bonne chrétienne de tante Hélène comme si me tenant par la main, moi l'enfant d'un communiste, celle-ci pouvait en quelque sorte les contaminer.

Je revois ces pieuses personnes. Il y en avait plus d'une demi-douzaine dont la tante Hélène avait la bouche pleine. L'une était du Queyras et roulait les *r*. L'autre avait d'immenses yeux aux immenses prunelles qui lui mangeaient sa petite figure et pouvaient aussi bien contenir le diable que le Bon Dieu. La troisième avait été cantatrice en quelque lieu et, pour ma tante Hélène, qui vénérait les belles positions sociales, sa parole était d'évangile. Cette mystérieuse créature me pinçait la joue, m'appelait *démounto crestian,* mot intraduisible en français qui voulait signifier soit *étouffe-chrétien,* soit *contempteur de la foi.* J'ai mis très longtemps à comprendre que cette suave chanteuse qui avait encore de beaux restes et qui portait toujours de grands colliers tintinnabulants pour signaler sa gorge impressionnante, faisait à mon endroit une sorte de désir rentré qui sentait le soufre à plein nez et dont elle n'avait probablement pas conscience elle-même. Quelques-unes enfin, de ces commensales de ma tante Hélène, étaient insignifiantes.

N'y eût-il eu que ces dévotes qui l'étaient probablement pour quantité de mauvaises raisons, comme étaient communistes certains collègues de mon père, que sans doute elles n'auraient pas pesé lourd par leur exemple, face au respect que j'avais pour la parole de mon père.

Mais il y avait ma marraine, la Marie Priape, veuve Brunel. Personne autour de moi ne pouvait se flatter d'avoir eu une existence plus dure que la sienne, personne plus qu'elle n'aurait eu sujet d'accuser le ciel ni de se révolter.

J'ai dit qu'elle pesait quarante kilos, qu'elle avait été orpheline de mère à onze ans, que derrière son père, chemineau, elle allait lier les gerbes de blé dès cet âge, couchant sur le foin des granges et parcourant le département du sud au nord, à la suite des blés mûrissants de juillet à septembre. Ensuite, compagne d'un homme qui ne l'épousa que sur le tard après lui avoir fait déjà un certain nombre de filles. Elevant tout ce monde comme elle pouvait, avec ce métier de matelassière qu'elle avait appris je ne sais comment et qu'elle exerçait à la perfection (je la vois encore égaliser patiemment les flots de laine sur la toile); perdant huit filles en quarante ans d'existence puis son mari qui lui en laissait encore trois sur les bras, ayant entre treize et vingt ans. L'une des aînées mourant pendant la guerre de Quatorze alors que son mari était prisonnier et laissant trois enfants en bas âge qui retombaient sur les bras de la Marie Priape. Toute cette vie de pauvre qui se raconte en une page et se vit dans la douleur à coups de maladie, d'angoisse du lendemain, de travail exténuant.

Ma mère, qui ne fit rien non plus pour la lui faciliter, mais que pourtant ma marraine préférait aux autres, ma mère, à tout bout de champ, nous racontait la vie difficile de la sienne et nous la donnait en exemple.

Personne, plus que la Marie Priape n'aurait été excusable d'avoir perdu Dieu en route, comme on perd un talisman qui a révélé ses limites en tant d'occasions.

Or, lorsque j'ouvre les yeux au monde, le premier regard que rencontre le mien, c'est la jeunesse du sien. Jeunesse est le seul mot qui convient. Je l'ai bien pesé. J'ai bien scruté cette clarté des yeux où tous les champs de blé qu'elle a parcourus, courbée en deux sur sa faucille, n'ont laissé que la beauté de leurs lignes et de leurs ciels au-dessus d'eux et *rien* de la sueur et des larmes dont elle les a arrosés.

A son égard ni mon père ni mon grand-père ne se trompent. Les dévots, pour eux, sont des *mangeo boun diou* (mange Bon Dieu) mais quand mon grand-père, une fois dans sa vie, le jour où ma marraine mourra, parlera d'elle, il dira : « Qué vouos ! Avié la féje ! » (Que veux-tu ! Elle avait la foi !) Et mon père qui tenait une poignée du cercueil, pour la première fois restera à l'intérieur de l'église, au lieu d'en sortir précipitamment comme il le faisait toujours.

Elle avait la foi. Elle était confiante chrétienne. Elle avait la plus belle foi du monde, sans envie, sans ostentation et sans bruit, presque en s'excusant de l'avoir. Elle faisait partie de cette poignée de Manosquins qui n'allaient à la prière qu'une seule fois par jour, mais à six heures du matin et jamais le dimanche. Ceux-ci n'entraient pas par le grand portail de Saint-Sauveur. Ils faisaient le tour par la rue Volland où s'ouvrait une poterne dont le cintre s'avançait un peu sur la chaussée et qui grinçait à fendre l'âme dès qu'on poussait le vantail.

Or moi, je voyais cette marraine, pas riche, travaillant encore à soixante-dix ans, portant sur son dos des matelas qui pesaient les deux tiers de son poids, allant chercher de la salade des champs. Je la voyais joyeuse, aimant vivre, sans envie, sans rancœur, sans récrimination, toujours d'humeur égale et rendant justice à tout le monde. L'atmosphère qui régnait autour d'elle était légère, alors qu'elle était si lourde chez mes grands-parents, alors que mon père, en dépit de sa foncière joie de vivre et de son heureux caractère, avait des ombres qui passaient sur son visage, des ombres qui lui empoisonnaient l'existence : la guerre, la pauvreté, l'injustice, la liberté menacée de toute part.

Tout cela existe certainement puisque mon père le dit et tout cela nous claquemure dans le malheur tous ensemble, tous les pauvres de la terre mêlés. Alors ? Pourquoi ma marraine qui en porte sa part, ne le voit-elle pas comme mon père le vit ?

Parfois, quand nous nous promenons ensemble par les collines, elle me quitte la main et s'en va par les halliers. « Attends ! » me dit-elle. Elle cueille quelques fleurs des champs, les arrange au milieu des feuilles d'automne. C'est pour l'autel d'une chapelle en ruine ou pour quelque oratoire qu'elle sait trouver sur sa route. Il y en avait alors quantité dont il ne reste plus que le socle ou quelque tas de pierres. Elle fait ça avec un naturel parfait et sans en parler à personne et, s'il y a quelqu'un à proximité de la chapelle ou de l'oratoire, elle patiente. Elle attend d'être seule pour déposer son bouquet. Enfin : seule avec moi.

Un jour, j'avais à peu près trois ans, elle me chuchota : « Si tu es bien sage, je te mènerai voir la bonne Mère. » Cette bonne Mère qu'elle me promet commence à hanter ma curiosité. Je la réclame de temps à autre.

Un jour enfin, c'est le mois de Marie et ma marraine

me prend par la main. Par cette petite porte de la rue Volland, nous pénétrons en trois stations dans ce lieu où consciemment (car j'y ai été baptisé) je ne suis jamais allé : un vestibule tout noir d'abord, dès que s'est refermée la porte de la rue Volland et puis un sas à deux vantaux et qui grincent eux aussi avec des protestations d'armoire à linge. Et alors soudain, la pénombre et la solitude et l'immensité m'encerclent, en dépit de la marraine qui me tient solidement la main.

Les dévotes ont fleuri tous les autels et tous les reposoirs. Elles y sont encore d'ailleurs, s'affairant, trottant, le pot à eau à la main ou balayant les travées.

— Attends ! dit ma marraine.

Elle me lâche, elle s'arrête devant un gros pilier creusé d'un trou. Elle plonge sa main là-dedans, la retire et, furtivement, fait un geste bizarre. Je n'y prête pas grande attention. Dans la pénombre qui sent le jardin et qui est mauve, tournante, dardant à perte de vue sa sombre tonalité en des tourbillons de lumière sans éclat, je me suis avancé. Je cherche. Et tout à coup, ma voix s'élève vers la nef et, bien que faible, tout le monde l'entend car l'église est là pour la capter et la répercuter :

— Et alors ? Où elle est cette bonne Mère ?

Un clergeon dans l'ombre d'un pilier esquisse un sourire vite réprimé. Les dévotes qui fleurissent les autels se tournent vers moi un doigt sur les lèvres, mais l'œil allumé d'une lueur complice. Tout le monde sait, sauf moi, que ne la voit pas qui veut cette bonne Mère. Ma marraine m'entraîne vers un reposoir tandis que mon regard poursuit sa quête de tous côtés.

— Où elle est cette bonne Mère ?

Je ne désarme pas. J'insiste.

— Tiens ! La voilà la bonne Mère..., me marmonne ma marraine.

Le reposoir où elle va s'agenouiller est dominé par une statue toute blanche de femme aux yeux blancs portant sur les bras un enfant aux yeux blancs. Autour de sa tête, il y a un cercle avec toujours ces satanés signes, mais dorés ceux-là, qu'à cette époque je ne comprends pas encore, qui m'exaspèrent.

— Marraine ! Qu'est-ce qu'il y a de marqué sur le chapeau de la dame ?

— « Je suis l'Immaculée Conception », récite la marraine avant de s'agenouiller.

Une dévote qui passe et qui m'entend car je parle à haute et intelligible voix, se penche vers moi et me chuchote :

— C'est un mystère !

Mais à cet instant-là, soudain le mystère est balayé. Un bruit terrible retentit. C'est le vieux Pécoul, le sacristain, qui ouvre à deux battants les vantaux du portail. La lumière comme un monstre vorace se précipite sur la pénombre et son mystère et les éventre en cinq sec. Le grand jour inonde l'église. Les cierges pâlissent. Les mots qui scintillaient à leur clarté sur l'auréole de la statue ternissent, s'éteignent. Devant le porche, perchée au sommet des dix marches qu'il faut descendre pour accéder à la nef, indécemment découpée sur ce joyeux matin de mai, surgit une grêle carriole noire qui se révèle dans tous ses détails.

— Qu'est-ce que c'est, marraine ?

— Le corbillard..., souffle-t-elle. Viens. Partons !

Elle se remet debout, m'agrippe, me tire en arrière. Les dévotes furtives ont été absorbées par ce qu'il reste d'ombre au-delà de l'autel. Je répète :

— Corbillard...

Ce mot bizarre s'accole dans ma tête à celui de mystère et à celui d'église. Désormais, je ne les dissocierai plus les uns des autres, en dépit de la lumière dans laquelle j'ai vu se découper soudain l'étrange charrette. Le soir, à la maison, le corbillard s'explique. C'est un tel qui est mort, qu'on a mis dans une caisse, qu'on a porté à Saint-Sauveur. Je murmure :

— Pour le munir des sacrements de l'Eglise.

Mon père me regarde.

— Qui est-ce qui t'a dit ça ?

— Le Nalin le publieur. Il le dit tout le temps.

C'est vrai. Dans ses annonces journalières, le Nalin, le plus souvent, récite cette formule. Mais je commence à regarder autour de moi. Je vois des garçons et des filles plus âgés que moi, habillés en communiants, la mine sereine. Je vois le Jean Hébrard, le Paul Jourdan, le Marceau Aillaud, tous ces bons petits de mon âge qui déjà sont en uniforme sous l'habit de louveteau et qui le dimanche matin s'en vont à la messe le cœur en fête. Eux, s'ils mouraient demain, ils auraient droit aux sacrements de l'Eglise, c'est-à-dire, d'après ma tante Hélène (car ma marraine n'ouvre jamais la bouche là-dessus), qu'ils iront vivre pour l'éternité à côté de Jésus-Christ.

— Et qu'est-ce que c'est Jésus-Christ ? Et qu'est-ce que c'est l'éternité ?

La tante éclate d'un rire sarcastique.

— Aquéou paouré pitcho ! (Ce pauvre petit !)

Elle me regarde avec commisération, au bord des larmes, mais elle ne répond pas. Est-ce là le mystère ? Que ni ma tante Hélène ni personne dans mon entourage ne puisse répondre congrûment à ces deux questions ?

Je suis là, cramponné aux barreaux de mon lit, écrasé par la perception très matérielle de l'univers et de la mort tels que les dépeint mon père. J'ignore quel âge j'ai. Cette sensation, cette perception, elle se perd dans la nuit de mon temps. Je peux fouiller aussi profond que je veux, je n'en repère pas le commencement. J'ai l'impression d'avoir eu les mains déformées par ce cramponnement sauvage aux barreaux de mon lit, dans la peur, dans le vide et dans la solitude, depuis que j'existe.

C'est à partir de ce moment-là, le jour où je découvre qu'il y a deux catégories d'individus : ceux qui meurent *munis des sacrements de l'Eglise* et les autres, que je n'ouvre plus la bouche à quiconque sur le sujet.

Les fêtes s'entrelacent avec la mort en une cadence infernale. Le glas de Saint-Sauveur souligne le tintamarre de la musique municipale faisant son tour de ville devant le corso du 11-Mai. Parfois, soudain, pour la Saint-Pancrace, pendant que tournent les manèges, quelqu'un parcourt rapidement l'assemblée des forains pour qu'on soulève la *taque* des limonaires et des orchestrions. C'est que la mort vient de sévir au carrefour. Alors les *vire-vire* et les *cri-cri* tournent dans le plus grand silence. On n'entend plus que les coups secs des carabines à plomb devant le stand de tir du Roume. Le glas assourdissant s'assène sur notre assemblée festoyante. Les rires s'interrompent puis recommencent. Je prends conscience, effrayé, de ces morts de demain si vivants aujourd'hui.

Oh ! ça ne m'empêche pas de rire ni de contempler, mais ces sensations de précarité n'arrêtent pas d'obscurcir mon ciel, de se rappeler à mon bon souvenir.

En mai 1928 on marie la Nine : Honorine Fouque, ma cousine, sœur du pauvre Loulou et de Raymonde. Ça se passe à Sainte-Tulle. Ma tante Louise veut un grand mariage, un mariage dont tout Sainte-Tulle se souviendra.

Il y a un branle-bas de combat entre les cousines et ma mère pour savoir comment on m'habillera. Je suis le seul représentant de la famille. Ma mère, mon père, ma sœur, ne viendront pas. Il ne serait pas question qu'ils ne soient pas tous les trois habillés de neuf et ça coûte beaucoup trop cher. Alors tant pis, j'irai seul. On m'habille en page de fantaisie avec du velours noir pour la culotte et le boléro, de la soie rose pour la blouse bouffante aux manches à crevés. On m'achète (ce seront les premières et dernières de ma vie) des chaussures vernies étincelantes chez le Ricou dans la Grand-Rue.

Ma tante Hélène, ma cousine Raymonde, viennent encourager et critiquer ma mère dans la confection de la culotte, du jabot abondant qui me servira de cravate. Naturellement je serai toujours condamné à ces damnées bretelles mais elles seront en velours noir elles aussi et disparaîtront sous le boléro dont ma mère, fervente lectrice du *Petit écho de la mode,* a trouvé le patron en prime dans ce journal.

Sur les chaussettes blanches, j'enfilerai aussi des jarretières, chose que je ne supporte pas, préférant de beaucoup les avoir tirebouchonnées sur les chaussures. Mais on me chapitre longtemps à l'avance.

« Tu comprends un jour comme ça, tu dois avoir les chaussettes bien tirées. Sinon tout ce qu'on aura fait pour toi sera perdu... »

On m'offre deux mouchoirs blancs endentelés pour l'apparat et un autre, bon marché, en cas de besoin. On orne la pochette de la blouse rose à jabot d'un triangle de soie gaufrée. On a délibéré à l'effet de savoir si des gants feraient bien dans le tableau.

— Pas la peine, dit ma mère. Il les aura perdus avant d'arriver à Sainte-Tulle.

— D'ailleurs, renchérit la Raymonde, il n'aura pas de missel à la main, alors les gants ça sert à rien.

L'habillement durera plus d'une heure le jour fatidique, comme pour un prince. La veille j'ai subi le coiffeur. Je respire la lotion *L. T. Pivert* à la violette comme une Espagnole du siècle dernier.

On m'a frotté de fond en comble au savon de Marseille : les pieds, les genoux (qui ont donné le plus de mal), le cou, le derrière. Ça n'a pas été une petite affaire. Toute la rue Chacundier a su, par mes cris, qu'on m'apprêtait pour quelque grand moment.

Ma cousine Raymonde est venue en personne vérifier les trous de mon nez qu'elle a asséchés à plusieurs reprises en me demandant de souffler fort et ceux de mes oreilles qu'elle a torchées, insensible à mes hurlements, à l'aide d'un écouvillon de coton.

Grâce à un peu de savon sec, les épis de mes cheveux ont été collés un par un. Ma raie sur le côté est aussi tirée au cordeau que celle du pauvre Loulou, le jour de sa première communion.

— Et surtout, dit ma cousine Raymonde, ne te gratte pas la tête !

Elle contemple son œuvre avec satisfaction.

— Qué monstre ! dit-elle.

Je suis beau comme un astre. En me penchant un peu je me mire dans mes souliers vernis cirés à mort. Il n'y a qu'une ombre au tableau : mes fâcheuses oreilles. On soupire. On déplore. Tant pis... Un jour comme aujourd'hui on ne peut pas m'affubler d'un béret. J'irai donc tête nue, portant courageusement mes oreilles.

— Et surtout ne cours pas ! recommande encore la cousine Raymonde qui aurait dû être metteur en scène.

D'ailleurs, elle me saisit par la main et à pas comptés nous gagnons la place du Terreau. Ma marraine est déjà sur le seuil de la maison. Je ne l'ai jamais vue ainsi : toute la respectabilité affable et humble de sa menue personne on l'a mise dehors, en évidence. Elle est tout en noir comme d'habitude mais d'un noir vaguement brillant, vaguement soyeux. Je lui vois des chaussures pour la première fois, au lieu de ses sempiternelles charentaises. Elle est aussi chapeautée d'une coiffe blanche que je ne lui ai non plus jamais connue.

La tante Hélène est là, à côté d'elle, qui la morigène, la chapitre, lui fait ses dernières recommandations. Elle non plus ne sera pas de la fête. En mai, le travail presse chez M. Devaux. On ne peut pas le lâcher et la tante n'a pas eu le temps de se faire faire une robe *comme il faut.* Il n'y aura pas non plus le Gignoux (pourtant de fort belle prestance) ni la Pauline ni ma cousine Hélène. J'ignore comment a été établie dans la tête de la Louise, sans doute après mûre réflexion, la liste des invités. Sans doute moi-même n'aurais-je pas eu droit au mariage s'il n'avait pas fallu un garçon pour tenir la traîne de la mariée.

Enfin, nous voici tous deux, ma marraine et moi, intouchables, fin prêts. Les voisines se sont mises au balcon et nous regardent entre les aspidistras. La minuscule Clorinde Moulinas vient complimenter la mère Brunel sur sa bonne mine. La tante Hélène se met les mains sur la tête :

— Diou gardé ! L'embrassès pas ! Qu'anès li deïvira sa fanchoun ! (Dieu garde ! Ne l'embrassez pas ! Que vous allez lui détourner son bonnet !)

Allons-nous, comme d'ordinaire, partir à pied pour Sainte-Tulle ? Mais alors, mes souliers vernis, dans quel état vont-ils arriver ? Mais non, la tante Louise a tout prévu. Nous voyons poindre par le haut du Terreau cette rareté : une automobile (une *tomobile,* disait ma marraine). C'est un taxi : c'est un authentique taxi de la Marne que le Barras, le chauffeur, a racheté aux Domaines et qu'il a peint en vert. Ce taxi servira jusqu'à la prochaine guerre et c'est pourquoi je l'ai si bien dans l'œil.

Le Barras est là, méprisant, l'air mauvais comme à l'ordinaire et gardant ses réflexions pour soi. Mais dans sa blouse bleue et casquette à visière, il a lui-même fort envie de jouer au mariage, aussi est-ce en grande pompe et chapeau bas qu'il ouvre la portière à ma grand-mère et qu'il la referme. Moi, la Raymonde m'a fait passer de l'autre côté car il n'est pas question de froisser nos vêtements en nous traînant sur la banquette. A moi aussi, le Barras vient ouvrir la portière. Et à partir du moment où je pose ma chaussure vernie sur le marchepied, je deviens un autre enfant. Je ne touche plus terre.

— Et tiens-toi bien droit tout le long ! recommande la Raymonde.

Celui qui n'a jamais voyagé dans une de ces voitures de place où le phaéton palefrenier était séparé du client par une vitre hermétique munie d'un tuyau acoustique pour crier des ordres, celui-là ne sait pas ce que c'est qu'un taxi.

Oh ! l'enivrante randonnée ! Oh ! comme en cinq kilomètres, se modifie et s'avantage une mentalité de cul-terreux. Je suis dans un taxi ! Et vert ! *Saute marquis ! Saute !*

J'ai beau vérifier mes ongles, ils sont nets. La raie des cheveux tient parfaitement. Je les sens comme une carapace sur ma tête, un peu savonnés, mais ils tiennent, c'est l'essentiel.

Dans la glace, quand on passe à l'ombre, je me distingue : je suis rose bonbon. Le teint, le jabot, la pochette sous le boléro noir, tout est de ce rose pâle qui signale les *lunes,* ces bonbons plats en bocal qui vieillissent tranquillement au soleil, dans la vitrine de Mme Blanc, l'épicière de la rue Torte.

La froide vanité aux bras intangibles me serre contre elle et me susurre ses conseils pervers. Une rumeur doit courir les campagnes à mesure que le taxi vert se déplace sur cette longue ligne droite qui relie Manosque à Sainte-Tulle.

— C'est le petit Toine et la mère Brunel qui s'en vont à la noce !

Je respire le monde par une bouche deux fois plus grande que d'ordinaire. La tante Hélène a sévèrement recommandé à sa mère de ne pas bouger pour ne pas détruire l'ordonnance de sa coiffe. La Raymonde m'a bien chapitré : je ne dois pas me gratter les jambes, sous peine de déplacer mes jarretières et d'avoir les chaussettes en tire-bouchon. Nous ne remuons ni pied ni patte. Nous ne nous regardons pas. Nous ne nous parlons pas.

Vers Pimoutiers, nous sommes dépassés en trombe par une *tomobile* rouge décapotable qui contient un homme inconnu en chapeau noir et la cousine Raymonde en organdi rose qui nous fait de grands signes. Le taxi de la Marne moud les kilomètres avec un bruit de moulin à café. Voici la cité où la Louise et l'oncle Fouque ont vécu avant de prendre l'épicerie. Voici l'usine E.E.L.M., le gagne-pain de mon père et de l'oncle Fouque.

On tourne à droite, on bifurque. Voici l'église, voici l'épicerie, voici la maison de Mme Maillard, la première joueuse de piano de ma vie. Nous sommes chez nous ! A Sainte-Tulle. Aujourd'hui le pays nous appartient.

Nous ne sommes pas le seul taxi de la Marne. Il y en a deux ou trois autres, aussi verts que le nôtre, et des hommes et des femmes s'affairent autour. Le Barras enfin souriant, voyant qu'il n'a pas affaire à une noce de pacotille, se jette hors du taxi, soulève sa casquette, ouvre la portière à la grand-mère, vient ouvrir la mienne. Un grand moment. Mais soudain et à l'instant, notre importance est balayée par un nouveau taxi, mais noir celui-ci et bien plus moderne que celui du Barras. Le mot *limousine* court de tous côtés. Le chauffeur n'est pas en blouse mais en complet veston rayé et ses cheveux gominés sont partagés par une raie aussi impeccable que la mienne. Il n'a pas de casquette. Avec une déférence marquée et beaucoup de lenteur, il délivre le mystérieux colis qu'il a véhiculé à bon port jusqu'ici. Je ne vois d'abord qu'un important derrière qui se démène pour échapper à la banquette et à la limousine. Puis quelque chose d'immense commence à se déployer devant la voiture et apparaît dans sa majesté bienveillante, en une corbeille de plumes vaporeuses et de boa frissonnant soulignant la nudité capiteuse des épaules. Son nom est prononcé autour de moi, après la limousine, c'est Mme Estrang, la mère du *novi*, corsetée à mort et portant un chapeau qui impose silence mais qui a de la peine à émerger du taxi sans se froisser. Ce chapeau chante le temps des cerises par tant de rouge et tant de vert qu'il éclipse la compagnie de ses semblables où pourtant l'on n'a pas non plus épargné les fleurs ni les faisaneries.

Chacun s'est versé sur la tête ou s'est aspergé les aisselles et les seins de bien plus de lotion au jasmin, à la violette ou à la rose que ce que le Léonce Bernard, coiffeur des Magnan de père en fils, ne m'en a inondé les cheveux, sachant que je partais pour la noce.

Chaîne de montre et casquette à lyre, le chef de la musique municipale, le père Bagarry, rassemble autour de lui à grands coups de sifflet les joueurs de trombone et de clarinette et la grosse caisse dont le porteur cambré louche sur son instrument encombrant comme un ventre. C'est que le novi fait partie de la clique et qu'il convient de l'honorer tout à l'heure.

Ma tante Louise se démène parmi les jeunes filles roses dont Raymonde est le plus beau bouton. Elle est là, satisfaite, en bleu marine et noir, le sobre chapeau capeline sur ses boucles frisées et jouant de ses gants, courant partout, s'occupant de tout. C'est le plus beau jour de sa vie. Le Fouque est là aussi, dépassant tout le monde de sa haute taille, grand chasseur devant l'éternel, grand rouleur de cigarettes, un homme qui a déjà beaucoup souffert et qui va souffrir encore mais qui subira le malheur avec une incroyable constance et le plus profond des silences.

Tout Sainte-Tulle est derrière en cercle et regarde. Et moi je suis — ébloui est trop peu dire — je suis estomaqué de faire partie de tout ça.

Et soudain, il y a un brouhaha et comme une petite tempête là, au milieu de ce carrefour où, pour un instant, un paysan qui passait avec une charrette débordante de foin a scindé en deux nos groupes disparates. Tout le monde tord le cou car l'héroïne, par le corridor étroit qui longe l'épicerie, va paraître avec sa robe. Je regarde de tous mes yeux. Au-delà de la porte grande ouverte, une sorte de ballet se déroule. On s'escrime. La tante Louise, la Raymonde, deux ou trois femmes que je ne connais pas, s'interpellent, se consultent, font la haie afin d'épargner au tulle immaculé le contact salissant des cloisons et de la rampe d'escalier que la Nine vient de descendre. C'est un colis blanc dans les vapeurs et les froissements de soie qui surgit du corridor. C'est la Nine. D'ordinaire elle est en robe de pilou et en pantoufles quand je viens à Sainte-Tulle. Là, je ne vois au milieu de tant de blanc, le bouquet à la main, que sa taille au ventre plat sanglé dans le satin. Sa fragilité m'est perceptible, presque palpable. Je vois sa tête de souris blonde sous le diadème, ses cheveux blonds, ses mains aux ongles rongés qui ne se sont pas épargnées sur les lessives et les travaux d'aiguille. C'est elle seule qui a bâti son trousseau. Et alors, à côté de la porte, sur le trottoir, ayant un peu écarté la famille, voulant voir lui aussi et peut-être un peu impatient de s'enivrer du spectacle, voici qu'un jeune homme apparaît.

Pleure Cyprien ! Dans tes robustes quatre-vingts ans

d'aujourd'hui. Pleure et ris! Car c'est toi ce robuste garçon de vingt ans que je vois devant moi, grand, large d'épaules, avec son nez important qui me paraît auguste. Je suis devant toi bouche bée, moi à cinq ans et huit mois, avec mon boléro noir, ma blouse rose, mes chaussettes roses. Je te regarde et tu ne me vois pas! Bien sûr! Tu n'as d'yeux que pour le corps ravissant qu'on te prépare. Tu es le *novi*, ce produit barbare qui va s'emparer de ma fragile cousine Nine et en faire qui sait quoi... Tu ne me vois pas! Et pourtant! Qui mieux qu'un photographe, qui sinon moi pourra te rendre intact, resplendissant, tel que tu étais en ce matin de mai, avec ta jeunesse, ton sourire gentil, ta confiance en l'avenir et ton amour?

Pleure Cyprien! Car la vie toi non plus ne va pas t'épargner.

— Pierrot! Viens ici!

C'est ma cousine Raymonde qui ordonne. J'accours. Je vois, nœud rose dans les cheveux et robe rose tout en dentelles et guirlandes, et chaussée de vernis noirs comme moi, une superbe fillette blonde dont le visage pourtant m'est à jamais disparu comme le prénom. Une fillette blonde que je ne regarderai pas qui ne me regardera pas qui n'était ni plus jeune ni plus âgée que moi. Elle était là, c'est tout. On va lui confier la moitié des quatre mètres de traîne qui suivent la cousine Nine. La Raymonde quand elle en a fini avec elle, vient me charger de l'autre côté que jusque-là tenait la monumentale Mme Estrang qui me caresse la tête distraitement.

— Voilà! Tu la prends comme ça! Et surtout que Dieu garde! La laisse pas traîner!

Le cortège s'ébranle vers la mairie. Il y a deux cents mètres à peine de la maison de la fiancée à la salle des mariages. Le prestigieux Fouque est devant moi avec sa fille à son bras. La non moins grande Mme Estrang conduit son fils derrière moi. Moment ineffable. Je me contemple au passage dans les vitrines des quelques magasins qui bordent la rue, ayant plein les bras d'une traîne de mariée mais l'oreille aux aguets car, à la suite de Mme Estrang et du Cyprien, le piétinement de la petite foule patiente qui chemine à pas lents si on ne la voit pas — et je ne la vois pas — on peut très bien l'assimiler à celui identique qu'elle produit lorsqu'elle défile derrière un corbillard.

Ai-je vraiment subi cette pensée ce jour-là en précédant le cortège nuptial de la Nine ? Honnêtement je ne sais pas. Il n'y avait pas de raison. Le ciel était bleu. Tout le monde parlait gaiement. Les gens sur le pas de la porte étaient heureux de nous voir passer.

— C'est Mme Fouque qui marie sa fille ! disait-on à ceux qui l'ignoraient.

Au retour vers l'église, on sautera trois fois la barre fleurie et la Raymonde en serre-file ne cessera de me recommander de tenir la traîne bien haut afin qu'elle ne se prenne pas dans les épines des roses.

Tout ce beau monde entra dans l'église sans moi. Sans doute ma mère avait-elle bien recommandé à la sienne, qui n'en tenait pas toujours compte, que eu égard aux opinions de mon père et de mon grand-père, on m'épargne cette promiscuité.

En tout cas ma cousine Raymonde m'arrêta sur le seuil.

— Non ! Pas toi ! C'est pas les idées de ton père !

Elle acheva elle-même jusqu'à l'autel le service de la traîne. Je patientai interminablement sur le parvis, en compagnie du photographe qui préparait ses filtres en attendant que la noce veuille bien s'aligner devant lui, sur les bancs disposés à cet effet. J'avais faim. J'étais malheureux. Je me sentais exclu. La vanité elle-même ne me soutenait plus. Même mes chaussures vernies ne me disaient plus rien qui vaille. Et je me grattais furieusement les jambes, à l'endroit où, naturellement, les jarretières trop serrées avaient creusé sur ma peau un sillon rouge.

Soudain je vis jaillir, ensemble cette fois, mais seuls, la Nine et le Cyprien qui s'étaient esquivés et se tenaient par la main. Il n'y avait dans la lumière et le soleil qu'eux deux, le photographe et moi assis sur les marches. Je voyais les choses de bas en haut. J'étais pris dans le fouettement de la traîne qui allait à vau-l'eau sans plus personne pour s'en préoccuper, elle qui avait eu tant d'importance. Les visages des nouveaux époux et le mien étaient ensevelis par le caprice du courant d'air sous ces quatre mètres de tulle qui flottaient au hasard. C'est dans cette intimité que je vis en un éclair le Cyprien enlacer la Nine autour du satin de sa taille, sous le grand voile. Je vis leurs visages les yeux fermés à ces deux heureux se rapprocher et avant que de joindre leurs lèvres, leurs bouches s'entrouvrir et la langue pointue de la Nine aller à la rencontre de celle du Cyprien qui la cherchait aussi. Alors, aussitôt leurs lèvres accolées me cachèrent le secret dont je venais seulement de découvrir une partie. Que faisaient donc ces langues, une fois entremêlées et pourquoi le faisaient-elles ? Car des baisers j'en avais vu au cinéma, bien tranquille, assis à côté de mon grand-père et m'ennuyant un peu s'ils se prolongeaient. Mais je croyais que c'était à bouche fermée. J'ignorais que les bouches et les langues se mélangeaient et que c'était pour cacher ce mystère que se joignaient les lèvres. Cette découverte valait bien d'avoir été exclu de tout pendant une grande heure.

Cependant, la noce se déversait hors de l'église en un déploiement de chapeaux et de robes joyeuses. On s'organisait à grands cris devant le photographe, on s'arrangeait mutuellement les chapeaux, on se tirait les bas. Les épouses rectifiaient le nœud de cravate des hommes quelque peu tiré sur le côté, dans le désordre des embrassades. La Raymonde, d'un œil infaillible, s'apercevait que mes chaussettes tirebouchonnaient et elle venait réparer le désastre en faisant claquer les jarretières contre mes mollets, ce dont j'avais horreur.

— Et vite ! criait la Louise. Dépêchez-vous, Bizot, que nous crevons de faim !

J'ai devant moi, tandis que j'écris ceci, cette noce épinglée pour l'éternité sur un carton vieilli. Il faut faire taire son imagination lorsqu'on contemple de telles choses soixante ans plus tard. Je passe. Je me tourne vers la rue à Sainte-Tulle en 1928, vers l'épicerie, vers cette grande maison contiguë où va se dérouler ce repas de noces et où nous nous engouffrons en pagaille.

Dans une salle à trois fenêtres, le couvert est dressé, aussi blanc que la Nine. L'air embaume les sauces diverses. La Louise s'est assuré les services d'un professionnel de la cuisine.

On m'assied à l'écart, autour d'une table ronde où il n'y a que des fillettes auxquelles je ne dis pas un mot et qui me le rendent bien. L'attentive Raymonde me serre autour du cou une vaste serviette, me recommande de ne pas me salir et s'en va vers d'autres tâches. J'ai une de ces faims !

Ça tombe bien. On sert les enfants d'abord. J'ai déjà dans mon assiette un vol-au-vent financière qui en tient tout le fond et qui flotte et qui sombre dans un océan de sauce épaisse et tout ça fume du bonheur de me plaire. Les filles me contemplent m'empiffrer avec une incrédulité dédaigneuse. Elles chipotent. Elles se tiennent bien cambrées, soucieuses de bomber leur naissante poitrine, déjà petites femmes, avec leurs nœuds dans les cheveux et leur robe d'organdi rose. Et c'est curieux, moi qui d'un coup d'œil foudroyant m'approprie toute la vie qui passe pour la serrer dans ma mémoire, ces quatre fillettes qui sont autour de cette table, quelque effort que je fasse, je ne les revois pas, alors que je revois parfaitement et que je hume encore le fumet de ce vol-au-vent financière dont nulle part ailleurs je ne respirerai l'équivalent.

Il viendra des pintades aux lentilles par la suite. Il y aura de quoi manger pendant trois heures et je mangerai pendant trois heures. Les fillettes, d'abord dédaigneuses, sont maintenant horrifiées par mon appétit. La réprobation puis le dégoût, je les lis sur leurs frimousses chafouines.

Enfin le dessert arrive et l'ovation au chef devant la pièce montée. Là-bas, à la place d'honneur, à côté du Cyprien, ma marraine se lève et entonne *La Chanson des blés d'or,* à la demande générale. C'est à peine si on l'entend car tout le monde veut l'écouter mais les vins ont fait trop de ravages : personne ne peut s'arrêter de parler.

Soudain, sur les fillettes dont les assiettes maintenant sont d'une propreté exemplaire, ainsi que le plat d'argent, un chuchotis complice frémit et les agite. Elles se lèvent, elles s'en vont. Je les vois quitter la salle. Je les vois passer en courant devant les fenêtres. La Nine non plus, la mariée n'est plus à côté du Cyprien. Je me lève à mon tour. Je sors. La dernière fillette s'engouffre dans le corridor ouvert de la maison Fouque, jouxtant l'épicerie à la devanture close. Je la suis. Elle vient d'entrer dans la boutique par la porte de l'intérieur. Je m'approche. Elles sont là, toutes ; les fillettes, ma cousine Raymonde, la Lili Gourgeon, notre cousine aussi, qui a l'âge de ma mère et une ou deux autres que je ne connais pas. Au centre de cette assemblée trône la Nine sur le haut tabouret qu'on a tiré de derrière le comptoir. Elle est là, sous la lumière crue de la lampe à abat-jour, spectacle incongru, dans l'odeur de la morue et de l'alcool à brûler ; la traîne envahissante recouvrant le comptoir et son marbre à fromages, le sac de la polenta, et celui des pois cassés et les caissettes de *gendarmes*.

Elle est occupée à dépecer les quatre mètres de cette traîne pour la distribuer aux fillettes et aux demoiselles d'honneur. Sa sœur Raymonde qui a quatorze ans, n'est pas la moins acharnée à lui arracher des mains le plus gros lambeau possible de ce voile. Elle se le fourre entre les seins avec un air de délices. Elle me dit :

— Tu vois Pierrot ? Avec ça, si je le chauffe bien, je me marie dans l'année !

— Tu en veux un bout Pierrot ? dit la Nine engageante.

Je refuse avec véhémence, horrifié par ce que je viens d'entendre. Elles éclatent de rire les deux sœurs.

— Qu'il est bête ce monstre ! dit Raymonde en se tordant. Il croit que ça va lui arriver aussi de se marier dans l'année !

Je revois l'expression bizarre, mystérieuse, de la Nine en train de lacérer sauvagement son voile, le visage plissé par ce tic qui la faisait cligner des yeux de temps à autre avec une moue désabusée. Je scrute cet instant que j'ai photographié dans ma mémoire et que je fais repasser lentement sous mes yeux d'aujourd'hui : cet air absent, ce tic, ce regard insondable qui modifiait du tout au tout le visage ingrat de ma cousine, les commissures de ses lèvres où le Cyprien tout à l'heure avait dévoré le léger fard dont on les avait embellies avec beaucoup de retenue et qui déjà retombaient en leur dessin naturel. On ne m'enlèvera pas de l'idée qu'en cette fille, à peine âgée de dix-huit ans, quelque chose savait déjà qu'elle ne serait pas longtemps de ce monde.

Je me souviens d'être sorti de là moi aussi avec un lambeau de tulle qui ne ressemblait plus guère, séparé de la mariée, qu'à l'un de ces voiles de gaze que Mme Gardon posait l'été sur les mottes de beurre pour les protéger des mouches.

Dehors, au centre d'embrassades générales empreintes d'émotion, dûment escortée par toute la famille, la volumineuse Mme Estrang fait ses adieux. Elle me voit, se précipite, m'embrasse. Quoique subjugué par sa grâce opulente, je suis triste à mourir, j'ai le cœur serré. L'ineffable beauté d'un soir de mai s'insère sur la campagne et je sais que c'est à cause de lui que je suis triste, mais je ne sais pas pourquoi.

Il est tard, tout s'achève, tout se débande. Les bruits d'une grosse vaisselle qu'on est en train de faire éclatent dans la grande maison. Un âne et son maître passent paisibles et journaliers, à côté du taxi limousine où la mère du marié vient de s'engouffrer pour retourner aux Martigues. Je l'imagine criant « ouf ! » et se débarrassant sous la banquette de ses chaussures qui lui estropient les *agassins*.

L'église où tout est calmé sonne cinq heures dans la lumière oblique. Le Fouque va aller se déshabiller, revêtir très vite son bleu de chauffe et descendre au jardin profiter des dernières heures du jour pour repiquer ses tomates.

Pourquoi ai-je placé cette journée de liesse au centre d'une méditation où elle peut paraître déplacée et superflue ? C'est que justement elle est là pour apporter de l'eau au moulin de la mort : trois ans ne se seront pas écoulés que la pauvre Nine, âgée de vingt ans, sera étendue dans un cercueil, trois ans ne se seront pas écoulés que la glorieuse organisatrice de cette fête mémorable, ma tante Louise, sera couchée dans un lit, mourante à son tour.

L'épicerie aura été vendue. Il y aura un orphelin

de mère (fils de la Nine et du Cyprien) que la famille déchaînée disputera au père coupable d'avoir voulu se remarier pour que l'enfant ait une mère.

Je revois la pauvre tante Louise si énergique, attendant stoïquement la fin, dans la chambre, chez ma marraine, qui servait aux temps heureux à l'élevage des vers à soie. J'entrais. Elle était assise dans le lit soutenue par des coussins. L'air sentait l'eau de Javel à plein nez. Je voyais les traits émaciés, les cheveux en désordre, les mains inactives et très propres. Je regardais de tous mes yeux ce visage nouveau. Je le comparais à celui de la femme qu'à peine deux ans auparavant j'avais vu servant des clients nombreux dans le magasin de Sainte-Tulle. Etait-ce la même ?

— Ne reste pas là, va ! me disait-elle. C'est pas ta place. Non non ! Ne t'approche pas ! Ne m'embrasse pas surtout !

Parfois, de la cuisine contiguë où je me tenais avec ma marraine, j'entendais soudain la tante Louise tousser, cracher, vomir. Ma marraine allait voir, restait avec elle, revenait, reprenait son train : lavant la vaisselle ou triant de la salade des champs. Je l'observais. Je ne l'entendais même pas soupirer ni se plaindre ni même lever les yeux au ciel. Elle avait l'habitude, c'était la huitième de ses filles qu'elle allait devoir enterrer avant de mourir.

.

A côté de ces tragédies qui éclataient autour de moi, soulignées par le vacarme de la trompette funèbre que brandissait le publieur et par le glas qui ne respectait pas d'heure, sonnait le soir, sonnait la nuit, sonnait le matin à cent mètres à peine de ma chambre, la mort, pour nous apprivoiser, nous soumettait parfois à quelques travaux pratiques.

En été 1928, des Calabrais aussi noirs que des Africains débarquèrent à Manosque. Depuis des mois déjà les deux entreprises, celle qui vend du fer et celle qui vend du ciment, ont déversé des tuyaux de béton et des tuyaux de fonte. Ces derniers sont imprégnés d'une couche de goudron qui fond au soleil et dont l'odeur se répand sur la ville et l'enveloppe tout entière. On se met à jouer aux billes dans ces tuyaux de fonte presque tous entreposés sur des déclivités car aucune des rues du quartier n'est horizontale. On joue aux cachettes dans les gros *bourneous* (buses) en aggloméré.

Un beau matin, je m'éveille aux accents étranges d'une langue inconnue. Quand je sors dans la rue, je vois ces hommes en bras de chemise qui s'interpellent bruyamment, qui attaquent l'antique calade à laquelle, depuis des siècles, personne n'a touché.

Ces hommes sont une armée. C'est à peine s'ils sont aidés, parfois, d'une ou deux machines poussives qui font un bruit d'enfer et qui bientôt vont tomber en panne. Ils ont des pics, des pioches, des pelles, des barres à mine et des brouettes.

Ils sont en *taillole* (large ceinture de flanelle ou de tout autre tissu) rouge ou noire. Ils font équipe par douze ou quinze. Mon père dit que chaque groupe vient d'un village différent, qu'ils ne parlent pas le même patois les uns ou les autres, jusque à ne pas comprendre celui qui n'est pas de la même équipe. Mon père dit qu'ils sont payés au mètre de tranchée ouverte, ce qui explique leur élan et leur acharnement.

Tous ensemble, ils attaquent nos rues simultanément sur plusieurs points. Mais ils n'ont pas plutôt descellé les galets de Durance qui pavent les calades que leurs pioches exhument la plus belle danse macabre qu'on puisse rêver.

Les tibias, les péronés, les crânes, les côtes, les cubitus, les omoplates, les sacrums, les os iliaques, échappent à la terre par bataillons serrés. On pourrait croire que c'est seulement autour de Notre-Dame ou de Saint-Sauveur, anciens cimetières, qu'ils vont surgir, mais non ! On en trouve de bas en haut de la rue Chacundier, la rue de la Paille, la rue Danton, la rue Saunerie et même — sacrilège ! — dans la Grand-Rue. Au milieu de tous ces beaux magasins ! Et notamment devant la meilleure pâtisserie de la ville, devant le Manfredi bafoué ! Là, à trois mètres de la vitrine où se pavanent puits d'amour et marquis, sur le remblai extrait du sol par les Calabrais, tout un peuple d'os d'autrefois affleurent narquoisement et font la nique à la gourmandise des vivants. Mme Manfredi qui s'est cassé la jambe et qui trône, à côté de ses béquilles, derrière le comptoir, avec sa face de pleine lune, Mme Manfredi en pique des crises de nerfs. Elle crie que ce n'est pas possible une chose pareille, que les *mange-macaroni* le font exprès, que le premier adjoint chargé de la voirie lui en veut. Trois jours durant, avant que d'obtenir qu'on le lui enlève de devant les yeux, elle a vécu face à face, à travers les vitrines, avec un crâne coquet quillé au sommet d'un monticule de safre et auquel il manquait les deux dents de devant, ce qui accentuait encore la criante vérité de son rire d'outre-tombe.

Il en est de même d'ailleurs pour l'autre pâtisserie de la ville, là où ma grand-mère Magnan se fournit en tranches dorées et en millefeuilles, chez F. Richaud, *ancien chef de cuisine de Sa Majesté Ferdinand roi de Bulgarie.*

Sur la place de l'Hôtel-de-Ville alors, c'est la désolation. Il n'y a que des crânes d'enfants et ils sont presque tous cassés ou fêlés comme de la poterie antique. On perçoit dans cette soudaine révélation hors du sol, comme un immense cri longtemps retenu, lequel, pour n'être pas perceptible, ne nous atteint que plus profondément.

Autour de la rue Bon-Repos, de la rue des Payans, de la place Marceau, de la rue des Observantins, de la rue Lemoyne, de la rue Dénèdi, devant le portail Soubeyran, il y a plus d'os que de terre. Le remblai s'éboule. Quand la pioche pénètre le sol et qu'on déblaie à la pelle, on entend un bruit de tessons de vaisselle. Ce sont les restes de nos ancêtres qui s'entrechoquent, qui cascadent les uns sur les autres. Nous marchons sur les morts, nous nous prenons les pieds dedans.

Les joyeux Calabrais qui au début du chantier s'interpellaient avec des *porca madona* allègres et des *corpo d'un accidente* pleins de défi, maintenant ils sont muets et sombres. Cette grande surprise des morts sortant de terre en telle quantité, ça finit par leur couper le souffle, ça finit par leur faire oublier la joie d'avoir du travail ici, alors qu'ils crevaient de faim dans leur Calabre natale. Avoir le nez à perpétuité sur des ossements à chaque coup de pioche n'est pas fait pour vous remonter le moral. On n'entend plus que leurs sifflements stridents lorsqu'ils réclament à boire car l'un d'eux, un par rue, le plus jeune en général, est chargé de les abreuver. Il passe sur le remblai avec une cruche à bec vert et rouge. Dès que l'un des terrassiers siffle, il se précipite. Celui qui a sifflé renverse la tête et ouvre la bouche et l'échanson, d'un mètre de haut, verse dans cette gueule béante le coco de Calabre qui macère dans la cruche. Il fait chaud. La tranchée est sans air. Entre la fontaine de l'Aubette et le chantier, une noria perpétuelle s'établit. Les os blanchissent au soleil. La pluie s'abat, le vent souffle. Les tourbillons renvoient de la poussière de squelette sur les lessives de nos mères qui sèchent aux étendoirs. La mort exsude du sol vers le ciel en une pulvérulente vapeur de résurrection.

Il y a des madrés. Quelques-uns se sont aperçus que ces os sont friables, qu'on peut facilement pour la plupart les réduire en poudre. Ils parcourent les chantiers le soir, chargés de grands sacs qu'ils remplissent pour aller les déverser au pied de leurs oliviers et obtenir ainsi un chaulage à bon compte. Parfois, leurs femmes découvrant le pot-aux-roses poussent les hauts cris :

— Tu n'as pas honte : tu la boiras seul ton huile d'olive ! Risque pas que j'y touche !

— Et alors ? rétorquent-ils. Un sac de chaux ça coûte cinquante sous chez le Mille ! Et je suis sûr qu'elle est pas si bonne !

Un jour, on découvre un squelette intact et on le trouve précisément dans la rue d'Aubette, devant le magasin « occasions » du Bébé Fabre. Les Calabrais essaient d'abord de le casser car il est en travers de la tranchée et leur barre le passage. Mais il semble résister aux coups de pioche. Il ne veut pas se laisser morceler. Les ouvriers commencent à éprouver pour lui une sorte de respect craintif. Ils n'osent plus le brutaliser. Alors, en dépit du temps perdu, ils se résignent à creuser autour de lui un boyau afin de l'extraire. On l'extirpe enfin. On saisit l'objet par les pieds et par la tête et on le lève du milieu. Si c'était un fragment de corps humain, on se contenterait de le disposer sur le remblai. Mais un squelette intact, surtout à des Calabrais, ça rappelle quelque chose. Alors, on l'entrepose sous la voûte du couvent, on l'adosse contre le mur, on l'oublie.

C'est là que je l'ai vu, affalé comme un vieil ivrogne avec son crâne volumineux au large front, avec cette chaîne autour des vertèbres cervicales, terminée par un objet, le tout tellement fossilisé qu'il était impossible d'en connaître la matière et le dessin. Ses os commençaient à verdir. Plusieurs garnements pour exorciser leur peur l'avaient copieusement compissé juste après que le Marcel Chaumeton fut venu méditer quelques instants sur cet ancien Manosquin. C'était un doux poète aux yeux bleus et nonobstant excellent commerçant qui faisait des vers de mirliton. Il s'y était déjà escrimé avec Yolande de Volland, notre héroïne qui résista, dit-on, à François Ier. Il récidiva avec le squelette et porta son œuvre au journal local. Hélas, l'abondance des matières était telle qu'on ne put la publier et comme les manuscrits non insérés n'étaient pas rendus, le poème alla aux archives et n'en sortit jamais plus.

En ce temps-là, l'archéologie n'était pas bien le fort des Manosquins, pas plus du reste que l'ethnologie. Le terme « vieilleries » coiffait le tout et nul ne s'en trouvait plus mal. D'ailleurs, notre maire s'effarouchait facilement de toute anomalie susceptible de se traduire en dépense. Au demeurant, ce squelette dans la rue d'Aubette n'était pas bien gênant. Il n'y avait qu'à laisser faire le temps. On le réenterrerait tout simplement dans les tranchées lorsqu'on les comblerait.

Mais non, ça ne s'est pas passé comme ça, et on m'a dit qu'un soir, à la brune, deux escobars en espadrilles et qui n'étaient pas d'ici, sont arrivés dans une camionnette tous feux éteints. Ils ont pénétré sous la voûte du Bébé Fabre. Le rare est qu'on n'a retrouvé de leur passage aucune trace de pas. Peut-être pleuvait-il. Peut-être était-ce trop sec. Toujours est-il que l'un a saisi le squelette sous les bras et l'autre par les pieds et qu'ils l'ont ainsi balancé, à l'arrière du véhicule, sans autre forme de procès. D'ailleurs, Mme Garcin, la libraire qui loge au coin de la rue Jean-Jacques-Rousseau, a entendu le bruit que ça faisait lorsqu'ils l'ont jeté sur le plateau.

— M'en parlez pas ! a-t-elle dit et elle s'est voilé la

face. Il m'a semblé que c'était le corps de ma pauvre mère qu'on traitait de cette façon !

Ces escobars on ne sait pas qui ils étaient. On ne sait pas ce qu'ils sont devenus. On ignore également à quel moment cette histoire a cessé d'être ou est devenue vraie. On me l'a racontée. C'est tout.

Moi, je médite sur ces restes. Je me dis que si l'âme de ces trépassés ne s'est pas rapidement évaporée hors du temps, elle est encore là, parmi ces dépouilles. Et alors, quel effet ça doit faire à ces âmes d'être ainsi piétinées ?

Un soir pourtant à la brune, cette mort palpable je la reçois sur la tête. Je suis en train de longer, au sommet du remblai, cette fosse continue qui éventre d'un bout à l'autre la rue Chacundier. Il n'y a pas de fanal. Il n'y a pas de garde-fou. La fosse est parfois profonde de plusieurs mètres, parfois, la voûte d'une cave est crevée. On aperçoit l'ombre d'un puits en bas au fond avec son œil d'eau. Je vais rêvant, selon mon habitude, ne pouvant courir sur ces monticules instables qui partout remplacent la chaussée. J'ai le nez en l'air. Je regarde le ciel au-dessus de la rue, au-dessus du clocher. Sirius est à côté du campanile.

— La seule étoile, a dit mon père en me la montrant, qui brille autant qu'une planète.

Tout à ma rêverie, je n'ai pas remarqué, jouant à la guerre, deux *manfators* (malfaisants) de mon âge dont les voix chargées de haine s'invectivent au fond d'un gourbi imaginaire où ils se croient protégés.

L'un a ramassé un crâne et l'a jeté plein de hargne sur son adversaire qui le défie lui-même armé d'une omoplate boomerang. Mais le premier a trop présumé de ses forces. Son tir est trop court. Et malheureusement c'est le moment où je passe moi tout occupé de Sirius, sous cette trajectoire. Je prends sur l'occiput un coup de crâne qui me fait éclater le cuir chevelu.

Heureusement, il s'agit d'un tout petit crâne, celui d'un enfant sans doute, mais dans ma panique je l'imagine énorme. Je tâte la blessure. Je saigne comme un bœuf. J'ai une *bachoque* (bosse) volumineuse. Je fonce vers la maison en bramant qu'on m'a tué, révolutionnant le quartier assoupi. Les voisines se mettent aux fenêtres puis se retirent rassurées.

— C'est rien ! C'est encore le Pierrot qui a pris un caillou sur la tête !

— Man ! J'ai reçu une pierre sur la tête !

Même là j'ai encore la force de mentir et je ne sais pourquoi. Ce n'est pas une pierre que j'ai reçue, c'est un crâne. Je monte l'escalier en courant. Je me présente sous la lumière crue de la cuisine. Le sang me brouille la vue, se mêle aux larmes. Je dois être abominable à contempler. Ma sœur éclate en sanglots. Ma mère s'exclame :

— Qui t'a fait ça ?

Comme si c'était le moment de poser une question aussi stupide. Néanmoins elle s'active, bondit sur le coton hydrophile, la bouteille d'aïgarden. Elle m'en verse sur la bachoque, frotte, éponge. Maintenant je ne pleure plus. Je hurle. L'eau-de-vie sur la peau à vif a fait son petit effet.

Ma sœur tient la compresse. Ma mère fébrilement consulte sa bible : *La Médecine végétale du docteur Narodezski*. Heureusement, cette panacée est prudemment muette sur les contusions crâniennes. Mon père arrive sur ces entrefaites. Rien qu'à le voir tout s'arrête : le sang de couler, ma mère de s'exclamer, ma sœur de sangloter et moi de hurler. Il ne s'émeut pas. Il examine ma tête à l'endroit du coup.

— Il était plein de sang ! dit ma mère. J'ai eu un de ces sangs bouillants !

Elle apporte son deuxième adjuvant. C'est un flacon long comme un jour sans pain, étroit comme le pouce d'un homme et qui porte une étiquette représentant un moine noir brandissant précisément ce flacon providentiel. Ça s'appelle : l'eau des carmes du frère Mathias. C'est proprement délicieux. L'Henri Gardon, l'épicier, en vend à ses pratiques plusieurs douzaines par semaine. Tout le quartier dans son placard en a sa réserve à côté de l'arnica. Ça combat instantanément les émotions fortes. Ma mère en met une goutte sur un morceau de sucre et me le fourre dans la bouche. Allons, du moment que je sens encore le goût de l'eau des carmes, c'est que je ne suis pas mort. Ma sœur réclame, dit qu'elle a eu peur aussi. Elle a droit à son sucre. Et comme elle a eu *un sang bouillant* (avoir un sang bouillant, c'est l'équivalent en provençal de se pâmer) ma mère s'en administre aussi une bonne dose.

Il n'empêche que je vis dans les transes pendant une semaine. Dix fois la nuit, je tâte ma bosse et la croûte qui s'est formée dessus. Ce qui m'inquiète, c'est qu'elle ne me fait pas mal. Je crains le tétanos. Je me demande si un crâne vieux de trois ou quatre cents ans ça peut encore transmettre le tétanos ? Je me dis qu'avec mon imbécillité d'avoir dit que j'avais reçu un caillou, personne ne s'est inquiété. Si j'avais dit un coup de crâne peut-être qu'on m'aurait fait voir au Dr Parini. Et, d'autre part, si je meurs, comment faire, avec les idées de mon père pour obtenir les sacrements de l'Eglise ? Voici les pensées qui m'agitent huit jours durant. Puis la croûte tombe. Un beau matin je tâte mon crâne, il n'y a plus rien, ni bosse ni croûte. Alors j'oublie.

Mais voici que les tuyaux disparaissent au fond des tranchées, voici qu'avec soulagement on renvoie les ossements des ancêtres, un peu mélangés, dans la terre d'où ils n'auraient jamais dû sortir. On passe dessus un bon coup de cylindre avec le rouleau compresseur des Ponts et Chaussées. Il n'y paraît plus. La rue Chacun dier, la rue de la Paille, la place des Ormeaux, tout a repris son aspect bénin. Le glas lui-même ne sonne plus autant. Le Nalin n'annonce plus que le contingent ordinaire de décès : des nonagénaires, des tuberculeux, des suicidés.

Alors, pour me bercer, la mort sort les grandes orgues.

C'est par un jour torride de juillet. Mon père, au réveil, à cinq heures du matin revenant de chercher son journal et portant le café à ma mère lui a annoncé :

— Il fait déjà vingt-deux degrés à l'ombre !

A midi, mon père et ma mère sont aux moissons chez mon grand-père. Je mange chez ma grand-mère Magnan, seul avec elle. C'est midi. C'est une heure. La fenêtre est grande ouverte sur la rue Chacundier. Tout d'un coup il fait noir, noir de plomb. Un vent se lève dans un claquement de drap à l'étendage. La Viguier qui passe tenant à deux mains son chapeau annonce en criant :

— Alix ! Vaï faïre uno bravo chavanne ! (Alix ! Il va pleuvoir très fort !)

Elle n'a pas fini de parler que la cuisine, le poêle, la mastre, sont illuminés d'un coup comme ils ne le sont que rarement. En même temps le ciel s'éventre sous un déchirement de tonnerre qui nous fige.

— Moun diou Piaré ! s'exclame ma grand-mère. Beou boun diou ! (Mon Dieu Pierre ! Beau Bon Dieu !)

Elle se lève, tourne en rond, ne sait plus où *pendre la lumière.* Elle partage avec ma mère une peur panique de l'orage qui aurait dû les rapprocher s'il avait été possible.

— Manda lou crémasclé dell'estre ! (Jette la crémaillère par la fenêtre !) crie ma grand-mère.

Pendant ce temps fébrilement, elle allume une bougie qui traîne sur la cheminée, elle se dirige vers le réduit à charbon de Gaude en tirant une chaise basse derrière elle. Je sais ce qu'elle va faire : s'asseoir devant le tas de charbon, bien fermer la porte sur elle, poser la bougie à ses pieds et se boucher les oreilles jusqu'à ce que je vienne l'avertir que le danger est passé. Mais pendant qu'elle fait ses préparatifs, deux tonnerres éclatent encore qui la clouent sur place avec des « beou boun diou ! » remontés de sa pieuse enfance et même une ou deux « bello viergi ! » qui en disent long sur l'épouvante de cette femme altière. Enfin ça y est. Elle est enfermée. J'ai entendu retomber la clenche sur le cabinet noir.

Moi, pendant ce temps, je lui obéis. Je décroche la crémaillère qui n'a plus servi depuis des lustres et qui passe pour attirer la foudre. A grand effort, je la balance dans la rue.

Dehors le déluge, la grêle ; la rue Chacundier coule à pleins bords comme une rivière et toujours l'illuminent ces éclairs aveuglants. Quoi faire ? Il n'est pas question de sortir. Alors, je me souviens que mon père m'a dit que dans sa chambre, au second étage, il a laissé des livres de classe dans une caisse. D'ordinaire, ma grand-mère n'aime pas me voir me diriger vers le grenier, à cause de la grande ouverture béante et sans parapet par laquelle on enfourne les ballots de foin. Mais aujourd'hui elle est tout occupée par l'orage qui a l'air de vouloir durer. Je sors sous le passage cocher. J'escalade le vaste escalier aux marches usées. Là-haut, s'ouvre à droite du grenier la porte de la chambre que mon père a occupée jusqu'à son départ pour la guerre. J'en soulève le battant avec précaution, craignant qu'il ne grince comme toutes les issues de la maison. Mais non. Il s'ouvre même facilement, avec une sorte de complaisance ravie comme s'il voulait me dire : « Tu as mis bien longtemps à venir ! »

Par la lucarne qui donne sur la cour, la foudre m'accueille comme si elle palpitait dans la pièce en permanence. Une sorte d'irréalité est là, dans la pénombre. Une curieuse impression me visite à la pensée que mon père a vécu ici alors que je n'étais pas de ce monde, qu'il y a vécu à l'âge que j'ai aujourd'hui. Il me semble que ce n'est pas le même être qui a respiré dans cette chambre et qui est aujourd'hui mon père.

La pièce est vide. L'alcôve qui contenait le lit est toute sonore par l'absence de celui-ci. Il n'y a aucun autre meuble, je m'avance au seul bruit de mes pas et à celui du tonnerre qui ne désarme pas. Il y a une cheminée dans le mur, petite, munie d'une tablette de marbre et d'un garde-feu. La grille est encore pleine des cendres de la dernière flambée que mon père a dû y allumer, quand il avait dix-huit ans, un mois ou peut-être un jour, avant de partir pour la guerre.

Vide ? Non pas. Dans un angle, à côté de la cheminée, sous la lucarne, s'empoussière une caisse pleine à la fois de livres et d'un kaléidoscope de tessons de verre multicolores. Ce sont les restes des lampes à pétrole à la lueur desquelles mon père lisait, la pièce n'ayant pas l'électricité.

Je regarde les volumes, livres d'arithmétique, de science, d'histoire. J'en tire un, sans grand enthousiasme pour le feuilleter. Sauf la lueur des éclairs qui par moments le magnifie de son aveuglante clarté, le manuel que je tiens en main ne diffère pas sous la poussière de ses compagnons d'oubli. C'est un de ces livres de classe d'autrefois, tout gris de couverture, aux pages grises, imprimées sur du papier bon marché, aux caractères sans attrait, petits, rébarbatifs, un de ces livres de certificat d'études, composé pour inciter au labeur plutôt qu'à la rêverie. Ça s'appelle *La Troisième Année de lecture.* J'y accorde une attention maussade, presque soupçonneuse, à peine sollicité par les rares images dont il est chichement illustré.

C'est alors que je tombe sur une double page timidement cernée au crayon rouge, d'un trait indécis, irrégulier, où le crayon par endroits n'a pas marqué, comme si celui qui s'était risqué à souligner ce texte avait dû le faire furtivement, à l'insu de quelque maître qui n'aurait pas toléré cette altération d'un matériel de classe.

En tête de ces deux pages, je vois la gravure morne, sans couleur, d'un plan d'eau bordé de peupliers et où s'avance une barque conduite par un rameur bourgeoisement coiffé d'un chapeau d'été en paille de seigle. Et sous cette illustration bien faite pour décourager d'aller plus avant, je lis ces mots :

Ainsi toujours poussés vers de nouveaux rivages,

Je suis à genoux sur les carreaux poussiéreux. Je suis à genoux devant cette caisse de livres et devant cette lucarne. La cour crépite sous les éclairs et sous la grêle. J'y vois mal, les caractères sont minuscules, mais je n'ai pas besoin d'y voir mieux, je n'ai presque pas besoin de lire. Je suis littéralement consterné par le plus grand ébahissement de ma courte vie. Je lis, avidement, tout, jusqu'au bout.

Je relis deux fois, trois fois. Jamais plus, depuis ce jour, je n'ai repris contact avec ce texte ni dans ce livre, qui s'est perdu, ni dans aucun autre. Je n'ai plus jamais relu *Le Lac* de Lamartine et je suis pourtant capable de le réciter d'un bout à l'autre sans reprendre haleine.

— Piaré ! Qué garcès ? Lou souléou es aqui despuies miech ouro é mé leissés din aquello crupi qué m'estransissé ! (Pierre ! Que fais-tu ? Le soleil est revenu depuis une demi-heure et tu me laisses dans ce réduit où je me transis !)

C'est ma grand-mère qui glapit son mécontentement. Je sursaute. Je suis là, appuyé contre la chemi née, les jambes flageolantes, lisant une fois encore ce grand brame de douleur d'un homme dont je n'ai jamais entendu parler. A peine si je savais, il y a un instant, ce que c'était qu'un lac.

Précipitamment, avec des gestes de voleur pris sur le fait, je repose le livre. Je sors de la chambre, referme la porte, dévale l'escalier.

— Oui ! Je suis là ! J'étais au grenier !

Ma grand-mère me jette un regard mauvais. Elle revient de la rue chargée de cette crémaillère que, pour le bon ordre, elle aurait dû retrouver à sa place en sortant de son antre. Sans doute, pour un instant, m'en veut-elle d'avoir laissé voir au-dehors ce signe de sa seule faiblesse.

— Lévo té dé davan qué té proufoundé ! Bougré dé doulou d'oustaou ! (Lève-toi de là avant que je t'assomme ! Espèce de douleur de maison !)

Je ne me le fais pas dire deux fois. Je m'esquive. Dehors, l'été en toute hâte a repris possession du ciel. Déjà au-delà des maisons les cigales grésillent à nouveau. Le soleil écrasant de trois heures après-midi darde sur la rue, lui arrache des ombres. La chaussée fume. Les dernières flaques d'eau s'évaporent.

Alors sur tout Manosque résonne une espèce de chamade où le tambour serait remplacé par toute une batterie de tocsins. Chez le Né, chez le Barthélemy, chez le Laurent dit Pascalon, chez les Maurin, chez le Titin Laugier, chez le Vial, chez le Piauzin, chez le Farnaud dit l'Imbusco, chez le père Donnet, partout où il y a une maison de paysan de la ville, on *encape les dails.*

On rencontre devant chaque porte le chef de famille commodément adossé au mur ou penché en avant au beau mitan de la chaussée. Il est assis le torse formant angle droit avec ses jambes allongées devant lui dans la position la plus incommode qui soit et qu'il faut soutenir des heures durant. Devant lui, un gros pieu à tête carrée est planté en terre jusqu'à une certaine profondeur limité par quatre consoles qui soutiennent la tête et l'empêchent de s'enfoncer plus avant.

Dans sa main droite l'opérateur tient un maillet de fer à manche très court dont les deux têtes carrées sont de la dimension du pieu. De la main gauche, il engage sur le pieu la faux séparée du manche et à petits coups redoublés du maillet, faisant avancer à mesure et très lentement la faux, il ramène l'acier depuis le gras de la lame jusqu'au fil du tranchant et ce jusqu'à ce que les moindres ébréchures de la faux mise à mal aux dernières moissons aient été colmatées.

Cette opération faisait rire aux larmes les paysans de la plaine, lesquels en étaient déjà à la moissonneuse Mac Pherson. Certains excellaient à ce travail de patience, d'autres, comme mon grand-père, y laissaient de grands pans de leur calme. Il fallait passer au large quand il entreprenait d'*encaper le dail.*

D'ordinaire, je pouvais contempler des heures durant les encapeurs de dail, à guetter le résultat de leur travail qui m'était toujours invisible. Mais le jour où je découvris *Le Lac,* je passai devant eux sans les voir.

La rue vivait sa vie et moi j'étais hors de cette vie Mon ami Clovis était allongé sur des sacs de jute sous la charrette de son père. Il avait un an de plus que moi, était très précoce. Accoudé sur le bras droit comme un berger de Virgile, de la main gauche il se caressait amoureusement la verge qu'il avait sortie de sa braguette.

— Regarde Pierrot ! me cria-t-il au passage, il est déjà beau pour mon âge, tu trouves pas ?

Son interrogation était anxieuse, dépourvue de toute gouaille. C'était sérieusement qu'il me demandait mon avis sur la dimension de son sexe et qu'il s'inquiétait pour lui. Je passais sans répondre et sans voir.

Ô lac ! rochers muets ! grottes ! forêt obscure !

Je vais par Manosque, désorienté, ne regardant plus les artisans travailler, au point que je manque, place des Ormeaux, de renverser le brasero du père Laitano, l'*estamaïre,* qui l'a juste quitté un instant pour aller boire à la fontaine.

Vous, que le temps épargne ou qu'il peut rajeunir,

Je suis secoué comme un prunier par un sentiment dont on parle abondamment autour de moi toute la journée, mais que, jusqu'à maintenant, je n'ai jamais rencontré qu'en paroles chez autrui :

— Mé siou émoutiounado ! Ero tan forço émoutiounado qué n'en trémoulavo ! L'eimoutioun m'avié rauba la chico ! (Je me suis émue ! Elle était tant émue qu'elle en tremblait ! L'émotion m'avait coupé la parole !)

J'ignorais jusque-là ce qui me manquait pour être complètement impropre à l'existence. Maintenant je le sais : c'est le pouvoir d'être ému.

Par les nuits de grand vent, revenant du Terreau ou de chez ma tante Pauline, sûr de ne pas être entendu grâce au tintamarre des platanes, je me récitais à haute voix toutes les strophes de ce chant désespéré :

Tout à coup des accents inconnus à la terre
Du rivage charmé frappèrent les échos :
Le flot fut attentif (...)

Je m'arrêtais là, haletant. Comment pouvait-on rendre le flot attentif ?

Mais rien ne me retenait :

Ô temps ! suspends ton vol, et vous, heures propices !
Suspendez votre cours :
Laissez-nous savourer les rapides délices
Des plus beaux de nos jours !

Je titubais, je flageolais, je prenais ces phrases en pleine figure comme des gifles.

Jusqu'ici c'étaient des mots seuls qui m'avaient frappé : *auparavant, l'esplanade, apeïramoun, à brûle-pourpoint,* maintenant c'étaient des ensembles de mots, soudés inexplicablement entre eux par un sortilège dont je ne pouvais me proposer aucune explication.

L'homme n'a point de port, le temps n'a point de rive ;
Il coule, et nous passons !

Longtemps, je serai habité par ce texte où le mot mort n'est pas prononcé une seule fois alors qu'il l'obombre pourtant d'un bout à l'autre comme notre terre est obombrée par ces ossements qui la farcissent.

Pas plus qu'à qui que ce soit au monde, je ne parlerai à mon père de cette découverte ni ne lui demanderai pourquoi, un jour, il avait encadré cette page au crayon rouge. Il mourra sans savoir qu'au même âge, sans doute, nous avons été conquis et désespérés par le même chant. C'était mon secret. C'était à partir de cette faiblesse commune, de ce fléchissement du genou, que je pouvais voir mon père autrement que ce qu'il préférait être et plus proche de ce que j'étais.

Cependant, voici qu'un beau matin d'octobre, je me retrouve à la communale. La veille, on m'a envoyé chez Mme Garcin, la libraire de la rue d'Aubette, acheter quelques livres, quelques crayons et un plumier, sans compter un cartable en cuir bouilli. Ma mère a fait venir de *La Samaritaine* une pèlerine bleu marine pourvue d'un capuchon. *Je ne fais pas figure.* Je suis comme tout le monde : le béret bien enfoncé et les chaussettes retombant sur les brodequins. Dès le premier matin, entrant avec tous les autres qui viennent aussi de chez Mme Noble, je constate que nous n'avons pas beaucoup changé. La majorité d'entre nous continue à avoir les oreilles bouchées par ces écouvillons de coton que leur mère doit changer tous les jours mais qui noircissent dès onze heures du matin. C'est ma hantise. Pourvu que ma mère n'aille pas s'aviser... Mais non. Mes oreilles sont déjà chez mes cousines un assez grave sujet de préoccupation pour que l'on songe à les martyriser par du coton hydrophile.

La communale en 1928 c'est Sparte et nous obéissons à ses lois. Le feu dans la classe (avec le charbon de Gaude) n'est allumé qu'à huit heures moins dix par les soins de l'un d'entre nous sous la direction du maître. Les *bastidans* (campagnards) qui viennent de plusieurs kilomètres autour de la ville, *portent le dîner* et tandis que nous allons nous réchauffer à la maison, eux, ils mangent sous le préau. La porte à barreaux est verrouillée sur eux et celles des salles sont fermées à clé, de sorte qu'ils n'ont ni le droit de sortir ni celui d'entrer.

On m'a bien prévenu : M. Fournier, ce sont les coups de canne ; M. Isnardy, ce sont les coups de règle sur les doigts joints et M. Aillaud, le directeur, qu'on appelle le père Pétaud, c'est le tour de la classe suspendu par une oreille aux doigts de l'instituteur ou par les deux si l'impétrant est trop lourd pour un seul bras. Cette dernière perspective me préoccupe. Quand j'en parle à mon père sur le mode badin, il me rétorque que nous avons bien de la chance, que lui, avec M. Esclangon, c'était le coup de pied au cul séance tenante plus quelques taloches derrière la tête qui laissaient des souvenirs pendant plus d'une demi-heure. Moi j'entre chez M. Fournier, en troisième. Il frappe rarement. C'est un gros homme tout rond, au visage pourvu d'une petite moustache comique et de curieux cheveux à épis qui s'étalent en forme de jet d'eau sur l'occiput. C'est vrai qu'il est armé, à côté de sa chaise, d'un assortiment de roseaux que, chaque jour, il classe par rang de taille à portée de la main.

A vrai dire il ne s'agit ni de bambous ni de roseaux mais d'une espèce intermédiaire. Ces plantes poussent à plus de trois mètres de haut. Elles sont flexibles et proviennent de ces fondrières et de ces bords de rigole comme il y en a chez mon grand-père à l'Embarrade et qu'on appelle des *canniers*.

Quand sa provision s'épuise, M. Fournier n'a pas besoin de s'en faire. Il se trouve toujours un bastidan pour lui en apporter une brassée. Ces faux frères, lorsqu'ils se présentent à la grille, l'épaule chargée d'un de ces fagots, on leur fait la conduite de Grenoble : ni les crachats sur le paletot ni les crocs-en-jambe ni les coups d'ongles griffus ne leur sont épargnés. Les Marseillais les traitent de pacoulins et nous de Judas. Ils reçoivent ça avec passivité, certains qu'ils tiennent le bon bout et qu'il vaut mieux être du côté du manche. Calcul erroné d'ailleurs car s'ils se manquent, M. Fournier n'hésite pas à leur cingler les oreilles à l'aide de leurs propres cannes et ils récoltent en plus notre ricanement général. M. Fournier est très agile dans cet exercice qu'il exécute assis avec une précision et une dextérité dignes d'un meilleur emploi.

Je suis au fond de la classe. J'ai toujours été au fond de la classe, déjà chez Mme Noble, sans que je sois fichu de me souvenir s'il s'agissait d'une place désignée ou d'un choix délibéré.

Chez M. Fournier je partage mon banc avec le grand Molina à l'œil d'épervier à gauche, lequel me dépasse déjà d'une bonne tête et le Paul Audibert à droite qui me rend deux ou trois kilos. Celui-ci est à peu près de ma taille mais il grandira plus que moi. Ce Paul a une voix normale, en revanche le Molina et moi, nous sommes pourvus d'un timbre perçant qui rend impossible toute conversation chuchotée. Aussi l'année scolaire est à peine vieille de quelques jours lorsque la première sentence tombe :

« Cinquante lignes à tout le dernier rang ! »

Le pauvre Audibert qui n'a pas desserré les dents apprend le premier ce que c'est que la justice distributive. Nous nous regardons tous les trois consternés. Ni les uns ni les autres, nous ne savons ce que c'est qu'une ligne, ce que ça veut dire que cinquante lignes. Il n'est pas question de le demander à M. Fournier, lequel ce matin-là n'a pas l'air d'être de la meilleure venue. A bouche fermée nous nous faisons des signes. Nous nous consultons. J'ai un trait de lumière. J'ouvre mon cahier de brouillon et, sur les portées des doubles lignes, je me mets à tracer des bâtons bien alignés les uns à côté des autres. Le Paul et le Molina m'imitent, tant le fait de prendre des vessies pour des lanternes est contagieux. Nous en avons pour cinq minutes. Nous pavoisons. Si ce n'est que ça les punitions de M. Fournier, il n'y a pas de quoi s'en faire.

Le soir, à la maison, en riant de ma stupidité, mon père me détrompe.

— Qu'ès besti aquéou pitcho ! (Qu'il est bête, ce petit !) Mais non ! cinquante lignes, c'est pas cinquante barres ! C'est cinquante lignes d'écriture !

— Mais où je les prends ?

— Il ne vous l'a pas dit ?

— Non.

Je me tourmente. Je ronge le bois de mon porte-plume. Et puis soudain, j'ai une illumination. Je commence :

Ainsi, toujours poussés vers de nouveaux rivages...

Ce chef-d'œuvre de cinquante lignes restera à jamais ignoré de tous car M. Fournier est un brave homme sous ses dehors incisifs. Il colle facilement cinquante lignes mais le lendemain il oublie de les réclamer.

Il se donne du mal. Il vient à côté de chacun de nous, nous apprendre à former de belles majuscules. Il ne tolère pas les fautes d'orthographe :

— Mais enfin vous n'avez qu'à copier ! Copiez correctement bon sang !

Il lève le doigt en l'air :

— Rappelle-toi, deux l, rappelez-vous, un seul l. Rappelez-vous, rappelle-toi qu'un rat pelé n'a jamais eu deux poils !

Le poêle ronfle. L'instituteur explique. Je comprends facilement. La vie ronronne. Moi qui ne joue ni aux billes ni à *morpion* ni à *l'attrapé* ni à *meffi* ni à *ma camié,* j'ai des loisirs pendant la récréation. Je les occupe avec mon ami Paul Viguier. Celui-ci n'a pas plus que moi le goût des ébrouements brutaux d'où l'on se tire avec des boutons arrachés. Quand on sort de classe, il me dit :

— Viens ! Je vais te raconter l'histoire du mendiant !

Je le revois : il s'asseyait contre le mur donnant sur la tannerie (si l'école existait encore je pourrais désigner l'endroit précis sans hésiter). Il s'accroupissait en tailleur, le derrière sur ses chevilles, ce qui m'imposait le respect car, déjà, ma raideur naturelle m'interdisait de l'imiter.

Je m'installais sur le côté, allongé contre la terre. Il commençait d'une voix monocorde. A mesure qu'il parlait, il soulevait dans ses mains en coupe la poussière de la cour qu'il laissait retomber en pluie. Il ne me revient pas un mot de ce qu'il racontait. (Je me demande s'il s'en souvient encore lui-même.) C'étaient les interminables aventures d'un chemineau lancé sur les routes. Toute l'année scolaire, aux récréations, sans jamais y manquer une seule fois, j'ai écouté le Paul Viguier me raconter l'histoire du mendiant. Je l'interrompais pour lui poser une question. Il repartait de plus belle. J'étais aux anges. Par-dessus le mur qui débordait de lilas dès le mois d'avril, je contemplais cet univers que je pensais ne jamais quitter : c'étaient la Tour-du-Château, le Pain-de-Sucre, Sainte-Roustagne, le Colombier, toutes collines où ma mère me traînait le jeudi en d'interminables marches.

Toutefois j'étais intrigué et charmé par les quelques grands qui escaladaient, en s'aidant des pieds et des mains, les piliers du préau. Ces piliers, à force d'être étreints par les bras et les jambes nues, avaient pris une patine remarquable. Leur peinture vert sombre avait été effacée laissant à nu l'éclat de la fonte d'acier.

Je voyais notamment, qui s'adonnait plus souvent qu'à son tour à cet exercice, un grand diable fascinant, lequel poussait tellement vite qu'il était toujours vêtu de court. De plus, au-dessus de ses grands yeux bleus très ronds qui vous regardaient avec une expression lunaire, son front, juste au milieu, était orné d'une plaque métallique circulaire, brillante comme de l'argent et perforée comme une écumoire par des trous régulièrement disposés. Un élastique qui faisait le tour de la tête maintenait en place cet étrange appareil.

On racontait une histoire abominable au sujet de cette plaque : ce garçon glissant un jour sur une rampe d'escalier en face des écoles, avait perdu l'équilibre. Or, il utilisait son béret en guise de sac de billes. C'était fréquent chez nous : le cuir du béret empêchait les billes de s'échapper et ça permettait de conserver les mains libres. Malheureusement en tombant le garçon avait atterri sur la tête. Une bille lui était entrée dans le front. On n'avait pu la déloger. Il l'avait là, disait-on, pour toute sa vie et c'est pourquoi on lui avait fabriqué cette plaque afin de dissimuler le trou et la bille, qu'il montrait pourtant de temps à autre, à quelques intimes.

Moi, en dépit de cette plaque, j'imaginais ce front nu orné de la bille qu'on disait d'acier, chaque fois que, devant moi, ce grand diable, les traits empreints d'une expression mystérieuse qui ne lui était pas coutumière, se laissait glisser d'un seul coup au pied du pilier qu'il avait aisément escaladé.

Il n'était pas seul d'ailleurs à user de cette pratique. Quatre ou cinq piliers soutenaient le toit du préau et ils étaient tous très souvent occupés. Le curieux de la chose c'était que les élèves commençaient leur escalade et souvent ne l'achevaient pas, suspendus à mi-course et continuant pourtant à étreindre la colonne en gigotant. Et lorsqu'ils descendaient de là au bout de quelques minutes, leurs traits étaient empreints de cette même expression mystérieuse que j'avais surprise chez le grand à la plaque au front.

Je serais mort sans doute dans l'ignorance sans mon ami Clovis.

Un jour de pluie, nous étions sous le préau et je regardais mon ami Clovis qui gigotait à qui mieux mieux, cramponnant une colonne à la briser et demeurant là plus longtemps que le garçon à la plaque, plus longtemps que tous les autres, en un tel effort de tout son être que sa langue lui sortait de la bouche. Lorsque enfin il se laissa aller à terre et me vit, il me dit à brûle-pourpoint :

— Tu es pas bon à faire ça, Pierrot !

Je secouai la tête.

— Essaye au moins ! Tu verras !

— Je verrai quoi ?

— Ah ! Tu verras !

Il s'éloigna en riant. Avec méfiance je regardai ce pilier, je le tâtai. Le contact froid de la fonte ne me disait rien qui vaille. Néanmoins, j'étais très intrigué, mais je m'abstins ce jour-là. Je préférais attendre d'être seul, le beau temps revenu, alors qu'ils seraient tous occupés à d'autres jeux. Ce n'était pas facile. Au dernier moment, je voyais toujours un des élèves poindre en courant depuis le fond de la cour et empoigner l'une des colonnes comme si sa vie en dépendait. Souvent je pus en observer un à loisir et constater qu'avant d'étreindre le pilier, il s'était craché dans les mains, renseignement capital car je me demandais comment escalader cette surface polie comme un miroir.

Enfin je me décidai. J'étais seul. La clochette d'entrée en classe allait tinter bientôt et tout le monde interromprait les jeux. Je crachai dans mes mains. Grâce à cette précaution, je m'élevai sans peine au long de cette froide colonne. Un mètre, deux mètres... La charpente de la toiture s'avançait vers moi et j'allais peut-être l'atteindre dès le premier essai, ce que je croyais être le but de mes condisciples. Mon ami Clovis serait ébahi.

Mais soudain je fermai les yeux. Je n'éprouvais plus le besoin de surclasser les autres. Une sensation bizarre m'envahissait entre la hanche et le genou. C'était une espèce de crampe, mais sans douleur et délicieuse, une sensation de chatouille caressante, une vibration des nerfs et de la peau qui gravitait autour de mon nombril en cercles concentriques. Cette sensation s'accompagnait d'une langueur persuasive et je n'avais, cramponné au tube d'acier, qu'à remonter mes genoux serrés vers mon ventre pour renouveler ce plaisir à l'infini.

Je serais resté là une heure durant les yeux fermés, le cerveau vide (car aucune image d'aucune sorte sous mes paupières closes n'accompagnait cette sensation de volupté à l'état pur), mais la clochette du rassemblement agitée par le père Aillaud retentit et je me laissai choir sur le sol. Alors, je vis mon ami Clovis qui m'observait en ricanant.

— Ça t'a fait du bien hé ? me lança-t-il.

Je détournai la tête. Mais, dès le lendemain, je retournai à la colonne d'acier. Je parvins vite à grimper très haut et à m'y maintenir. Parfois, quelque usager pressé ne trouvant aucun pilier libre, venait grogner à mes pieds. Je n'en avais cure. J'étais plongé dans un religieux dialogue avec mon corps bienheureux.

Je m'aperçus d'ailleurs que je pouvais obtenir un résultat analogue avec la corde du grenier qui servait à monter la paille chez mon grand-père, au-dessus de l'écurie du mulet, de même qu'en utilisant la rampe de fer de l'escalier qui reliait les deux tronçons du boulevard de la Plaine. Cette rampe était lisse à force d'y glisser sur nos fonds de culotte au lieu d'emprunter les marches. Il suffisait de s'y mettre à califourchon et de se remonter le long des barreaux à la force des bras.

Il m'arriva même d'aller chercher mon nirvana dans

le grenier de l'oncle Désiré, sur la corde à puits qui avait servi de hart à mon autre grand-oncle, Emile Magnan, le jour qu'il se pendit par désespoir d'amour.

D'un geste tragique ma tante Rose m'avait désigné cette corde arrimée autour d'une solive et dont un tiers-point planté dans la même poutre retenait les anneaux.

J'ai dit que cette maison de la rue Danton était celle de la famille depuis des siècles. Quand elle fut gardée par mon grand-père à son frère Désiré, après la mort des parents survenue alors que l'oncle était absent pour vingt-cinq ans, cette maison resta inhabitée mais conserva tous ses meubles et ses souvenirs dont cette corde de pendu.

A peine avait-on défait le nœud coulant pratiqué par ce malheureux juste avant de se jeter dans le vide du haut de ce tabouret de cordonnier qui lui aussi était toujours là et que ma tante Rose l'index tendu accusait avec véhémence comme si c'était lui le coupable.

On était pauvres. C'était cher la corde à grenier. D'abord, dans l'émotion et la douleur qui avaient suivi le drame, on avait dû l'oublier. Ensuite, quand le chagrin se calma, détruire la corde ou s'en débarrasser n'apparut plus aussi urgent. Le souvenir macabre auquel elle se rattachait, ne me retenait pas d'y chercher mon plaisir. J'agitais peut-être mes jambes sacrilèges sur l'emplacement même du chanvre où le grand-oncle Emile avait logé sa tête. Qui peut savoir ?

A la même période et bien que paradoxalement une chose soit sans aucun rapport avec l'autre, je tombai amoureux pour la première fois de ma vie. Mon premier amour fut un garçon. Il était blond, longiligne et flexible, fragile aussi sans doute. Nous avions tous des traits grossiers de descendants de laboureurs. Lui c'était une frimousse que son visage. Aujourd'hui, alors que ma tête est peuplée de tant d'êtres qui me furent indifférents et dont le portrait m'apparaît pourtant comme s'il s'agissait d'une photographie longtemps laissée sans révélateur, j'ai peine à distinguer deux ou trois expressions de ce garçon qu'alors j'observais si passionnément. Je connaissais son père, je connaissais sa mère et je me souviens de mon étonnement incrédule chaque fois que je les rencontrais. Comment des êtres aussi ordinaires pouvaient-ils avoir engendré une telle merveille ? Si je ne reconnais pas son visage, je me remémore parfaitement en revanche ses longues mains de pianiste, son long cou, ses petites oreilles au lobe transparent, sa bouche aux larges lèvres et surtout, surtout, ses cheveux blonds ondulés.

Le sentiment que j'éprouvais pour lui et qui ne me laissait aucun répit était aussi pur — je suppose — que celui de l'archange Gabriel annonçant la Nativité à Marie. J'avais uniquement envie de le protéger, de le choyer, de lui faire des cadeaux et de l'effleurer comme on effleure les ailes d'un papillon. Je crois savoir d'ailleurs pourquoi je l'aimais. Il était le seul de toute l'école à sentir bon. C'est-à-dire que sa mère le lavait probablement à la savonnette *Mikado* ou *Tokalon,* alors que nous devions nous contenter de cette pièce de savon de Marseille lourde d'un kilo qui vous esquintait les pieds si par hasard elle échappait aux mains. Peut-être même était-il régulièrement frictionné à l'eau de Cologne car sa mère était une femme qui se fardait tous les jours, portait des boucles d'oreilles et tenait une boutique d'oripeaux de luxe.

Je revois encore l'air effaré de cet enfant propre, le jour où, dans le sautoir où nous jouions, je parvins à saisir sa main pour la porter à mes lèvres et la baiser. Le mouvement qu'il fit pour se dégager comme s'il s'était brûlé les doigts sur le couvercle du poêle, je le vois encore. Le cri qu'il poussa, je l'entends encore. Ce n'était ni réprobation ni dégoût ni colère ni horreur, c'était le gloussement brièvement effaré d'une poule devant le cataclysme d'un renard qui l'emporte.

En tout cas, lorsque je grimpe aux colonnes d'acier ou que j'escalade jusqu'à la solive fatale la corde lisse chez l'oncle Désiré, pour provoquer cette étrange sensation, ce garçon gracile et flexible est à mille lieues de mes yeux fermés. Pas un cheveu de ma tête n'y pense. Je n'en veux à aucun de ses agréments physiques. Il n'existe pas dans mon imagination. Mais ce qui existe... Ah ! ce qui existe...

Dans la rue Saunerie, entre l'épicerie de l'Antoinette Vial et la maison du Dol, le marchand de bonbons ambulant, une pauvre femme habitait seule dont je n'ai jamais su le nom. Je l'avais toujours vue, je ne l'avais jamais regardée. Et puis un jour, quelques semaines ou quelques mois après mes premiers jeux érotiques à vide, un jour qu'elle est arrêtée au beau milieu de la rue, parlant avec le Bébé Fabre, je découvre son existence ou plutôt je découvre sa féminité phénoménale sous son peignoir de pilou.

Je venais de chercher chez le Carretier le pain pour la journée. J'en avais plein les bras, la bouche pleine car, à mon habitude, j'avais acheté une bannette de plus pour la manger en route.

Je tombai en rêverie. Je m'arrêtai de mastiquer ma bannette. Je venais de m'apercevoir que cette masse qui me barrait la route en compagnie du Bébé Fabre et qui était à la hauteur de mon regard, c'étaient les énormes assises d'une femme.

Je dépassai cette vision à regret, mais parvenu au coin de la rue Danton, je n'y pus tenir et me retournai. L'apparition qui s'était imposée à moi avait aussi d'énormes seins (bien plus gros que ceux de la Fifi) et une énorme tête aux larges joues couleur de tomme fraîche et couronnée de cheveux blond filasse. Eclairant toute cette énormité, deux yeux énormes aussi, d'un bleu d'eau presque blanc, ne regardaient toujours qu'un spectacle intérieur et ne voyaient personne.

Elle cheminait lentement, tâtant le sol du bout de la pantoufle et s'y reprenant à deux fois à chaque pas car elle portait avec peine sur ses chevilles éléphantesques, sur ses pieds sensibles toujours enveloppés de larges charentaises, le poids de ses quatre-vingt-dix kilos.

J'ignore de quoi elle souffrait sinon d'énormité. En quelque moment qu'on la rencontrât, ses yeux à fleur de tête reflétaient la douleur et quelquefois un « Jésus-Marie ! » prononcé tout bas s'exhalait de ses lèvres plates lorsqu'elle gravissait péniblement la pente de la rue Danton.

Ce jour-là, inexplicablement disposé pour m'en émerveiller, soudain mis en présence de ces formes débordantes, ignobles dans le vrai sens du terme, j'ai regardé la laideur en face et je l'ai trouvée belle. C'est de la projection de l'aspect physique de cette pauvre femme, convenablement élaguée, idéalisée et recomposée au gré de mon caprice que se modela la première représentation de ma vie érotique. Pourtant, cet érotisme était encore à l'état fœtal. C'était une prescience, une intuition. Il était seulement épars dans tout mon être. Quand je grimpais aux colonnes du préau, ce que j'éprouvais ne pouvait pas encore avoir de nom. Les ramifications du plaisir n'irradiaient pas depuis un foyer précis de mon corps mais au contraire convergeaient, venant de l'extérieur, vers un centre encore très diffus et très mobile et dont la cristallisation hésitait encore à se préciser.

Cependant nous avions d'étranges jeux. Ils changeaient d'un quartier à l'autre, bizarres, baroques, tenant du mystère et de l'incantation plus que du ludisme.

Mon ami Paul Tempier possédait au flanc de Toutes-Aures un bastidon bien au sec qui servait aux *castagnades* (orgies de châtaignes rôties qui se faisaient en novembre). C'était aussi le point de départ d'expéditions remarquables. L'ermitage de Saint-Pancrace était à deux pas, de même que la maison du Larifla, le montreur de marionnettes. Cette maison, bien au sec elle aussi, nous impressionnait derrière ses murets de pierre sèche. Le Larifla était souvent absent par son métier qui consistait en des tournées de petits théâtres ou d'écoles. La portière du jardin fermait mal, celui-ci ne contenant rien. Nous nous avancions, le Paul toujours nous précédant. Les volets n'étaient jamais clos. Nous collions nos visages aux vitres car les reflets qui captaient l'étendue de l'immense pays jusqu'aux montagnes de Barcelonnette nous gênaient pour voir l'intérieur. Nous distinguions une cheminée. Nous distinguions, de chiffon et de bois, affalés contre les portants d'un placard ou abandonnés en tas, cul par-dessus tête, des rois couronnés, des fées en chapeau pointu, des démons sarcastiques, des princes charmants aux joues vermeilles, le tout bourré de son et de paille et les yeux morts peints sur le bois. Ce n'était pas ce que nous espérions. Il y avait une tablette sur un meuble. Ce devait être une commode. Nous devions nous contorsionner pour échapper au reflet souverain de nos montagnes qui prétendait nous interdire de fracturer l'intimité du pauvre Larifla. Le Paul était là qui savait et nous guidait dans notre indiscrétion.

— Tu vois là, à gauche ! C'est la photo de sa femme et de son fils au Larifla. Et là... Penche-toi bien ! Pas toi, Gustave ! Un seul à la fois ! Regarde bien ! Tu vois la photo ? Tu vois le cadre ?

On ne voyait rien. On disait oui.

— Et à côté ? Tu vois le grand sous-verre avec un ruban de deuil autour ?

— On dirait un bateau...

— Oui. C'est un bateau ! C'est le *Lusitania !* Ils étaient dessus ! Y a eu peut-être mille morts ! C'est les Alboches qui l'ont coulé ! C'est ma mère qui m'a raconté.

Nous risquions d'enfoncer la vitre à force d'y presser nos têtes curieuses ; mais c'était peine perdue. La Tour-du-Château, le plateau de Valensole, la vallée de l'Asse, la Tête-de-l'Estrop enneigée qui miraient leur beauté dans la croisée du Larifla, protégeaient son pauvre secret contre notre indiscrétion malsaine. Nous devions nous fier à ce que le Paul racontait.

Pour quelque bruit imaginaire que l'un de nous croyait entendre, nous détalions.

Nous arrivions à l'ermitage par l'arrière. C'était le plus intéressant. Durant la nuit du 24 août 1900, nuit où naquit ma mère, cet ermitage avait été le théâtre d'un crime. Un frère, desservant de la chapelle, y avait été assassiné avec son neveu de onze ans. Ma marraine aimait à me raconter ce drame qui se déroulait pendant qu'elle accouchait de ma mère. Elle en connaissait des détails inouïs. Elle savait le nom de l'assassin que d'ailleurs on ne retrouva jamais. Tout le monde le savait. Quelqu'un le lendemain du crime l'avait écrit en toutes lettres sur la porte de l'ermitage.

Cette porte était fermée à l'aide d'une grosse clé, comme l'était derrière nous le puits d'eau potable. Mais sur le côté, au-dessus du mur du jardin qu'un cyprès dominait, une lucarne aux barreaux descellés était accessible et nous étions assez maigres pour nous y introduire. Le Paul passait devant. Il avait l'âme d'un chef et veillait sur ses hommes. Il nous faisait les honneurs de l'antre :

— Tu vois ce placard ouvert ? C'est là que l'assassin avait enfermé le neveu. On voit encore les traces de sang !

C'était vrai. On les voyait, contre le mur taché d'huile, en éclaboussures noires. Tout était gris, triste et pauvre. Il n'y avait plus de meubles. Dans la cheminée se balançait encore la crémaillère au courant d'air. La fenêtre était encore munie de toutes ses vitres. Au clou d'un mur, un calendrier des postes que personne n'avait cru devoir décrocher, était suspendu de guingois. On y lisait l'année 1900. Nous baignions avec délices parmi ces témoins de l'horreur. Mais cela ne suffisait pas encore au Paul. Il nous entraînait au grenier.

— Venez ! Avec un peu de chance, on risque de voir le fantôme !

Une lucarne trouait le mur sous la soupente, c'était un œil-de-bœuf qui commandait la charpente. Là s'entendait le vent. Il soufflait dans le bosquet de résineux qui flanquait la chapelle d'un seul côté comme un panache, dont la plupart étaient des cyprès qui n'arrêtaient jamais de murmurer.

— De se plaindre ! précisait le Paul. Depuis que le frère est mort, ils ont changé de bruit : avant ils murmuraient. Depuis ils pleurent !

Nous tendions l'oreille. Au-delà des tuiles mal jointes, la cadence majestueuse d'une rumeur de fleuve nous parvenait brassée par les arbres. Ce n'étaient pas des pleurs, ce n'était pas un gémissement. C'était un lamento qui nous caressait l'échine avec des accents funèbres. Mais nous n'étions ni si sensibles ni si émotifs. Nous enjambions l'œil-de-bœuf, toujours avec le Paul devant suivi du Cauvin Georges, de l'autre Cauvin, Gustave, du Roger Doussoulin, fils de l'hôtelier des *Négociants,* de moi et du Pellegrin chantonnant, que tout le monde appelait le petit Pélé.

— Entention ! disait le Paul. Entre les poutres, y a juste une mince couche de plâtre tenu raide avec des sacs de jute ! Si vous tombez des poutres vous crevez le plafond et vous vous retrouvez mort sur les dalles, devant l'autel !

Nous ne la menions pas large. Cramponnés à califourchon sur les solives, nous progressions. Un jour, une seule fois, je faillis lâcher prise et aller crever le plafond. Devant moi, à peine à quatre mètres de distance dans l'obscurité totale, un fantôme tout blanc me barrait la route. Il avait une façon d'agiter lentement les bras pour me chasser qui en disait long sur son courroux d'outre-tombe. Etait-ce le frère ? Etait-ce le neveu ? Ou bien, plus probablement, était-ce l'assassin ? Une peur abominable me serrait les tripes.

— Grand couillon ! C'est pas un fantôme ! C'est un grand-duc !

Heureusement que le Paul avait parlé car le fantôme prenait son essor, fonçait sur moi, me frôlait de ses ailes. J'eus le temps de distinguer deux grands yeux étonnés qui reflétaient des gerbes d'étoiles dans leurs facettes aveugles au jour. Mon effroi à l'instant se transforma en émerveillement. J'avais vu un grand-duc ! C'était plus beau qu'un fantôme !

Le Paul était infatigable. Il avait toujours à nous offrir d'étranges divertissements. C'était au temps de la Toussaint quand surchargés de preuves de regret et de souvenir, sous forme d'une profusion d'énormes pots de fleurs, les cimetières embaument l'infusion de camomille qui est l'odeur des chrysanthèmes.

Le Paul, dans le crépuscule de novembre, auscultait le ciel, compulsait l'agenda particulier qu'il logeait dans sa mémoire. Sa tête solide et massive sur un cou de taureau, il la hochait deux ou trois fois en connaisseur. Il faisait tourner sa main aux doigts ouverts une fois dans un sens une fois dans l'autre. Il disait :

— De tout sûr ils vont sortir ! L'an passé, c'était à peu près à cette époque et il venait de pleuvoir comme maintenant. On en a vu en pagaille !

Nous partions. Le cimetière n'était guère loin. Le clocher de famille du Soubeyran, bien moins impressionnant que celui de Saint-Sauveur et beaucoup moins prophétique, venait de sonner six coups un peu grêles. Nous partions bruyamment, en armée sûre d'elle. Nous longions le lavoir obscur de la Serve, le chemin des Combes ; nous passions devant le collège trapu et obscur où nous changions de trottoir sans nous consulter pour bien montrer que nous n'avions rien à faire avec lui.

Le grand domaine vide des Daumas s'étendait au centre des brumes dormantes qui fumaient sur ses prairies autour de la ferme à marronniers où l'on racontait que seul un centenaire y vivait encore, que ses enfants chaque jour venaient le nourrir et qu'il les recevait à coups de canne.

Là-bas, de l'autre côté, notre nécropole rébarbative et sans grâce dressait jusqu'à quatre mètres de hauteur, afin de la rendre imprenable, ses murs de forteresse, parfois hérissés de tessons de bouteilles. Des cyprès la dominaient, sans âge, en épais bosquets qui se rejoignaient par le sommet ; ces cyprès chantaient la chanson des morts avec des accents de toute beauté sous le vent. Ils étaient notre luxe, notre monument. Ils interprétaient pour nous nos chants de douleur.

Parfois, nous croisions le benoît Bonnet, le tailleur de pierre qui descendait de son chantier sur ses pieds plats, les bras haut croisés derrière le dos. Cet homme, c'était pour la pierre tombale le pendant du Charles Reymond pour le bois du cercueil. Il sifflotait à longueur de journée s'il parlait peu. Il était l'artisan souriant qui présidait au confort du repos éternel. Ses caveaux étaient de premier ordre, question espace et étanchéité. Les morts y évitaient la promiscuité de leurs semblables.

Cet homme nous suivait des yeux soupçonneusement quelques secondes, mais la soupe, ses pantoufles et ses trois superbes enfants l'appelaient au logis et la bise était aigre en novembre au pied du col de la Mort-d'Imbert. Du reste, il avait donné l'ordre à son ouvrier de fermer au cadenas la grille du cimetière. C'était une précaution qu'il prenait chaque année après les floripées de la Toussaint. En effet, certaines familles prétendaient que des gens sans scrupule avaient profité de l'obscurité pour aller fleurir la tombe de leurs disparus avec les chrysanthèmes des voisins.

Mais nous, avec nos sept ou huit ans, avions-nous besoin d'une porte pour pénétrer où que ce soit ?

Au coin de l'une des murailles, sous la cabane des fossoyeurs, un puisard du canal était accolé au cimetière. Nous l'escaladions. De là, il ne restait plus guère qu'un mètre cinquante à franchir pour nous trouver sur le rempart.

— Entention ! disait le Paul. A partir de là on parle bas, sinon ils viendront pas. Ils aiment pas le bruit ! Faites-moi esquinette ! disait-il.

Nous prêtions nos échines disposées en tortue. Il n'hésitait pas à assurer ses souliers ferrés sur nos clavicules. Il arrivait là-haut tout gigotant dans ses pantalons courts. Quand il y était, il nous tendait la main. Quand nous étions tous réunis autour de lui un peu tremblants, qui de froid qui de peur, il ne nous restait plus qu'à avancer en file indienne, sur la pointe de nos brodequins jusqu'à la tombe des Bonnabel. C'était la concession à perpétuité d'une famille éteinte depuis longtemps que n'agrémentaient plus ni fleurs ni couronnes. Au printemps, seules entre ses dalles descellées, de robustes valérianes offraient à profusion les bouquets du regret. Pour descendre, nous nous aidions d'une des branches de la grosse croix de pierre qui la dominait. De là, nous sautions sur la dalle.

— Ça sonne le creux ! remarquait le Paul. Attention ! Maintenant tous à plat ventre !

La joue contre la terre meuble, le nez sur quelque touffe de poivre d'âne car, en dépit de la chasse que les familles y faisaient, cette plante obstinée parvenait toujours à prendre le meilleur partout, dans les interstices des dalles.

— Ça y est ! s'exclamait à voix basse le Georges Cauvin qui était toujours le premier sur tout. J'en vois un !

— Tu vois rien du tout, grand couillon ! chuchotait le Paul. Il faut qu'ils croient qu'y a personne ! Taistoi ! Et surtout ! Surtout ! Ne dis pas leur nom ! Sinon on en verra jamais un !

Nous nous taisions. Nous retenions notre souffle. Au loin respirait la ville. Nous entendions la trompe du laitier, la trompette du publieur, les coups de maillet chez le tonnelier. Au-dessus de nous passait le souffle du vent dans les cyprès. Et c'était cette musique que je captais, étrange, surnaturelle, qu'on n'oublie jamais.

Nous étions aux aguets, dans l'expectative, les fesses serrées, mais avides de *voir*. Parfois l'un s'exclamait. Nous tournions tous la tête vers sa main tendue.

— Non ! disait le Paul. Tu en as jamais vu, alors tais-toi ! Quand y en aura je vous le dirai, t'en fais pas ! D'abord, décrétait-il, on en voit bien davantage sur les fosses des jeunes. C'est normal... Ils ont plus de vitalité ! Venez ! Restons pas là !

Il donnait l'exemple. Il savait une tombe fraîche vers le mur nord où un enfant de trois ans mort noyé venait d'être inhumé. Rampant et gigotant, faisant plus de bruit qu'une escouade, nous traversions les allées, nous nous défilions entre les opulentes concessions des notables, toutes dans la même allée, toutes alignées comme pignons sur rue. Et soudain :

— Là ! criait le Paul à voix basse.

D'un doigt qui imitait les sauts d'un ricochet, il nous désignait un endroit précis sous les chrysanthèmes, au pied d'une stèle toute dorée d'une grande inscription latine.

Aussitôt, comme si le signal les libérait, ils en voyaient tous partout. Leur index ne savait plus vers quel point se tendre. Une délicieuse panique les soulevait de terre. C'était, d'après eux, un feu d'artifice bleu turquoise et vert de Bengale qui éclatait parmi les chrysanthèmes et les immortelles.

Aucune famille de Manosque n'échappait à ce fourmillement de lumière. Tantôt c'était sur la tombe des Bec, des Chaix, celle des Tancrède, des Hérisson, des Goliath ; sur le mausolée cryptophallique du Dr Pardigon, la pyramide des Chauvet-Lafosse, la sobre et austère dalle des Loth, la chapelle gothique des Alarteus.

Le Paul me serrait le bras comme dans un étau.

— Regarde, Pierrot ! Là ! Sur la dalle des Pécoul morts pour la France ! Un tricolore !

— J'en vois un jaune ! s'exclamait le Gustave Cauvin.

— Où ça ? demandait le Paul décontenancé.

— Là-bas ! A côté de la borne-fontaine !

— Oh ! disait le Paul. Ça, ça m'étonne pas, c'est la tombe du Dentelle ! Celui-là il a fait plus de cocus que ce qu'un capelan en bénirait !

Je tournais les yeux de toutes parts, affolé, prêt à voir n'importe quoi pour me hausser à l'unisson des autres, plein de bonne volonté. Mais j'avais les yeux bouchés. A peine si je distinguais le contour des tombes dont les crêtes brillaient sous un faible rayon de jeune lune.

A part nous, hélas, c'était le silence, c'était la

solitude, c'était l'absence. Une fois seulement, au sommet d'un cyprès, dans l'intervalle d'une branche qui s'écartait du tronc, je crus en distinguer un, superbe, qui clignotait. Mais ce n'était que Sirius qui s'était logé provisoirement dans ce triangle en attendant de poursuivre sa course dans le ciel à la traîne d'Orion. Mon père m'avait enseigné ça : il suffisait de suivre l'axe du baudrier d'Orion qu'il m'avait appris à reconnaître, en descendant vers l'est pour situer Sirius. C'étaient les deux seules constellations que je savais identifier. Je n'en disais mot à personne. Il n'y avait pas là de quoi se vanter auprès de gens qui ne levaient jamais les yeux vers les étoiles.

Cependant soudain, parmi les exclamations émerveillées de mes camarades, sept heures sonnaient paisiblement au clocher du Soubeyran.

— Oh fan de chine ! criait le Paul. Sept heures ! Et j'ai même pas fait mon devoir de calcul !

Nous non plus ne l'avions pas fait mais nous n'éprouvions pas le besoin de le crier sur les toits. Néanmoins : sept heures ! Nous foncions à travers dalles et chrysanthèmes vers le mur, pour sauter sur la terre meuble d'un champ de blé en contrebas et retrouver la route où nous trottions en cadence vers nos maisons.

Il était bien rare qu'en route quelque désœuvré qui nous croisait ne s'arrêtât pour nous crier :

— Tempier ! Cauvin ! Magnan ! Y a ton père qui te cherche ! Tu vas te faire dire Manon en rentrant !

Nous foncions, la panique aux trousses. Pourtant nous savions que c'était faux. Jamais aucun père ne nous cherchait où que ce soit. Nous étions des enfants libres, élevés dans la rue et qui dessinaient eux-mêmes les barrières qu'il ne fallait pas franchir. Mais, dans cet étrange pays, il convenait aux enfants de croire tout ce qu'on leur disait, sous peine de se faire des ennemis. Nous connaissions les clés de notre ville. Nous en usions nous aussi, parfois, et en tout cas nous respections les effets de ces mœurs qui descendaient de la nuit des temps.

Les enfants de la ville étaient divisés en bandes. C'est un fonds commun à toutes les cités de se battre à coups de pierres d'un quartier à l'autre. Mais je ne respectais pas ces appartenances : je voletais de la bande du Soubeyran à celle de la Saunerie, de celle du Terreau à celle d'Aubette, mon ferment naturel. Et n'étaient pas moins étranges les jeux que nous jouions dans ce quartier.

Les Dol, où mes grands-parents avaient été laitiers, avaient remplacé ces derniers par une famille dont les enfants avaient mon âge. L'aîné, qu'on appelait Flamberge, s'était creusé une tanière dans la montée des Violettes. Cet antre s'ouvrait sous des ronces retombantes, dans un talus où toute une tribu de blaireaux avait déblayé et remblayé le terrain devenu stérile. Une fois bien serrés sur des *sétis* (sièges rudimentaires) faits de merrains pourris arrachés à quelque barrique, nous tenions sept ou huit dans cette bauge, dans notre chaleur, nos odeurs et celle des blaireaux qui ronflaient au fond de leurs terriers.

Les conciliabules se tenaient par nuit noire, entre six et sept heures, où les parents du Flamberge étaient occupés à traire ou à vendre le lait. Ils nécessitaient autant de mystère que la chasse aux feux follets car ce Flamberge avait un secret : il était maître des sons.

Cette légende courait légère sur les nouvelles que se communiquaient les enfants du quartier : « Le Flamberge est maître du bruit ! — Qu'est-ce que c'est ça ? — Ah ! Viens tu verras ! » Mais ne pénétrait pas qui voulait dans l'antre. Il fallait subir un examen de passage. Un beau jour, le Champsaur, le David ou le Burle vous amenait sous la voûte du lavoir d'Aubette, devant le maître à peine visible dans l'ombre. Vous sentiez son regard qui vous soupesait l'âme. Il disait « oui » ou « non » à la fin. C'était sans appel comme on en use pour un jury d'assises.

Quand enfin on était réunis, pétant de froid dans nos blouses noires et nos pantalons courts, sur les sétis de l'antre, le Flamberge officiait en face, tout seul sur un trône creusé dans le safre et renforcé d'une planche presque neuve, dérobée à la caisse à savon de sa mère. Il nous dépassait d'une tête et se surélevait encore par rapport à nous. Il commençait par nous imposer silence afin d'écouter. Il avait une façon de prêter l'oreille aux chants de la nature qui nous faisait dresser les cheveux sur la tête, tant elle supposait de connivence entre lui et les forces des ténèbres. Parfois l'un d'entre nous, crevant de silence, ne pouvait s'empêcher d'ouvrir la bouche. Alors le Flamberge se dressait philosophe, en secouant la tête.

— C'est foutu ! disait-il. Pour ce soir, c'est foutu ! Elles étaient sur le point d'arriver mais quelqu'un a parlé. Elles se sont évaporées...

Ce *elles* qu'il utilisait couramment en parlant de ses connaissances occultes, il ne l'explicita jamais. Je ne sus jamais sous quelles formes ce *elles* se cristallisait dans son imagination.

Parfois j'arrivais en retard, hors d'haleine. Il me fallait attendre, pour ne pas troubler le silence, que ma respiration reprît son rythme normal. Je me glissais à quatre pattes dans l'antre où tous, communiant, attendaient le miracle. Parfois le Flamberge dans l'ombre mettait un doigt sur ses lèvres.

— Elles sont là ! soufflait-il. Qu'est-ce que vous demandez ?

— Le train de Briançon ! disait le Burle.

Aussitôt le Flamberge se cramponnait de toutes ses forces à l'une des multiples torsades de fil de fer rouillé, munies chacune d'une poignée de fortune. Il avait ingénieusement disposé parmi les ronces cette sorte d'appareil à musique dont les fils étaient dissimulés parmi les branches du bouquet d'ormes qui nous abritait.

Sitôt qu'il empoignait l'un de ces filins, nous entendions tous distinctement passer au loin dans la plaine ce train de Briançon que le petit Abel Burle qui mourut de la guerre, aurait tant voulu prendre pour connaître un peu de pays. Le Champsaur levait le doigt à son tour et réclamait les vagues de l'océan. Aussitôt le Flamberge changeait de poignée et le déferlement des vagues emplissait l'antre à blaireaux où soudain, sous nos galoches, le sol se soulevait comme le pont d'un navire.

Ce Flamberge tirait son pouvoir et sa science d'une dolente allée de pins parasols qui se déployait majestueusement au-delà du talus, d'autant plus longue, d'autant plus énigmatique qu'une grille la défendait qu'il nous fallait escalader pour aller nous perdre sous ce défilé. Ces arbres élançaient leur tronc d'un seul jet jusqu'à quinze mètres de hauteur et déployaient seulement au sommet de cet élan leurs ombrelles où pies et corbeaux se disputaient aigrement les emplacements de leurs nids. Ces pins nous appelaient sous leurs ramures à cause des pommes à pignons qu'ils laissaient choir sans crier gare et qui explosaient sur le sol livrant leurs amandes à notre gourmandise.

Leur alignement digne de commander quelque palais n'accouchait au bout de plus de deux cents mètres que d'un pavillon minuscule qu'ils écrasaient sous leur majesté. C'était une construction au toit à quatre pentes, dominée par la pointe d'une antéfixe d'argile. Une porte verte, un volet vert, fermés, semblait-il, depuis et pour toujours, commandait l'unique pièce qui ne devait pas excéder dans tous les sens la longueur de six pas. On appelait cette gloriette le bastidon du Desfarges. Afin de souligner sans doute que cette folie était celle d'un homme qui avait mérité un nom de rue, ce bastidon était agrémenté par deux buis ciselés en ballerine avec la tête ronde, la taille de guêpe et la crinoline ballottant autour du tronc.

Ces pins étaient un piège à air. A la moindre risée ils vibraient comme des tuyaux d'orgue et ce Flamberge, qui était un poète, avait mis leur pouvoir en cage afin de nous les faire entendre comme s'il les avait apprivoisés.

L'étrange était que nous le savions tous, que nous aurions pu nous aussi, sans le Flamberge et sans ses fils de fer, écouter tout seuls les pins musiciens, mais notre prudence naturelle nous l'interdisait. Nul de mémoire d'homme n'avait jamais vu un enfant manosquin s'arrêter le nez en l'air sous une allée de pins pour se bercer de leur chanson. Ce maraudage de l'esprit nous eût déconsidérés aux yeux de tous. En outre, nous préférions croire aux pouvoirs du Flamberge plutôt qu'à notre bon sens. L'orgueil d'avoir été choisi par le maître nous contraignait, si nous voulions conserver la valeur de ce privilège, à lui conférer notre brevet de croyance. Sans nous, sans notre foi, il n'était rien mais s'il cessait d'être, nous non plus, ses élus, nous n'existions plus. Dans cet esprit, nous évitions d'ailleurs de présenter au maître des initiables que nous jugions plus intelligents que nous, lesquels, charmé par leur rayonnement, il risquait imprudemment d'accueillir et qui eussent tôt fait par leur scepticisme de détruire notre chef-d'œuvre. C'est ainsi que d'authentiques fils du quartier d'Aubette : le Claude Borel, l'Henri Mille, le Gabriel Vinatier, n'eurent jamais accès à l'antre des blaireaux.

Cet antre, ces fils de fer et ces douves de barriques furent un jour saccagés par le Marius Lautier, le fils du camionneur et sa bande de la Saunerie. Ils vinrent un soir, à grands coups de pied, porter le fer rouge dans notre obscurantisme. Ils avaient trouvé un miracle pour nous éclairer, nous exorciser et nous rendre à l'intelligence : ils appelaient ça le football.

Cependant, bien avant ce sac, le Flamberge et son système avaient reçu des coups terribles, de sorte que lorsque l'antre fut dévasté, son inventeur lui-même, sans doute, n'y croyait plus. Car les choses vont d'une vitesse foudroyante entre sept et huit ans, quand on est à la rue et heureux d'y être.

Ces coups, c'était un nommé Bellacroce qui nous les avait portés, mais sans violence, sans avoir l'air d'y toucher. C'était quelqu'un que le Flamberge avait récusé. C'était un enfant qui poussait deux fois plus vite que nous. Ses jambes d'araignée sortaient de culottes de plus en plus courtes à mesure qu'elles s'allongeaient. Bien qu'il fût pourvu de cheveux, ils étaient si strictement tondus par son père que, sous le béret enfoncé, sa tête paraissait celle d'un chauve précoce. Il avait une chance remarquable : il trouvait toujours dans l'escalier de sa maison des pièces d'argent que son père venait d'y perdre. Il nous les montrait sur sa main ouverte et nous nous écartions de lui comme s'il avait la peste car si nous voulions bien croire que le Flamberge dirigeait à sa guise les bruits du monde, en revanche ne nous disait rien qui vaille l'histoire de cet homme qui perdait dans l'escalier de quoi suffire à l'ordinaire d'une famille durant toute une journée.

Il arrivait par le haut du glissoir, fondait sur nous avec ce vrombissement d'aéroplane qu'il était toujours en train d'imiter. De crainte de recevoir la raclée que son intrusion méritait, il ne s'arrêtait pas au milieu de la pente. Il traversait notre groupe comme une flèche en nous lâchant d'une voix criarde des informations affolantes :

« La Bichette fait voir son cul ! »

Ou bien :

« La Rosemonde se fait embrasser sur la bouche ! »

Ces nouvelles bouleversantes nous dispersaient comme l'eût fait le vent. Nous nous ruions à la suite du perturbateur comme les enfants hors de la ville à la suite de ce joueur de flûte dont l'histoire m'avait tant frappé quand M. Fournier nous l'avait lue. Le Flamberge restait en plan avec ses ficelles du vent inutiles. Comme j'avais d'abord scrupule à l'abandonner aussi mais que je m'y résignais quand même à la fin, j'arrivais toujours le dernier sur les lieux de l'aubaine. La Bichette avait baissé son tablier à carreaux sur ses culottes Petit Bateau et la Rosemonde s'était esbignée du pied de ce platane dans l'ombre où, l'instant auparavant, elle tendait sa bouche en cul de poule à mon ami Clovis lequel, ne sachant qu'en faire, la léchait comme le fait une chèvre d'un assalier.

Aussi m'étais-je juré qu'à la prochaine occasion je saurais être aussi véloce que les autres.

Or, un soir où les bruits du vent étaient particulièrement captivants et où le Flamberge s'était surpassé pour nous bercer de tant d'illusions, un soir aussi où l'odeur du crassier était particulièrement vivace, ce qui voulait dire que le printemps s'annonçait, soudain le Bellacroce fondit sur nous avec cette incroyable nouvelle :

— La Doline touche les quiquettes !

La Doline ! La plus belle fille du quartier, la plus précoce aussi. Elle avait des lèvres épaisses, des chevilles robustes, de grands pieds. On ne voyait qu'à la suite de tout cela ses yeux noirs à l'expression toujours méprisante et son corsage déjà un peu gonflé. La Doline !

La Doline ! Un jour, elle avait arraché une feuille aux fusains de l'escalier de la Plaine. Elle avait gravé sur cette grasse matière son prénom : Doline. Elle me l'avait tendue avec ces mots :

— Mets-la sous ta chemise, sur ton cœur. Si elle devient marron ça voudra dire que je t'aime.

La feuille était devenue marron ! La Doline !

Cette fois, je fus debout le premier et bousculai tout le monde. Je rattrapai le Bellacroce, tant j'étais véloce et déterminé. Quand je parvins à sa hauteur, je lui lançai :

— Elle t'a touché la tienne ?

— Oui ! Y a pas cinq minutes !

Derrière nous la cavalcade des autres menaçait de nous rattraper, de nous absorber. Le Bellacroce faiblissait à côté de moi. Je le semai d'un seul élan. Personne ne serait devant la Doline avant moi.

Chaque fois que je parcours la rue, chaque fois que mon regard tombe sur la porte de ce réduit où la Doline officiait et qui depuis soixante ans n'a pas changé d'une seule planche pourrie, cette cavalcade de brodequins d'enfants, je l'entends aussi sonore que ce soir de fin d'hiver où, hors d'haleine, je me jetai contre ce battant. J'y arrivai ne sachant bonnement ce que j'étais venu faire là, m'étant rué sur la nouvelle par émulation servile car je n'éprouvai aucun désir d'aucune sorte. Je ne dis pas mon souffle court. Je ne dis pas l'étreinte de la panique ni la douleur de n'être qu'un enfant de sept ans.

Je piaffe devant la porte dégondée de cette cave au sol de terre battue où je ne sais ce qui m'attend lorsque soudain elle s'ouvre, quelqu'un m'agrippe par la bretelle et me tire à l'intérieur. Le battant se referme. Mais par les interstices entre les planches, passe la clarté du lampadaire voisin. La Doline je la vois ! Me tenant solidement, elle s'assoit sur une grosse pierre qui est là. Elle ouvre ma braguette avec décision. Je la vois avec son tablier à carreaux d'où dépassent ses genoux rouges, un peu sales. Je la vois avec le nœud rose qui retient ses cheveux raides. Comme je suis debout et elle assise, je vois sa tête au-dessous de moi, ses lèvres, son regard noir que n'éclaire aucun sourire. Elle est engagée dans un travail sérieux, grave, qui réclame de sa part une attention soutenue. Elle s'efforce, elle s'évertue. Je sens le contact de sa main brutale, rugueuse.

Ce formidable événement, je le rencontre dans un état de stupidité ébahie qui ne faciliterait pas les choses si elles étaient possibles. Mais j'ai sept ans et ne suis pas précoce. Quand au bout de trois minutes de vains efforts, la Doline se persuada qu'elle ne tirerait rien de moi, elle me chassa à coups de pied, à coups de poing, me poussa dehors en même temps que la porte.

Je me trouvai honteux sous la clarté du réverbère où tout l'aréopage des élus attendait son tour. Le Flamberge lui-même était venu aux nouvelles. Je partis en courant sous les questions qui pleuvaient et auxquelles j'étais bien en peine de répondre.

J'ignore où cette Doline est enfin allée se perdre dans la vie. Longtemps nos chemins se sont croisés, longtemps je l'ai eue sous les yeux, alors que le pruneau sec qu'elle était à neuf ans, s'était déployé en beauté impérieuse, ondulante et callipyge. Alors je cherchais hardiment ses yeux avec cette question dans les miens : « *Un soir t'en souvient-il ?* » Non. Elle ne se souvenait pas. Ou bien se souvenait-elle trop bien et la rancune tenace de s'être escrimée en vain la tenait-elle toujours. Peut-être se voyait-elle m'expulsant de sa cave *manu militari*. Mais moi longtemps, très longtemps, j'ai éprouvé le cuisant regret de cette occasion perdue.

L'inconsistance ne se limitait d'ailleurs pas à ma libido, ma sensibilité aussi en était atteinte. Mon pouvoir d'émotion, je l'avais tout entier consacré à la présence de la mort. J'étais glacé à l'intérêt d'autrui. Comme si, au lieu d'être un enfant d'homme, j'avais été un arbre ou un minéral.

Il y avait une petite fille qui s'appelait Germaine. Par un effort prodigieux, je tire de ma mémoire ses yeux tout scintillants de pépites de rire, ses taches de son autour du nez, son front. Elle habitait place du Terreau. Ses parents voisinaient avec ma grand-mère. Quand nous sortions de la rue Jean-Burle, ma cousine Hélène et moi, pour si éloignée qu'elle fût, devant chez elle, ou parlant à des camarades ou courant pour quelque jeu, Germaine fonçait vers moi à travers l'espace, de toute la vitesse de ses jambes pour me sauter au cou. Sans doute ai-je été aimé dans ma vie, mais cet élan, ce déclic, cette espèce de trajectoire brutale, semblable à celle que parcourt la limaille de fer happée par l'aimant, seule cette Germaine m'en a rendu témoin.

Ça faisait bien rire ma cousine Hélène. Quand Germaine hors d'haleine arrivait devant nous après sa course, elle lui disait :

— Tu l'aimes, Pierrot ?

— Oh oui ! répondait Germaine avec ferveur.

— Embrasse-le !

Et Germaine me sautait au cou et Germaine me couvrait de baisers et Germaine reculait son visage du mien qu'elle tenait entre ses deux mains en calice, pour mieux le voir, pour mieux s'en souvenir, pour mieux l'adorer.

Je revois comme une fusée passant à côté du soleil, ce visage radieux à cause de moi. Je le revois avec une désolation oppressée et qui ne se dément jamais sitôt que j'y songe, tant le geste, tant le sourire, tant l'élan par lequel j'aurais dû répondre et dont je m'abstenais, me bourrelle de remords.

Car moi, je recevais cet hommage ineffable sur mon

épaisse peau, sur mon imbécillité repue, sur la crasse de mes oreilles et de mon cou, avec pour toute grâce, pour tout sentiment, pour tout merci, une espèce d'étonnement choqué et presque hostile.

Germaine est morte avant d'avoir onze ans, sans qu'un sourire de moi la gratifie de son amour. Et vous voudriez que je m'aime ?

Tout cela s'est passé pendant que M. Fournier m'apprenait à chanter la table de multiplication en la prenant par tous les bouts et qu'il s'efforçait, sans trop de conviction, de m'inculquer des rudiments d'esprit civique, grâce à Ernest Lavisse, sur lequel mon père gardait le silence le plus total. Cet historien tricolore ne lui disait rien qui vaille. Tant de morts autour de mon père avaient trouvé chez Lavisse une raison de mourir qu'il lui en paraissait suspect.

Je restai un an seulement à la communale. Ma mère faisait les matelas pour un tapissier en face du collège. Elle finissait à six heures. A la communale qui n'avait pas d'étude, j'étais donc livré à moi-même entre quatre et six heures. Ça gênait tout le monde dans la famille : les grands-parents pour s'éviter le remords de ne pas vouloir me garder durant ce laps de temps et la tante Hélène qui avait horreur de me voir traîner dans les rues à cause de ses pieuses connaissances, lesquelles ne manquaient pas de lui en faire la remarque. Bref, je devins externe surveillé.

La couleur des murs de ce collège était d'un vilain gris ciment. Par cinq marches imposantes, on accédait à la grille à forts barreaux qui défendait la cour. Elle grinçait à fendre l'âme sitôt qu'on la poussait. J'entrai là sans idée préconçue comme sans espérance. J'étais fier toutefois qu'on m'ait mis au collège. Ça me posait auprès des commensales de ma grand-mère (cette salope de Viguier, notamment, qui avait prétendu que je ne saurais jamais écrire tout seul) et aussi auprès de mes cousines qui pouvaient s'enorgueillir de la chose avec leurs amies.

Toutefois, une inquiétude me poignait à l'idée que peut-être il n'y aurait pas de colonne de bronze sous le toit du préau. Mon premier soin fut de m'en assurer. Effectivement, ce préau, trois fois plus grand et deux fois plus haut que celui de la communale, était soutenu par des piliers en maçonnerie. Heureusement un portique s'y dressait où étaient accrochés quantité d'agrès et notamment une perche et une corde lisse. Avec ça j'étais paré et l'essentiel ne me faudrait pas.

J'entrai en dixième. L'institutrice s'appellait Mme Lafosse. C'était une grande femme mince qui n'était plus de première jeunesse et qui avait la voix sourde de ma tante Louise. Elle dirigeait trois classes à la fois : la onzième, où il y avait encore des pisse-au-lit, la dizième et la neuvième. C'est à peine si cet effectif suffisait à son énergie. Elle avait la gifle facile, la fessée abondante. Elle ne mettait jamais au piquet, ne donnait jamais de lignes à copier. Son élixir c'était la taloche et la fessée.

Mme Lafosse, je la respectais, je la craignais, mais je comprenais tout ce qu'elle disait. Avec elle, apprendre ne coûtait rien, se faisait en dansant. Je mettais un quart d'heure à bâcler mes devoirs. Je croyais que ça durerait toujours. Pourtant les menaces m'encerclaient, vagues encore mais prêtes à fondre. L'étude en était la préfiguration. Comme j'étais externe surveillé, je partageais jusqu'à six heures la vie des pensionnaires et des grands. Nous étions gardés par des pions qui poursuivaient leurs études. J'ai conservé leur nom, leur visage, jusqu'au son de leur voix. Ils étaient quatre : Bonerandi, Battini, Ottavi et de Zerbi.

Sauf qu'ils étaient corses tous les quatre, rien de plus différent les uns des autres que ces quatre hommes. J'ai peu de souvenir de Bonerandi et d'Ottavi car l'un partit et l'autre mourut très jeune lorsque j'étais en sixième. En revanche Battini (Toussaint) sera mon ami et de Zerbi mon ennemi mortel.

Pour l'instant ils sont anodins tous les quatre.

L'étude est vaste. Nous sommes trois sur un banc au fond qui pourrait en contenir six. Sur le banc voisin, pouvant à peine passer leurs longues jambes sous le pupitre, il y a les grands, ceux qui sont en première, en philo : Garbiès, Vibert, Amaudru, Sauvat, Durand, Martinez, Roger Masse, puis les intermédiaires : Verdillon, Dominici, Buisson, puis ceux de mon âge : Dragon, Ricaud, Brunet, Amiel. Ces derniers sont pensionnaires. A part les grands, je suis seul, cette année-là, de l'agglomération manosquine à être externe surveillé. Tous les autres rentrent chez eux à quatre heures.

La première fois que le de Zerbi nous échoit, grand, maigre, toujours strictement vêtu de complets clairs et sanglé dans un gilet, toujours le feutre mou sur la tête, même en étude, je le perçois comme une bête dangereuse. J'ai vu au cinéma des êtres qui lui ressemblaient. Quand les gros plans rapprochaient leur visage je distinguais leurs regards vides, leurs yeux glauques. Les mêmes yeux et le même regard que ceux des fauves du cirque Bouglione le jour où j'ai visité la ménagerie. Ce de Zerbi a la souplesse de la panthère, sa rapidité, son silence. Et si ce n'était que cela ! Mais, lorsqu'il parle, j'ai beau tendre l'oreille, je ne comprends pas la moitié des mots que prononce sa voix gutturale. Cet homme me terrifie et me captive.

Quand il en a assez de s'ankyloser sur sa chaire qui nous surplombe, il descend dans l'arène pour sévir. Il y a toujours à sévir pour un fauve aux aguets. Sauf le dernier rang où travaillent des gens sérieux et qui pourraient lui rendre coup pour coup, nul n'est à l'abri de ses sévices. Même pas le grand Dominici derrière lequel, de temps à autre, il passe pour lui donner une taloche du revers de ses doigts armés d'une chevalière. Quand il vous fait ce coup, vous en avez pour plusieurs minutes à vous remettre. Moi, il se contente généralement de me coincer la tête d'une main et, de l'autre, il me presse la tempe en rebroussant mes oreilles vers le sommet du crâne.

Toutefois, avec les douze à quinze ans, il a du mal à tenir la distance car ces gens-là sont infatigables et ne craignent pas les coups. Ils sont pensionnaires. Ils viennent de Reillanne, de Corbières, de Valensole, de Peyruis. Ce sont fils de bistrots, d'épiciers, de propriétaires terriens, de minotiers, de marchands de chaussures. Leurs parents ont pignon sur rue et les ont mis là ne sachant qu'en faire en attendant qu'ils soient en âge de leur succéder. Peu leur importe qu'ils apprennent ou non. Ils en savent déjà assez pour se servir d'un tiroir-caisse. Aussi campent-ils sur leur insolence. Ils ont des godillots à faire peur, des têtes carrées de joueurs de rugby, des faces hilares de gens qui ont plus de biens au soleil que ce que le pauvre de Zerbi ne pourra en acquérir en trente ans de vie pédagogique.

Tous les tours pendables qu'ils lui jouent, ils savent qu'ils les paieront au centuple mais ça ne les retient pas. Parmi tant d'autres, par son énormité, l'un fait date dans mon esprit et surtout parce que, en partie, il me retombe dessus.

Je vois encore le courageux Bousquet de Ginasservis se lever le bras tendu en claquant du doigt pour obtenir d'aller d'urgence aux cabinets. Je vois le de Zerbi répondre « Non » distraitement sans lever le nez de son journal. Il accordait ou n'accordait pas, au hasard de son caprice, la permission de sortir. Je vois le Bousquet se rasseoir, attendre quelques minutes, se tortiller sur son banc et enfin lâcher un pet retentissant qui remplit l'étude d'horreur.

Je n'ai jamais vu bond si rapide que celui qui jeta le pion sur cet assassin de bonnes mœurs. Franchir, sans se tromper d'individu, les six mètres qui le séparaient du coupable, le tirer de derrière son pupitre, le reconduire à coups de chevalière sur les vertèbres cervicales jusqu'à la porte, l'ouvrir et le jeter dehors, fut l'affaire de trois secondes. Le rire pendant ce temps était rentré dans les gorges et le de Zerbi sous le regard de léopard inassouvi qu'il jeta sur l'étude, n'aurait trouvé personne pour libérer sa colère si, fouillant jusqu'au fond de la salle, il n'avait croisé mes yeux pleins de larmes. J'étais en train de crever d'un rire rentré. Je vis le pion voler vers la travée, vers ma place. Le banc collé contre le mur était trop long. Le de Zerbi devait pour m'atteindre bousculer deux cancres de mon espèce, morts de peur. Il s'y prit de face. Je vis son étroit mufle de fauve droit devant. Mais en même temps que la terreur me saisissait, mon rire lui éclatait au nez. Un rire de crétin à me couper le souffle. Tandis que les coups de son terrible revers de doigts armés de chevalière pleuvaient n'importe où, je ne pouvais, malgré la douleur, rien faire contre cette hilarité qui gagnait de proche en proche mes voisins, les studieux d'abord, puis les rangs intermédiaires, puis les plus jeunes devant. Alors, au milieu de mes larmes de rire et de la douleur des coups qui pleuvaient, lorgnant mon tortionnaire derrière mon bras replié en défense afin de me garer des coups, j'eus l'immense surprise de le voir rire aussi.

Le Bousquet de Ginasservis regardait toute cette classe hilare avec sa belle gueule d'abruti collée aux vitres sales de la porte, dans le corridor. Il regardait avec ravissement. Il se sentait vengé. J'eus droit à son amitié. Rire sous les horions n'était peut-être pas si commun. Et je crois que ce fut cela que le de Zerbi ne me pardonna jamais : avoir réussi à lui communiquer mon rire hystérique en d'aussi tragiques circonstances.

Pourtant, quelle que fût sa vigilance, ce ne fut pas lui qui me prit en flagrant délit de lecture illégale, ce fut mon ami Toussaint Battini. Un soir, en étude, j'étais plongé avec délices dans les aventures de *Cric Croc le mort en habit.* C'était un numéro à un franc cinquante d'une série que je me procurais tous les quinze jours chez l'Héloïse Chaix. Ces livraisons portaient toujours des titres fulgurants : *La Troisième Mort du docteur Mystéras, Le Char de Jaggernauth, La Pierre de lune, L'Etrange Lueur verte, La Cité de l'indicible peur.*

Cet abominable fascicule, long chaque fois de trente-deux pages, bourré de fautes d'orthographe, racontait les aventures d'Harry Dickson, le Sherlock Holmes américain. J'en étais fou, malade, électrisé. Je voulais devenir ce chasseur de créatures horribles. Mais il eût fallu que ce fût à Londres, avec son fog, son Hyde Park, ses cabs et sa Tamise.

Ce soir-là, j'en étais au moment où pour la quatrième fois Cric Croc va frapper. Il venait de soulever le couvercle de son cercueil.

Soudain pffft ! ce fut la livraison qui se souleva hors du pupitre sans tiroir où je la dissimulais. Je levai les yeux. Le Battini était devant moi secouant le doigt :

« Tu sais que c'est interdit de lire en étude ! »

C'était un homme qui ne me faisait pas peur, mais en attendant il emportait mon rêve. Je le voyais qui considérait mon Harry Dickson, avec mépris me semblait-il, qui l'ouvrait, qui le feuilletait et qui se mettait à tourner les pages attentivement, qui les ramenait en arrière, qui recommençait à lire, probablement dès le début.

Ah ! le Verdillon pouvait bien ronfloter, le Dominici se tailler un patron de culotte de football en découpant une feuille de kraft avec bruit, le Brunet combler son encrier avec des mouches aux ailes arrachées, le Dragon mâcher un bâton de réglisse et le Sauvat et le Chabert parler ensemble de la dernière fête de Valensole. Le pion lisait Cric Croc et tout ce qui ne se passait pas à Londres, au bord de la Tamise, en plein fog, était relégué dans des régions intermédiaires de sa conscience embrouillardée. Il lisait ! Je pouvais y mettre le nom de la violette ! Je ne reverrais plus mon Cric Croc.

Quand à six heures la mère Dépétri tira sur la cloche de la cour, le Battini se leva et vint vers moi :

— Tiens ! dit-il. Quand tu l'auras fini tu me le passeras.

Mon cœur fondait. Les « Merci, monsieur ! » « Bien sûr, monsieur ! » « Avec plaisir, monsieur ! » se pressaient sur mes lèvres comme des *ora pro nobis*. J'en avais les larmes aux yeux. Et tandis que je m'en allais, mon trophée sous le bras, il me glissa avec un sourire complice :

— Et si tu en as d'autres... Passe-les-moi aussi !

Ah !... ça n'était pas reluisant comme lecture !... Quand Mme Lafosse nous demandait si parfois nous lisions et ce que nous lisions, Georges Sage, Jean Chaix, Claude Augé, Paulette Barrucand, la fille bigleuse du principal, étaient tous capables de citer le *Robinson suisse*, la comtesse de Ségur, Alphonse Daudet, Jules Verne et même, pour les plus huppés, Fenimore Cooper. Je faisais chorus, obligé de mentir, et j'aurais été bien attrapé si l'on m'eût interrogé sur l'un de ces auteurs, sur l'un de ces livres dont aucun n'était jamais entré à la maison et n'y entra jamais. Pouvais-je décemment parler d'Harry Dickson ? Et encore... Il n'y avait pas qu'Harry Dickson.

Au gros de l'hiver, en sybarite-né, je me couchais dès la dernière bouchée avalée. Le poêle ronflait, ma mère faisait la vaisselle, ma sœur était plongée dans *Lisette*. Moi, je respirais l'odeur de poivre d'âne que la biasse de mon père faisait régner dans la maison à l'état endémique. Les landes de l'Ubac, les oliviers de la Tour-du-Château, les pins du Flamberge, les canniers des Embarrades, tout était enfermé dans cette odeur comme si elle avait transporté avec elle mon pays tout entier.

Alors mon père arrivait. Il revenait de chez l'Héloïse où il était allé chercher sa brassée quotidienne de journaux. Il distribuait *Fillette* à ma sœur, *Le Petit Echo de la mode* à ma mère. Après quoi, il jetait le monde sur mon lit.

Il y avait : *Sciences et voyages, Le Dimanche illustré, Ric et Rac, Candide, La Science et la Vie, Rustica, Le Canard enchaîné.* C'était celui-ci que j'ouvrais en premier. Ce *Canard* présenté de différentes manières tout au long de quatre pages me ravissait ainsi que les petits dessins qui séparaient les échos. Tout pour moi y était sujet à rire. Même les noms me mettaient en gaieté : Pierre Bénard (j'avais lu le mot *bénarde* quelque part désignant une clé et je croyais que c'était ce Bénard qui l'avait inventée). Jules Rivet n'était pas moins comique ni Huguette ex-Micro ni le fakir Den-n'salar. Peu à peu, je me mis à lire « La mare aux canards ». De semaine en semaine c'était la chronique d'un monde inconnu qui s'ébrouait tant bien que mal dans la boue et l'eau sale. Je ne comprenais pas le quart de ce joyeux jeu de massacre, mais la clarté des expositions, le français limpide, la pérennité des personnages qui revenaient en leitmotiv d'une semaine à l'autre et que j'identifiais grâce aux caricaturistes, tout cela faisait qu'au bout de quelque temps je lisais cette mare comme un roman-feuilleton. C'est dans *Le Canard enchaîné* que j'ai appris à lire et à rire. Tous ces personnages cloués au pilori et dont la prodigieuse histoire se déroulait d'un numéro à l'autre, excitaient mon hilarité. Et mon père qui aimait ce journal pour de plus sérieuses raisons m'en faisait le sacrifice tous les mercredis soir, se résignant à le lire après moi.

Tous les autres venaient loin derrière : *Le Dimanche illustré* me plaisait à cause des dessins rouges et noirs d'Alain Saint-Ogan. *Bicot* m'ennuyait. *Zig & Puce* ne m'auraient pas intéressé sans le pingouin Alfred. *Ric et Rac,* je lisais surtout le feuilleton qui dura des années. C'étaient les aventures de Simon Templar dit Le Saint. Le personnage balançait dans mon admiration celui d'Harry Dickson, mais s'il était plus jeune, plus souple, plus élégant, il lui manquait Londres, le fog, la Tamise et ces hideux cochers de cab toujours plus ou moins ivres de brandy et de gin.

Candide ne m'intéressait que médiocrement, sauf que, toutes les semaines, je relisais la phrase placée en épigraphe : *Il avait le jugement sain avec l'esprit le plus simple, c'est pour cette raison qu'on l'appelait Candide.*

Je n'ouvrais pour ainsi dire pas *La Science et la Vie.* Je n'y comprenais rien et le peu que je comprenais ne m'intéressait pas. En revanche, par mimétisme avec mon père qui aimait bien cette revue, je m'intéressais un peu davantage à *Sciences et voyages.* Mais ce n'était pas profond. J'étais déjà atteint d'incuriosité totale pour les autres parties du monde. Ces Cafres, ces Zoulous, ces Touaregs, ces Pygmées, me mettaient mal à l'aise. L'exotisme n'était pas mon fort.

J'avais aussi ma ration hebdomadaire de journaux d'enfants : *Pierrot, Le Petit Illustré* et surtout *Guignol,* mais celui-ci était mensuel à mon grand regret car je le préférais à tous. Les illustrations de *Guignol* me faisaient rêver. C'étaient des villages, des scènes champêtres, des chemins creux bordés de fleurs, de vieilles gravures pleines de diligences et de marquises en habit. Les clochers des illustrations n'étaient pas de chez nous, les toitures étaient couvertes de chaume. (J'ai rêvé toute mon enfance de voir un toit de chaume.) Il y était souvent question de la Bretagne, de ses pardons, de ses dolmens, de ses enclos paroissiaux. Une coiffe bretonne ne mettait en transes. Les histoires bretonnes me ravissaient. Voir un korrigan me paraissait bien autrement passionnant que voir un feu follet.

Parfois, à l'automne, c'étaient de plus lourds volumes que mon père jetait sur mon lit, c'était : l'*Almanach Vermot, Les Pieds nickelés* dont l'esprit était dans le droit fil de celui du *Canard*. C'était aussi l'*Almanach Hachette*. Ce dernier imprimé à l'encre verte, poisseux, répandait ce *parfum vénéneux* dont il était question parfois dans *Les Aventures du Saint*. Je me passais cet almanach sous le nez à plusieurs reprises durant la soirée. Je le humais tel un bouton de rose. Sa couleur vert-de-gris, son poids, l'impression d'un monde paisible qui émanait de lui, tout m'exaltait dans ce livre, et d'abord la carte du ciel qui illustrait chaque début de mois.

Mon père ne jetait jamais sur mon lit les journaux communistes. Ceux-là il les lisait au bistro, le matin, en allant boire son café. En revanche, il lui arrivait d'oublier que, dans le paquet replié, il avait omis d'enlever *L'Humour* ou *Frou-frou*, deux journaux polissons qu'il achetait depuis aussi longtemps sans doute que *Le Canard enchaîné*.

Ma mère lui posait la question, poussait les hauts cris, venait elle-même m'arracher des doigts le journal sulfureux que j'avais naturellement ouvert le premier. Mais parfois elle oubliait elle aussi. Alors, mes yeux éblouis faisaient connaissance avec des femmes toutes déshabillées de fanfreluches, pourvues de seins qui, pour être de grosseur normale, devenaient enfin agréables à regarder. D'adorables galbes escamotés sous des pantalons de dentelle s'offraient à mes caresses, avec des sourires à pleines dents qui m'engageaient à je ne sais quoi, qui se plantaient dans mes yeux comme cela ne m'est jamais arrivé dans la réalité.

Ainsi, grâce à *L'Humour* et à *Frou-Frou*, je passai

directement de la grosse femme en saindoux de la rue Saunerie aux femmes de papier.

Je ne pouvais donc faire état d'aucune de mes lectures devant Mme Lafosse, lorsqu'elle demandait si nous lisions et ce que nous lisions.

Ce sont pourtant ces lectures de bric et de broc, et surtout ma prodigieuse mémoire, qui vont être la cause de la plus belle raclée que j'aie reçue dans ma vie.

Dans la classe, il y avait un certain Claude Augé qui venait de Paris. Paris me subjugue. Tous les journaux que je lis viennent de Paris, les vêtements que je porte, commandés à *La Samaritaine*, portent la griffe de Paris. Ma tante Hélène a une amie qui a passé trois mois à Paris en 1920, qui en parle encore. Ma tante Hélène la voit plus souvent que celles qui sont seulement allées à Lourdes. M. et Mme Devaux ont longtemps vécu à Paris. Mme Maillard, la pianiste de Sainte-Tulle, vient de Paris, de même que le cuisinier qui a préparé le repas de noces de la Nine. Ça fait beaucoup. Nous étions tous un peu éclaboussés par toutes ces connaissances qui avaient foulé ce sol mystérieux.

Claude Augé est de Paris. Il y retourne à toutes les vacances. Claude Augé n'essaie pas de pisser plus haut que la rainure. Il ne grimpe pas aux agrès ou à la barre fixe pour des desseins inavouables. Il a lu le *Robinson suisse*. Il n'a pas d'accent (à tout le moins il n'a pas le nôtre). Il est propre. Tout est lavé chez lui : les ongles, la tête, les pieds. Ses chaussures sont cirées de frais tous les matins. Il porte une ceinture à son pantalon et non d'ignobles bretelles comme les miennes.

Mais tout n'est pas là. Son regard est plus adulte que le nôtre, un peu étonné devant nos excès mais pudiquement, avec retenue. Je le flaire de loin, je tourne autour de sa supériorité dont je suis le seul à avoir conscience.

Mon ami Bonelli se fout ouvertement de lui et de son parler pointu et l'appelle le Parigot. Quant à Mme Lafosse elle-même, à cause de ce Paris dont il est auréolé, elle ne peut se défendre à son égard d'une certaine déférence. Bref. Il m'agace ce Claude Augé.

Certain jour, Mme Lafosse parle de Paris précisément : de l'Opéra, de la Seine, de la place Vendôme. Je m'entends dire :

— La Chaussée-d'Antin.

Mme Lafosse s'interrompt, interdite.

— Quel est celui qui vient de dire : la Chaussée-d'Antin ?

Je lève le doigt.

— Tu es allé à Paris ?

Je garde le doigt levé et je secoue la tête affirmativement car si je suis naturellement timide, en revanche, j'ai de soudains accès d'audace qui me terrifient. J'ai à la fois le doigt levé et l'échine courbe car je m'attends au pire. La voix de Mme Lafosse n'est pourtant pas incrédule mais plutôt charmée.

Alors je me lance : le Palais-Bourbon, la tour Eiffel, l'esplanade des Invalides, le Sacré-Cœur, le Louvre, l'île Saint-Louis, la rue Cognac-Jay (à cause de *La Samaritaine*). Tout y passe. Je n'ai qu'à faire défiler devant moi *Le Canard enchaîné, Candide, Ric et Rac,* l'*Almanach Hachette.* Tous ne parlent que de Paris. La semaine dernière encore, au Cercle des travailleurs, j'ai vu un film *Belphégor ou le Fantôme du Louvre,* avec René Navarre où M. Lecoq poursuit à travers tout Paris le présumé coupable ; j'ai vu Aimé Simon-Girard rue Quincampoix, transformé en *Bossu ou le Petit Parisien ;* j'ai vu Huguette ex-Duflos dans *Koenigsmark* aller porter à l'arc de Triomphe sur la tombe du soldat inconnu un bouquet de roses destiné à Jaque Catelain, son amant dans le film, en disant : « C'est peut-être lui. » Je n'ai pas besoin d'aller à Paris pour y être. Pour un peu je respirerais l'odeur des quais... J'ajoute même à mon énumération abondante, comme un ruban à un bouquet, la rue du Chat-qui-Pêche. Le Claude Augé en *bave des ronds de chapeau.*

— Où est-ce que c'est ça la rue du Chat-qui-Pêche ? demande-t-il.

Et je réponds :

— Entre la rue de la Huchette et le boulevard Saint-Germain.

Parbleu ! Je l'ai lu avant-hier dans *Le Canard.* C'est le titre d'un livre et ils expliquaient d'où il était tiré. Et puis un pareil nom ça ne s'oublie pas. Je pourrais continuer, ma mémoire est bouillonnante comme les grandes eaux de Versailles. Mais je m'arrête. J'ai enfoncé Claude Augé avec la rue du Chat-qui-Pêche, ça suffit.

Cependant, la justice aussi est un plat qui se mange froid. L'affaire se régla alors que j'étais déjà en huitième chez M. Alric.

Certain jour, sortant du bahut, Mme Lafosse tomba sur ma mère qui était en face sur le trottoir cousant un matelas. Voyant cette travailleuse qui *tenait* son fils au collège, elle voulut lui faire une honnêteté sur moi. Et incidemment (c'est ma mère qui me le répéta par la suite), elle lui dit :

— Et puis il a voyagé, je crois ? Il est déjà allé à Paris ?

Et ma mère, saint Jean Bouche-d'Or, de lui répondre :

— A Paris, lui ! Il n'a jamais quitté mes jupes !

Je nous vois encore ce matin-là, tous studieusement penchés sur nos exercices. Il y avait longtemps, moi, que j'avais oublié mon voyage à Paris. M. Alric descendit de sa chaire avec la mine fatiguée du martyr. Il passa derrière mon banc, m'attrapa par l'oreille avec une force d'appareil de levage, tant l'indignation le motivait. Tous ceux qui étaient à côté de moi se bousculèrent précipitamment pour me livrer passage car M. Alric dans sa rage m'aurait fait passer sur eux. Il me sortit de la classe ainsi, me sortit du corridor, me fit parcourir les quinze mètres de trottoir à cloche-pied, toujours suspendu par une oreille à sa main justicière. Il ouvrit la porte de la classe de neuvième et d'une bourrade me jeta à la merci du bras séculier.

Je ne puis m'empêcher d'éclater de rire en écrivant tout ça. Je me vois encore comme si j'y étais. Trente écoliers médusés virent arriver mon paquet en trombe devant leurs pupitres. Mme Lafosse avait déjà quitté sa chaire et fonçait sur moi. Je mis instinctivement ma main devant mon visage, mais ce n'était pas à celui-ci que Mme Lafosse en voulait. Avec une force prodigieuse (je devais bien peser vingt-cinq à trente kilos) probablement tirée de la même indignation que celle de M. Alric, elle me souleva de terre, me bascula sur son bras gauche soutenu par sa cuisse pliée et là, solidement arc-boutée sur ses grands pieds, elle m'administra la plus belle raclée que j'aie jamais reçue. Ça dura au moins quatre minutes à mon imparfaite évaluation. *Elle tapait comme une sourde* comme on dit chez nous. Sa force, sa hargne, sa colère dévastatrice, puisaient très probablement leurs racines dans l'humiliation d'avoir été prise pour une andouille par un enfant de neuf ans.

Si la fatigue ne l'eût pas vaincue, elle serait probablement encore, cinquante-sept ans plus tard, en train de me taper dessus, pour se punir de cette erreur. Mais enfin elle me reposa à terre, ouvrit grande la porte et m'envoya dinguer dans la cour avant que ma bouche béante sur mes hurlements ait pu en exhaler un seul. D'ailleurs, chose curieuse, la peur sans doute d'attirer le principal ou peut-être le grand air, je réussis presque sans effort à ravaler mes cris de douleur prêts à éclater.

Je suis donc là, le cul incandescent comme celui d'une poêle à frire prête à servir, suivant le trottoir qui conduit de la neuvième à la huitième où, sous les yeux de toute la classe, filles comprises, M. Alric va tirer une leçon de morale de mon inqualifiable attitude. Et à tous ces pauvres enfants il va dire : « Mes enfants ne mentez jamais ! » Et quand il va perdre sa fille unique, d'ici deux ans, va-t-il lui dire lui, suivant le même principe qui ne peut être transgressé : « Ma fille tu vas mourir et Dieu n'existe pas ? » car il est communiste comme mon père et professe en tout l'irréprochable transparence des idées et des mœurs.

Bref. Sur ce trottoir où je défile me tenant les fesses à deux mains, devant les grands de l'étude qui sont tous, tant sont rares les exécutions capitales, le nez collé à la vitre en dépit du pion, croit-on que je médite d'assassiner Mme Lafosse ? De mettre le feu au collège ? Ou, plus simplement, les fesses délicieusement émues par cette séance, d'en redemander plus tard ou de me jeter en pédérastie ? Non. Je ne projette même pas — que Dieu garde ! — de me suspendre au cou de mes parents pour réclamer justice contre cet attentat. Selon la formule locale : *je prendrais le reste.* Non. Je me répète : « Ça t'apprendra ! » Non pas : « Ça t'apprendra à ne pas mentir », ce qui devait être le but de cette correction méritée, mais : « Ça t'apprendra à fermer ta gueule ! Tu pouvais penser que tu étais allé à Paris mais pas le dire. Et après tout, tu y es peut-être allé à Paris mais c'était pas la peine de le crier sur les toits. Ça t'apprendra ! »

Ni la lubricité ni l'école ne m'empêchaient d'être attentif aux subtils changements qui, autour de moi, préparaient un autre Manosque où je n'aurais plus ma place. Un beau jour, l'institution qui a servi du tabac à priser à des générations de Manosquins s'effondre sous les coups de l'amour.

En 1930, l'Héloïse Chaix se dessaisit de sa balance derrière laquelle elle trône depuis cinquante ans et remet son fonds à l'Amadou Diagne, mari de sa sœur. Ce danseur de jazz, élégant et flexible, a besoin de grandeur, de lumière et de brillance. Il abat des cloisons, abaisse le niveau du sol, met des carreaux à la place du parquet, s'offre un comptoir nickelé, des lustres imitation Lalique et il appelle ça le *Splendid-Bar*. Il garde les tabacs à fumer mais pas ceux à chiquer ou à priser, trop vulgaires. Du coup, les chiqueurs et les priseurs désorientés ne pourront plus avoir ce prétexte auprès de leurs conjoints *pour venir faire un tour à la Saunerie*. Ils devront s'exiler en des lieux moins conviviaux : chez le Pierre Devalois au Soubeyran ou chez le père Vassart au Terreau.

Et moi aussi je suis désorienté car l'Amadou Diagne s'est également débarrassé des journaux. Un beau jour, pris en sandwich entre le café-glacier et le restaurant Alivon, on pratique un antre de quatre mètres qu'on flanque d'une véranda. Du jour au lendemain ce n'est plus chez l'Héloïse que je dois aller chercher mes illustrés et ceux de mon père, c'est dans cette étroite galerie. Seulement derrière le comptoir, au lieu de l'Héloïse, image de la justice, c'est une superbe créature blonde que tout le monde appelle Magali qui me sert. Elle est grande, capiteuse, elle porte des chaussures à talons et des bas noirs dont la couture bien droite sur le mollet me subjugue et m'attire. Sauf un chemisier blanc, elle est tout de noir vêtue comme une soubrette de *L'Humour*. Elle a une bouche à lèvres un peu pendantes, le menton lourd comme ses fortes hanches. La couleur de ses yeux a disparu de ma mémoire au profit de son regard rusé. Elle, elle me surveille, elle a peur que je ne lui carotte des journaux. Le premier jour, d'une voix doucereuse, elle m'a dit :

— Tu ne dois pas les prendre toi-même. Tu dois me les demander !

Tout autre qu'elle ne me reverrait de sa vie. Avec elle, je file doux. Je me trouve consolé, la contemplant aller et venir, me frôler en cet espace étroit suivie d'un sillage de parfum qui tient de la pêche mûre et de la fleur vénéneuse du datura, arbuste qui pousse sous le néflier dans le jardin de l'oncle. Quand elle me tourne le dos, je suis sa démarche royale. C'est la première fois que je peux respirer une femme de chair à portée de ma main. La laide Héloïse avait une belle âme sous son corps sans attraits. Celle-ci abonde en attraits de toutes sortes, mais elle a une âme commune. Elle est aux aguets avec tout le monde, elle a *peur de perdre,* qu'on lui prenne, qu'on la vole. Elle me dit que j'ai les ongles noirs, que je salis les journaux que je touche et que par conséquent, si je les ai touchés, je dois les acheter. Mais c'est la première fois qu'une femme me parle et, d'ailleurs, elle peut toujours parler, ce n'est pas à son âme que j'en ai ni même à son visage que j'ai totalement oublié. Ce n'est même pas à son corps qu'hélas je ne puis toucher, c'est à l'espace concret qu'elle remplit dans mon esprit sous la légende du mot *femme.*

Elle a une sentencieuse amie aux chevilles lourdes, Mlle Gonzalès, qui avoue en minaudant avoir quatre fois sept ans, alors que du haut de mes deux lustres perspicaces je lui en attribue bien quarante-cinq. Un jour, en m'en allant, sans même attendre que j'aie refermé la porte, je l'entends dire :

— Méfie-toi ! C'est le petit d'un communiste !

J'en ai le rouge de la honte qui escalade mes oreilles. Et néanmoins chaque jour assidûment, je retourne dans cet antre pour contempler les bas noirs qui ondulent sur des jambes dont je ne convoite pas la chair. Quand je ferme les yeux une fois seul, c'est eux uniquement que je vois et quelquefois la lippe un peu crapule de la Magali blonde et les avanies doucereuses qu'elle me prodigue, mon imagination les transforme en répliques lubriques.

Ce temps béni dura jusqu'au jour qu'elle tomba enceinte. Cet événement n'avait pas de quoi émouvoir un enfant de dix ans qui voyait ce spectacle depuis son enfance. Mais c'était la première fois que cette situation se produisait chez une femme dont je faisais mes délices solitaires. Elle disparut de mes visions ce jour-là comme par enchantement, sans regret, sans drame et sans acrimonie. Oncques ne la revit depuis. J'allai désormais chercher mes journaux sur la place de l'Hôtel-de-Ville où il y avait je ne sais qui.

On comprendra qu'avec une telle mentalité, j'étais en paix avec les filles de la classe et avec mes amies de jeu.

Je regarde derrière moi. Je fouille cette nuit des temps : la mienne. N'ai-je rien oublié ? Il faut pourtant que je consigne encore un étrange événement. Il fut tout interne, rien n'en transparut à l'extérieur. A mon ordinaire je n'en parlai à personne. Et cependant il me mit beaucoup plus mal à l'aise que l'amour ou que la préoccupation de la mort.

Ma marraine était une matelassière si réputée pour le moelleux de son travail qu'elle avait des clients fidèles depuis vingt ans peut-être. Il y en avait notamment toute une famille à Villedieu, là-bas de l'autre côté de la Durance. Une fois par an, ces propriétaires la faisaient venir chez eux pour refaire tous les matelas de la maisonnée. On en parlait six mois à l'avance. Ma tante Hélène en avait la bouche pleine.

— Qu'ouro anarès faïre lei matalas enco dei Seguin... — Avan d'ana enco dei Seguin... — Qu'ouro partès enco dei Seguin ? (Lorsque vous irez faire les matelas chez les Seguin... — Avant d'aller chez les Seguin... — Quand partez-vous chez les Seguin ?)

Un beau jour arrive *la tomobile* des Seguin, conduite par le patron lui-même ou par un fermier. Ma tante Hélène préfère croire que c'est le fermier, ça fait plus grand genre que si c'était modestement le patron en personne qui vienne chercher la matelassière. C'est le branle-bas de combat : à l'arrière de la bétaillère on charge la cardeuse, le métier, l'artisane. La tante Hélène regarde avec fierté, parmi toutes les voisines rassemblées, la mère Brunel être enlevée dans *la tomobile* de M. Seguin.

Des années durant je *bassinerai* (importunerai) tout le monde afin de connaître ces Seguin mythiques qui m'enlèvent ma marraine pendant une semaine. Enfin un bel été, ma mère consent à me donner à ma marraine. C'est moi cette fois, dans *la tomobile* que la tante Hélène regarde partir, accompagnant sa mère.

Le voyage n'est pas exaltant. Ce n'est plus le taxi du Barras, je ne suis plus en chaussures vernies et boléro noir. Les tréteaux du métier et la cardeuse qui bringuebalent à l'arrière me rappellent à chaque instant notre modeste condition.

A l'arrivée, c'est la nuit. On mange dans une vaste cuisine. Tout est irréel ici, la grandeur de la pièce et, sous la suspension abaissée, le visage grave des parents et des enfants qui réfléchissent. On nous donne deux chambres contiguës. La mienne est magnifique. Le lit et son édredon en occupent le tiers. Le reste est meublé de tables de café en marbre. Quantité de moules en faïence occupent ces marbres ; là-dedans des tommes commencent à se faire à côté d'un grand toupin plein de caillé et sous un panier à salade suspendu au plafond par une ficelle, lequel regorge de *pébré d'aï* (sarriette). Je n'avais pas besoin de le voir d'ailleurs, l'odeur est là qui va dorer mon sommeil de landes et de badassières. J'ai vu en arrivant, dans la pénombre, la silhouette d'un arbre immense qui couvre presque toute la ferme. Le vent va souffler dedans. Ça va être superbe ! Mais soudain catastrophe ! J'ai oublié de quoi lire ! Je ne peux pas, je n'ai jamais pu m'endormir sans une dose de lecture.

Inquiet, désorienté, je sors dans le corridor, frappe à l'huis chez ma marraine en camisole qui peigne avec soin ses longs cheveux après avoir défait son chignon.

— Qué as ? (Qu'est-ce que tu as ?) dit-elle.

— J'ai rien pour lire !

Je suis prêt à pleurer. Alors ma marraine soupire un peu. Elle va me faire un grand sacrifice : sur son lit, il y a *L'Auberge de Peyrebelle,* dont elle comptait bien faire ses délices avant de s'endormir. Elle me tend l'objet sans hésiter :

— Té ! As qué dé légi aco ! (Tiens ! Tu n'as qu'à lire ça !)

Croit-on qu'il s'agissait d'un livre ? Pas du tout. Ma marraine et l'une de ses voisines, Mme Miane, prenaient *à champart,* c'est-à-dire en commun, en payant chacune la moitié de l'abonnement, un journal régional. La voisine le parcourait la première et le passait à ma marraine qui le conservait. Ce quotidien publiait en bas de sa page deux, sur toute la largeur du journal un feuilleton *L'Auberge de Peyrebelle.* Ma marraine le suivait avec passion, mais comme elle n'avait guère le temps de lire, elle le découpait et lorsqu'elle avait cinquante livraisons, elle les rassemblait en les cousant ensemble avec son aiguille et son fil de matelassière. Le soir où, chez les Seguin, j'emportai cette lecture dans ma chambre, c'était déjà un paquet de quatre cents feuillets et rien ne laissait prévoir qu'on allait bientôt en voir la fin.

Je me mis à bâfrer cette lecture sous la loupiote de vingt-cinq bougies qui éclairait le bénitier à la tête de mon lit. Je m'y vautrais, m'y prélassais, y jouissais d'une jouissance sublimée plus délicieuse que mes plaisirs solitaires. J'étais obsédé par cette phrase qui revenait sans cesse : « Quand les assassins avaient tué leurs victimes, ils les brûlaient dans le même four où ils cuisaient le pain pour toute la semaine. »

Une horloge au fin fond de la maison sonnait à coups feutrés. Le vent inclinait les molles rames du grand cèdre jusqu'à la toiture qu'il caressait lentement en un frôlement mystérieux. Etait-ce l'excès du plaisir ? Je cessai de lire. Je regardai droit devant moi le saladier bourré de poivre d'âne qui tournait doucement au bout de sa ficelle, sous l'effet de quelque courant d'air. Alors, je me mis à penser comme un livre. Dans ma tête, au lieu de la rapide incohérence de mes réflexions bâties à la hâte, une phrase qui aurait pu faire suite au feuilleton se forma toute prête : *Quand Enjolras sut qu'il avait mangé du pain cuit au même four que les cadavres, quand il imagina la grasse suie qui s'était attachée au plafond du four, il s'arrêta pour toute sa vie de manger du pain.*

Mais alors brusquement tout bascula, tout fulgura. Je n'eus plus le temps de fabriquer des mots. Sans même en avoir eu conscience, j'avais maintenant en mémoire des villages et des villes parcourus de gens qui vomissaient ce pain pourtant depuis longtemps digéré et dont ils ne pouvaient plus débarrasser ni leur chair ni leur esprit. Ça me paraissait beaucoup plus intéressant que le procès. Je les voyais repoussés par leurs enfants, leurs femmes : « Ne l'embrasse surtout pas ! Il a mangé du pain de *L'Auberge de Peyrebelle !* » Une avalanche de situations comiques ou tragiques me déboulait dessus, m'ensevelissait. Je ne savais plus quel visage poser sur ces ombres affolées qui se ruaient dans ma mémoire comme si je les avais déjà toutes rencontrées quelque part, au détour d'une vie cachée. J'essayais de retenir ces fantômes, d'ordonner les péripéties, de ralentir le rythme des affrontements. J'étais harassé. Le paquet de feuillets avait glissé de l'édredon sur la descente de lit. Le flot de vie cachée coulait en moi ininterrompu, ininterrompable, traversé de cris, de vociférations, accompagné de paysages soudain brossés et que je ne connaissais pas, accompagné d'éléments déchaînés. Je me crus fou. Je mis un pied hors du lit pour aller crier ma marraine. Et puis je m'arrêtai net et je me dis que si je réussissais à résister à cette impulsion, cela prouverait que je n'étais pas fou. Je me recouchai, éteignis la loupiote, tournai trois fois le volumineux oreiller. Je m'endormis. Au réveil plus rien n'existait. Même la phrase originelle je n'en retrouvai plus que des bribes. Je me mis à me considérer avec méfiance. Cette incursion dans un monde magique ne me disait rien qui vaille. Jamais plus je ne me plongeai dans *L'Auberge de Peyrebelle.* Jamais plus je ne demandai d'aller chez les Seguin, à Villedieu, car j'accusai l'arbre, la chambre et peut-être la pendule qui sonnait d'avoir déréglé mon équilibre. De ça non plus je ne parlai à personne. La révélation de ce secret me paraissait aussi propice à m'attirer la désapprobation générale que ma propension aux plaisirs solitaires.

Le passage de la neuvième à la huitième se fit sans heurt. Je continuais à assimiler sans peine sauf l'arithmétique. D'autant plus que celle-ci était enseignée par le tristement célèbre de Zerbi. Heureusement les problèmes étaient encore simples. Ils ne jouaient que sur les quatre opérations et la règle de trois. Je surnageais tant bien que mal. L'essentiel du programme nous était enseigné par le bon M. Alric à la barbe fleurie. De quelque facilité que je montrais en certaines matières, de ma prodigieuse mémoire, M. Alric qui était communiste comme mon père, avait sommairement déduit que j'avais du génie, tant il lui paraissait, probablement à son insu, souhaitable, mémorable et inespéré de placer un fils de militant de base dans cette situation.

Cependant, dès le 1er octobre, un contingent de filles élevées à Saint-Charles, institution catholique, nous est tombé dessus, sans doute pour nous enfoncer un peu plus encore dans nos superstitions sexuelles.

Mais l'impression la plus vive qui me frappa en les voyant arriver, ce ne fut pas cette peureuse perception du sexe différent, ce fut leur immédiate connivence avec certains d'entre nous. J'eus tout de suite l'intuition qu'entre la plupart de ces filles et quelques garçons, un accord tacite existait. Ils étaient bénéficiaires du même mode de vie que nous ne partagions pas, des mêmes règles, écrites nulle part, un usage dont j'ignorais la clé, mais qui me semblait lié au fait que ces garçons et ces filles, une dizaine en tout, utilisaient chaque matin la douche ou la salle de bains, alors que quatre-vingts pour cent d'entre nous se contentaient d'une bassine. C'était peut-être aussi simple que ça, mais peut-être pas.

J'avais sous les yeux, au banc d'à côté, une fille qui personnifiait pour moi cette indéfinissable différence qui ne tenait pas au sexe, que je pressentais beaucoup plus importante, beaucoup plus significative, et je savais que cette différence si je la rencontrais chez une fille, c'était l'effet du hasard, ça aurait pu aussi bien être chez un garçon. Selon moi, elle participait d'une minorité d'êtres, tant femelles que mâles, qui pèseraient un jour de tout leur poids sur notre volage multitude. Une méfiance profonde vis-à-vis d'elle me tenait en garde. Pourtant sous la houlette de M. Alric nos noms étaient sans cesse accolés car dans les matières qu'il enseignait nous étions d'égale force. Tout changeait chez de Zerbi car j'étais nul en calcul et elle se jouait en quelques minutes de tous les problèmes. Mais ce n'était pas pour cette différence que je la scrutais avec attention presque tout le temps, que je la surveillais, que je l'épiais. Je n'étais pas jaloux d'elle. Je me méfiais. Et ce n'était pas d'elle que je me méfiais spécialement mais de ce que j'avais l'intuition qu'elle incarnait. M. Alric nous la donnait en exemple. Il disait qu'elle était très intelligente et je n'avais pas eu besoin de cette appréciation pour m'en être avisé moi-même. Son regard était très doux sous des sourcils perpétuellement arqués, comme si la contemplation de notre brouillonne nature — car elle n'était pas d'ici — ne cessait de l'étonner. Elle avait des taches de rousseur. Elle s'appelait Monique.

Parfois elle me souriait comme si elle devinait entre nous une fraternité qui ne tenait ni au sexe ni à la religion de la salle de bains. Je ne répondais pas à ce sourire, je laissais fuir mon regard loin du sien, je refusais ce pont qu'elle voulait peut-être jeter entre elle et moi.

En revanche *je me montai rapidement le bourrichon* sur une Huguette, fille d'épicier. Cette Huguette était à ma convenance. Elle ramait comme moi sur l'énoncé d'un problème. Nos médiocrités nous rapprochaient. Nous nous faisions des grimaces en planchant en vain sur ces énigmes qui nous dépassaient. A elle j'osai parler. Je ne me souviens même pas de la couleur de ses yeux. Son corps de fillette ne me tentait pas. C'était à son âme que je prétendais en avoir.

C'est qu'aimer, il me faudra des années encore pour faire coïncider ce mot avec les fantaisies les yeux fermés auxquelles je me livre en toute quiétude. Je ne saurais que faire de cette Huguette joufflue, alors que j'aurais cru savoir faire tant de choses avec cette Magali aux bas noirs.

Me sachant peu séduisant je la comble de cadeaux cette Huguette. Je lui offre taille-crayon, papier bleu pour couvrir les livres, porte-plume à lentille où, en approchant l'œil, on distingue en couleur le cirque de Gavarnie. Un jour ne sachant plus comment lui faire comprendre mes sentiments, c'est mon plumier que je dépose à ses pieds. Mon plumier ! Acheté par ma mère chez Mme Garcin la libraire ; un plumier laqué noir façon paravent chinois orné d'un grand dragon rouge sur le couvercle. Résultat : faute de pouvoir les loger, je coinçais mes porte-plume entre les pages de mes cahiers et de mes livres. Au bout de trois jours, boursouflé, éclaté, le cahier était innommable, au bout de huit jours, la plume était ébréchée, tordue. Elle crachait, elle éclaboussait. C'était peu de dire que mes cahiers étaient maculés de pâtés, ils étaient constellés de chiures de mouches.

Un jour parmi tant d'autres, n'en pouvant plus de dégoût de constater tant d'incurie chez son protégé, M. Alric souleva mon cahier dont les pages se déchirèrent tant elles étaient lasses d'être maltraitées. Il montra les lambeaux à toute la classe en s'écriant :

— Regardez ! Admirez ce qu'il est capable de faire ce patouillard !

Le mot était lancé. Son succès fut immédiat. La classe épanouie sauta sur cette occasion. M. Alric enchanté de sa trouvaille l'exploita jusqu'à la gauche :

— Patouillard, votre science ! Patouillard, récitez-moi *Oceano nox!* Patouillard qu'est-ce qu'une *exégèse* puisque vos camarades n'ont pas l'air de le savoir ?

Sous le *r* du mot « patouillard » trois fois prononcé et qui roulait dans sa bouche ariégeoise avec les accents du tonnerre, il m'écrabouillait. D'abord, je ne fis qu'en secouer l'oreille car, pour huit jours, j'avais gagné la considération d'Huguette qui savait bien, elle, que c'était faute de plumier, pour le lui avoir donné, que mes porte-plume avaient fait de tels ravages. Mais Huguette s'estompe, sa fadeur et sa stupidité ne résistent pas au trimestre. Elle rejoint dans l'oubli les quelques fillettes dont je me suis laissé accroire que j'étais amoureux. Patouillard lui, demeure, flamboyant, infamant. Il s'ajoute, il se superpose à l'accusation de communiste qui commence à courir les venelles derrière moi. Désormais on ne m'appelle plus Magnan ni Pierrot. Je deviens Patouillard pour l'éternité. Je le suis encore. Ceux de mes anciens condisciples qui entre eux ne me nomment pas ainsi, c'est qu'ils sont déjà morts.

Cependant, par des signes imperceptibles, la civilisation particulière où j'étais né, commençait à se dissoudre parmi d'autres courants et m'abandonnait en route. Le premier avait été la retraite de l'Héloïse Chaix, cette institution, qu'on ne vit plus que maigrissant et disparaissant derrière le mystère de sa fenêtre où étaient brodés le loup et l'agneau.

La Tricanote mourut et l'on ferma l'étroit magasin vert, le seul où les paysannes des collines apportaient leurs trésors parcimonieux : quelques bécasses à point disposées sur un lit de feuilles de châtaigniers ; une douzaine de truffes dans un compotier de chez Mme Grognard ; des morilles noires et ces quelques fromages de Banon, les derniers qui osaient encore dire leur nom.

Le dernier boulanger, notre voisin le père Brun qui pétrissait encore à la main, vendit son fonds pour s'acheter un cinéma. Du jour au lendemain, l'odeur des fascines de résineux qui partait en fumée dans le ciel cessa d'exister. En guise de berceuse, m'éveillant à deux heures du matin comme d'ordinaire, j'entendis le halètement sourd d'un moteur et un ronflement de forge. C'était celui du mazout qui chauffait le four. Adieu les gratins, les pommes d'amour farcies, les poulets de ma grand-mère dont la peau éclatait encore en grésillant hors de ce four d'où on les tirait au second coup de midi. Car, dans ce four du père Brun, tout le quartier gratuitement venait cuire sa cuisine. Sous l'énorme figuier qui abritait le fournil une table à tréteaux était à disposition pour poser les plats en attendant son tour. Quand la rue n'embaumait pas le pain, elle respirait ces odeurs de cuisine, on savait qui cuisait et ce que l'on cuisait et moi j'avais envie d'aller manger chez tout le monde. De bis à parcelles de son et mie pleine de trous qu'il était, le pain devint doré, insipide. On ne le mangea plus que par nécessité alors que, jusque-là, c'était par plaisir.

Ce fut à peu près vers cette époque-là que l'Henri Gardon remit son fonds d'épicerie et ce fut tragique car il *faisait carnet*. C'est-à-dire que les ouvriers de la mine, les terrassiers, les manœuvres maçons, tous ceux qui étaient payés à la quinzaine pouvaient entre-temps acheter de la nourriture à crédit, grâce à un carnet double sur lequel la Marie-Rose épouse de l'Henri ou la Maria sa belle-sœur inscrivaient les denrées délivrées et leur prix. Mais ce ne fut pas seulement pour cela qu'on regretta ce trio si affable et son chef pince-sans-rire avec sa grosse voix bourrue.

Tous les trois jours, cet homme de bien grillait à la main le café de la clientèle. Il tournait pendant des heures la manivelle du brûloir à charbonnille, en tenant haut levé de sa main libre *La Porteuse de pain* qu'il mit longtemps à terminer, ne lisant qu'à cette occasion. La dégringolade des grains à chaque tour du brûloir faisait un bruit d'une extrême sympathie. L'arôme s'en allait flotter jusqu'à la place du Terreau porté par la brise. Les tristes torpeurs des femmes mal aimées ne résistaient pas à cet appel. Elles bondissaient de leur antre noir baptisé cuisine où elles se morfondaient, ouvraient la croisée, se penchaient vers la rue, appelaient :

— Pierre ! Paul ! Lucien ! Louisette ! Y a l'Henri qui brûle le café ! Va vite m'en chercher un hecto ! Tu paieras pas ! Tu diras que c'est pour moi !

Et quand le *drôle* (enfant) revenait, elles avaient déjà le moulin à café carré serré entre les cuisses de peur de perdre du temps. Ce café de l'Henri Gardon c'était la consolation du pauvre au même titre que l'eau des carmes du frère Mathias.

En 1931, on arracha le dernier des ormeaux de la place à laquelle il ne resta plus que le nom. Les deux Gondran qui m'avaient vu naître moururent dans la maison d'en face. Je ne sais où alla leur horloge.

En 1931 disparurent aussi un grand nombre de paysans de la ville. Ceux de la campagne étaient aux aguets. Sitôt que le vent du nord leur apportait l'écho du glas, ils venaient aux nouvelles, pleins d'espoir car ceux de la ville n'avaient jamais d'héritiers aptes à leur succéder. Ils étaient les derniers à cultiver leurs biens. Pour la première fois dans la chaîne des générations, leurs enfants ne prendraient pas la suite. Ils étaient devenus mineurs, électriciens, camionneurs, commerçants ou bien ils s'étaient exilés ou bien ils étaient entrés dans l'armée.

Meurent les ânes, se désinfectent les écuries, transformées en entrepôt, s'arrachent les oliviers. Mme Grognard dans la rue du Quatorze-Juillet, faute de pratique, ferme pour toujours son magasin de *taraillettes*. Mon quartier lui-même change d'allure. Nous avions une rue de la Paille qui coupait à angle droit la rue Chacundier et contre le nom de laquelle depuis longtemps les riverains murmuraient. En 1930, elle devient rue de l'Armistice. Après la boulangerie modernisée, c'est le Dépieds notre voisin qui cesse d'atteler tous les matins afin de se consacrer à son seul labeur de premier adjoint au maire. L'air ne retentit plus de ses engueulades matinales avec sa chère moitié.

Notre autre voisin, le Jules Arnaud, s'achète une bétaillère et prend son permis de conduire. Il n'attelle plus lui non plus à grandes gueulantes solitaires et coups de pied dans les flancs du cheval.

Un matin, traversant la Saunerie, je ne vois plus l'omnibus des Grognard que si souvent ma marraine et moi nous avons emprunté à la gare, au retour de Sainte-Tulle. Un autobus est là qui attend, trapu, qui remplace l'antique guimbarde caparaçonnée de cuir.

Cette année-là aussi nous perdons les trois derniers personnages qui, entre autres, avaient fait de notre ville un pays inclassable : le Spétaclous, Mlle Croisé et le vieux Siméon Bourne.

Ce Spétaclous était le surnom d'un petit homme chafouin, la casquette endeuillée d'une ganse noire et dont le rire était depuis longtemps tari. C'était un de ces êtres que pour ainsi dire *on prend en route* lorsqu'on est enfant. C'est-à-dire que nul ne peut plus vous renseigner sur eux, vous dire pourquoi, quand, ils sont devenus ce qu'ils sont.

Ce Spétaclous se promenait toujours armé d'une trique qu'il tenait serrée en diagonale contre lui à la manière des marionnettes du Larifla. A l'aide de ce gourdin, il s'interdisait à lui-même toutes les entrées où il se présentait. C'était un vrai théâtre guignol que de le voir aux prises avec son gourdin derrière les parois de tôle de nos vespasiennes. On ne voyait dépasser de là que le bâton qui s'agitait. Il s'escrimait contre lui-même. Les coups pleuvaient. On l'entendait vociférer :

— Pissaras pas ! Pissaras pas ! (Tu ne pisseras pas !)

Chaque soir, rentrer chez lui était une affaire d'Etat.

Aller dîner ne se faisait jamais sans d'abord quelques coups de bâton qu'il s'administrait. Cette pantomime entre lui sur le seuil et sa mère dans le corridor maintenant la porte ouverte et multipliant les objurgations se déroulait dans l'indifférence philosophe du voisinage. Lorsque quelque étranger s'enquérait du tintamarre et de ses causes, on le tranquillisait :

— Aco es rén ! Es aquéou paoure Spétaclous que vouo pas se leissa recampa a l'oustaou... (Ce n'est rien ! C'est ce pauvre Spétaclous qui ne veut pas se laisser rentrer chez lui...)

Mais c'était devant l'église qu'il livrait ses plus farouches combats. Je le vois encore sur la plus haute de ces marches longues de quatre ou cinq mètres, la parcourant en diagonale avec rapidité comme pour feinter un adversaire invisible posté là pour lui interdire le passage. Parfois, le bâton lourd s'abattait sur l'épaule ou la tête de ce pauvre homme avec un bruit mat.

— As péca ! criait-il. Prégaras pas ! As esta un démounto crestian ! Anaras din l'ouro dou diablé ! (Tu as péché ! Tu ne prieras pas ! Tu as été un suppôt de Satan ! Tu iras dans la marmite du diable !)

Parfois, sous le déluge des coups, il battait en retraite. Parfois quelque clergeon compatissant venait doucement, au risque d'être assommé, le prendre par le bras et lui faire franchir avec précaution les quelques marches du sanctuaire. Mais ni pour joindre les mains ni pour s'agenouiller, le Spétaclous ne se dessaisissait de son gourdin justicier. Il mourut en ces temps. Il avait réclamé son bâton aux derniers instants. On le lui laissa dans son cercueil, serré sur sa poitrine comme un grand crucifix.

Mlle Croisé était une longue femme plate, de noir vêtue, coiffée hiver comme été d'un cabriolet de paille noire aux bords maintenus sur les oreilles par un cordon noué sous le menton. Ainsi chapeautée, elle ressemblait à *La Cousine Bette* que j'avais vue au cinéma. Ses lunettes épaisses comme des loupes cachaient ses yeux et son regard. On disait qu'elle était somnambule et que la nuit elle allait courir après le train.

Les conscrits sortant de ribote l'avaient suivie certain soir pour rire. Ils n'avaient pas ri du tout. Ils avaient vu arriver ce long personnage noir tout plat, en trombe sous les chiches lumières du quai. Ils l'avaient vu bondir sur le ballast juste derrière le fanal rouge de l'express. Ils l'avaient vu littéralement voler de traverse en traverse sur ses escarpins, avec son sac de dame à bout de bras, à la poursuite du convoi et ne se laissant distancer qu'après trois cents mètres de course. « Juste sous le sémaphore ! » dirent les conscrits hors d'eux. Là, ils la virent agiter longtemps très haut un fin mouchoir de batiste et revenir lentement sur le ballast.

Un lampiste philosophe qui transvasait du pétrole dans une lanterne leur dit qu'on la laissait faire, que ça lui prenait une ou deux fois par an et que ses proches avaient bien recommandé de ne surtout pas la réveiller parce qu'elle avait le cœur à droite et que ça risquait de la tuer.

Les conscrits la suivirent encore remontant l'avenue de la Gare et toujours serrant le mouchoir. Ils avaient des clairons, des cocardes scintillantes et n'engendraient pas la mélancolie. Pourtant, ils suivirent en silence, « comme un enterrement », dirent-ils, jusqu'au boulevard des Lices où elle habitait, cette femme qui dormait debout par quelque inavouable malheur. La vue de ce destin sans joie les avait dégrisés.

Je n'ai pas connu la vie de cette Mlle Croisé. Parfois je la vois, telle que je la voyais, scrutant de derrière ses rideaux le boulevard où je passe et où il pleut. Sous les verres des lunettes qui reflétaient les platanes secoués par le vent d'automne, son visage était figé sur un profond ennui. Elle était un des mystères de Manosque, et ce mystère est toujours intact.

Nous en avions un autre de mystère en la personne du vieux Siméon Bourne. Au début du boulevard des Lices, une vaste maison au toit à quatre pentes se cachait à l'ombre d'un ormeau tutélaire. Tous les contrevents de cette demeure, à l'exception d'un seul, étaient toujours clos comme si elle était déserte et pourtant un homme vivait là-dedans. Un homme que nul ne voyait jamais qui ne communiquait avec le monde que par le truchement d'un panier qu'il descendait du second étage au bout d'une corde jusqu'à le poser sur le sol empierré de la cour. C'était Mme Castel, voisine de mon oncle Désiré que tout le monde appelait la sourde, qui se chargeait de remplir ce panier. On ne pouvait pas l'interroger (il fallait hurler), on ne pouvait pas savoir comment et quand l'accord tacite s'était fait entre elle et l'hôte de la maison. Mon père si je l'interrogeais haussait les épaules et me répondait par cette phrase sibylline : « Lei chins fan pas dé cats » (Les chiens ne font pas des chats), ce qui voulait dire qu'il y avait déjà eu des excentriques dans cette famille et que cette affaire ne valait pas la peine qu'on s'y arrête. Ma mère répondait évasivement ou inventait ses réponses.

Le facteur lui-même ne savait rien. Il avait regardé par la fente de la boîte aux lettres qui donnait directement sur le corridor. Il décrivait une longue galerie, un entassement de meubles barricadant la porte et, disait-il, au bas du grand escalier, renversé sur le côté, un énorme piano à queue.

J'avais un camarade. Il s'appelait Jean, mettons... C'était comme moi un amoureux de l'étrange. Longtemps ce panier de la maison Bourne nous intrigua. Le secret de ce portail toujours entrouvert sous l'ormeau nous attirait plus sûrement que les placards du cinéma ou les robes courtes des filles. Certain soir, il nous arriva de pénétrer sous l'ombre de l'arbre. Je me souviens. Il pleuvait. Le panier à l'ancre de sa ficelle luisait dans la pénombre ménagée derrière la grille par le réverbère voisin. Longtemps, le cœur battant la chamade, nous retenant l'un l'autre, nous sommes restés planqués derrière le tronc de l'arbre, haletants, prêts à fuir, conscients de notre audace. Nous savions que la sourde aux pieds plats ne venait régulièrement que vers huit heures remplir son office, mais si par hasard elle arrivait en avance ? Nous entendions ses piaillements, nous nous imaginions fuyant, poursuivis par la meute des désœuvrés qui *tenaient le portail* et qui seraient trop heureux pour se distraire de jouer les chasseurs et les justiciers. Nous imaginions le solitaire lui-même, tiré de son adieu au monde par l'indignation. Nous supputions (tout au moins moi) la raclée que nous ne manquerions pas de prendre. Mais l'objet de notre curiosité luisait bien trop étrangement sous le tremblement des ombres pour que nos scrupules nous retiennent davantage.

Il ne nous fallut que trois pas pour nous pencher sur l'énigme du panier. Il devait y avoir longtemps que Jean préméditait notre crime car il s'était muni d'une torche électrique. Celle-ci révéla une toile cirée noire qui protégeait le contenu contre la pluie. Ce fut moi, risquant le premier geste prohibé, qui la soulevai, et Jean m'éclaira. La clarté de la torche tira de l'ombre un grand secret. C'était une enveloppe blanche dûment affranchie avec un timbre à la Semeuse et qui portait cette suscription :

Mademoiselle Chantereine Roderlans
43, impasse de la Roseraie
Mortefontaine (Oise)

Cachée par cette enveloppe magique, il n'y avait qu'une liste de commissions notée d'une grande écriture sobre et qui commençait par ces mots : « Changez la pièce au Comptoir d'Escompte et payez-vous vos heures dessus. » Car, sur cette liste, une pièce luisait en effet qui attirait nos regards.

— C'est une pièce d'or ! s'exclama Jean à voix basse. C'est une pièce de vingt dollars en or ! Regarde l'aigle aux ailes déployées !

— En or !

Je laissai avec crainte retomber la toile cirée sur cette fortune qu'on aurait pu nous accuser de convoiter, alors que seule l'enveloppe au nom de Chantereine Roderlans nous captivait. Si nous avions dérobé quelque chose c'eût été cette lettre que nous serions allés lire avidement en quelque coin solitaire. Jean éteignit sa torche. Je levai la tête. Là-haut sur la façade aveugle de tous ses contrevents clos, une seule fenêtre aux volets entrebâillés laissait filtrer une lumière triste. Je ne verrais jamais l'homme qui veillait là-derrière lourd de qui sait quel mystère.

Je commençais déjà à faire de Siméon Bourne un compagnon de voyage pour mes rêves lorsque certain soir de la fin de l'année, la sourde trouva sous l'ormeau le panier plein des commissions de la veille. C'était en 1931.

En ce temps-là mourut aussi le cheval des Bouchard. Ces Bouchard possédaient le dernier *vire-vire* à traction animale qui fréquentait nos fêtes foraines. Ma marraine m'y faisait monter parce qu'elle connaissait bien les propriétaires depuis le temps qu'ils venaient à Manosque pour les Rameaux et la Saint-Pancrace et puis aussi parce que, conscients de leur infériorité par rapport à leurs concurrents motorisés qui tournaient beaucoup plus vite, les Bouchard faisaient payer vingt-cinq centimes au lieu de dix sous.

Depuis longtemps ils voulaient se retirer. Ils étaient âgés. Leurs enfants étaient élevés. Ils n'osaient pas à cause du cheval. Le cheval était membre de la famille. Avec ce qu'il avait gagné en vingt-trois ans, les Bouchard s'étaient honorablement installés. Ils lui gardaient reconnaissance. Ils craignaient qu'habitué au tumulte des fêtes, au zonzon du limonaire, il ne s'ennuyât à l'écurie. Un matin, entre deux fêtes, on le trouva paisiblement mort. Ma marraine en fut bouleversée. Elle alla soutenir les Bouchard dans leur roulotte. Elle parla du cheval comme d'un être qu'elle avait bien connu et su apprécier. On lui creusa une fosse dans les monts du Vaucluse dont les Bouchard étaient originaires. A ma marraine seule et à voix basse, les Bouchard avouèrent que s'ils l'avaient pu et osé, ils l'auraient fait ensevelir dans le caveau de famille.

Mais qui, sauf moi, se souvient encore du cheval des Bouchard ?

Beaucoup de chevaux en ce temps-là disparurent en même temps que se clairsemaient les rangs des paysans de la ville. La plaine commençait à vrombir sous le vacarme des locomobiles et des tracteurs à roues de fer. Le labourage des grandes étendues se faisait désormais au brabant, à l'aide de câbles qui s'enroulaient sur des treuils entraînés à la vapeur ou à l'essence. Les artisans du métier du cheval commencèrent à péricliter. On ne vit plus en ville que ceux du corbillard, du livreur des messageries, du Burle le balayeur, des deux laitiers et le demi-sang du César Rey qui résista le dernier.

Alors, en même temps que les chevaux, disparurent aussi les phaétons aux bouches fleuries. J'avais pris l'habitude, et il fallut la perdre, de ces hommes pacifiques qui serraient entre leurs lèvres une fleur. Parfois c'était une églantine, un thyrse de lilas, un brin de citronnelle ou même un corymbe de grande ciguë dont celui qui la suçait préférait l'amertume.

Dès que j'avais ouvert les yeux, j'avais vu ainsi autour de moi des hommes aux bouches fleuries. Le Dépieds tenait entre ses dents un trèfle à quatre feuilles, le Donadieu une violette, l'Arniaud une fleur d'arnica, le Jules Arnaud un vulgaire pissenlit et le César Rey une pensée bleue. Ça allait avec la patience. Ça allait avec la lenteur. Le pas du cheval sans doute appelait ce mâchonnement et il était incroyable combien cette fleur à la bouche me rendait fraternel le genre humain.

Jusqu'ici, entre les violettes de la marraine, les *biens* du grand-père, la tante Rose, le couvent du Bébé Fabre, les artisans de Manosque, le rougeoiement des forges, l'eau roucoulante des ruisseaux d'arrosage, les bons vieillards aux yeux pleins de malice, l'abondance succulente des produits du terroir, j'ai vécu au paradis. Dix ans de paradis. Dix ans où l'humanité passe au large. Toute la récolte de mon âme s'est engrangée durant ces dix ans. C'est l'apogée de ma vie. Je ne subsisterai plus que sur ce capital, sur cet acquis.

J'ai même perdu de vue la mort en route, au bénéfice de la décrépitude. Vieillir, flétrir, se faner est mon plus grand tourment. Je fixe à quarante ans l'âge où il faudra se détruire pour ne pas donner de soi un spectacle affligeant.

Je suis pourtant en plein triomphe. Pour la première

fois cité sept fois au palmarès (sauf le calcul et l'excellence, à cause de ce salaud de De Zerbi). En dépit du *Patouillard* dont il m'a cassé les reins, inconséquent comme tous les hommes, M. Alric s'emploie à m'assurer après lui un essor remarquable. Il estime qu'il ne peut plus rien m'apprendre. Pensez donc ! Il a déniché un fils de communiste qui lui paraît un peu moins bête que la moyenne de ses élèves ! Aussi a-t-il combiné qu'en me faisant sauter la classe de septième, qui est aussi sous sa houlette, je passerais le bac à dix-sept ans ! Il en a parlé à mon père. Mon père ne m'en a pas parlé. Comme il est certainement meilleur observateur que M. Alric, il doit éprouver à me voir vivre quelque doute sur mes capacités. Une fois qu'il me croyait plus loin, je l'ai entendu dire à son ami Louis Bérard :

— Es pas besti lou pitcho. Sudomén es un gros feignant ! (Il n'est pas bête le petit mais il est très paresseux !)

Enfin... Puisque M. Alric le dit, il n'y a qu'à le suivre. On le suivra. En octobre j'entrerai en sixième. J'ai beau fouiller dans ma mémoire précise, il ne me souvient pas que cette perspective m'ait fait bondir de joie. Déjà commence à poindre en moi l'idée que ma faiblesse en calcul va me fermer toutes les portes. Encore en suis-je à ce stade de la candeur où l'on croit que les combats vont se jouer uniquement entre soi et les matières proposées, sans autre intervention humaine que celle d'un arbitrage impartial. J'en suis encore à ignorer que les hommes sont aveuglés par leurs passions plus que par leurs intérêts. Heureusement ce que je n'ai pas appris en classe, la vie va me l'enseigner durant les vacances.

Ce fut par hasard sans doute ou, peut-être, par un souci de méthode de mon destin que les incidents que je vais rapporter je les ai vécus à la même époque, au cours de l'été 1931.

Je revois ce matin de bonne heure, sous les platanes de la Plaine où les rayons du soleil sont tamisés par l'ombre des feuillages. La mère Brun la boulangère, Mlle Davignon, la mère Gondrand l'accoucheuse, Mme Buis là-bas en face au coin du jardin de l'Eden, la très maigre Mme Jourdan, la mère du Paul Roland, l'assureur ; toutes ces dames sont en train de profiter de ce que *l'aiguadier* a ouvert les vannes pour rafraîchir à grande eau leur devant de porte et baigner leurs aspidistras. Et parmi elles, là-haut, dominant tout le lot par sa taille et sa raison sociale, l'imposante Mme Dépieds, épouse de l'adjoint au maire.

Cette Mme Dépieds m'en a toujours imposé. Je la vois tous les jours de l'autre côté de sa maison qui donne face à la nôtre dans la rue Chacundier. Avec elle je file doux. Les « Bonjour madame Dépieds » ne me coûtent pas à aligner. Elle m'honore, parfois, d'une réponse « Ouh Piare ! Siès toujou tan testard ? » (Oh ! Pierre ! Tu es toujours aussi têtu ?) C'est mon grand-père qui m'appelle ainsi « Piare lou testard ». Mais le plus souvent quand je peux, je passe au large car Mme Dépieds a la réputation *d'uno espigno* (une épine), et la puissance édilitaire dont elle est investie incite chacun à ne pas s'y frotter. Ce matin, cependant, c'est elle qui fonce sur moi et qui me crie :

— Pierre ! viens un peu ici !

Je m'approche la crainte au ventre car son apostrophe est déjà une menace. Elle pointe vers moi un doigt accusateur :

— Ça t'amuse de laisser retomber la plaque de l'égout ? Au moins dix fois hier au soir tu l'as laissée retomber ! Tu m'as empêchée de dormir ! Je vais le dire à ton père ! Je vais avertir le garde champêtre ! J'en ai assez toutes les nuits d'être réveillée par toi ! Tu vas un peu voir qui est-ce qui commande ici !

Je parviens à placer :

— Non ! C'était pas moi ! J'y étais pas ! J'étais couché !

Alors son doigt accusateur se pointe vers mon front. Elle le secoue menaçante.

— Si ! C'était toi ! Je t'ai vu !

Tout le reste m'importait peu. Ce n'est pas la première fois qu'on m'impute des crimes que je n'ai pas commis mais que j'aurais pu commettre. C'est la dernière apostrophe qui me sidère, qui ouvre un abîme sous mes pas : « Si ! C'était toi ! Je t'ai vu ! »

Elle continue à affirmer cela devant les voisines accourues aux nouvelles, elle continue à me dévisager sans ciller et sans rougir. Et moi je généralise à toute vitesse : qu'est-elle donc capable de soutenir avec le même aplomb avec ce regard terrible, ce regard justicier ? Jusqu'où est-elle capable de descendre dans l'injustice éhontée ?

Je m'en vais. Je bats en retraite comme si j'étais coupable comme si elle disait vrai. Que faire ? Se souvenir. C'est moi qui rougis de honte, de colère. C'est moi qui suis marqué au fer rouge par cette infamie et qui m'en indigne encore cinquante-sept ans plus tard, alors que la pauvre mère Dépieds est en poussière depuis plus de trente ans.

Quand on a comme moi cette mémoire fulgurante, rancunière comme celle d'un éléphant, précise et douloureuse comme la fraise d'un dentiste, on se sent chargé, à l'évocation de tant de morts, par un poids écrasant. Garde-t-on la mesure ? Je ne sais pas. Je raconte. Je suis, devant le moi d'alors, aussi détaché que devant un personnage de roman. Ma vie se déroule devant moi à la même dimension que celle de n'importe quel autre. Je ne me justifie ni ne m'accuse. Je peins.

Mme Dépieds n'entendra plus jamais le son de

ma voix. Dix ans après, vingt ans après, elle se plaint à ma mère :

— Aquéou mardous, l'aï vis naïssé, mé passo sotto leí pè, mé dit pas bounjou ! (Ce merdeux, je l'ai vu naître, il me passe sur les pieds sans me dire bonjour !)

Ma mère, s'en étonne, me demande le pourquoi. Je lui raconte. Elle éclate de rire. Elle n'en revient pas.

— Mon Dieu ! Pour ça ? Depuis si longtemps !

Oui. Pour ça. Et depuis si longtemps. Quand on est mordu pour la première fois de sa vie, on s'en souvient. Après vient l'indulgence comme un délabrement de la personnalité, comme un déclin des forces vitales.

Mais ça n'allait pas être la dernière fois de cet été-là qu'on allait me mordre. J'ai déjà parlé à plusieurs reprises du Cercle des travailleurs, notre institution. C'est une grande salle à tribune qui fait à la fois café, théâtre et cinéma. Tous les paysans de la ville sont sociétaires de ce cercle. J'aime cette salle pleine d'ombre avec son odeur de limonade et de poiré brassée avec celle des pipes froides et où les cafés valent cinq sous au lieu de dix ailleurs. Elle est à l'abri de cette glycine dont nul déjà à cette époque ne peut me dire l'âge et qui me survivra. C'est dans la pénombre de cette salle, alors que cette glycine fleurissait pour la deuxième fois de l'année que j'ai reçu ma seconde *leçon de choses*.

J'étais entré là pour boire une limonade parce que, comme le café, elle ne coûtait que cinq sous au lieu de dix pour tous les membres des familles de sociétaires. On se rencontrait là, parfois, entre enfants ou petits-enfants des paysans de la ville. Ce jour-là, il y en avait un, que je connaissais peu. D'ordinaire d'ailleurs il ne me voyait pas. Mais ce jour-là, désœuvré, il me héla du plus loin qu'il me vit, pour m'inviter à faire une partie de dames. J'étais désœuvré moi aussi. Je m'installai.

La tante Rose m'avait initié à ce jeu à coups de

défaites cuisantes, allant jusqu'à me confisquer huit pions à la fois avant d'aller triomphalement à dame avec des glapissements de joie. Elle y mettait une passion de joueuse de longue date. Elle connaissait quantité de coups fourrés. Parfois, elle daignait me les expliquer. Je l'écoutais distraitement.

Ce jour-là, au Cercle, mon adversaire avait son grand-père qui somnolait dans un coin d'ombre parmi les mouches abondantes. Jamais grand-père n'eut l'air plus inoffensif que ne l'était celui-ci dans la pénombre de la tribune. Quand il nous vit installés, il vint s'asseoir à côté de son petit-fils. On jouait nonchalamment, sans passion. Parfois, la Marcelle, la gérante, passait dans la travée en faisant sonner ses talons hauts. C'était une petite femme à peine plus grande que moi mais elle avait un air que je trouvais coquin et ondulait de la croupe en marchant. Je me montais le bourrichon sur elle à cause de la cave où elle descendait souvent par une échelle de meunier. Je jouais donc avec une attention distraite, aux aguets de cette trappe que la Marcelle venait encore de soulever...

Mais la tante Rose aussi était capable de jouer correctement tout en surveillant sa soupe, en découpant un *patron-modèle,* en *pédassant* (ravaudant) ou même en équeutant les haricots verts. Avec elle, j'avais aussi appris cela.

Soudain, je vis l'ouverture chez mon adversaire. J'avançai un pion qu'il confisqua en bâillant et moi aussitôt je lui en pris quatre et allai à dame. Il regardait ça désorienté. Il se réveillait lentement. Il se frottait les yeux. Il me contemplait incrédule, avec un demi-sourire d'innocent surpris dans sa bonne foi.

— Mais tu as triché ! s'exclama-t-il. Mais je savais pas que tu étais un tricheur ! Mais alors ! Tu triches au jeu maintenant !

Je tenais tous les jeux de société en un tel mépris et

ils m'attristaient d'un tel ennui (aujourd'hui encore je ne puis en toucher un sans me mettre à bâiller) qu'il m'eût été impossible d'y tricher. De plus ma paresse naturelle m'interdisait un tel effort. Je m'étais simplement souvenu d'un coup classique enseigné par la tante Rose et j'avais avancé mes pions en conséquence.

— Tricheur !

Voici que le grand-père aussi s'y mettait. J'aurais pourtant juré que, la seconde précédente, il somnolait la tête inclinée sur la poitrine. Il volait à la défense de son petit-fils en un réflexe qui me médusait. Il n'avait plus rien du grand-père débonnaire. C'était le loup qui venait de jeter bas la fanchon de mère-grand. Son gras visage aux yeux injectés de sang me surplombait, haineux, menaçant.

— Je t'ai vu ! Tu as triché ! Je le dirai à ton père que tu triches au jeu !

C'était le coup de Mme Dépieds qui recommençait, mais cette fois c'était un homme qui m'accusait, sans doute afin de me prouver qu'en matière de canaillerie les deux sexes n'ont rien à s'envier l'un à l'autre. J'étais abasourdi, je ne savais plus où *pendre la lumière.* Cette collusion immédiate du grand-père et du petit-fils m'épouvantait. Jamais je ne pourrais démontrer que je n'avais pas triché car la preuve du contraire ayant disparu sur le damier, j'étais seul pour affirmer ma bonne foi et eux, ils étaient deux.

« Qui vole un œuf vole un bœuf. » Cet axiome que me répétait ma mère en agitant l'index dans ma direction, il me vint immédiatement à l'esprit qu'on pouvait l'appliquer à la mauvaise foi. A la lumière de cet axiome, friponner un café ou une limonade conduisait à le faire en toutes circonstances et à le faire impunément pourvu que la couverture sociale soit suffisante. Elle l'était. Le grand-père et le petit-fils étaient plus riches, plus notables dans la cité et donc plus considérés que moi. Ces deux-là, ils m'accusaient de tricher à ce jeu insignifiant, demain ils m'accuseraient de crime si leur intérêt ou leur passion l'exigeait. Ils le feraient avec une synchronisation complète de leur conscience et de leur âme qui leur permettrait cinq minutes après mon exécution de n'y plus penser et de poursuivre leurs ébats.

Cette leçon valait bien un fromage sans doute. J'avais vingt sous sur moi. J'en tirai quinze de ma poche. Ça payait la limonade du petit-fils, la mienne et le café du grand-père.

Ils me regardèrent partir d'un air courroucé. Ils étaient de la race des vainqueurs. Ils étaient certains et résolus. De droit divin, ils ne pouvaient pas se tromper. J'étais d'ailleurs persuadé que, comme Mme Dépieds qui m'avait vu soulever la plaque de l'égout, ils étaient parvenus à se faire accroire que j'avais réellement triché. Et c'est pour cela que je les jugeais impardonnables.

La limonade cet été-là fut la source de tous mes déboires. Je ne l'aimais pas spécialement mais l'eau de la ville avait ce goût prononcé de goudron dont les tuyaux étaient imprégnés. Et souvent la Calade ou l'Aubette, nos deux fontaines d'eau fraîche, étaient trop loin.

Un après-midi de vacances par cet été torride de 1931, j'étais occupé à regarder travailler mon ami Paul Tempier. Il s'escrimait à même le trottoir devant la forge où il dessoudait au chalumeau les barreaux d'une grille. Ma soif s'augmentait à le voir transpirer mais je n'avais pas envie de ce filet tiède qui coulait à la fontaine d'en face avec ce goût de goudron. J'avais, en revanche, très envie d'un verre de limonade menthée que je serais allé boire là-bas, en face, chez mon ami Roger Doussoulin, au *Bar des Négociants*, si j'avais eu les dix sous pour satisfaire mon envie. La providence eut alors pitié de moi, semble-t-il. Elle m'envoya une grande femme âgée qui sortait de son antre et regardait de tous côtés, cherchant quelque secours. C'était la mère Lèbre, une voisine des Tempier. Je la voyais pour la première fois. Je ne l'ai jamais plus vue. Quand elle aperçut notre groupe sur le trottoir elle s'avança, m'interpella.

— Dis ! Toi qui fais rien ! Tu me charrierais pas quelques seaux d'eau ? Je suis en panne. Le plombier est pas venu et j'ai besoin de laver !

Elle ajouta tout de suite :

— Je te payerai largement !

Je vis mon verre de limonade sur le comptoir du Doussoulin si nettement que je me levai à l'instant pour suivre cette sirène. J'entrai avec elle dans sa remise. Un lavoir était là comme on en faisait alors, moulé dans un seul bloc de fibro-ciment.

— Voilà ! dit la mère Lèbre. Voilà deux seaux ! Tu me remplis le bassin jusqu'à la surverse et après tu t'arrêtes. Tu verras y en a pas pour longtemps !

Jusque-là mon arithmétique approximative pouvait encore me servir.

Je calculai que le bassin faisait à peu près un demi-mètre cube, qu'il fallait lui enlever quinze centimètres inutilisables entre la surverse et le rebord supérieur. Ça faisait à peu près quatre cents litres d'eau à raison de deux seaux de sept litres par voyage, soit trente voyages environ. J'avais besoin de m'y mettre tout de suite si je voulais boire dans pas longtemps.

Deux seaux de sept litres lorsqu'on a entre neuf et dix ans, c'est lourd à porter. Je ne cessai pas durant tous ces voyages de penser aux Thénardier et à

Cosette dont le père Alric nous avait fait lire la lamentable histoire.

Les heures sonnaient. J'avais les bras rompus, il me semblait que le bassin perdait à mesure l'eau que je déversais, tant le niveau montait lentement, mais le : « Je te payerai largement ! » me galvanisait. J'en avais même oublié ma soif. Il était cinq heures au clocher du Soubeyran quand le dernier seau que je renversai fit clapoter le courant au bord de la surverse. Mme Lèbre était invisible. Je l'appelai dans l'escalier. Elle vint au bout d'un temps convenable.

— Ah ! tu as fini ? A la bonne heure ! Tu es un bon petit ! Eh bé vaï, toi au moins tu es travailleur ! Moi avec mes pauvres jambes, j'en avais pour jusqu'à la nuit pour le remplir ! Attends ! Ne pars pas ! Que je te paye !

Elle dut se pencher en arc-de-cercle pour aller chercher son porte-monnaie au fond d'une poche insondable. Quand elle le tint enfin, maladroitement, l'ouvrir pour y fouiller fut encore toute une affaire. Je la voyais calculer, supputer. Enfin elle soupira, tira entre deux doigts en forme de pince une pièce qui ne voulait pas s'arracher à son bas fond.

— Tiens ! dit-elle.

Et laissa tomber de très haut dans ma main tendue cette obole que je vois encore : c'était une rondelle de nickel trouée au milieu par mesure d'économie et sur laquelle était inscrite sa valeur : vingt-cinq centimes.

Je n'osai pas refermer la main sur elle. Je crois même que bien élevé et lâche comme je l'étais, je murmurai merci. Je revins à pas lents vers le Paul, le rouge de la honte au front. J'étais le dernier des derniers. J'avais travaillé trois heures pour ne même pas pouvoir m'offrir un verre de limonade sauf au Cercle qui était loin. Et d'ailleurs, l'humiliation avait étanché ma soif.

— Qu'est-ce qu'elle t'a donné ? dit le Paul.

Je lui montrai ma main ouverte sans répondre.

— Oïe qué pute ! s'exclama-t-il.

Une pute, dans notre langage, ce n'était pas nécessairement une femme de mauvaise vie, c'était plutôt quelqu'un de retors, de rusé, quelqu'un qui dans la benoîte exploitation du prochain était passé maître, quelqu'un que sa parole de la veille n'engageait pas pour le lendemain. On appliquait ce vocable tant aux femelles qu'aux mâles.

— Oïe qué pute ! répétait-il. Tu aurais dû les lui foutre à la figure.

Oui, c'est ce que j'aurais dû faire, mais j'ai toujours eu l'esprit de l'escalier. Maintenant si elle avait été là devant moi, je la lui aurais jetée à la face, à la mère Lèbre, sa pièce. Mais elle était remontée dans ses appartements, satisfaite sans doute de s'en être tirée à si bon compte grâce à sa conduite avisée.

— Attends ! dit le Paul. Je vais la lui rendre moi !

Il se saisit de la pièce, fit les dix pas qui le séparaient de la maison Lèbre et là, sous les fenêtres, il cria de sa voix de stentor :

— Madame Lèbre ! Paraissez un peu si ou plaît !

— Voueï qu'est-ce qu'il y a ? dit-elle.

Elle avait ouvert sa fenêtre et se penchait.

— Tenez ! cria le Paul. Ramassez-les ! C'est vos cinq sous ! Le Pierrot il en veut pas ! C'est pas un mendiant il dit !

En même temps, adroitement, il lançait la rondelle de nickel au-dessus de la mère Lèbre où elle allait tinter sur le sol de la pièce.

— Et je suis sûr, dit-il, en revenant tout content, qu'elle va les ramasser avec plaisir.

Eh bien, non. Nous étions à peine accroupis de nouveau devant cette grille sur laquelle le Paul s'escrimait, qu'elle arriva comme un ouragan dans le froissement outragé de ses jupes, nous marcha presque dessus, fonça vers le fond de la forge où œuvraient le père Tempier et son frère. Elle glapissait, elle éructait, elle écumait. Son orgueil flagellé lui cuisait comme sous l'effet d'une gifle.

— Crésès pas aquéou mardous dé Popaul ! M'a garça mei cin sous a la testo ! N'en siou enca touto transido ! (Vous ne croyez pas, ce merdeux de Paul ! Il m'a jeté mes cinq sous à la tête que j'en suis encore toute tremblante !)

Le Paul était penché avec application sur son travail. Nous suivions, l'oreille basse, le dialogue qui se poursuivait là-bas au fond. Nous entendions, sans les comprendre, les questions brèves du père Tempier et les réponses presque sanglotantes de la mère Lèbre.

Nous ne la menions pas large ni l'un ni l'autre car le père Tempier était réputé pour ses coups de pied au cul. Il ne disait rien. Il examinait de près la soudure que vous veniez de faire et s'il y trouvait quelque paille ou quelque bulle, le coup de pied partait immédiat et précis, sans explication ni colère. C'est du moins ce que me racontait le Paul qui en avait reçu plusieurs. Ça dura longtemps. Enfin, la mère Lèbre ressortit, nous toisa, triomphante.

— Vous allez voir ce que vous allez prendre !

Elle disparut, claqua sa porte. Pendant ce temps, devant la hotte de la forge, le père Tempier soufflait le chalumeau qu'il tenait en main et le rangeait posément au râtelier, tandis que son frère le regardait agir avec inquiétude.

Il vint vers nous. Nous serrions les fesses. Moi, intrépide, pour sauver mon ami Paul, j'étais prêt à tendre mon cul à la place du sien afin de recevoir pour lui le fatal coup de pied. (C'est dire si l'un et l'autre, nous faisions confiance aux hommes pour distribuer la vraie justice !)

Je me souviens que le père Tempier mit longtemps à

parvenir jusqu'à nous. Mon œil le suit à travers l'atelier, enjambant les poutrelles, les fers à T, contournant une enclume de deux cents kilos fichée au sol et qui ne sert plus depuis longtemps, écartant les chaînes de la chèvre (appareil de levage) qui se balançaient au plafond.

Je le vois : mince, toujours serré dans des bleus de chauffe qui paraissaient avoir rétréci au lavage tant ses poignets dépassaient des manches. Je vois son visage : ses yeux bleus, derrière ses petites lunettes de fer et sa courte barbiche de compagnon serrurier qu'il entretenait depuis l'adolescence.

Il arriva enfin. Il nous surplombait. Au-dessus de ses besicles habituelles, sur son front, les lunettes de protection qu'il abaissait pour souder rendaient irréels ses traits que nous distinguions terribles. Il nous regarda longuement de son profond regard de brave homme et d'homme juste. Le Paul avait déjà le bras devant la figure (bien que d'ordinaire, ce ne fût jamais là que les coups plussent) et moi je m'apprêtais à me jeter en avant pour le protéger.

Alors, je vis se dessiner, sur les lèvres et sur tout le visage du terrible père Tempier, un sourire complice, comme s'il jouait avec nous et qu'il eût partie liée.

— Vous avez bien fait ! dit-il.

Il n'ajouta pas : « Vous avez raison, c'est une belle pute ! » mais la chose était si visible sur son visage plissé de rides de malice que le Paul éclata de rire et moi avec.

La limonade, une fois encore, fut cause de la dernière humiliation qui me fut infligée cet été-là.

J'avais un ami très cher. Nous nous connaissions depuis que nous savions marcher. Il habitait en face de ma marraine, de l'autre côté de la place du Terreau où ses parents tenaient l'hôtel du même nom. Comme ces derniers étaient aisés et les miens pauvres, ce Maurice qui était la charité même, me faisait partager tout ce qu'il avait. Il me prêta d'abord tous ses jouets, jusqu'à me les laisser les emporter à la maison, ensuite ce furent les nombreux chevaux à manivelle, trottinettes, patinettes et jusqu'aux bicyclettes de l'adolescence. *J'étais de toutes* comme on dit. Il n'était pas une partie, un goûter où il ne m'invitât.

Or, à l'hôtel parfois échouait quelque femme seule qu'un mari quelconque envoyait en vacances. Cette année-là, 1931, je me souviens, cette femme seule s'appelait Mme Bastide.

Mme Bastide est une femme de quarante ans et déjà, à près de dix ans que j'ai alors, et je ne dérogerai jamais, ce sont celles-ci que je convoite, qui nourrissent mes excentricités érotiques toutes solitaires. Mme Bastide est le parangon des femmes de quarante ans puisqu'elle est là, réelle, ondulante, plus sensuelle que les strictes vedettes de cinéma aux grands pieds que déverse sur l'écran des Variétés le cinéma américain. Elle ne rappelle ni la mère ni la jeune fille ni l'héroïne sans peur et sans reproche. Elle est mystérieuse, de chair opulente, elle ne vient de nulle part, elle traîne après soi tout un passé luxuriant que je lui invente à mesure, elle fleure bon un parfum capiteux.

Tous les matins, cette femme charmante qui n'aimait pas marcher seule, entraînait mon ami Maurice par monts et par vaux et celui-ci venait me chercher jusque chez ma marraine pour me faire partager l'aubaine.

— Ho ! Magnan ! Secoue-toi un peu les puces ! Viens, qu'on va se promener avec Mme Bastide !

Je ne me le faisais pas dire deux fois. Nous partions. Nous allions à la *badassière* (lande parsemée de touffes de thym et de sarriette) ; nous allions à la Tour-du-Château. Parfois nous nous aventurions jusqu'à Valgas en vue de Pierrevert. Partout ça montait et tandis que mon ami Bonelli mettait sa gloire à parvenir le premier partout, moi je restais religieusement à deux ou trois mètres derrière Mme Bastide dans son ombre, à suivre avec passion le déhanchement de sa démarche royale et, quand nous passions en face du soleil oblique matinal, à essayer de deviner sous sa robe le galbe de ses jambes. Je serais allé jusqu'au bout du monde, ainsi tenu en laisse dans le balancement de nacelle de ce navire de chair.

Or, nous traînions après nous, j'ignore pourquoi, une espèce d'escobar de peut-être dix-sept ans, voûté, pourvu de grandes mains couvertes d'un poil abondant et roussâtre et le visage tavelé d'éphélides. Cet étrange garçon arborait un long nez désenchanté et fouisseur qui me faisait penser au grand tamanoir. Ce nez, il était toujours en train de le caresser du tranchant de la main et à loucher dessus avec une comique expression d'intense satisfaction. Il se piquait de bons mots et d'expressions spirituelles. Il les débitait avec la voix caverneuse et ricanante d'un Méphisto de tournée Baret. Ces saillies faisaient rire aux éclats Mme Bastide et alors ses lèvres s'ouvraient sur ses dents superbes, je voyais, captivante et énigmatique, sa langue au fond de sa bouche rose. Alors il me prenait une envie folle de toucher avec la mienne celle de cette adorable inconnue. Ces délices inimaginables à corps présent quoique intouchable auraient pu durer tout l'été sans l'esprit foisonnant du jeune homme roussâtre. Quand nous revenions de promenade, Mme Bastide nous offrait une limonade à la terrasse de l'hôtel. Alors, c'était une autre sorte de délice pour moi. Elle s'asseyait face à nous sur l'une de ces chaises de jardin vertes, lesquelles des années après son départ restèrent, été hiver, sur cette terrasse où longtemps j'imaginai cette femme superbe que j'évoque encore avec tant de regret.

Quand elle se posait devant cette table de fer où l'on nous servait, elle croisait les jambes et parfois, à la lisière de ses bas couleur fumée, j'apercevais, en un éclair, un triangle de chair. Alors, en une incantation muette, je m'adressais à Mme Bastide avec le langage du désir. Je ne quittais pas des yeux son visage indifférent. Que cachait-elle derrière son fard, derrière sa chevelure qui couvrait ses épaules, derrière l'éclat vide de son regard ? Etait-il possible que l'insistance de ma quête, pour silencieuse qu'elle fût, ne parvînt pas à pénétrer son âme, à inquiéter son cœur ? Je pensais pourtant furieusement à elle en sa présence et aussi lorsque j'étais seul avec son image.

Or, un matin que j'étais ainsi occupé à tenter de capter son attention passionnelle, soudain la voix du garçon roussâtre s'éleva à côté de moi, traînante et sarcastique :

— Le Patouillard, dit-il, il vient se promener avec nous juste pour le verre de limonade !

J'eus la dernière vision de cette femme à travers le brouillard de mes larmes et tandis que je lui tournais le dos pour m'enfuir et les lui cacher. Jamais plus je ne la rencontrai. Quand mon ami Maurice venait me chercher, je refusais héroïquement et je partais tout seul par chemins me consoler parmi les badassières.

Mme Bastide dont je n'ai jamais su le prénom s'est fondue dans les ténèbres du temps. Et pourtant je la vois toujours, ayant éternellement quarante ans dans ma mémoire fidèle et j'ai de la peine à la quitter au bord de ce paragraphe. Je respire encore son parfum qui se délayait dans son odeur de femme brune. Je vois ses mains et son visage et la curieuse petite cicatrice que révélait l'épaulette mobile de sa robe à la naissance du cou. C'était la première fois qu'une femme effleurait ma trajectoire.

Je vécus ces quatre expériences salutaires sur l'homme en cette même année 1931, en cette courte période des vacances. Elles furent plus enrichissantes pour mon équilibre et ma sérénité que le peu que j'appris en classe durant l'année scolaire suivante. Je mets tout ça au fond de ma poche avec mon mouchoir par-dessus.

Quand l'oncle Désiré, qui n'y allait pas de main morte, lui coupait de sa voix brève quelque humble rêve, la tante Rose avait coutume de dire : « L'homme est un animal venimeux. » Parfois elle variait : « On ne s'aperçoit qu'un fourneau est brûlant qu'en s'appuyant dessus. » Je viens d'appuyer ma main sur l'homme tant mâle que femelle. J'ai juste eu le temps de la retirer. Il brûle.

A partir de cet instant, je n'en fais pas semblant mais je suis lucide. Tout au moins, je crois l'être. Je sais que cette lucidité, il faut la cacher à tout prix. Il faut avoir l'air normal, pas idiot, pas naïf, mais banal, ordinaire.

C'est bien de la peine perdue. Je ne serai ni moins vulnérable ni moins ingénu après ces quatre expériences qu'auparavant car ma lucidité je ne ferai jamais fond sur elle. Elle aura beau multiplier les feux rouges sur ma route, je foncerai dedans les yeux fermés. Je croirai toujours autrui plutôt que moi. Aucune certitude d'avoir raison ne m'habitera jamais. Je choisirai toujours entre deux voies plutôt la mauvaise.

C'est mon ange gardien, un jour, qui me tirera par la manche et me montrera mon destin. Mon ange gardien ne descend pas du ciel et pourtant il est ravissant. Je vais croiser sa route, un instant, en cet été 1931, parce que je rentre en sixième.

Je rentre en sixième. J'ai sauté la septième. C'est

l'événement dans la famille. La tante Hélène, son panier plein au bras et revenant de Saint-Lazare, a pris soin de s'arrêter chez toutes ses bien-pensantes de collègues afin d'annoncer le miracle. En dépit du *Patouillard* qui commence à voler de ses propres ailes sur toute la ville, une sorte de considération bienveillante m'entoure et me porte.

La patronne de mon père qui a deux fils bien plus âgés que moi dont l'un, encore au collège, m'a pris sous sa protection, la patronne de mon père pense que peut-être on pourrait faire l'économie de quelques livres si j'allais fouiller au grenier, parmi ceux que ses fils y ont abandonnés lorsqu'ils changeaient de classe.

On a dit quelquefois à table qu'en plus de ses deux fils dont l'un est déjà à l'Ecole navale, l'autre sur le point de passer son bac, M. Garbiès élevait aussi une nièce de sa femme. Je sais, c'est ancré dans ma mémoire, que mon père, un jour, nous l'a dépeinte ainsi cette nièce : « La Louisetto a d'ueis qué li mangeoun lou moure ! » (La Louisette, elle a des yeux qui lui mangent la figure !)

Un jour de début octobre, je m'achemine donc vers l'avenue de la Gare où se trouve le bureau de cette E.E.L.M. qui tient tant de place dans notre vie d'ouvriers parce que c'est d'elle que vient l'argent. M. Garbiès, le chef de secteur, patron direct de mon père, est un homme droit que l'on craint, que mon père, dans le fond, aime bien quoique ses convictions l'empêchent de le louer sans réserve, tout simplement parce qu'il incarne le patronat, tout simplement parce qu'il commande. Mon père refusera de devenir contremaître dans *la boîte* comme il dit pour ne pas avoir à donner des ordres à ses collègues de travail. Il aurait gagné deux cents francs de plus. Non. Même au prix de notre bien-être, il ne peut transgresser ses convictions. Tant pis. On se passera des deux cents francs. Ma mère le lui reprochera jusqu'à sa retraite et même après. Rien à faire. Il restera de marbre sous les quolibets de ma mère lui montrant ses collègues communistes, lesquels, un jour ou l'autre, acceptent tous de commander si peu que ce soit.

Cependant, à l'égard de M. Garbiès, il nuancera ses rancœurs par quelques traits de justice. Il nous rapporte fidèlement ses colères, ses engueulades. Il imite son accent pointu lorsqu'il se plaint que son bureau, sous le niveau de la cour, a été inondé sans que personne ne songe à écoper l'eau : « Vous le laisseriez crever votre patron ! »

Mais la saga de l'équipe comporte aussi des traits de solidarité voire d'héroïsme. M. Garbiès parfois passe devant pour couper le courant au transformateur de la Repasse où, sous un orage : « Leï paro-uillaou tiravoun de belugo tanti longuo ! Moussu Garbiès y es ana soulét ! » (Les pare-foudre tiraient des étincelles longues comme ça ! M. Garbiès y est allé seul !)

En ces circonstances, le patron cesse d'être *lou vieil* (le vieux) et devient *moussu* Garbiès. C'est nourri de la légende de M. Garbiès que je vais entrer chez lui, gravir l'escalier, passer devant son appartement avant de gagner le grenier. On m'a fait propre pour la circonstance. On m'a *habillé du dimanche* bien qu'on ne soit que jeudi.

La Joséphine (c'est ainsi qu'irrévérencieusement mon père appelle sa patronne), la Joséphine m'attend en haut des marches quand j'ai ouvert la porte après avoir sonné. Elle m'en impose plus encore que son mari car mon père la craint encore plus que lui. Elle a tendance à confondre les employés de l'E.E.L.M. avec les siens propres et les fait marcher au doigt et à l'œil. Mon père déteste ça. Il veut bien creuser des trous, aller suspendre des isolateurs sur des pylônes hauts de quinze mètres, réparer une ligne sous la pluie et les éclairs, mais chercher des œufs au nid des poules comme le lui commande parfois la Joséphine, ça il ne le supporte pas.

Aussi m'a-t-il brossé de cette patronne un portrait monumental qui m'incite à l'humilité et au profond respect. Voir cette femme en haut de ces marches me fait un effet paralysant. Je ramperais s'il ne fallait pas monter.

— C'est toi, Pierre ? J'ai pas le temps de m'occuper de toi. Monte au grenier. Tu verras. Y a des caisses de livres, tu n'as qu'à fouiller dedans.

Je me confonds en remerciements et en excuses. Je lui passe devant avec déférence, mon béret à la main qu'on a brossé au café noir pour lui rendre un peu de lustre. Je grimpe le raide escalier du grenier. Ici tout est dans un ordre relatif mais il n'y a pas de fouillis. Je repère très vite les livres poussiéreux dans deux caisses à même le sol. Je m'agenouille devant elles. Je commence à sortir les volumes et à les déposer à côté de moi, sur le plancher. Je les ouvre, les feuillette. Je suis absorbé dans cette occupation.

Je note au passage que les deux plus significatives rencontres de ma vie, je les ai faites alors que j'étais agenouillé devant une caisse de livres.

Tout à coup, j'ai conscience d'un regard au-dessus de moi. Une présence qui, sans bruit (mon Dieu qu'elle est déjà là tout entière, dans ce *sans bruit*), a gravi l'escalier, lequel a pourtant beaucoup craqué sous mon poids et qui maintenant est là, médusée, devant cet intrus mal fagoté.

Et moi qui suis sans grâce et sans charme et qui, par surcroît, en ai parfaitement conscience, je regarde bouche bée passer cette apparition d'une fillette de dix ans en chaussettes blanches, dont les yeux noirs si brillants lui *mangent toute la figure* (mon père avait raison !) avec ses cheveux couleur aile de corbeau à force d'être noirs aussi. Ils encadrent ce délicat visage persan, triangulaire où, pour la première fois de ma vie, je contemple la beauté. Mon enthousiasme à son comble — je le reconnaîtrai entre mille — est le même que celui que j'ai éprouvé en lisant *Le Lac* de Lamartine ; le même que lorsque, au détour d'un chemin, au terme de tant de témoignages ressassés, je recevrai sur un ciel d'automne, à sept heures du soir, le Mont-Saint-Michel en pleine figure !

Si le ciel avec un sourire m'avait dit à l'instant : « Regarde ! Regarde-la bien ! C'est elle que je te destine ! C'est elle qui te fermera les yeux ! » je n'aurais pas été changé en statue de sel et c'est moi, fût-ce au ciel, qui lui aurait ri au nez.

Voici où j'en suis, toute ma force retirée de mes mains, à genoux devant cette caisse de livres poussiéreux, voici où j'en suis, tandis que l'apparition me toise sans indulgence, me tourne le dos et disparaît dans le même silence.

Je n'ai pas dit un mot, mon regard n'a même pas eu le temps de lui dire merci d'être apparue. Elle n'a pas prononcé une parole. Le destin seul est passé. Je ne sais pas, elle l'ignore, que notre course solaire va se poursuivre dans le temps, loin l'un de l'autre, jusqu'à ce que, ayant usé tant d'autres vies, nous nous percutions littéralement, pour nous fondre dans nos similitudes, nos contradictions, nos différences, nos éloignements et nos conjonctions, en une entente rechignée et toujours précaire, mais liés par tout ce que nous aimons ensemble et que nous savons bien ne pouvoir faire partager à aucun être qui ne serait pas elle qui ne serait pas moi.

Allons ! Il est bien temps de songer à l'amour ! Je viens de rentrer en sixième. Le latin m'est assené d'un seul coup avec le Bornecque et le Lhomond. Les leçons de choses s'appellent maintenant *Sciences naturelles* et le calcul *Mathématiques.* Et comme si ça ne suffisait pas, il y a l'anglais, le terrible anglais inassimilable avec mon accent.

En dépit de tous ces beaux livres neufs, mon entrée dans l'enseignement secondaire ne me dit rien qui vaille. Je m'y sens à peu près aussi à l'aise que dans le bassin du lavoir où ma mère me plonge quand elle en a assez de me voir sale. Je n'y crois pas. Je me compare au dernier rang de l'étude : le Vibert, l'Amaudru, le Sauvat, le Garbiès, le Masse, le Martinez, le Durand, l'Honoré Magnan. Je ne me sens pas de leur race. Je ne me sens pas de leur trempe. Je n'y arriverai jamais. Mes parents se fourvoient en me laissant ici.

Une seule chose soulève mon enthousiasme : c'est le Mallet et Isaac, c'est l'Orient et la Grèce, c'est la mythologie. Je le lis d'une traite d'un bout à l'autre avant même la première leçon. Hélas, notre prof d'histoire, M. Berlie, qui ressemble au Dr Fu-Manchu, n'a aucun humour et il est souvent absent pour toutes sortes de raisons. Alors c'est l'affreux de Zerbi qui assume l'intérim. Cet animal est partout. Il joue à toutes sortes de jeux d'argent, là-bas, dans une arrière-salle du *Grand Café Glacier* transformée en tripot. Là se rencontrent les plus huppés de la ville. Avec son salaire de pion notre de Zerbi ne peut assurer qu'avec difficulté. Aussi accepte-t-il toutes les suppléances. Il est partout : aux maths, au français, aux sciences naturelles, à l'histoire et géo. Il nous fait la leçon le livre à la main et en mouillant son pouce pour tourner les pages car il y a belle lurette qu'il a oublié son Orient et sa Grèce. Avec lui les règnes de Ramsès II et de Thoutmès III deviennent une effroyable bouillie de mots écrabouillés par son accent guttural. Je n'y comprends goutte. J'abandonne. J'attrape des zéros en une matière où il suffit d'avoir de la mémoire, et la mienne est sans faille.

Il n'y a qu'en latin que le de Zerbi déclare forfait. Jamais M. Barrucand ne lui abandonnera une heure de sa chaire. C'est lui, le terrible principal, qui nous inculque le rudiment et, chose curieuse, dès qu'il pénètre dans la salle, il n'est plus principal, il est prof. Il est le seul prof avec lequel je sois parfaitement attentif. Il a le génie de l'enseignement comme Mme Lafosse. Avec lui, je comprends tout, j'assimile, je n'ai pas besoin d'étudier mes leçons, l'entendre me suffit. Au bout de trois mois, je suis capable de torcher une version en vingt minutes.

Hélas si M. Barrucand est un bon pédagogue, il est bien le seul. En français, la chaire est vacante. Tantôt c'est mon ami Battini qui assure le cours et alors tout va bien, tantôt c'est tel autre qui manifestement, le livre à la main, apprend la langue en même temps que nous. Quelques semaines à peine, ce sera M. Ottavi, un homme très doux et très beau qui n'était pas de ce monde puisqu'il va mourir bientôt de la typhoïde ou de méningite, je ne sais plus.

Car la mort continue à semer des repères au courant de ma vie. La classe de sixième est vaste, sombre, les fenêtres y sont profondément enfoncées dans l'ébrasure des murs épais. Elle donne sur le boulevard. Le boulevard conduit au cimetière. Les enterrements piétinent sous nos croisées. Comme pour aggraver encore cette chape de tristesse qu'encensent les grands platanes au-dehors, voici qu'on apprend que le fils cadet de M. Testanière, Alain, est malade, qu'il va mourir.

Le mourant est là-haut, dans le collège même, car M. Testanière c'est l'économe de l'établissement, mais c'est aussi notre prof de maths. Il enseigne avec désinvolture comme si ce qu'il sait devait être évident pour tous. Si le de Zerbi est incompréhensible par son accent, M. Testanière l'est par ses ellipses. Pour lui elles sont lumineuses et il est de fait que les bons élèves ont l'air de suivre parfaitement. Pas moi. Souvent j'ai envie de l'arrêter, de le faire revenir en arrière sur quelque point précis qui m'échappe. Je n'ose.

Ce sera bien pis quand son fils sera mort. Car au lieu de l'écouter je le regarde vivre, aller venir de la chaire au tableau, y tracer des sinusoïdes. Fasciné je le regarde souffrir. Et comment puis-je être le seul à me rendre compte qu'il souffre, qu'il est absent, moi, le plus mauvais de ses élèves, celui peut-être qu'il méprise le plus pour sa paresse et son incurie ?

Cependant, en ce qui me concerne, je commence à me demander comment, même si je les assimilais, les matières qu'on nous enseigne pourraient me conduire vers un métier rémunérateur. Comment gagner grâce au latin et aux sciences naturelles, ce que gagne seulement mon père à l'Energie, en faisant des épissures et en montant des pylônes ? Je ne parviens pas à faire cadrer les deux choses : enseignement et gagner sa vie. Je crois plus aux bras qu'au cerveau. J'ai, en effet, déjà été à même de concevoir quelles armes seraient nécessaires pour que se modifie cette conception des choses. Je ne les possède pas.

Mon père a un ami lointain qui vient peu à Manosque mais dont il parle très souvent. Parfois l'été, ensemble, revenant de chez son père qui habite au boulevard de la Plaine, nous le croisons et il nous aborde.

— Ho Toine !

— Ho Lil !

Il l'appelle Lil je ne sais pourquoi. Ils conversent quelques minutes devant moi mais ça dure peu. J'ai l'impression qu'ils sont aussi gênés l'un que l'autre, qu'ils ne savent trop quoi se dire. Et pourtant, ils se connaissent depuis l'enfance. Ils étaient côte à côte sur le même banc, sous la férule du même instituteur, juste mais impitoyable, qui était le père de ce Lil. Tous deux ont passé leur certificat d'études ensemble, seulement mon père avait douze ans et Lil en avait neuf.

Je ne suis pas assez naïf pour croire qu'il jouissait de cette dispense pour avoir été le fils de l'instituteur ou alors, si c'était le cas, tous les fils d'instituteurs seraient sortis de Normale supérieure à vingt-deux ans pour devenir professeurs au Collège de France car c'est au terme de cette trajectoire que mourut, en pratiquant une expérience, cet ami d'enfance de mon père qui s'appelait Félix Esclangon.

Comment mon père, tant féru d'égalité, peut-il ne pas concevoir, alors que moi, à dix ans j'en ai parfaitement conscience, que l'inégalité majeure ne vient pas des hommes mais du hasard ? Que Félix Esclangon, bien avant sa naissance, était conditionné de *l'intérieur* pour devenir professeur au Collège de France, comme mon père l'était pour devenir ouvrier électricien ?

Cette providentielle constatation venait bien entendu au secours de ma paresse naturelle, toutefois je n'avais presque pas besoin de travailler en latin ni en français, alors que je pouvais m'escrimer une heure sur un problème sans y comprendre goutte. Il était donc évident que la nature ne m'avait pas muni de l'intelligence mathématique, de sorte que mon esprit resterait à jamais bancal, ne comprendrait jamais que la moitié des choses.

Ces réflexions n'étaient pas gaies pour un enfant de dix ans. Je ne pouvais en faire état auprès de personne. A tous, professeurs, parents, condisciples, le travail paraissait nécessaire et suffisant pour obtenir des résultats. Mais travailler ça voulait dire quoi ? Quand je m'attaquais à un problème qui dépassait les quatre opérations et la règle de trois, c'était le mur, le trou noir. J'avais beau relire dix fois l'énoncé, chercher les astuces dans les mots : « supposé » « quelconque », etc., je pouvais enfouir ma tête dans les mains, rien ne s'éclaircissait. Je boitais du cerveau.

Comme si ces réflexions, le passage des enterrements, la mort d'Ottavi, puis celle d'Alain Testanière, ne suffisaient pas à me faire broyer du noir, nous venions de toucher, probablement en provenance de Saint-Charles, l'institution catholique, un contingent de filles toutes plus laides les unes que les autres. Ah ! elles n'avaient vraiment rien à nous envier : nous étions bien tous en plein âge ingrat et je comprenais que nos profs, à contempler notre troupeau, n'aient pas souvent envie de rire.

Ces filles rougeaudes dont certaines ont autant de boutons d'acné que moi sont d'inégale hauteur. Certaines sont grandes comme des gendarmes, d'autres sont un peu voûtées, quelques-unes portent des lunettes et ce sont les plus délurées, celles qui entrent le plus facilement en conversation avec nous. Enfin, je fais contre fortune bon cœur. Je me fais accroire que j'aime l'une ou l'autre afin de chasser l'ennui. Mais le cœur n'y est pas. Je songe à l'apparition du grenier chez Mme Garbiès. J'y songe sans espoir, comme on songe aux pays lointains qu'on ne verra jamais. Je la croise dans la rue parfois, toujours en laisse d'un chien à verrues qui la tire le nez au sol vers son gîte ou sa pitance. Le plus souvent c'est lorsque je suis le plus minable, soit qu'il manque quelque bouton à ma blouse, soit que celle-ci pue le café froid dont on l'a récemment ravivée. Peu importe d'ailleurs, le regard de ses yeux immenses ne s'arrête jamais sur le mien.

Je n'ai aucune espérance du côté de l'apparition. Je n'ai aucun désir pour quelque compagne de collège que ce soit. Heureusement, pour éclaircir notre ciel, nous avons touché un adorable prof d'anglais qu'on dit pédéraste. Et sans doute l'est-il, pour faire couleur locale, car dès son arrivée il instaure un anglicisme pointilleux.

Le premier jour, d'ailleurs, il nous en met plein la vue. Par la porte de la classe grande ouverte d'un maître coup de pied, nous voyons se propulser à l'intérieur un personnage comme nous n'en verrons jamais plus : il est assez bref mais ne perd pas un pouce de sa taille. Il voiture son ventre véhément comme sur une brouette. Son pantalon à fines raies blanches et noires verticales tombe sur des guêtres couleur saindoux et des souliers vernis cirés à mort. Il est sanglé dans une redingote à queue de pie noire qui porte sur chaque basque un énorme bouton noir lequel, à notre entendement, ne sert à rien. Et il coiffe un chapeau melon. Un melon ! Personne à Manosque, de mémoire d'enfant, n'a jamais vu un chapeau melon.

— Stand up ! crie l'énergumène en nous faisant un signe majestueux pour nous inviter à nous dresser.

On obéit comme un seul homme, estomaqués. Nous n'oublierons plus jamais que *stand up* veut dire *debout*.

Posément, l'individu dépose sa canne à pommeau

d'argent en travers de sa chaire, ôte ses gants comme je l'ai vu faire au cinéma, tirant un doigt après l'autre et les déposant artistement sur la canne. Ensuite de quoi il soulève son melon pour en coiffer l'ensemble.

Alors, il se tourne vers nous. Surprise ! Sous sa calvitie avancée, il ressemble au buste blanc de Socrate qui trône sur une bibliothèque dans la classe de philo, à côté d'un grand-duc empaillé et que M. Testanière, parfois, nous invite à dessiner.

— Seat down ! invite-t-il aimablement.

Et comme nous restons debout sans comprendre, cloués par la surprise, il ajoute :

— Ça veut dire asseyez-vous !

Il ne perd pas de temps, s'empare d'un bout de craie, va au tableau noir et d'une belle écriture fleurie d'anglaises, il écrit :

God save the king !

et il dit :

— Dieu sauve le roi !

Le Bellon qui est mon compagnon de travée et se pique d'être révolutionnaire commence à grommeler :

— On a pas fait la révolution pour demander à Dieu de sauver le roi !

Le prof se retourne, le foudroie du regard, revient à son tableau et répète d'une voix forte :

— God save the king ! répétez avec moi !

On répète comme on peut, la voix étranglée par la peur comme si l'on se jetait pour la première fois dans un trou d'eau où l'on n'a pas pied.

— Tsss ! tonne le prof. Regardez-moi ! La langue contre les dents ! le th se prononce *thz.* Thank you ! Aujourd'hui, la classe tout entière sera consacrée à apprendre l'hymne national anglais : *God save the king !*

Il fait comme il dit. Sous le titre, il calligraphie tout

du long les glorieuses paroles et puis soudain il les entonne. Il a une superbe voix de haute-contre émasculée à souhait, avec toutefois de soudains accents graves dans les finales. Nous sommes déconcertés, scandalisés dans le vrai sens du terme. Ça va être bien pis tout à l'heure.

— Repeat ! tonne le personnage. Répétez ! tous ensemble ! With me ! Avec moi ! God bless our gracious King !

A coups d'encouragements, de phrases anglaises incompréhensibles, de menaces, anglaises aussi, il nous pousse comme un troupeau, il nous force, il nous harcèle. On s'y met en murmurant, le front rouge de confusion ; les plus nombreux ouvrent la bouche sans qu'aucun son n'en sorte. Les filles capitulent les premières. On se met à suivre, honteusement. Enfin ça y est, on ânonne une fois deux fois l'hymne redouté.

— Repeat ! tonne le prof.

Enervés, nos voix s'enflent, se déchaînent, les mots prennent valeur de protestation. Nous les clamons comme autant de malédictions destinées au prof, comme autant de lamentations adressées aux dieux. Nous sortirons de là le premier jour comme si nous venions tous de subir les derniers outrages. Le collège est médusé. Personne, du principal au dernier élève de la onzième, ne peut l'ignorer : le prof d'anglais a réussi à faire chanter la sixième. C'est la première fois que ce prof désopilant met le pied chez nous.

— My name is Alfred Jacquin ! And you ? What is your name ?

Chaque jour pour la sixième l'hymne au roi d'Angleterre retentit. On ne s'assied plus on *seat down*. Je ne prends plus mon crayon, je *take my pencil*. Je ne ferme plus la fenêtre à ma gauche, je *shut the window on the left*. Mon lit n'est plus un petit bateau mais *my bed is like a little boat*. Pleins d'entrain en plus du chant national, nous entonnons *Bells are twinkling.* A Noël, nous sommes mûrs pour le *O Winter times, cold winter times.* Par un élève de philo qui revient d'Angleterre, nous sommes charmés d'apprendre, sans savoir ce dont il s'agit, que notre prof a l'accent d'Oxford. Quant à notre accent à nous, il suit comme il peut.

Cet Alfred Jacquin est un maître pédago. Trois ans sous sa férule et je parlerai anglais et nous parlerons tous anglais. Hélas ! Il est devant certains d'entre nous dont les culottes sont rebondies sur des fesses de fille comme l'enfant pauvre devant la vitrine du pâtissier. Il les goûte des yeux, gourmand. Devant eux, qu'il interroge en les aidant beaucoup, plus fréquemment que les autres, sa voix roucoulante glousse avec plaisir ces *r* britanniques qui, paraît-il, ne se prononcent pas.

Or, un homme ne lui pardonne pas de faire retentir les échos du collège sous l'hymne britannique. C'est l'Auniac, prof d'italien, qui s'est fait patiemment la tête de Gabriele d'Annunzio. Celui-ci snobe notre Jacquin. Les tours de cochon que la perfide Albion a joués à la sœur latine, il en rend responsable le célèbre Jacquin. De plus, comme de Zerbi, il est d'Action française, mouvement musclé de rénovation martiale qui hait la pédérastie, coupable de la dissolution des nations, et il guette le moindre manquement du prof d'anglais à la morale et aux bonnes mœurs. Ils se mesurent dans la cour, le bref Alfred Jacquin et le long Auniac. Ils se jettent à la face l'empire britannique et l'empire du Duce.

Un beau jour, un certain Camélioni, élève de cinquième, cria au meurtre sur la chaire où le Jacquin l'avait attiré. Il se mit à piailler que le professeur d'anglais lui avait envoyé la main au panier. Il ameuta toute la classe, tout le collège, tout le quartier. Personne n'y crut tant il paraissait impossible qu'aucun mâle pas plus qu'aucune femelle, ait jamais eu envie de toucher au panier de cet escogriffe vulgaire, laid, sale et sans âme. Néanmoins, c'était un élève qui criait au viol et très fort.

Le père Camélioni vint clamer jusqu'au principal la vertu outragée de son fils et exigea justice. La justice suivit son cours. On envoya le cher Jacquin porter son enseignement et se morfondre dans une institution semi-officielle où l'on n'élevait que des filles. L'anglais flétrit au collège de Manosque. On ne le parla plus par plaisir. Le morne successeur d'Alfred Jacquin ne laissa pas de nom.

Cependant à cause des maths, à la fin de l'année scolaire, c'était couru, je redouble. Pendant les vacances, j'accompagne ma mère qui va ramasser les pommes de terre chez les paysans de la plaine. L'un me donne cinq francs par jour, l'autre ne me paie pas. On ne paie pas, à cette époque, un enfant de dix ans, même si comme les adultes il s'escrime à genoux parmi les mottes de terre par trente-cinq degrés à l'ombre. D'ailleurs, mes cinq francs, je n'en profite pas. Ils rentrent dans le ménage. Il faut manger. Mes parents ont de plus en plus de mal à joindre les deux bouts. Le grand-père commence à flancher avec ses cent trois kilos et ses cinquante-sept ans. Mon père passe tous ses *campos* à aller lui aider et l'été toutes ses soirées après le travail. Mes bras seraient utiles, je le sais, je le sens, mais velléitaire, je ne dis rien, ne fais rien.

En octobre, tout rechigné et dégoûté, je reprends le chemin du bahut. Rien ne m'est arrivé. Le temps devant moi est interminable qui me sépare de l'âge d'homme. J'apprends que mon ami Albert Coste ne viendra plus en classe. Il s'est placé comme apprenti dans un garage. Le pauvre prof Battini en est tout retourné. « Un si bon élève ! Comment peut-il abandonner ? » Parbleu ! Moi je sais avec mes dix ans d'enfant pauvre : son père est charretier. Il gagne moins que le mien. Comment pourrait-il continuer ? Je trouve profondément injuste d'être là, moi le cancre, alors que lui a été obligé de capituler. Il y a d'ailleurs une conséquence à cela : lui parti et mon autre ami Paul Sandonnat passé en cinquième, qui va me faire mes problèmes ?

Mais contrairement à ce que j'aurais pu croire, le fait de redoubler la sixième n'est pas si terrible. D'abord, ce que je ne comprenais pas l'an dernier, je le comprends cette année. Même en maths un certain nombre d'obscurités s'éclaircissent. Il m'arrive de répondre au tableau noir, à mon grand ébahissement et à celui de M. Testanière qui me félicite.

Je remonte au bulletin trimestriel dans les : « élève intelligent mais peut mieux faire ». Toutefois, je me pose la question : vais-je être obligé ainsi de redoubler toutes mes classes pour comprendre en deux ans ce que les autres assimilent en trois trimestres ? Ça me mènera à vingt et un ou vingt-deux ans à ce bac dont ils ont tous plein la bouche et dont peut me chaut. Je suis devant mon avenir comme devant un puzzle dont on aurait confisqué des morceaux.

Ce que je ferai après le baccalauréat est une énigme. Est une énigme aussi d'envisager comment mes parents me maintiendront jusque-là. Parfois en étude, je lorgne vers le dernier rang des dix-huit ans. Ils ont des cravates et des complets-veston. Comment mes parents pourront-ils m'offrir un complet-veston ? Je lorgne aussi vers leurs livres d'étude ; ils ont des dictionnaires au dos desquels un jour j'ai vu le prix : trente-cinq francs. Comment pourrai-je jamais m'offrir un livre de ce prix ?

Ma perplexité s'accompagne d'une lancinante sensation de vide. Je suis creux d'une femme quelconque à serrer dans mes bras : un volume, une masse, un être qui m'arracherait à ce plaisir secret où je me complais mais qui ne me suffit plus. Vais-je aussi, là, être contraint de redoubler toutes mes classes pour y accéder ?

Aucun des grands drôles studieux qui hantent le fond de l'étude n'a l'air de songer à cette peccadille. Sont-ce des surhommes ou suis-je anormal ? N'a pas l'air d'y songer non plus, parmi eux, entre eux, prise dans leur chaleur et leur promiscuité, la seule fille qui continue ses études au collège, qui a dix-sept ans, qui est la fille de M. Alric, mon instituteur de huitième, et qui va mourir.

Cette fille je la croise qui converse avec ses camarades de philo. On dit qu'elle les surclasse tous. On dit qu'elle ira loin. Cette fille je la revois, seul peut-être soixante ans plus tard, de tous ceux qui la côtoyaient avec indifférence. Je revois son visage pâle, ses rares taches de rousseur, ses yeux trop clairs et qui pourtant n'étaient pas bleus, ses sourcils presque blancs, ses cheveux crêpelés et d'un blond sans éclat. Je revois cette démarche à pieds plats qu'elle avait. Je crois qu'elle s'appelait Denise.

Elle est debout. La veille, je l'ai encore frôlée avec tous les autres, montant vers le cours de physique. Le lendemain elle n'est plus là. Le surlendemain on apprend qu'elle est malade. Le lundi on sait qu'elle est morte.

Ce décès fait sur moi un effet prodigieux. Celui d'Alain Testanière, mort de la même maladie, ne m'a pas frappé autant, peut-être parce qu'il était plus jeune, onze ans à peine, moins construit, moins presque achevé.

On peut donc mourir à dix-sept ans comme ça, étant d'une lumineuse intelligence, ayant laissé sa dernière copie de maths terminée, sa dernière dissertation en train, là, au coin du bureau, avec peut-être le stylo pas encore refermé, s'étant levé pour quelque nécessité et soudain portant la main à son front : « Oh ! maman, j'ai mal à la tête ! Je crois que je ferais bien de me coucher ! » Et ne se relevant plus.

Tout le bahut est là, à l'enterrement, sous un soleil de plomb. On entrepose le cercueil dans une tombe provisoire car les Alric ont un caveau de famille, là-bas, en Ariège dont ils sont originaires et où la dépouille sera transférée.

La cérémonie est civile et il n'y a pas de fleurs. Un silence écrasant règne sur les trois cents potaches qui sont là, médusés par la disparition foudroyante d'une si jeune fille qui est partie sans être munie des sacrements de l'Eglise.

Car M. Alric dans sa détresse continue à être guidé par le phare de son athéisme. Il ne transige pas. Il fait partager bon gré mal gré son incrédulité à sa fille morte. Ou peut-être en ont-ils discuté quelque jour et peut-être était-elle de son avis ? Je me suis placé pour voir de face cet homme frappé à mort par celle de sa fille unique. Je suis sidéré par sa force de caractère, mais, en même temps, je me demande si c'est bien une supériorité que de ne pas crier en un tel moment vers une consolation quelconque. Si c'est seulement pour se donner en exemple à notre pleutrerie et à notre crédulité, que voilà bien une mince victoire face à ce qui vient de lui manquer.

Je pense à mon humble marraine, *se réjouissant inconsciemment de la vie,* en dépit de tous ses deuils. Je sors de ce cimetière sans me mêler à aucun groupe car tant vaut-il être seul tout de suite face à la mort puisque de toute manière, c'est seul qu'elle vous atteindra. Ils vont parler. Se rassurer en parlant, ne serait-ce, paradoxalement, qu'en se racontant les minutes funèbres de cette agonie en présence de ce père et de cette mère déjà vieux et impuissants devant le mystérieux microbe qui dévore l'intelligence et la vie de leur fille. Qu'ils se rassurent donc. Qu'ils éprouvent ce délicieux soulagement de ceux qui, par miracle, ont été pour l'instant épargnés. Je ne me nourrirai pas de ce leurre. Puisqu'il faut vivre, ce sera les yeux ouverts. Je finirai par m'habituer. *L'homme n'a point de port, le temps n'a point de rive, il coule et nous passons.* C'est ce truisme qu'il faut avoir comme boussole, en dépit de toutes les distractions, fussent-elles tragiques, que la vie va nous proposer pour lénifier les choses.

Je descends vers le collège, vers ma maison, vers ma jeunesse. De loin, entre deux ou trois amis qui l'entourent, je vois le dos de M. Alric qui s'en va vers sa solitude. Et moi, mauvais élève de sixième, je me prends à penser que ça lui fait vraiment une belle jambe de ne pas croire en Dieu. Parbleu, moi non plus je n'y crois pas. Mais il n'y a pas là de quoi pavoiser.

Je n'en ai pas fini, moi, avec cette morte. Elle ne m'a pas livré tous ses regrets. A-t-elle au moins connu l'amour cette pauvre Denise ? Quelque jour en vacances, là-bas en Ariège, quelque cousin lui a-t-il pris la taille ? Quelqu'un au moins lui a-t-il dit qu'il l'aimait ? Hélas, je réponds non. Avec son visage ingrat, toute sa petite personne raisonnable, sa maturité studieuse, la modestie de son maintien, ses pieds solidement ancrés sur la terre, qui aurait songé à lui parler d'amour ?

C'est dur, lorsque l'on a onze ans, de dénicher une à une toutes les absences définitives que la mort présuppose. Que peu importe le latin, les sciences naturelles, les maths ! Moi aussi je peux mourir tout de suite demain. Avant, il faut que j'aie senti des cheveux sous mon nez, que des yeux m'aient regardé pour ce que je suis moi, qu'un corps se soit fait connaître à mon corps. Je projette devant moi avec une émotion prodigieuse le lendemain du jour où je rencontrerai la femme avec qui j'aurai fait pour la première fois l'amour.

Car je sais maintenant ce que c'est que faire l'amour.

A l'univers de journaux qu'il jette tous les soirs sur mon lit, mon père, depuis peu, en a ajouté deux. C'est *Marianne* et *Voilà*.

Pour l'aristocratique *Marianne,* j'éprouverai tout de suite une méfiance instinctive. Le langage qui fleurit dans cet hebdomadaire est de deux octaves au-dessus de celui auquel je suis habitué. Il y a des articles de savants, de philosophes, des spécialistes de toutes les sciences humaines, des polémiques entre eux. Je n'y comprends d'abord rien. Mais je lis tout, d'un bout à l'autre, selon mon habitude. Je retiens les mots que je ne connais pas et je vais en chercher le sens dans le vieux dictionnaire de l'oncle Désiré car moi je n'en ai pas. C'est trop cher. On n'a pas encore pu m'en acheter un.

Marianne, c'est la terre promise mais inaccessible. Les gens qui s'expriment là-dedans, les idées qui s'y entrechoquent, les spectacles dont on parle, les livres qu'on y prône, tout cela n'est pas de mon monde. Il n'y a pas de pont entre *Marianne* et moi. Alors que le fraternel *Canard enchaîné,* est parfaitement adapté à la vie d'un enfant de la plèbe.

Or, depuis quelque temps, répétés avec obstination par tous les journaux d'adultes que je lis, deux mots ont fait leur apparition : *fascisme* et *guerre.* Ces deux mots sont partout entrelacés comme si l'un portait l'autre, comme si l'un supposait l'autre. On en parle avec des cris, des vociférations, des lamentations de panique. Même les élèves entre eux s'en entretiennent. La guerre : tout ce que j'entends, tout ce que je lis la fait apparaître comme aussi inéluctable que la prochaine éclipse de lune. La guerre jusque-là, pour moi, c'est le passé de mon père. Jamais encore je ne l'avais projetée dans le futur. Voici qu'un beau matin, médusé, je découvre qu'elle est *mon* avenir et qu'au lieu des cinquante ou soixante ans d'existence sur lesquels je comptais et déjà les trouvais dérisoires, c'est peut-être à sept ou huit ans que je vais avoir droit ! Je vais être une *Marie-Louise* comme mon père parti à dix-huit ans.

Cette certitude est absolue. J'en ai puisé la conviction dans *Marianne* précisément. Car si les autres journaux se laissent aller à leurs passions et à leurs paniques, *Marianne,* au contraire, laisse s'expliquer tous les pontifes auxquels elle ouvre ses colonnes, sans prendre parti, sans tirer aucune conclusion. La conclusion c'est moi qui la tire, un jour où je lis sous la plume d'un auteur dont j'ai oublié le nom, un article qui s'intitulait, je crois, « L'infanticide à crédit ». L'auteur y expliquait avec un doux détachement pourquoi, aveuglément, les nations ont de temps à autre besoin de secouer leurs populations pour précipiter au néant dix ou vingt millions de jeunes hommes, afin de donner un peu d'air aux survivants.

« Cela, commentait l'auteur, est bien entendu un leurre, comme tous les stratagèmes inventés par la nature pour lutter contre sa fatale et luxuriante fécondité, laquelle, d'ailleurs, est elle-même rendue nécessaire par la complexité hasardeuse de la lutte entre la mort et la vie et de sa permanente indécision. »

Et de sa permanente indécision. Il n'y avait pas besoin d'être bachelier pour comprendre un texte aussi clair. Je le lis trois fois de suite et le retiens par cœur pour le restant de mes jours.

Je serais donc un des fruits qui tomberaient des branches de la nation quand le temps en serait venu, c'est-à-dire quand j'aurais dix-huit ans comme mon père les avait eus.

Voilà ce que m'apprenait *Marianne,* mais voici ce que m'apprenait *Voilà.*

C'était un torchon sur papier sale imprimé en bistre

sur un fond sépia ce qui le rendait à peu près illisible, comme s'il avait eu honte de ce qu'il colportait. Il était abondamment illustré de photos de reportage sur toutes sortes de bas-fonds et de lieux interlopes et secrets. Moi qui aimais les femmes en bas noirs, avec *Voilà*, j'étais servi. Cependant, l'essentiel de l'hebdomadaire consistait en une rubrique qui s'appelait « *Voilà* vous parle » et qui ne parlait que d'amour. C'étaient les lecteurs qui écrivaient, qui posaient des questions et *Voilà* répondait.

J'ai retrouvé un jour qui tapissait le fond d'un placard, une page de « *Voilà* vous parle », j'y ai retrouvé l'ambiance exacte qui baignait toute la rubrique. Je l'ai sous les yeux, j'en recopie ce fragment :

« Mon épouse ne parvient à l'orgasme que très difficilement et par intermittence. De mon côté, j'ai le plus grand mal à éviter une éjaculation précoce. Notre existence est empoisonnée par ce déséquilibre. Que me conseillez-vous ? »

Et le journal répondait :

« Nous vous conseillons de rechercher avec patience, car elles sont inégalement réparties selon les individus, les zones érogènes chez votre épouse. Nous vous conseillons de faire l'amour plus souvent qu'une fois tous les deux jours comme vous dites le faire. D'autre part l'éjaculation précoce est, le plus souvent, d'origine pathologique. Nous vous conseillons d'en parler à votre médecin. »

Voilà ce qu'à longueur de colonne racontait cette rubrique. Les femmes aussi écrivaient. Et tout était de la même eau. Ce n'étaient que cris d'angoisse et d'incompréhension : « orgasme » ? Qu'est-ce que ça veut dire ? « Je suis mariée depuis sept ans, j'ai trois enfants. Je n'ai jamais joui de ma vie ! » Aucune lettre, aucune confidence ne reflétait le bien-être ou l'équilibre ; toutes parlaient d'amour, aucune ne parlait de bonheur.

Je sortais de cette rubrique éreinté d'horreur. La lecture de « *Voilà* vous parle » me laissait dans le même état de désolation sur l'amour que le faisait, en ce qui concernait la guerre, la lecture de *Marianne.* Quand je voyais au cinéma un film où le héros ou l'héroïne ont traversé les pires dangers avant d'être réunis par le baiser final, je ne me disais pas : « Ils vont être heureux », je me disais : « C'est maintenant que la tragédie commence. »

Toutefois rien n'est inutile et grâce à cette rubrique pessimiste maintenant, quand je vois passer dans la cour la principale chargée des légumes du marché, je me demande comment se comporte cette femme avenante, la nuit, avec son principal d'amant ? Le de Zerbi ne la convoite-t-il pas ? Et parbleu, je comprends mieux maintenant la raison de mon aversion immédiate pour lui : il doit enfiler les conquêtes comme des perles ! Son regard insondable de fauve, sa souplesse, sa flemme incoercible qui le rend, sauf de brefs accès de fureur, lent comme un serpent qui digère, tout cela doit faire merveille puisque c'est la lenteur, d'après *Voilà,* que réclament les partenaires. Et M. Delor ? Et le père Lagarrigue ? Et qui ose caresser le menton du prof d'italien, fait d'un morceau de ses fesses, depuis qu'il a perdu le vrai à la guerre ?

Les choses que dans ce collège je ne vois pas, les pensées qui traversent la tête des hommes que je ne connais pas, je perçois maintenant qu'elles ont beaucoup plus d'importance que l'enseignement qui y est prodigué.

Ces hommes, ces profs, quand ils sont avec nous, à nous enseigner, en réalité, ils *patientent.* Leurs vraies pensées sont ailleurs, et pendant qu'ils débitent : « Tu sais vaincre Hannibal mais tu ne sais pas profiter de la victoire », ils réfléchissent que cette nuit, l'amour avec leur femme ou leur maîtresse a été un sujet ardu de désolation.

Ces préoccupations bizarres, et qui n'ont très probablement qu'un lointain rapport avec la réalité, je les transporte pourtant partout avec moi. Un abîme commence à se creuser entre moi et la vie de ceux que j'aime. Je vais chez ma marraine, je la vois trier patiemment sa salade des champs. Je me dis qu'elle est hors de la vie. Je me dis que les questions que je me pose, elle ne se les est probablement jamais posées. Je vois ma maigre et sèche tante Hélène de trente-cinq ans, confite dans une religion très largement interprétée et peu pratiquée. Va-t-elle mourir ma tante Hélène sans jamais avoir fait l'amour ? Et quand je vais chez mes grands-parents Magnan, que je les vois entre leur poêle troué à charbon de Gaude et leur placard à salpêtre, hargneux l'un envers l'autre, je pense à *Voilà*. Mes grands-parents ont-ils jamais eu conscience que, peut-être, la mauvaise vie qu'ils vivent ensemble a pris naissance dans ce profond sommeil, fruit d'un travail manuel acharné et dérisoire, qui les abat sitôt qu'ils touchent leur lit ? Et s'ils n'en ont pas conscience, ne sont-ils pas plus tranquilles ainsi ?

Mais moi, est-ce que je dois rester semblable à eux ou me laisser devenir autre ? Il me vient en les voyant, en respirant l'odeur de leur cuisine, de l'écurie, du poulailler, de la chambre glaciale, de la cave tiède qui souffle l'arôme de son salpêtre sec, des envies de ne plus jamais essayer de comprendre autre chose, de me laisser aller à la nature, de devenir ce qu'ils sont, des paysans de la ville, comme depuis toujours l'ont été mes ancêtres ; prendre la succession du *bien*, travailler la terre, m'abrutir à ce labeur de Sisyphe, ne jamais plus penser...

Il est trop tard, mon père a déjà décidé pour moi. Il a

abandonné la terre. Il a choisi. D'ailleurs, le labeur de mon grand-père : atteler le mulet, tailler les arbres, planter les choux à la bonne lune, ébrouter la vigne, pincer les pommes d'amour, soigner le vin, *je ne saurais pas le faire.* C'est à peine si mon père sait encore.

C'est la tête perdue dans le magma informe de ces réflexions brouillonnes que je vais passer l'examen des bourses.

Un beau jour, M. Barrucand, le principal, se tourne vers sa classe de latin et dit : « Quels sont ceux parmi vous qui veulent passer l'examen des bourses ? » Je lève le doigt, bêtement. Car dans l'état d'esprit où je me trouve, faible en maths comme je le suis, qu'est-ce que je vais faire à l'examen des bourses ? Cette propension à réfléchir seulement après coup aux conséquences de mes actes est le trait dominant de mon caractère. Il ne m'a jamais fait défaut. Maintenant l'inquiétude m'agite. Où mon père va-t-il prendre l'argent ? Car il faut aller à Digne, y manger, y coucher... Il dit oui pourtant. Se pose-t-il lui-même la question ?

Le jour fatidique arrive. Nous sommes trois au collège de Manosque à nous présenter : Paul Sandonnat, Gabriel Vinatier et moi. Nous partons pour la gare à pied avec nos pères : le garde champêtre, le charron et l'ouvrier électricien. C'est la première fois que je fais aussi long voyage. Je découvre l'au-delà de Volx où ma tante Hélène m'a mené quelquefois. Après c'est l'étranger : la Brillanne encore m'est familier, à cause d'une usine électrique où, parfois, mon père va travailler. A Saint-Auban, il faut descendre, changer de train.

Je crois que je vais seulement passer l'examen des

bourses et que je suis plein d'anxiété et tout entier occupé de ce grand événement. Je ne sais pas qu'à partir de là, mon esprit presque à mon insu va enregistrer tant de paysages et tant de noms et respirer tant de mystère, et être subjugué par tant de montagnes bizarres, les premières que je vois de ma vie, que tout ce qui va m'arriver dans les prochaines vingt-quatre heures sera simplement enrobé dans tout ce reste et que je vais en réalité vers un mariage d'amour. Je ne sais pas que Digne deviendra ma terre d'élection, une sorte de terre promise que pourtant je n'habiterai jamais mais qui me fascinera et me permettra d'inventer autour de son noyau tout un pays qui sera ma géographie imaginaire.

Cependant, je contemple avec envie le solide équilibre de mes deux camarades. L'épreuve commence pourtant comme un jour de fête. On débarque vers quatre heures à Digne. On se promène sur le boulevard Gassendi, on va déposer nos valises bon marché à l'*Hôtel du Commerce* qui n'existe plus. Le boulevard est plein de monde. Les cafés à terrasse sont plus beaux qu'à Manosque. Nous y installons notre imposant groupe de six. Nos pères, gênés de ne pas travailler un jour de semaine et n'ayant pas l'habitude d'être ensemble, discutent à bâtons rompus, languissamment. Le père Vinatier parle sans arrêt d'une rue Prête-à-Partir, comme si c'était un lieu parfaitement connu et accessible. Moi, je crois qu'il plaisante et que cette rue mythique est tout simplement destinée à reconduire à la gare les candidats qui auront échoué à l'écrit.

Le soir, pour ne pas se coucher trop tôt, on part à la découverte de Digne. Nous montons, nous descendons, nez au vent, passant du boulevard Gassendi à la place du Mitan, allant longer les bords de la Bléone. C'est la belle saison. Le soir est interminable. Je contemple les pentes autour de la ville faites du vert sombre des forêts et des roches rouges qui les dominent et que le père Vinatier, qui a l'air de tout savoir, appelle la barre des Dourbes. L'odeur des sapins sur la brise nous parvient sur le courant du torrent. Il n'y a pas, sur Manosque, d'odeur de sapin. Je contemple, ravi, le kiosque à musique. La ville de Manosque n'a jamais songé à en construire un. Digne *m'agrado* (me plaît). Je rêve que j'y poursuis mes études. Il me semble qu'elles seraient beaucoup moins arides qu'à Manosque.

Le lendemain matin, nous ne sommes pas seuls à nous diriger gaillardement vers le lycée Gassendi. C'est par les rues un concert martial de godillots décidés. Tout ce que les Basses-Alpes comptent de pauvre et de studieux est là, venant d'Enchastrayes, de Demandolx, de Céreste, de Bellaffaire, de Lardiers, du Revest-du-Bion, d'Allemagne, de Riez, de Verdaches...

Nous sommes plus de trente. Ça sent la ferme et le foin des granges. Presque tous mes compagnons portent, comme moi, des bérets bleu marine enfoncés jusqu'aux oreilles. Ils ne rient pas. Ils ne se parlent pas. Chacun a la bouche serrée sur le secret de son savoir. Ce n'est pas le joyeux brouhaha d'une rentrée en classe. Nous sommes l'élite, les triés sur le volet. Ceux qui *veulent*. On ne se connaît que par groupes de deux ou trois. Je jette un coup d'œil sur les mines résolues de mes compagnons. Je suis sûr qu'ils sont tous forts en maths et profondément décidés à ce que les frais exposés par leurs parents ne soient pas perdus. Pour eux, ce n'est pas une plaisanterie. Eux, sans doute, ce n'est pas par inadvertance qu'ils ont levé le doigt quand on a parlé d'examen des bourses.

La cour du vieux lycée Gassendi est pleine de monde, pleine de parents qui eux non plus ne se connaissent pas et se cramponnent les uns aux autres, quand, par hasard, ils se trouvent deux ou trois du même pays. C'est le branle-bas des pères. Il n'y a pas une seule mère pas plus qu'il n'y a une seule fille sur quoi reposer les yeux.

On entre dans la salle d'examen avec sous le bras notre sous-main de moleskine garni de deux cahiers de papier ministre et muni d'une boîte de pain à cacheter pour l'anonymat des copies. Un pion quelconque assure la surveillance mais il désigne les places. On nous sépare, on nous mélange. On ne laisse pas ensemble les gars de Barcelonnette, de Castellane ou de Forcalquier. Au tableau noir est écrit le sujet de la rédaction que l'on doit rendre dans un heure : « Vous avez gagné le gros lot à la Loterie nationale. Qu'en faites-vous ? »

Ce sujet est complètement absurde et complètement hors de la vie. De plus, il tend à accréditer l'utopie auprès de nous, pauvres petits, qu'il est *possible* de gagner le gros lot à cette Loterie nationale que pour la sixième fois la république vient de ressusciter. Mais pas un d'entre nous ne rechigne ni même ne hausse les épaules. Nous sommes tous bas-alpins, nous savons tous qu'il est impossible de gagner à la loterie, sinon nos pères et nos grands-pères, qui ont eu tant de mérite, auraient gagné depuis longtemps, or nous sommes trente là, dans nos blouses noires et nos godillots, à témoigner qu'ils ont perdu. Trente ? Non, vingt-neuf parce que moi je rêve. Le sujet est parfaitement dans les cordes d'un qui a toujours pris des vessies pour des lanternes et ne s'arrêtera pas demain. Je me lance avec un brio sans égal. En une demi-heure j'en remplis deux pages et demie. Ça suffit. J'ai lu l'autre jour dans *Le Canard*, à propos d'un homme politique atteint de prolixité épistolaire, cette phrase dont j'ignore l'auteur : « Qui ne sut se borner ne sut jamais écrire. »

Le latin pour moi sera aussi bénin : une version semée d'embûches que je connais bien grâce aux clairs exposés de M. Barrucand ; un thème qui me paraît moins ardu que ceux qu'on fait en classe.

Mais ma roche tarpéienne n'est pas loin. On revient l'après-midi pour les maths. On a deux heures pour résoudre le problème. Deux heures ! Dès que je pénètre en salle d'examen et que mon regard tombe sur le tableau noir, je sais que je suis foutu, que même si on m'enferme ici et qu'on m'y laisse mourir de faim, je mourrai de faim, mais je ne trouverai pas. Il faudrait avoir suivi, avoir compris, avoir retenu tous les mots que le de Zerbi a escamotés derrière son accent guttural. Il faudrait avoir arrêté M. Testanière dans ses exposés désinvoltes pour lui dire : « Pardon, monsieur, allez moins vite... A partir de là je ne vous suis plus ! »

Je gagne ma place les jambes flageolantes. Je m'assieds lourdement. Je regarde en face la terrifiante figure géométrique qui est dessinée au tableau noir et dont il s'agit de découvrir aux trois quatorze cent seize près la surface externe et interne ainsi que le volume. C'est un gros cône tronqué et coudé dont une extrémité est circulaire et dont l'autre se termine par une ellipse. Oh ! tous les renseignements nécessaires sont portés sur la figure, les petits a, petits b, les a' et les b' y abondent et l'énoncé que j'ai devant moi à ma place explique clairement ce qui manque sur la figure.

Je le lis cet énoncé auquel je ne comprends goutte. Je le copie soigneusement mot à mot sur la belle feuille quadrillée de mon papier ministre. Je suis là-devant dans une feinte perplexité, sachant que je peux réfléchir cent sept ans je n'obtiendrai de moi rien davantage. Je considère le terrible tableau noir où est inscrit mon destin. Bancal ! J'ai l'esprit bancal ! Je suis estropié de l'esprit car ne rien comprendre à la géométrie à ce point, c'est une infirmité.

Mon ami Sandonnat est sur le même rang mais plus loin. Je lui glisse des regards de détresse. Il me répond par des regards d'impuissance. Fini le temps où il me passait les solutions. J'en suis réduit à ma seule imbécillité ! et je la sens croître devant ce tuyau coudé qui me nargue de toute sa surface utile et de tout son volume superflu.

Et soudain, il m'est intolérable de rester une minute de plus dans cette salle où vingt-neuf Bas-Alpins pensifs et muets, conscients que leur avenir se joue en ce moment, sont en train de comprendre, eux, de percer le secret du tuyau coudé.

Je corne ma copie où seul figure l'énoncé du problème. J'appuie mon pouce bien ferme sur le pain à cacheter qui dissimule mon nom comme pour sceller mon destin. Je me lève. Je marche rapidement vers le bureau du pion et je dépose ma feuille devant lui sans un regard pour la tête qu'il fait, sans vérifier si les vingt-neuf concurrents ont un instant levé la leur.

J'ouvre la porte, je la referme derrière moi. La vaste cour est vide... Que non pas ! Là-bas, sous le préau, assis bien sagement comme des élèves, les pères anxieux attendent, espèrent, sont sur le gril. Tout seul, traversant tout l'espace vide, je dois affronter leurs regards incrédules. Vingt minutes ! Il y a vingt minutes à peine que je suis entré là ! C'est l'ébahissement total. Je vois nos trois Manosquins se lever, venir vers moi, le volumineux père Vinatier en tête. Il est bouleversé. Il voit déjà son pauvre Biel balayé, puisque lui il ne sort pas au bout de vingt minutes. Il me questionne :

— Comment ! Mais alors ? Tu as déjà fini ! Mais alors ? Et les autres ?

Mon père est derrière, timide, pas triomphant. Lui il sait. Il a déjà compris. Il me connaît. Il ne pose pas de questions. Il m'entraîne. Nous nous éloignons de ce vieux lycée où je viens de me brûler les ailes. Quand nous sommes un peu loin, il demande :

— Tu l'as pas fait ?

Je secoue la tête.
— J'y ai rien compris.
— Alors, tu préfères la pioche ?
Je hoche la tête affirmativement.
— C'est dur, dit-il, tu verras.
Et je réponds :
— Tu le fais bien toi.
— Moi j'avais pas bonne tête.
— Moi non plus.

Je suis content dans le fond. Ce soir nous reprenons le train pour rentrer à la maison. Si j'avais réussi il fallait rester, attendre l'oral, coucher encore à l'hôtel, manger au restaurant ce soir et demain. Tout ça ça faisait encore une pièce de cinquante francs qui nous sera bien utile pour finir le mois. Oh ! bien sûr, j'aurais dû penser à ça avant de lever le doigt pour postuler. Mais alors je n'aurais pas connu Digne sertie dans ses montagnes et qui va scintiller toute ma vie devant mon imagination et par elle s'embellir et se magnifier, je ne l'aurais pas connue alors que j'étais encore tendre, malléable et aspirant par tous les pores des sensations inoubliables. Digne est désormais gravée dans mon cœur. Mon destin avait besoin que je connaisse Digne.

Cependant, la sixième redoublée continue malgré mon échec. Et avant de faire le dernier saut dans la scolarité obligatoire, puisqu'il faut avoir douze ans révolus et que je n'en ai pas encore onze, j'ai le temps de constater que les adultes n'ont pas le monopole de l'aveuglement.

J'ai déjà parlé de M. Battini à qui je prête mes Harry Dickson. Pendant toute la sixième redoublée, il assure la chaire de prof de français, spécialité à laquelle j'ai vaguement compris qu'il se destinait. Avec lui, j'ai un havre. Je coule des jours heureux. Il a une bonne diction, il parle lentement, il explique avec clarté.

Un jour, il lui vient à l'idée de faire lire à sa classe

quelques livres car il s'est aperçu que dans ce domaine nous sommes au-dessous de zéro. Il nous explique ça patiemment, avec ménagement car il connaît son public. Il nous dit que si nous apportions vingt sous chacun, on pourrait commencer par acheter deux livres de base qui lui paraissent indispensables mais qui coûtent très cher, quinze francs l'un, et que chacun d'entre nous ensuite aurait à disposition durant une semaine. Il s'agit de *L'Iliade* et de *L'Odyssée.* Moi qui suis fourré dans Mallet et Isaac chaque fois que je peux, je trouve l'idée sensationnelle. J'ai depuis longtemps envie de lire ces deux livres. Mais apparemment je suis le seul. A l'idée de dépenser vingt sous le cœur de ces Bas-Alpins se serre de tristesse. Leurs noirs regards se voilent. Ils sortent de cette classe maussades, traînant les pieds comme s'ils avaient glané un zéro collectif.

Or j'ai un camarade, long, maigre, constitué comme une gazelle. Il a un front de lévrier aussi haut qu'étroit. Il est le seul de tout le bahut à pouvoir me battre à la course. Comme moi il ne marche jamais, il court. Nous habitons le même quartier. Parfois, lancés à fond de train, nous nous évitons de justesse au coin d'une rue. Mais ses jambes sont plus longues que les miennes et il me bat. Comme c'est un maître paniquard, il prend facilement peur devant les conséquences des tours pendables qu'il joue aux grands en m'entraînant à sa suite. Dès que je l'entends crier, je sais qu'on va nous tomber sur le poil et je prends mes jambes à mon cou. Mais alors, il me rattrape, me croche solidement par la blouse avec la force de la panique et me refoule derrière lui pour me livrer en pâture à nos ennemis qui me mettent en pièces.

Or, cet animal a réussi à loger dans son étroite cervelle l'idée que la lecture était nocive et que le prof abusait de son droit en voulant nous l'infliger. Il prend aussitôt la tête de la résistance dans la classe de sixième. Ses récréations ne sont plus occupées que de ça. On voit sa haute taille s'infiltrer dans tous les jeux pour forcer les gamins à parler de choses sérieuses. Tout le monde ou presque est de son avis mais tout le monde aussi est prêt à capituler par pusillanimité. L'argument massue c'est :

— Voueï... Mais qu'est-ce qu'on va lui dire au prof pour ne pas donner les vingt sous ?

Les plus capons ne veulent pas d'histoire.

— Ah vaï il vaut mieux payer. Après, on va se le foutre à dos le Battini !

— Non ! s'écrie l'énergumène. Y a qu'à dire que nos parents s'y opposent !

C'est un trait de lumière. Chacun aiguise cet argument à la clarté de son intelligence et commence à y croire dur comme fer : « Mes parents s'y opposent ! » Quel imparable coup ! Infatigable, ma gazelle vole d'un groupe à l'autre. Ce garçon, d'ordinaire craintif avec les filles, n'hésite pas à les aborder, afin de plaider cette juste cause. Ses arguments sont simples, évidents, frappants :

— La lecture c'est une distraction de riche. Quand on a à peine de quoi manger à la maison, on va pas mettre vingt sous pour acheter un livre. Et dis ! Viens pas dire ! Vingt sous, ça fait presque un kilo de pain !

Avec de tels prolégomènes, la victoire est à nous. Le jour mémorable arrivé, ma gazelle, que j'ai toujours connue comme plutôt pleutre, monte courageusement au créneau.

— Monsieur, dit-il, moi j'ai pas les vingt sous pour les livres.

— Ah ! dit calmement M. Battini. Pourquoi ?

— Parce que mes parents s'y opposent.

Il n'attend pas d'autre question. Il se défile vers

sa place. Il s'assied blanc comme un linge, pas sûr du tout que, dans ce duel, il ne va pas laisser sa peau.

Mais alors lentement un autre se lève, puis un autre, puis la moitié de la classe, puis les trois quarts puis les neuf dixièmes. Plus ou moins audiblement suivant le courage de chacun, la classe de sixième chante la même antienne. Sauf les filles. Les filles n'ont pas été sensibles à la sirène. Elles apportent leurs vingt sous. Il reste moi, toujours fidèle gardien du dernier banc de la classe. Je me lève, je parcours la travée, je monte sur la chaire, je dépose mes vingt sous sans un mot devant M. Battini. Je n'ai même pas parlé chez moi de cette affaire. Il doit me rester vingt sous sur les cinq francs par dimanche que ma grand-mère Magnan m'alloue toutes les semaines.

Je fais ça sans aucune ostentation et les fesses serrées. Quand nous allons sortir en récréation tout à l'heure, la Gazelle va vouloir régler ses comptes avec moi, encouragé par l'approbation de toute la sixième. Mais j'avais l'habitude de recevoir des coups de toute sorte. Je savais mal les rendre mais très bien les encaisser. Il me suffisait de me figurer à l'avance la douleur physique pour l'exorciser. J'avais même pris l'habitude à cette époque de faire souvent le sacrifice de ma vie. Si j'appréhendais la mort en tant que disparition, en revanche, le passage de vie à trépas m'apparaissait comme une simple formalité.

Tout en revenant à ma place, je regardais mes haineux compagnons de misère et je me disais qu'ils pouvaient être fiers d'avoir prouvé leur solidarité en de telles circonstances. Ils avaient fait pièce à l'autorité. Ils avaient tenu en échec la culture qui leur paraissait un divertissement pour nantis. Ils se sentaient des hommes. Ils n'avaient pas tort de le croire. Il nc me serait pas venu à l'idée de leur disputer cette palme. A mesure que j'avançais, je leur voyais de telles têtes de

Comité de salut public que j'avais envie de les couper toutes.

— Tu vas voir ce que tu vas prendre à la récré ! me chuchota la Gazelle au passage.

Je haussai les épaules. Avec ses faibles bras, il ne pouvait pas grand-chose contre mon cuir tanné par l'habitude.

Cependant l'évacuation de la salle à l'appel de la cloche ne se fit pas sur un accent de victoire. Avec l'habituelle résignation de la chiourme, la classe de sixième, comme à l'ordinaire, traînait ses godillots et ne pavoisait pas. Sans doute certains, atteints du même mal que moi, devaient maintenant réfléchir après avoir agi. Et moi je me disais tristement que ce ne serait pas demain que je lirais *L'Iliade* et *L'Odyssée.*

— Magnan ! Venez ici !

C'était Battini qui m'appelait. Je me retournai pas très rassuré. Si bienveillant fût-il à mon égard, un prof restait un prof. Nous avions l'habitude de les considérer tous comme des léopards endormis qu'il convenait de ne pas réveiller.

Il me regardait approcher, sale et rechigné et chargé de tous les stigmates de l'âge ingrat.

— Venez près de moi, dit-il.

Je montai sur l'estrade où se dressait la chaire.

— Est-ce que vous connaissez vos notes à l'examen des bourses ? me demanda-t-il à brûle-pourpoint.

Je fis un signe d'ignorance.

— Vous avez eu dix-huit en français, seize en latin et trois en mathématiques ! Qu'est-ce que vous en dites ?

Il jouait avec les quelques pièces d'un franc qu'il avait récoltées parmi nous.

— C'est intolérable ! dit-il. Vous *devez* comprendre. Il n'y a pas de raison pour que vous ne compreniez pas !

J'ébauchai, sans répondre, une mine coupable. Etait-ce de ma faute si je ne comprenais pas ? Il se leva, se mit à marcher de long en large, toujours manipulant les pièces avec nervosité.

— Les maths, dit-il, c'est un truc ! Si vous réussissez à choper le truc, après tout se déroule comme une bobine de fil ! Vous comprenez, il m'est intolérable de penser que quelqu'un qui obtient dix-huit en français va se faire étendre par un vulgaire problème de maths !

Il eut un rire sarcastique.

— Et de géométrie qui plus est ! Vous *devez* comprendre ! insista-t-il avec force. Tenez ! dit-il, si vous voulez, moi, je vous donnerai des leçons particulières de maths !

Il dut voit mon sourire contrit car il ajouta aussitôt :

— Gratuitement bien sûr ! Cela va de soi. Oh ! je ne suis pas des plus forts mais enfin, j'ai passé mes deux bacs en math élém. Je pourrais vous mettre sur les rails au moins jusqu'à la quatrième. Réfléchissez ! Réfléchissez bien !

Il me tendit la main. Je la pris maladroitement et mollement car c'était la première fois qu'un homme me tendait la main. Il avait un regard magnétique très noir qui cherchait le mien pour me faire partager la conviction que je devais accepter son aide.

Mais il se heurtait à un trait essentiel de mon caractère qui, lui non plus, ne varia jamais : je crois au génie et je suis sûr qu'il ne s'apprend pas. Je suis certain que les maths, si l'on n'est pas doué, c'est comme la musique et le dessin : il vaut mieux ne pas insister. Pour cette raison, je n'acceptai pas l'offre généreuse de M. Battini. Je ne crois pas qu'il puisse quelque chose pour moi. Ma décision est arrêtée : je prendrai la pioche.

M. Battini tenait toujours dans sa main les pièces inutiles. Il me rendit la mienne :

— Tenez ! dit-il. Demain je rendrai les leurs aux filles.

Il méditait sans doute amèrement sur cette défaite qu'il venait d'essuyer face à trente Bas-Alpins résolus et bien armés de leur sottise. Comment leur faire comprendre ? Sa défaite c'était la leur. Leur victoire c'était celle de leurs ennemis irréconciliables : l'ignorance et la fatuité. Et pourtant ce n'était pas cela qui le préoccupait, c'était mon avenir. Il devait penser que s'il pouvait arriver à en sauver un seul... Mais moi aussi j'étais rivé à ma sottise. Et c'était avec moi, surtout, qu'il échouait.

Cet homme est mort jeune. Plus tard, bien plus tard, une guerre avait passé, je vis son nom dans les avis de décès d'un journal. Il ne devait pas avoir cinquante ans.

Le merci que je ne sus pas lui dire ce jour de 1933, je l'écris ici.

L'année scolaire de la cinquième commença par un lavement de pieds collectif.

Devant moi, sur cette chaire presque trop grande pour elle, remplaçant M. Battini, se tenait une petite femme frisée sans extravagance et probablement pas fardée. Rien ne dépassait d'elle : ni un cheveu ni un faux pli. Vêtue de gilets gris et roses et de chemisiers blancs ou crème à boutons de nacre, jamais aucune des couleurs qu'elle choisissait n'attirait l'attention tant elles étaient neutres. *Stricte* était le mot qui venait spontanément à l'esprit en apercevant Mlle Laaban car elle répondait à ce nom biblique. Mlle Laaban, pour quelque raison inexplicable, défiait l'imagination. Aucun élève, aucun interne aux nuits troublées ne pouvait rêver qu'il partageait le lit de cette fée. Même le de Zerbi qui était pourtant un chaud lapin ne lui prêtait qu'une attention ostensiblement polie.

Elle était pourtant très jolie. Elle devait pourtant avoir un corps très harmonieux, sous ses tricots de femme frileuse. Mais pour décourager le désir qu'on aurait pu caresser de refermer ses bras sur sa gracieuse petite personne, elle l'avait tout entière enveloppée d'une ample personnalité de prof dont elle ne sortait jamais.

On avait dû lui dire : « Mon Dieu ! On vous a nommée dans les Basses-Alpes ? Soyez sur vos gardes ! Si vous saviez comme ces gens ont les pieds sales ! »

Le premier jour qu'elle arriva, elle nous dévisagea tous d'abord, en silence. Son regard bleu d'acier fit le tour de nos physionomies, s'attarda sur chacun de nos trente masques, sans que jamais se modifiât son sourire narquois.

— Bon ! dit-elle calmement. Eh bien, déchaussez-vous !

Elle leva l'index :

— Les chaussettes aussi naturellement !

Un vent de pâmoison commençait à souffler sur les six ou sept filles. Mlle Laaban crut bon d'étendre la main.

— Non, pas vous ! Les garçons seulement !

A la vélocité variable de nos gestes, on put compter tout de suite ceux qui avaient la conscience tranquille et les autres dont j'étais. Car, sauf l'été où je pataugeais dans les rigoles du matin au soir, c'était une chose qui m'intéressait médiocrement que l'état de mes pieds. Une fois par quinzaine me paraissait l'intervalle raisonnable entre deux pédiluves et, par malchance, le prochain devait se situer seulement deux ou trois jours après celui mémorable où Mlle Laaban, les narines pincées, en pleine œuvre de salubrité publique, circulait gravement par les travées tel un adjudant qui décime un bataillon.

— Vous ! Vous ! Vous ! Gardez vos chaussures à la main ! Allez attendre devant la porte !

Il y en avait déjà une demi-escouade lorsqu'elle parvint jusqu'à moi. Je comptais sur la lumière glauque de l'automne, mais Mlle Laaban avait le regard perçant.

— Vous ! Allez devant la porte ! Vos chaussures à la main !

Je rejoignis la demi-escouade. Il en vint encore trois ou quatre après moi, grossir notre charrette de la mort.

— Tous à la fontaine ! commanda la Laaban. Et ne revenez qu'avec les pieds propres !

Dehors, le morne jour d'octobre n'était pas seul à nous accueillir. Derrière les vitres des grands qui attendaient sagement l'heure de la philo ou de la physique, un brouhaha de scandale enflait sa rumeur.

— Viens voir ! Venez voir ! Look ! C'est la Laaban qui envoie la cinquième se laver les pieds !

Même le de Zerbi n'était plus maître de ses bonshommes. A côté et au-dessus de tous ces visages curieux écrasés contre la fenêtre, on voyait se balancer sa grande main à la terrible chevalière, mais rien n'y faisait. Le spectacle de notre chiourme claudiquant sur les gravillons par la volonté de fer d'une femme qui ne devait pas peser quarante-cinq kilos était trop captivant à observer.

Mais parmi cette théorie de cauchemar dont pour un peu on entendrait cliqueter les fers, quel est ce rire hystérique, ce rire de butor qui vient soudain éclater sur notre morne cohorte ? C'est ce crétin de Patouillard qui se remémore, opportunément, le vieil Ernest Lavisse et sa féerique description des bourgeois de Calais.

— Pieds nus ! En chemise ! La corde au cou !

Je hoquette de rire en proférant ces mots car devant moi, justement, figuré par l'un de mes camarades anonymes, il y en a un de ces bourgeois. Il ressemble à s'y méprendre à Eustache de Saint-Pierre tel qu'il est représenté dans Lavisse. Marchant ses chaussures à la main, en faisant des pointes à cause du gravillon, avec son air austère, son front bombé déjà labouré par des rides de grand penseur, il figure parfaitement la vertu outragée telle que se la représentent les grandes personnes. Et de plus c'est un bon élève ! On peut donc être un bon élève et avoir les pieds sales ? Ça aussi, c'est extrêmement comique. Je ne m'arrêterai de rire que lorsque mes pieds seront au contact de l'eau froide, sous la pompe que nous faisons tourner frénétiquement.

Au bout de cinq minutes, l'opération terminée, tout farauds nous regagnâmes la classe, ravigotés et rosis par ces ablutions car plusieurs en avaient profité pour s'asperger le visage.

La Laaban inspecta nos pieds minutieusement, les trouva à son goût, nous fit rechausser, nous renvoya à nos bancs et tout rentra dans l'ordre.

— Mais ! conclut-elle en levant le doigt. Il y aura une inspection de pieds inopinée de temps à autre. Et ceux qui les auront sales auront deux heures de retenue ! Qu'on se le dise !

Parfois, dans ma crasse nullité, j'arrivais à l'ébahir. C'était quand, parmi le fatras des sujets insipides qu'elle nous proposait, j'en dénichais un qui fût à ma main. Ça l'ennuyait mais elle était juste. Elle me hissait au premier rang. Puis je retombais dans les profondeurs des trentièmes. Ça n'influait pas sur les heures de colle qu'elle m'infligeait pour incurie totale. Jusqu'à mon accent (plus marqué que celui de mes camarades à cause de ma voix criarde) qui l'indisposait. Sans doute était-elle aussi persuadée que si je travaillais plus je réussirais mieux. C'était certainement une bûcheuse. Elle croyait à la vertu du travail. Accent et paresse allaient certainement de pair pour elle.

Nous avons aussi un nouvel enseignant pour les maths et les sciences naturelles. Au début je suis très attentif à ce qu'il explique au tableau noir. J'ai le souvenir de ce que m'a dit M. Battini : « Les maths c'est un truc ! » Mais non, il se trompe ou alors j'ai pris trop de retard. Je ne comprends pas plus cette année que l'an passé. Je suis toujours aussi obtus.

Je baisse dans l'estime de tout le monde. A la disgrâce de Patouillard s'ajoute celle du lavement de pied. Quand je sors en ville, je rencontre des enfants heureux. Mon ami Albert Coste est apprenti dans un garage. Il ne me dit pas combien il gagne mais je crois que c'est déjà bien. Mon modèle : Zézé Gerlat, lui, il est garçon de café, musicien de jazz, opérateur de cinéma, vendeur de pochettes-surprises. Il est toujours bien mis, propre. C'est la coqueluche des filles. Il y en a d'autres. Tous mes amis sont hors du collège. De plus en plus le fossé se creuse entre la vie que je leur vois mener et ce qu'on essaie de m'apprendre dont je n'ai nul besoin si je ne veux que leur ressembler. Je me sens robuste et en revanche le cerveau faible.

J'essaie de gagner quelques sous. Moi aussi je fais le garçon de café au Cercle des travailleurs, le dimanche soir, et à l'entracte du cinéma, je vends des pochettes-surprises. Il n'y a pas de quoi s'acheter une paire de chaussures neuves. Les miennes prennent l'eau. Dans la classe, je suis le dernier fils d'ouvrier, le dernier petit-fils de paysan de la ville.

Les autres, leurs parents sont commerçants, fonctionnaires, avocats, notaires, médecins ou dans l'enseignement. Ma place n'est pas parmi eux. Je suis fourvoyé ici. Je n'ai rien à y faire, rien à y gagner. J'aurais dû, comme tout le monde, passer le certificat d'études et devenir apprenti ou continuer sur les traces de mon grand-père : paysan de la ville. « Mais tu n'es pas capable d'atteler le mulet ! Tu en as peur ! » me crie mon bon sens. C'est vrai, je ne suis pas capable. C'est vrai, j'en ai peur. Mais je peux apprendre, je peux maîtriser ma peur. Jeudi prochain au lieu d'aller *barouler* (bourlinguer) par les collines, j'irai atteler avec le grand-père, je mènerai le mulet jusqu'à Saint-Lazare. J'y vais courageusement. Je me propose au grand-père. Il hausse ses larges épaules.

— Qué vouas faïre ! Siès pas proun foour par lou téni lou muou ! Siès trop picho ! Faïrès miès d'estudia téi lessouns ! (Que veux-tu faire ? Tu n'es pas assez fort pour tenir le mulet ! Tu es trop petit ! Tu ferais mieux d'étudier tes leçons !)

Ainsi le monde qui est en train de finir et où je me reconnais encore, me rejette vers celui qui va éclore et pour lequel je n'ai pourtant aucun goût. Je suis éjecté hors d'une orbite où les Magnan ont gravité pendant des millénaires, tous semblables ou presque dans la succession des générations. On m'a éjecté sans mon consentement, pour me sauver, pour me contraindre à suivre un autre destin que celui dont mes parents savent d'instinct qu'il n'a plus d'avenir.

Ce destin nouveau passe par l'apprentissage d'une autre vie, par le canal obligé du collège et des examens. Or j'y suis impropre. Ce n'est pas entre deux chaises que je suis assis, c'est entre deux planètes, sur le vide.

C'est de ce vide absolu où je plane sans confort que va naître mon amour de la solitude qui depuis ne m'a jamais plus quitté. Je partais avec ma marraine, je partais avec ma mère et ma sœur, par les chemins autour de Manosque. Maintenant j'y vais seul. Je peuple de mes inquiétudes désorientées la Badassière, la Tour-du-Château, le Pain-de-Sucre, la Croupatassière (nid de corbeaux), les chemins de la plaine, ceux, nombreux, qui conduisent à Pierrevert, la route de Montfuron.

Sur la route de Montfuron, à main droite, au sommet de la côte rectiligne, juste avant le virage du pont, il y a un cyprès énorme. Je lui dédie ma vie. Chaque fois que le courage me manque, chaque fois qu'une avanie m'atteint, je viens me recueillir devant ce cyprès qui sera encore là bien après moi. Je m'adresse à lui comme à un dieu. Je le prie de me donner la force de supporter mon avenir. Ce n'est qu'un cyprès. Ce n'est qu'un cyprès harmonieux, qui se détache sur le ciel en un plumet effilé et qui semble y peindre les nuages. Mais cet arbre colossal est le symbole du pays. Nul ne paraît le voir. Nul n'en parle, sauf quelques humbles. Je suis seul à m'en rendre propriétaire comme s'il ne faisait besoin à personne. Car c'est un des signes distinctifs de ma race que de rougir d'aimer ce qui est inutile. Et moi qui n'aime à peu près que ça, je suis obligé de me cacher de tous. Alors je pars seul. Alors je m'exalte seul.

Derrière la chapelle de Toutes-Aures, je me musse dans une grotte de genêts, bien à l'abri du vent d'hiver, sur d'énormes *mères* des chiendent indéracinables et qui doivent bien avoir cinquante ans. Les ronces et les balais des genêts qui forment frondaison limitent ma vision et en font un tableau dans son cadre. Au centre de ce tableau il y a Pierrevert. C'est un pays immobile bien sûr. Mais si je fixe assez longtemps mon attention sur lui, si les nuages qui montent vers le nord sont assez rapides, *alors soudain le village appareille et se met à cingler vers le sud à toutes voiles et j'entends le vent que son étrave déchire.* C'est cette phrase que j'écris un jour dans mon antre, sur un méchant morceau de papier gris qui venait de chez l'Henri Gardon, qui traînait au fond de ma poche et que je noircis à l'aide d'un crayon mal appointé au couteau et rongé à l'autre bout comme un bâton de réglisse. Ce que signifie cette première phrase librement écrite et sans utilité, je n'ai aucune idée de ce qu'elle annonce. Je n'en tire aucun enseignement ni aucune consolation. Les jeux qui me permettront un jour de finir de traverser la vie en rêvant, le destin se garde bien de me les faire miroiter.

Mais voici que Manosque aussi s'en allait, me disait adieu par d'imperceptibles signes. Ce fut cette année-là que le vieux Dr Parini vendit sa clientèle, se retira et mourut. Il emportait dans la tombe, en secrets de famille, de quoi écrire toute une nouvelle comédie humaine.

Un jour de semaine, passant devant en allant au bahut, je vis fermé l'atelier des frères Vinatier. Les charrettes, les vinaigrettes, la calèche vermoulue, tout avait disparu. En même temps que les chevaux mourait le travail des charrons. En même temps que les vignes mouraient les métiers du vin. Un beau jour au Soubeyran on n'entendit plus le joyeux maillet du tonnelier.

Nous avions un *escoubié* (balayeur), le Burle, son cheval et son tombereau. On avait l'habitude de le voir avec sa grande moustache, la pelle et le balai d'amélanchier posés sur l'épaule et guettant le moindre crottin pour lequel il avait un sac spécial. Il disparut aussi, au profit d'une benne basculante.

Il existait dans la Grand-Rue un magasin aristocratique, vaste, presque vide. Sur la devanture des lettres de fer en relief annonçaient : *Henry cuirs et peaux*. Sur le parquet luisant quelques piles de belles feuilles de cuir s'étalaient et notamment de superbes cordouans verts dont la surface brillait comme celle d'un étang. Devant ces richesses, assis sur des chaises, un homme replet et deux femmes d'un certain âge attendaient toujours nonchalamment le client éventuel. Un beau jour, ils disparurent aussi en ce temps-là. Un commerçant italien s'installa à leur place qui vendait des complets bon marché.

Un autre jour, ma marraine toute marrie revint de la Grand-Rue avec un beau cageot de *champanelle* triée qu'on lui avait refusée au magasin. Le

Girard, son client ordinaire, venait de vendre. Les successeurs avaient poussé les hauts cris.

— Moun Diou ! Comment vous voulez qu'on vende ça ? C'est léger comme une plume ! Ça va faner du jour au lendemain. On va y perdre tout ce qu'on veut ! Et puis, vous vous rendez compte, pour peser ça !

Ma marraine en soupirant jeta un regard d'adieu sur sa belle pyramide de pièces de savons *A l'Abat-jour* qui était sa fierté. La vie devenait difficile pour les pauvres. Quant aux quatre ou cinq *damotes* qui attendaient cette champanelle comme le messie, elles en furent privées du jour au lendemain et comme, faute de savoir la reconnaître dans les *restoubles* (éteules), elles ne pouvaient pas la cueillir elles-mêmes, elles n'en mangèrent jamais plus.

Le Laitano lui-même sur la place des Ormeaux, faute de pratique, remisa son brasero, son trépied et ses réglettes d'étain. Il n'y avait plus dans les nouveaux ménages de casseroles en fer battu. Mon grand-père en fut réduit à boucher les trous de la sienne avec du coton hydrophile. C'était la dernière d'une imposante batterie. Elle servait chaque matin depuis quarante ans à faire le café. Elle était culottée comme une vieille pipe.

Nous avions rue Chacundier, près d'une placette, à côté du réduit où la Doline m'avait essayé en vain, une fontaine moussue. Le débit parcimonieux se déversait par une vieille tuile. Il vint deux hommes en blouse blanche avec une éprouvette ; la semaine d'après, leurs cris remplissaient le journal local. De crainte que le public de ce bas quartier ne comprît pas le terme *non potable,* on chargea le David, le cantonnier, de cravater le col de la fontaine avec un écriteau ainsi conçu : « Eau très dangereuse à boire. » Le quartier, sans même lire, continua à l'utiliser. Ce n'était pas commode : il fallait tenir les pêchiers à bout de bras, les appuis ayant disparu et l'eau était si parcimonieuse qu'il fallait plusieurs minutes pour les remplir. Mais elle était si fraîche et si bonne...

Cependant, les hommes en blanc n'étaient pas venus pour nous faire rire avec cette eau que nous buvions non potable depuis tant de générations. Il arriva le Clarius, maçon officiel de la ville, avec son superbe chapeau de boy-scout porté à la cascadeur et sa moustache de don Juan. Avec deux aides et deux solides masses, il eut raison en une journée de la fontaine moussue. L'eau non potable fut détournée vers l'égout. En quatre jours, à l'aide d'un niveau et d'un ciment de bonne qualité, le Clarius nous refit une fontaine à arêtes droites, selon toutes les règles de l'art. On la brancha sur le bassin de décantation. Elle y est encore. Elle est aussi laide qu'il y a soixante ans. L'érosion ne l'a pas touchée tant l'honnête Clarius y a mis tout son savoir.

Il arriva aussi deux architectes pour ausculter la poterne d'Aubette. Ils firent la grimace. La voûte qui tenait depuis sept cents ans menaçait ruine. Il était très dangereux de laisser les habitants là-dedans. Les David furent priés d'aller s'installer ailleurs. Le portail qui reliait la maison des Lautier à celle des Magnan, le bouilleur de cru, fut abattu à toute vitesse de crainte que quelqu'un, par hasard, n'y trouvât à redire. Afin d'en effacer à jamais les traces, on plaqua un bon crépi sur les murs des deux maisons. Les *Singer, Chocolat d'Aiguebelle, Amer Picon* et autres *Extraits Brun-Pérod,* furent priés d'apposer leurs riantes affiches sur ces emplacements tout neufs. Tout le Manosque qui aimait les choses propres fut charmé par la disparition de cette verrue.

Les scabots venaient toujours cependant, mais je ne pouvais plus aller les contempler en mangeant mon boudin de Mane. Celui-ci avait disparu ainsi que la florentine. Les nouveaux épiciers prenaient, chez un grossiste, de la charcuterie qui venait de n'importe où. Ils avaient l'odorat fin. Ils supprimèrent les banons qui venaient de Montsalier sur leurs feuilles de châtaigniers. Ils supprimèrent *Le petit alpin*, un fromage qui coulait mais qui descendait en droite ligne des pâturages du Lautaret.

A la maison même, on nettoyait les écuries d'Augias : on venait de jeter le poêle fabriqué à Dôle, Jura, qui m'avait vu naître et de le remplacer par une cuisinière électrique achetée à crédit grâce aux facilités offertes par la *boîte*.

Ces petites morts des choses familières, nul ne les remarquait, elles ne manquaient à personne. C'était l'ordre du monde. Pour exalter mon imagination, il ne restait plus, anachronique et superbe, que le tendre M. Constantin aux fausses dents éblouissantes. Chaque jour, tel un jacquemart frappant les heures, il passait à midi devant ma maison en pantalon rayé et gants beurre frais, le teint délicat de son visage abrité sous l'ombrelle bicolore.

Cependant, Manosque *reine de la moyenne vallée de la Durance* sortait de sa léthargie millénaire. M. Devaux, aidé de son comparse Laurent Redortier, avait créé la foire-exposition. Là non plus il n'y avait guère de quoi rêver sur ces machines agricoles, ces meubles de bois blanc et ces gymkhanas de camions.

Les vingt-quatre banquets de deux mètres cubes de pierre chacun qui ornaient la place du Terreau, se virent emportés pour cause de foire-exposition. Ça ne gêna guère que mon ami Maurice Bonelli et moi car la surface spacieuse de ces banquets nous permettait de déployer à l'aise *L'Auto*, le journal jaune du sieur Henri Desgranges, où nous suivions les exploits de Trueba et d'Antonin Magne dans le col d'Izoard durant le Tour de France.

Manosque nous coulait entre les doigts, mais Manosque n'était pas là pour s'amuser. Ses pommes de terre soutenaient une lutte à mort contre celles de Saint-Pol-de-Léon en Bretagne qui prétendaient à l'hégémonie sur les marchés. Il fallait se forger un outil pour cette lutte sans merci. Et que pesaient dans ce combat les quelques ares d'arly ou de beauvais que pouvaient aligner les paysans de la ville lesquels, d'ailleurs, les écoulaient devant leur porte, à l'aide d'un cageot et d'une balance romaine ?

Ces paysans de la ville faisaient rougir les véritables : ceux de Bouteille, de Pochet, de Saint-Clément, de Saint-Pierre, de Saint-Jean, des Queyrons, des Naïsses, de Robert, des Bastides-Blanches, de Pontoise, du Temps-Perdu. Les Bretons aussi lors des banquets corporatifs en faisaient des gorges chaudes. A cause d'eux, Manosque ne leur paraissait pas un concurrent bien sérieux.

On venait de fonder le Crédit agricole. Il fallait être un vrai paysan pour y adhérer, obtenir des prêts. Aucun des paysans de la ville avec ces ridicules attelages tout rapiécés, tirés par un mulet ou une haridelle, ne pouvait décemment y accéder. Ils faisaient rire avec leurs cent oliviers, leur demi-hectare de vigne, leurs deux hectares de blé et leur aire et leur rouleau de pierre pour le battre. Comme un cerveau atteint d'hémiplégie, Manosque allait mourir de tous ses plateaux du Nord dans les collines et de tous ses paysans de la ville blottis dans ses rues tortes.

Je regardais se faire et se défaire, sans comprendre, ces changements autour de moi. Sans comprendre ? Une intuition formelle me prévenait que ma nullité en maths (la seule matière que je considérais comme utile) m'interdirait de profiter de ce monde qui paraissait sur le point de naître. Aussi, certain que le salut pour moi se trouvait dans la seule force de mes bras, je mettais entre moi et l'enseignement une distance qui indisposait ceux qui s'efforçaient de me le prodiguer.

M. Hérail, le prof de maths et de sciences naturelles, avait un fils grand et roux qui m'avait pris plus ou moins en amitié. Il me parlait, me questionnait, cherchait à savoir, sans doute, pourquoi j'étais si mauvais élève. Certain jour, parlant de notre avenir, il me dit que, lui, il voulait devenir magistrat.

— Et toi ? me dit-il.

— Moi ?

Il me prenait au dépourvu. Il m'aurait fallu dix récréations pour lui énumérer les raisons qui me portaient à croire que je ne pouvais guère espérer autre chose qu'une place d'ouvrier. Alors je mentis à mon habitude. Grâce aux fascicules d'Harry Dickson que je lisais toujours avec passion, j'avais heureusement une réponse toute prête.

— Je voudrais être détective..., dis-je.

Comme ce n'était pas un imbécile, il me tourna le dos et jamais depuis je n'ai entendu le son de sa voix.

C'est pourtant dans la classe de son père qu'il m'arriva l'ultime aventure de ma vie scolaire. Le drame se produisit en cours de sciences naturelles, alors que le prof était en train de nous classer les trente mille espèces d'unicellulaires en leurs trois branches distinctes : les flagellés, les rhizopodes et les infusoires. Et je me rends compte en écrivant ceci que M. Hérail devait être de première force en tant qu'enseignant car moi, le crétin de la classe, cinquante-cinq ans plus tard, je me souviens sans avoir besoin de vérifier, du nombre des espèces et des trois branches essentielles.

Or, j'avais un camarade, par ailleurs bon élève mais que les protozoaires ne passionnaient non plus pas. Il était sur le banc de devant. Il venait de se fabriquer une machine de guerre en cernant d'un élastique son *Cornelius Nepos,* le plus gros livre latin dont nous disposions. A l'aide de ce dispositif ingénieux, lorsqu'elles n'avaient plus de goût, il pouvait se débarrasser des boulettes de papier mâché dont il était friand. J'en reçus une sur mon cahier ouvert. Je trouvai plaisant le procédé et comme je disposais aussi d'un élastique et d'un livre, je l'imitai. Une bataille acharnée commença par-dessus la tête des camarades.

Sur ses grands pieds (les Marseillais l'appelaient *Palombo,* à cause d'un marchand de chaussures de chez eux), M. Hérail dessinait au tableau à l'aide d'un morceau de craie rose. Il s'efforçait de rendre vivante à nos yeux la fuite d'une paramécie en présence d'une bulle de gaz carbonique qu'il avait figurée à la craie blanche. Soudain il se retourna.

— Il y en a qui ont des talents d'artilleurs ici ! dit-il.

Et il fonça sur moi. J'étais pris en flagrant délit. La boulette était encore sur son aire d'envol. Il la confisqua. Son regard circula sur toute la classe, s'attarda sur chacun.

— Quel est celui qui jouait à la bataille avec Magnan ? dit-il.

Silence de mort. M. Hérail resta la craie suspendue au bout des doigts pendant une bonne minute.

— Bien ! dit-il enfin. Nous verrons cela.

Il reprit son affaire au tableau noir avec le plus grand calme. En quinze ans d'enseignement qu'il devait totaliser alors, il en avait certainement vu de toutes sortes et cet incident n'était pas fait pour lui faire oublier sa paramécie. Quant à moi je n'étais pas assez naïf pour croire que les choses allaient en rester là. J'avais eu le temps de voir disparaître sous le bureau le *Cornelius Nepos* du collègue. J'étais certain que M. Hérail ne l'avait pas vu.

Quand Mme Dépétri sonna la cloche de quatre heures, tout le monde se leva pour s'enfuir sauf moi. Je n'avais rien à perdre. La situation ne pouvait être pire.

Lorsqu'il vit que je demeurais dans la salle, M. Hérail m'appela.

— Eh bien ? dit-il. Avec qui vous amusiez-vous ?

— Tout seul.

— Ah bon... Vous ne voulez rien dire ?

Je baissai la tête et commençai du bout de ma galoche à essayer de creuser le plancher de la chaire. C'était le geste ancestral que nous faisions tous, quand nous voulions persuader nos maîtres qu'il était inutile d'insister.

— Bien ! soupira M. Hérail. Dans ces conditions je vais être obligé de vous faire passer en conseil de discipline.

Je ne cessai pas de considérer le bout de ma chaussure.

— Vous pouvez aller, dit-il.

Mon camarade artilleur m'attendait à la sortie du collège, blanc comme un linge.

— Tu lui as dit ?

Je haussai les épaules sans répondre. Il s'enfuit léger comme une plume. Il ne me remercia pas. C'était une chose dont nous avions honte, remercier. Le mot merci nous faisait rougir comme une incongruité. Au surplus, c'étaient des choses qui allaient de soi entre nous.

— Oouh ! Tu sais pas ? Le Patouillard va passer en conseil de discipline !

— Oh fan !

C'était le scandale, c'était l'exécution capitale. La nouvelle secouait le bahut d'un vent de panique. Il y avait bien trois ans qu'aucun élève n'était plus passé en conseil de discipline. Le dernier, c'était un interne surpris par le de Zerbi en train de se masturber à l'abri de son pupitre. Depuis, ce forfait, on le passait sous silence, on fermait les yeux, tant la confrontation entre les profs et l'élève avait été gênante.

La décision fut prise le lundi, le lundi soir les élèves

le savaient, bien que la délibération fût secrète. La Gazelle tint à me l'apprendre séance tenante. Il me courut après jusqu'au portail Soubeyran tant il craignait de me voir passer tranquille une nuit de plus.

Entre le lundi où elle fut prise et le vendredi où la décision se concrétisa, ce procès en vase clos me procura une leçon de sciences naturelles plus instructive que celle que j'avais traitée avec tant de désinvolture. En récréation, je voyais accourir vers moi des condisciples qui jusque-là ne m'avaient jamais adressé la parole.

— Oouh ! Patou ! Tu oublies pas : vendredi onze heures !

Ils s'en entretenaient entre eux. Ils se procuraient des frissons délicieux en imaginant la scène. Il ne fut pas un seul jour où quelqu'un ne prît le soin de me rappeler mon supplice futur. Je les écoutais tous avec le plus grand détachement. Moi qui détenais un si grand pouvoir de rancune, je n'ai pourtant retenu le visage d'aucun de ceux qui vinrent me faire *rebouillir* (torturer) durant toute cette semaine-là. J'avais envie de leur dire : « Qu'est-ce que vous voulez que ça foute un conseil de discipline de collège à quelqu'un qui médite sur la mort depuis des années ? Il n'y a vraiment pas de quoi lui mettre des majuscules partout ! »

Le vendredi matin, la Gazelle m'aborda avec ce qu'il croyait être le trait fatal :

— Ils risquent de te mettre à la porte !

Ce fut au contraire un trait de lumière. Je n'y avais pas songé : s'ils me mettaient à la porte je n'aurais pas à attendre la fin de l'année ! Je pourrais chercher du travail tout de suite ! Des rêves de bonheur se mirent à me hanter. Je m'imaginais bûcheron. Je me voyais délivré de la classe, montant la cognée sur l'épaule vers quelque coupe pour abattre les arbres. Je sentais, en une réalité presque palpable, frémir autour de moi dans l'aube tranquille les fraises des bois et s'ébrouer les framboisiers lourds de rosée. J'entrai ébloui en conseil de discipline avec ce parfum de matin forestier plein le nez.

Ils étaient bêtement assis en rond sur des chaises et j'étais debout au milieu d'eux. Ils étaient cinq. Il y avait le père Delor, prof de philo, cramoisi, mais qui m'avait l'air le plus humain de tous ; il y avait le Lagarrigue, prof de latin de seconde et première ; le Salomon, prof de physique et chimie ; l'Auniac, prof d'italien toujours plaisamment costumé en d'Annunzio avec son monocle et son crâne d'œuf de Pâques, et le Testanière, prof de maths et économe. Le principal était absent. Je pense qu'il n'avait pas voulu assister à la séance de crainte d'avoir envie de m'écraser.

Ils étaient ennuyés, pas fiers d'eux, mais se demandant surtout ce qu'ils faisaient là. Encore qu'avant mon entrée, ils pouvaient imaginer un garnement arrogant qui leur tiendrait tête, qui serait sûr de son fait et leur donnerait lieu de le briser. Mais moi ! Infime, chétif et sale ! Fils d'ouvrier par surcroît ! Que je sois bon ou mauvais élève qu'importait ? Ma place dans ce collège était déjà incongrue. Par la force des choses, je ne pourrais pas m'y maintenir, alors ? La façon dont je m'y comportais n'appelait aucun commentaire. Ils n'en firent pas d'ailleurs. Je ne sais même pas si on les avait mis au courant du motif de cette comparution. Ils n'avaient pas de dossier devant eux, même pas un bout de papier.

« Quel âge as-tu ? » demanda M. Delor sans doute pour dire quelque chose.

Je répondis. Ils se levèrent, conversèrent un peu entre eux puis, sans se rasseoir, M. Delor prononça la sentence :

— Tu feras trois fois six heures de retenue. Tu

viendras les faire aussi le dimanche matin. Et si ça se renouvelle, on sera obligé de te renvoyer du collège.

Voilà. C'était terminé. Je pouvais m'en aller. Ils mettaient d'ailleurs leur chapeau pour partir. Dehors, la Gazelle au front haut m'attendait. Déjà elle fonçait pour me demander mes impressions sans doute et vérifier aussi l'état dans lequel la terrible épreuve m'avait laissé, mais la vue de M. Hérail brisa net son élan. M. Hérail guettait ma sortie lui aussi. Il s'avançait sur le balancement de ses grands pieds. Je voyais son visage bien équarri, ses arcades sourcilières bien arquées, son nez à l'arête parfaite, le tout semblable à l'une de ces figures géométriques qu'il dessinait si bien au tableau noir. Il posa cordialement sa main sur mon épaule et tout en m'accompagnant vers la sortie, il me dit :

— Vous n'en seriez pas là si vous aviez consenti à me dire le nom de votre... camarade avec qui vous jouiez en classe.

Je compris à son hésitation imperceptible que le mot *complice* lui était d'abord venu à l'esprit et qu'il l'avait écarté, à la réflexion.

Apparemment, marchant lentement et me forçant à adopter son rythme, il attendait une réponse, mais je secouais avec obstination ma tête baissée. Je n'osais pas le regarder. Sans doute pouvait-il croire que j'avais enfin honte de moi. Mais non, c'était pour lui que j'avais honte. Ainsi cette main familière, presque compatissante, cette soudaine camaraderie, c'était tout simplement pour essayer de savoir à chaud, profitant de mon émotion, l'identité du trublion n° 2 qui perturbait ses cours. Que lui importait, sinon pour satisfaire sa volonté de puissance, le nom de mon acolyte ? Ce ridicule incident qui ne faisait honneur à personne, il aurait dû l'enterrer, l'oublier.

Il dut prendre mon silence pour de la simple obstination et ma raideur pour une révolte alors que je gémissais simplement sur les futilités dont pouvaient s'occuper les grandes personnes. Il me tourna le dos et s'en alla à grandes enjambées.

Pauvre cher M. Hérail... C'était pourtant un bon professeur. Il se souciait de nous individuellement. Innovant sur tous les autres, il nous emmenait par chemins au printemps herboriser sur les talus, afin de nous permettre de distinguer les rosacées des germandrées et les graminées des dicotylédones.

Mais si ce jour de mai 1934 reste gravé dans ma mémoire, ce n'est pas à M. Hérail qu'il le doit ni même au conseil de discipline. Ce jour-là, le plus grand malheur de ma vie d'enfant m'attendait rue Chacundier.

« Un malheur ne vient jamais seul. » Après le conseil de discipline, j'avais besoin ce jour-là de me retrouver dans une atmosphère paysanne puisque la forêt dont j'avais rêvé tout à l'heure n'était pas pour demain. Je m'arrêtai chez mon grand-père pour un moment. Je fus étonné de voir béante la porte cochère, alors que, d'ordinaire, quand la charrette était rentrée, on la refermait tout de suite, ne laissant entrebâillé que le portillon découpé dans le vantail. Un gaillard de haute taille était debout au milieu du passage, conversant avec mon grand-père. Ils avaient tous deux le portefeuille à la main. Quand je franchis le seuil, j'aperçus ma grand-mère qui disparaissait dans l'écurie et il me sembla qu'elle sanglotait. Je la suivis. La lumière était allumée. Le Cadet était en train d'arracher philosophiquement sa pitance au râtelier. Alors, je vis ma grand-mère lui sauter au cou, hausser son visage jusqu'à la joue du mulet qu'elle embrassait. En même temps ses bras enlaçaient le col de la bête et ses larmes et ses sanglots redoublaient. Elle psalmodiait en patois des phrases sans suite :

— Paouré Cadet ! Moun paouré Cadet ! Quiu t'adura ta civado ? Mounte vas ana ? Qué voous té pourrian pas garda ! Lou Miu n'en poou plus dé travailla paouré Cadet ! Qué voous, és pas nostro faouto ! (Pauvre Cadet ! Mon pauvre Cadet ! Qui t'apportera ton avoine ? Où vas-tu aller ? Que veux-tu nous ne pouvons pas te garder ! Le Marius n'en peut plus de travailler ! Mon pauvre Cadet ! Que veux-tu, c'est pas notre faute !)

Je l'écoutais bouleversé. Pourquoi ces adieux ? Le Cadet allait-il mourir ? Il n'avait pas l'air malade pourtant, s'efforçant malgré l'étreinte qui le gênait d'atteindre quand même son foin.

J'allais poser la question à ma grand-mère qui manifestement ne me voyait pas. Alors le gaillard qui discutait avec mon grand-père surgit dans l'encadrement de la porte. Il tenait une courroie dans la main. Il s'approcha du Cadet et s'efforça de lui passer le licol en dépit de ma grand-mère cramponnée au chanfrein et dont les pleurs redoublaient. L'homme lui parlait doucement.

— Anen Alix ! Anen ! Plourès pas ainsin ! Vaï pamen pa à l'abattoir lou Cadet ! Lou vendrès veïre ! Sera pas malhurous emmé naoutré ! (Allons, Alix ! Allons ! Ne pleurez pas ! Il ne va pas à l'abattoir le Cadet ! Vous viendrez le voir. Il ne sera pas malheureux avec nous !)

Doucement il parvenait à la détacher du mulet ; il l'écartait et ma grand-mère se laissait faire docilement. Elle aidait même à tourner la bête, mais elle continuait à pleurer et crier :

— Moun paouré Cadet ! Nous as ben ajuda pa men ! (Mon pauvre Cadet ! Tu nous a bien aidés pourtant !)

Le mulet indifférent se laissait emmener hors de l'écurie, entraîné par le gaillard qui le tirait après lui. La grand-mère suivait éperdue. Le grand-père était resté planté au milieu du passage, le portefeuille à bout de bras. Quand le mulet passa devant lui, qui l'avait tant engueulé, il lui donna sur la croupe deux petites tapes amicales, deux petites tapes d'adieu.

Car je venais de comprendre d'un seul coup : ils avaient vendu le mulet ! Ils s'affairaient chacun d'un côté de la porte cochère pour la repousser au plus vite sur le monde et leur désarroi. Tout occupés de leur chagrin, ils ne me voyaient pas, moi, leur petit-fils. Ils ne prenaient même pas acte de ma présence. Bouleversés, ils s'engouffraient dans la cuisine tous les deux. Ils me refermaient la porte au nez. Ils avaient hâte de s'isoler même de moi qu'ils n'avaient pas vu.

Je sortis dans la rue. L'homme et le mulet disparaissaient au coin de la rue d'Aubette, vers le boulevard des Tilleuls. J'étais vide de la tête aux pieds. Le ciel venait de me tomber sur la tête. Je fis sans voir rien ni personne les cent cinquante mètres qui séparaient le numéro 4 de la rue Chacundier, où habitaient mes grands-parents, du numéro 24 qui était la maison de mon père. Et je les fis en *marchant* contrairement à mon habitude. Je crois bien que c'était la première fois de ma vie que je ne courais pas. Je me laissai tomber comme une masse à ma place habituelle.

— Qu'est-ce que tu as ? dit ma mère.

Je ne répondis pas.

— C'est le conseil de discipline, dit ma sœur, qui lui a fait bouillir le sang !

Je fis signe que non désespérément avec la tête. Je restai là, prostré. Ma mère me toucha le front, voulut essayer de son remède miracle : l'eau des Carmes du frère Mathias. Je refusai avec colère. Qu'est-ce qu'elles pouvaient bien comprendre ces deux femelles ? Qu'est-ce que j'allais leur dire ? Quels mots employer qui fussent à la hauteur de la catastrophe naturelle qui m'atteignait ?

Mon père arriva, se lava placidement les mains, vit ma mère et ma sœur qui me regardaient en silence et moi, rongeant mon poing, l'œil vide, les deux pieds sur le barreau de la chaise.

— Alors ? dit-il. Aqueou counseou dé disciplino ? (Alors ? dit-il. Ce conseil de discipline ?)

Alors je m'écroulai, la tête dans les bras, sur la table. Je me mis à sangloter. Je hurlai :

— Le grand-père a vendu le Cadet !

— Voï ! dit ma mère. C'est que ça ! Qu'imbécile ! Il m'a fait une de ces peurs ! J'ai cru qu'il avait une encéphalite léthargique, tellement il avait l'air drôle !

Ma sœur aussi se rassérénait. Ils étaient tous les trois là, se moquant presque de mon étrange chagrin. Ça ne me consolait pas. Je sentais mes larmes qui mouillaient la toile cirée de la table.

— Qu'est-ce que ça peut te faire ? dit ma mère. En voilà une histoire ! Le grand-père il est trop vieux pour continuer à travailler la terre. Qu'est-ce que tu veux qu'il en fasse du mulet ? Et moi il me faisait peur ce Cadet ! C'était une brute. Rappelle-toi, le jour où il s'est dressé à Saint-Lazare que la grand-mère est tombée de la charrette !

Mon père dit :

— Le grand-père a acheté une ânesse à la place. Demain tu la verras à l'écurie.

Si c'est avec ça qu'il croyait arrêter mes sanglots... Une ânesse ! C'est avec une ânesse qu'on labourerait le Saint-Lazare, le Saint-Pierre, l'Embarrade, le grand et le petit Lauron, la Charrette, Saint-Jaume et la Signore ! La Signore ! Une terre qui était à quatre kilomètres de Manosque, distance que le mulet alerte et nerveux couvrait en une demi-heure. Il faudrait combien de temps à l'ânesse rien que pour y aller ?

Non. La vue de mes grands-parents entrant à la cuisine sans me voir m'avait éclairé : ils savaient bien, eux, que le mulet vendu, c'était le commencement de la débâcle. Ne pouvant plus labourer, on allait vendre les terres : le Saint-Lazare au Jules Arnaud qui avait besoin d'espace pour ses porcs ; le Saint-Pierre à des étrangers qui voulaient construire dessus une villa grâce à la loi Loucheur ; l'Embarrade au Roubaud le voisin, lequel, chaque fois qu'il voyait mon grand-père au bord de la rigole, lui disait :

— Alors père Magnan ! Vous en avez pas encore assez de travailler comme un Noir ? Ça vous rapporte quoi ce mauvais morceau ?

Ce mauvais morceau appartenait aux Magnan avant peut-être que ce Roubaud arrive dans la plaine. Avec lui les ancêtres ont élevé leur famille.

— Qu'est-ce que tu veux ! dit ma mère. Tu es rigolo, toi ! Le grand-père a cinquante-sept ans ! Il pèse cent trois kilos ! Il en peut plus le pauvre de faire ce travail de mendiant ! Et ton père il en a assez de passer tous ses campos à s'estardasser pour lui aider ! Ton père, l'été, il fait des journées de quatorze heures ! Et puis toi ! Tu as demandé une fois d'aller aider ton grand-père ? Et puis qu'est-ce que tu ferais ? C'est un travail qu'il faut avoir tué père et mère pour le faire !

Belles consolations. Beaux prétextes. Ils pouvaient pas attendre, non, que j'aie dix-huit ans et des bras ! Ah ! il est loin le conseil de discipline ! Ils sont loin le père Hérail, la Gazelle au front étroit, le minable bahut tout gris où je n'apprends rien. Et ils sont loin aussi le ciel bleu, mes rêves de femmes en bas noirs. Elle est loin la radieuse apparition du grenier chez les Garbiès, que je croyais pourtant m'obséder. Je suis comme au chevet d'un mort. Je vois flétrir devant moi toutes les terres entassées des Magnan, je vois flétrir devant moi tout l'avenir. Je vois Manosque devenir couleur de cendres. Le publieur qui passe au carrefour sonnant de sa trompette de Jugement dernier souligne mon deuil. Tant qu'il n'était question que de méditer modestement sur ma propre mort tout allait bien. Mais là, la vente des biens c'est l'hécatombe de toute une pyramide d'ancêtres, laquelle va s'écrouler sous mes yeux, précisément à l'heure de ma génération, comme une pendule qui s'arrête.

— Qu'est-ce que tu veux, dit mon père, paysan de la ville, c'est plus possible. Regarde : ils s'arrêtent tous les uns après les autres.

Il y a un moment déjà que je ne pleure plus, que je rumine ma colère, ma vengeance. Soudain je me redresse, je crie :

— Je veux plus aller à l'école ! Je veux devenir bûcheron !

— Oh ! dit mon père. S'il n'y a que ça pour te faire plaisir !

Mais les choses ne s'arrêtent jamais dans la vie comme par la mort. Il a bien fallu aller en classe jusqu'à la fin de l'année scolaire, traînant ces harassantes heures de colle que je me suis attirées de toute part, heures interminables qui me laissent pourtant le loisir de ruminer sur ma condition, de la comparer à celle d'autrui, d'en faire mon profit.

A force de méditer stérilement sur la mort à chaque occasion, j'ai quand même fini par en tirer un enseignement pratique. C'est que ceux d'entre nous qui vont réussir dans la vie, si brillamment que ce soit, ils ne pourront quand même pas économiser pour leurs vieux jours un ou deux siècles d'existence supplémentaire. Le temps dont ils vont être crédités sur la terre, à dix ou vingt ans près, en plus ou en moins selon le hasard, sera sensiblement le même que celui qui va m'être imparti, à moi qui aurai échoué. Cette commode évidence vient au secours de ma paresse native. Elle rend dérisoire le contenu de toute ascension sociale. Cette étonnante égalité devant la durée moyenne de la vie me dispense de rien tenter en direction de n'importe quelle ambition.

La même constatation qui vaut pour l'ambition, vaut aussi pour la connaissance : stupide en mathématiques comme je le suis, je ne pourrai jamais grappiller qu'une culture en *frottis*, je ne pourrai faire le tour des choses que sommairement et en les survolant. Par conséquent mourir en ignorant me paraît le comble du bonheur.

De quoi s'agit-il ? d'être heureux. Or moi, j'ai l'exemple de ma marraine. Elle a perdu huit filles et deux petits-enfants. Elle fait encore des matelas, à plus de soixante-dix ans. Elle cueille de la salade sauvage pour la convertir en pièces de savon. Elle est heureuse dans sa pauvreté qui lui laisse le temps de contempler le spectacle de la nature et celui des êtres, dont elle est friande. Lorsque, à quatre ans, je l'accompagnais au ruisseau où elle lavait le linge des autres, il lui suffisait de voir quatre violettes annoncer le printemps pour que s'éclaire d'un grand sourire son visage charmant. En vertu de quelles nouvelles découvertes, à moi qui ai hérité de sa facilité à être heureuse, me faudrait-il autre chose que des violettes ? Oh ! oui, je sais bien, pour être tout à fait aussi heureux que ma marraine, il me faudrait aussi sa foi de charbonnier ! Mais je ne l'ai pas. Avoir la foi, j'imagine, est un privilège aussi rare que celui d'avoir la bosse des mathématiques.

Tant pis. Il faut faire sans. S'habituer à ce maigre temps de vision qui nous est imparti pour les siècles des siècles et n'en pas perdre une miette à des futilités. La futilité serait de se battre pour la réussite sociale. Pendant qu'on se bat, on ne profite pas du spectacle du monde. Un travail où l'on est apprécié, une absence de personnalité qui vous permet de passer inaperçu et la volonté formelle de ne jamais quitter son pays, voilà qui suffirait à m'assurer la tranquillité d'esprit, à moi qui n'ai besoin que de trois choses : contempler la nature, lire et me faire aimer de quelques femmes sans leur faire d'enfant.

Car une autre constatation commence à poindre en moi en observant mes camarades, c'est qu'ils sont normaux et que je ne le suis pas. Ils parlent tous de la manière la plus raisonnable de leur avenir et dans cet avenir une chose est incluse qui va de soi : la famille qu'ils créeront et les enfants qu'ils auront. Et moi une panique inexprimable m'envahit à l'idée que ce sera aussi mon lot, que c'est aussi inéluctable que la naissance et la mort, et que le choix ne me sera pas laissé.

Cette idée qu'un jour, quelqu'un issu de moi, par ma volonté, se cramponnera aux barreaux de son lit terrifié par l'inexplicable univers où il a été jeté sans l'avoir demandé, cette idée m'est insupportable, me révolte, je ne veux pas être père.

Cependant l'abîme ouvert par le départ du Cadet et la vente des terres ne cesse de m'obséder au bahut où j'ai trop le temps de réfléchir. Je réclame à grands cris qu'on m'en délivre.

— Je veux être bûcheron ! J'ai pas besoin de latin pour ça !

Un beau soir, mon père arrive dans la cour, son épaule de costaud légèrement chargée d'une cognée d'abattage.

— Pierre ! Descends un peu ! me dit-il.

Je le rejoins.

— Tiens ! dit-il. Puisque tu veux être bûcheron tu peux t'y mettre tout de suite. J'ai *loubé* (tronçonné) ces quatre morceaux de chêne, tu as plus qu'à les fendre. Attends je te fais voir !

Il pose l'une des bûches sur le billot. Il lève la cognée au-dessus de sa tête, il l'abat. Le bois vole en deux éclats. Il recommence pour chaque moitié.

— Tu vois, dit-il, c'est facile !

Il monte l'escalier en sifflotant m'abandonnant la cognée et le bois qui sent la forêt. Je m'empare plein d'enthousiasme de la hache. Je la soulève aussi au-dessus de ma tête. Je l'abats. Elle reste plantée dans la bûche. J'en ai pour trois minutes à l'en arracher. Je recommence. Au dixième coup je n'ai pas encore terminé d'éclater une seule bûche. La cognée lourde de deux kilos pèse de plus en plus au bout de mes bras sans muscles. Mais j'insiste, mais je m'obstine, bavant, suant. Une ampoule vient de pousser spontanément sur la paume de ma main droite. Ma mère en a assez. Elle m'appelle. Elle engueule mon père.

— Qu'est-ce que tu lui fais faire ça ? Tu vois bien qu'il a pas la force allons !

— Pour lui apprendre, dit mon père.

Je remonte l'escalier, exténué.

— Voilà, dit mon père. Selon sur quel patron tu tomberas, il te faudra faire ça pendant huit ou dix heures par jour !

Je suis atterré. Vais-je être obligé d'attendre aussi longtemps pour tenir une cognée que pour faire l'amour ? Mais alors quoi faire ? Soudain une idée me traverse.

— Alors je veux rentrer à l'Energie avec toi !

— Ah ça non par exemple !

Cette fois c'est ma mère qui s'exclame, qui lève les bras au ciel, qui quitte sa chaise, qui gesticule :

— Non ! Tu crois que c'est pas assez que je me fasse du mauvais sang pour un ? Que tous les soirs quand il est en retard je me dis : un de ces jours on te le ramène sur une civière comme le pauvre Aubert. Non. Bien assez d'un !

Elle continue sur ce thème longtemps, énumère les morts, les blessés, les retraités pliés en deux par les rhumatismes. Non ! Pas la boîte ! Pas l'E.E.L.M. ! Plutôt elle s'en va ! dit-elle.

Mon père n'a pas à placer un mot. Il se tait. C'est ce jour-là que s'est décidé mon avenir. S'il avait imposé sa volonté, j'aurais eu une vie toute tracée et toute simple telle que je la désirais : sans histoire, avec au bout la retraite à cinquante-cinq ans, de quoi se livrer tranquillement aux joies de la contemplation.

— Il va bien falloir que je fasse quelque chose ! Vous pouvez pas me nourrir sans rien faire...

— N'importe quoi ! dit ma mère. Pas l'Energie !

N'importe quoi ? Depuis quelque temps, j'ai un modèle captivant sous les yeux. C'est un garçon de mon âge, italien de naissance, il est encore pourvu d'un fort accent de chez lui. Je le rencontre sans cesse. Dans la semaine, il est au pied des maisons que l'on répare. Souvent je m'arrête pour le regarder. En dépit de son jeune âge, il a déjà *bon biais* pour mélanger le ciment au sable, faire un trou au milieu, ajouter la proportion d'eau convenable et brasser le tout à la pelle pour obtenir un mortier de belle allure. C'est déjà un homme : calme et sûr de lui. Si aucun fort en thème n'est pour moi un sujet d'envie, en revanche, cet apprenti me subjugue. Je veux devenir ce qu'il est.

C'est ma sirène. Sans avoir l'air de rien, il me fait des avances. Il est prêt à parler à son patron car il me verrait très bien apprenti à sa place ce qui lui permettrait d'accéder au grade de demi-ouvrier et ainsi de mieux apprendre le métier. Tel quel, il gagne dix francs par jour. Dix francs par jour ! Le dimanche, en complet vert d'eau et cravate verte, il parade sur le boulevard de la Plaine avec ses cheveux bouclés et son visage d'ange et quelques filles déjà chuchotent en le voyant passer.

Un pantalon et dix francs par jour ! Même si j'avais eu le prix d'excellence de la cinquième je n'aurais pas hésité. Dix francs par jour ! Je donne cinq francs à la maison et j'en garde cinq. Je m'achète des livres, des journaux (au lieu que ce soit mon père qui les paye). J'achète chez le Peyrache, qui a remplacé Henry cuirs et peaux et qui fait crédit aux bonnes volontés, le même complet vert d'eau que mon modèle et la même cravate verte, puisque ça a l'air de réussir auprès des filles... Dix francs par jour ! L'avenir est riant.

Au seul mot de manœuvre, ma tante Hélène qui régente toute la famille se met les mains sur la tête comme pour la protéger d'une cheminée emportée par le vent. Dix fois par semaine, elle me recontrerait dans Manosque, affublé d'un pantalon tirebouchonnant sur des galoches innommables et touillant à la pelle un tas de mortier. Non. C'est au-dessus de ses forces. Elle ne se sent pas le courage d'affronter ses dévotes commensales, débordantes de bon sens, lesquelles me voyant si bas placé, seraient en droit de lui dire : « Que voulez-vous ? Que vouliez-vous qu'il fasse d'autre, un enfant de libre penseur ? »

Elle bourdonne son émoi par toute la famille. Elle rompt la tête à sa mère de ses gémissements. Alors ma marraine part en quête parmi ses connaissances, commerçants ou artisans : « Avès pas besoun d'adjudo ? » (Vous n'avez pas besoin d'aide ?)

Elle trouve. Là-bas, chez ses voisins, les imprimeurs, de l'autre côté de la place du Terreau. Mais c'est l'écroulement de tous mes rêves : cinq francs par semaine !

— Oui, mais tu apprends un métier.

— Oui mais couilloti ! Tu es à l'abri au moins ! Tu crois que c'est brave manœuvre maçon ? Quand il fait froid et qu'il pleut ? C'est pas un métier ! Tandis qu'imprimeur, tu penses !

— Oui mais cinq francs par semaine !

— Pour commencer ! Après ils t'augmenteront !

— Oui mais alors d'abord je veux un pantalon long !

Ma marraine va chez le Carretier *Au grand bazar*

universel. On prend mes mesures. On m'en sort un du décrochez-moi-ça. Un bon marché, obtenu encore avec un rabais. Mais enfin, c'est un pantalon long !

Voilà. J'ai douze ans et huit mois. Le Manosque qui avait permis de vivre à mes ancêtres dans la perspective éternelle de ses anciennes structures, ce Manosque-là se donnait d'autres buts, d'autres dimensions où le paysan de la ville que j'aurais dû être n'avait plus sa place. Il faut mourir à cette vie et modeler son âme pour d'autres surprises.

Je suis au bord de cette transition : le visage couvert de boutons d'acné, les pieds sales, les ongles noirs, porté sur l'onanisme frénétique tant érotique qu'intellectuel. Je suis au surplus armé d'une intelligence extravagante et particulièrement inapte à me permettre quelque réussite sociale que ce soit.

Et trois en mathématiques.

Je vais descendre nu et cru dans la fosse aux hommes. Ils ne me feront pas quartier.

DU MÊME AUTEUR

Aux Éditions Denoël

LA MAISON ASSASSINÉE
LES COURRIERS DE LA MORT
LA NAINE
LE MYSTÈRE DE SÉRAPHIN MONGE
POUR SALUER GIONO, *souvenirs*

Aux Éditions Gallimard

Dans la collection Folio

LE SANG DES ATRIDES
LE SECRET DES ANDRONES
LE TOMBEAU D'HÉLIOS
LES CHARBONNIERS DE LA MORT
LA MAISON ASSASSINÉE
LES COURRIERS DE LA MORT
LE COMMISSAIRE DANS LA TRUFFIÈRE

A paraître

LES CONTES DE LAVIOLETTE, *nouvelles*
LA FOLIE FORCALQUIER, *roman*
CHRONIQUE D'UN CHÂTEAU HANTÉ, *roman*

COLLECTION FOLIO

Dernières parutions

2115. Paule Constant — *Propriété privée.*
2116. Emmanuel Carrère — *Hors d'atteinte ?*
2117. Robert Mallet — *Ellynn.*
2118. William R. Burnett — *Quand la ville dort.*
2119. Pierre Magnan — *Le sang des Atrides.*
2120. Pierre Loti — *Ramuntcho.*
2121. Annie Ernaux — *Une femme.*
2122. Peter Handke — *Histoire d'enfant.*
2123. Christine Aventin — *Le cœur en poche.*
2124. Patrick Grainville — *La lisière.*
2125. Carlos Fuentes — *Le vieux gringo.*
2126. Muriel Spark — *Les célibataires.*
2127. Raymond Queneau — *Contes et propos.*
2128. Ed McBain — *Branle-bas au 87.*
2129. Ismaïl Kadaré — *Le grand hiver.*
2130. Hérodote — *L'Enquête*, livres V à IX.
2131. Salvatore Satta — *Le jour du jugement.*
2132. D. Belloc — *Suzanne.*
2133. Jean Vautrin — *Dix-huit tentatives pour devenir un saint.*
2135. Sempé — *De bon matin.*
2136. Marguerite Duras — *Le square.*
2137. Mario Vargas Llosa — *Pantaleón et les Visiteuses.*
2138. Raymond Carver — *Les trois roses jaunes.*
2139. Marcel Proust — *Albertine disparue.*
2140. Henri Bosco — *Tante Martine.*
2141. David Goodis — *Les pieds dans les nuages.*

2142.	Louis Calaferte	*Septentrion.*
2143.	Pierre Assouline	*Albert Londres (Vie et mort d'un grand reporter, 1884-1932).*
2144.	Jacques Perry	*Alcool vert.*
2145.	Groucho Marx	*Correspondance.*
2146.	Cavanna	*Le saviez-vous ? (Le petit Cavanna illustré).*
2147.	Louis Guilloux	*Coco perdu (Essai de voix).*
2148.	J. M. G. Le Clézio	*La ronde (et autres faits divers).*
2149.	Jean Tardieu	*La comédie de la comédie* suivi de *La comédie des arts* et de *Poèmes à jouer.*
2150.	Claude Roy	*L'ami lointain.*
2151.	William Irish	*J'ai vu rouge.*
2152.	David Saul	*Paradis Blues.*
2153.	Guy de Maupassant	*Le Rosier de Madame Husson.*
2154.	Guilleragues	*Lettres portugaises.*
2155.	Eugène Dabit	*L'Hôtel du Nord.*
2156.	François Jacob	*La statue intérieure.*
2157.	Michel Déon	*Je ne veux jamais l'oublier.*
2158.	Remo Forlani	*Tous les chats ne sont pas en peluche.*
2159.	Paula Jacques	*L'héritage de tante Carlotta.*
2161.	Marguerite Yourcenar	*Quoi ? L'Éternité (Le labyrinthe du monde, III).*
2162.	Claudio Magris	*Danube.*
2163.	Richard Matheson	*Les seins de glace.*
2164.	Emilio Tadini	*La longue nuit.*
2165.	Saint-Simon	*Mémoires.*
2166.	François Blanchot	*Le chevalier sur le fleuve.*
2167.	Didier Daeninckx	*La mort n'oublie personne.*
2168.	Florence Delay	*Riche et légère.*
2169.	Philippe Labro	*Un été dans l'Ouest.*
2170.	Pascal Lainé	*Les petites égarées.*
2171.	Eugène Nicole	*L'Œuvre des mers.*
2172.	Maurice Rheims	*Les greniers de Sienne.*
2173.	Herta Müller	*L'homme est un grand faisan sur terre.*

2174. Henry Fielding — *Histoire de Tom Jones, enfant trouvé*, I.
2175. Henry Fielding — *Histoire de Tom Jones, enfant trouvé*, II.
2176. Jim Thompson — *Cent mètres de silence.*
2177. John Le Carré — *Chandelles noires.*
2178. John Le Carré — *L'appel du mort.*
2179. J. G. Ballard — *Empire du Soleil.*
2180. Boileau-Narcejac — *Le contrat.*
2181. Christiane Baroche — *L'hiver de beauté.*
2182. René Depestre — *Hadriana dans tous mes rêves.*
2183. Pierrette Fleutiaux — *Métamorphoses de la reine.*
2184. William Faulkner — *L'invaincu.*
2185. Alexandre Jardin — *Le Zèbre.*
2186. Pascal Lainé — *Monsieur, vous oubliez votre cadavre.*
2187. Malcolm Lowry — *En route vers l'île de Gabriola.*
2188. Aldo Palazzeschi — *Les sœurs Materassi.*
2189. Walter S. Tevis — *L'arnaqueur.*
2190. Pierre Louÿs — *La Femme et le Pantin.*
2191. Kafka — *Un artiste de la faim* et autres récits (Tous les textes parus du vivant de Kafka, II).
2192. Jacques Almira — *Le voyage à Naucratis.*
2193. René Fallet — *Un idiot à Paris.*
2194. Ismaïl Kadaré — *Le pont aux trois arches.*
2195. Philippe Le Guillou — *Le dieu noir (Chronique romanesque du pontificat de Miltiade II pape du XXIe siècle).*
2196. Michel Mohrt — *La maison du père* suivi de *Vers l'Ouest (Souvenirs de jeunesse).*
2197. Georges Perec — *Un homme qui dort.*
2198. Guy Rachet — *Le roi David.*
2199. Don Tracy — *Neiges d'antan.*
2200. Sempé — *Monsieur Lambert.*
2201. Philippe Sollers — *Les Folies Françaises.*
2202. Maurice Barrès — *Un jardin sur l'Oronte.*
2203. Marcel Proust — *Le Temps retrouvé.*
2204. Joseph Bialot — *Le salon du prêt-à-saigner.*

2205. Daniel Boulanger — *L'enfant de bohème.*
2206. Noëlle Châtelet — *A contre-sens.*
2207. Witold Gombrowicz — *Trans-Atlantique.*
2208. Witold Gombrowicz — *Bakakaï.*
2209. Eugène Ionesco — *Victimes du devoir.*
2210. Pierre Magnan — *Le tombeau d'Hélios.*
2211. Pascal Quignard — *Carus.*
2212. Gilbert Sinoué — *Avicenne (ou La route d'Ispahan).*
2213. Henri Vincenot — *Le Livre de raison de Glaude Bourguignon.*
2214. Émile Zola — *La Conquête de Plassans.*
2216. Térence — *Théâtre complet.*
2217. Vladimir Nabokov — *La défense Loujine.*
2218. Sylvia Townsend Warner — *Laura Willowes.*
2219. Karen Blixen — *Les voies de la vengeance.*
2220. Alain Bosquet — *Lettre à mon père qui aurait eu cent ans.*
2221. Gisèle Halimi — *Le lait de l'oranger.*
2222. Jean Giono — *La chasse au bonheur.*
2223. Pierre Magnan — *Le commissaire dans la truffière.*
2224. A.D.G. — *La nuit des grands chiens malades.*
2226. Albert Camus — *Lettres à un ami allemand.*
2227. Ann Quin — *Berg.*
2228. Claude Gutman — *La folle rumeur de Smyrne.*
2229. Roger Vrigny — *Le bonhomme d'Ampère.*
2230. Marguerite Yourcenar — *Anna, soror...*
2231. Yukio Mishima — *Chevaux échappés (La mer de la fertilité, II).*
2232. Jorge Amado — *Les chemins de la faim.*
2233. Boileau-Narcejac — *J'ai été un fantôme.*
2234. Dashiell Hammett — *La clé de verre.*
2235. André Gide — *Corydon.*
2236. Frédéric H. Fajardie — *Une charrette pleine d'étoiles.*
2237. Ismaïl Kadaré — *Le dossier H.*
2238. Ingmar Bergman — *Laterna magica.*
2239. Gérard Delteil — *N'oubliez pas l'artiste !*

2240.	John Updike	*Les sorcières d'Eastwick.*
2241.	Catherine Hermary-Vieille	*Le Jardin des Henderson.*
2242.	Junichirô Tanizaki	*Un amour insensé.*
2243.	Catherine Rihoit	*Retour à Cythère.*
2244.	Michel Chaillou	*Jonathamour.*
2245.	Pierrette Fleutiaux	*Histoire de la chauve-souris.*
2246.	Jean de La Fontaine	*Fables.*
2247.	Pierrette Fleutiaux	*Histoire du tableau.*
2248.	Sylvie Germain	*Opéra muet.*
2249.	Michael Ondaatje	*La peau d'un lion.*
2250.	J.-P. Manchette	*Le petit bleu de la côte Ouest.*
2251.	Maurice Denuzière	*L'amour flou.*
2252.	Vladimir Nabokov	*Feu pâle.*
2253.	Patrick Modiano	*Vestiaire de l'enfance.*
2254.	Ghislaine Dunant	*L'impudeur.*
2255.	Christa Wolf	*Trame d'enfance.*
2256.	***	*Les Mille et une Nuits,* tome I.
2257.	***	*Les Mille et une Nuits,* tome II.
2258.	Leslie Kaplan	*Le pont de Brooklyn.*
2259.	Richard Jorif	*Le burelain.*
2260.	Thierry Vila	*La procession des pierres.*
2261.	Ernst Weiss	*Le témoin oculaire.*
2262.	John Le Carré	*La Maison Russie.*
2263.	Boris Schreiber	*Le lait de la nuit.*
2264.	J. M. G. Le Clézio	*Printemps et autres saisons.*
2265.	Michel del Castillo	*Mort d'un poète.*
2266.	David Goodis	*Cauchemar.*
2267.	Anatole France	*Le Crime de Sylvestre Bonnard.*
2268.	Plantu	*Les cours du caoutchouc sont trop élastiques.*
2269.	Plantu	*Ça manque de femmes !*
2270.	Plantu	*Ouverture en bémol.*
2271.	Plantu	*Pas nette, la planète !*
2272.	Plantu	*Wolfgang, tu feras informatique !*
2273.	Plantu	*Des fourmis dans les jambes.*
2274.	Félicien Marceau	*Un oiseau dans le ciel.*
2275.	Sempé	*Vaguement compétitif.*

2276. Thomas Bernhard — *Maîtres anciens.*
2277. Patrick Chamoiseau — *Solibo Magnifique.*
2278. Guy de Maupassant — *Toine.*
2279. Philippe Sollers — *Le lys d'or.*
2280. Jean Diwo — *Le génie de la Bastille (Les Dames du Faubourg, III).*
2281. Ray Bradbury — *La solitude est un cercueil de verre.*
2282. Remo Forlani — *Gouttière.*
2283. Jean-Noël Schifano — *Les rendez-vous de Fausta.*
2284. Tommaso Landolfi — *La bière du pecheur.*
2285. Gogol — *Taras Boulba.*
2286. Roger Grenier — *Albert Camus soleil et ombre.*
2287. Myriam Anissimov — *La soie et les cendres.*
2288. François Weyergans — *Je suis écrivain.*
2289. Raymond Chandler — *Charades pour écroulés.*
2290. Michel Tournier — *Le médianoche amoureux.*
2291. C. G. Jung — *" Ma vie " (Souvenirs, rêves et pensées).*
2292. Anne Wiazemsky — *Mon beau navire.*
2293. Philip Roth — *La contrevie.*
2294. Rilke — *Les Carnets de Malte Laurids Brigge.*
2295. Vladimir Nabokov — *La méprise.*
2296. Vladimir Nabokov — *Autres rivages.*
2297. Bertrand Poirot-Delpech — *Le golfe de Gascogne.*
2298. Cami — *Drames de la vie courante.*
2299. Georges Darien — *Gottlieb Krumm (Made in England).*
2300. William Faulkner — *Treize histoires.*
2301. Pascal Quignard — *Les escaliers de Chambord.*
2302. Nathalie Sarraute — *Tu ne t'aimes pas.*
2303. Pietro Citati — *Kafka.*
2304. Jean d'Ormesson — *Garçon de quoi écrire.*
2305. Michel Déon — *Louis XIV par lui-même.*
2306. James Hadley Chase — *Le fin mot de l'histoire.*
2307. Zoé Oldenbourg — *Le procès du rêve.*
2308. Plaute — *Théâtre complet, I.*
2309. Plaute — *Théâtre complet, II.*
2310. Mehdi Charef — *Le harki de Meriem.*

2311. Naguib Mahfouz — *Dérives sur le Nil.*
2312. Nijinsky — *Journal.*
2313. Jorge Amado — *Les terres du bout du monde.*
2314. Jorge Amado — *Suor.*
2315. Hector Bianciotti — *Seules les larmes seront comptées.*
2316. Sylvie Germain — *Jours de colère.*
2317. Pierre Magnan — *L'amant du poivre d'âne.*
2318. Jim Thompson — *Un chouette petit lot.*
2319. Pierre Bourgeade — *L'empire des livres.*
2320. Émile Zola — *La Faute de l'abbé Mouret.*
2321. Serge Gainsbourg — *Mon propre rôle, 1.*
2322. Serge Gainsbourg — *Mon propre rôle, 2.*

Impression Bussière à Saint-Amand (Cher),
le 17 octobre 1991.
Dépôt légal : octobre 1991.
Numéro d'imprimeur : 2643.
ISBN 2-07-038429-2/Imprimé en France.